Deichfürst

Die Autorin

Dr. Heike van Hoorn wurde 1971 als älteste von drei Schwestern im ostfriesischen Leer geboren. Die promovierte Historikerin war u.a. Redenschreiberin des Hessischen Ministerpräsidenten, Kommunikationschefin des Flughafenverbandes ADV und ist heute Geschäftsführerin des Deutschen Verkehrsforums. Van Hoorn ist verheiratet und lebt mit Mann und Kindern in Berlin.

Heike van Hoorn

Deichfürst

Ostfriesland-Krimi

Weltbild

Besuchen Sie uns im Internet:
www.weltbild.de

Genehmigte Lizenzausgabe für Weltbild GmbH & Co. KG,
Werner-von-Siemens-Straße 1, 86159 Augsburg

Umschlaggestaltung: Atelier Seidel – Verlagsgrafik, Teising
Umschlagmotiv: istockphoto (© Conny Martin; © Harald Schmidt)
Satz: Datagroup int. SRL, Timisoara
Druck und Bindung: GGP Media GmbH, Pößneck
Printed in the EU
ISBN 978-3-95973-816-3

2021 2020 2019 2018
Die letzte Jahreszahl gibt die aktuelle Lizenzausgabe an.

Prolog

Donnerstag, 28. Oktober 1999

Der Westwind wehte kräftig heran, als der Alte das Haus wie immer ohne ein Wort verließ. Er ließ die schwere Haustür hinter sich ins Schloss fallen, sodass die eingesetzten Glasscheiben klirrten, und setzte sich seine schwarze Prinz-Heinrich-Mütze auf den Kopf. Mit schweren Schritten ging er über die geschotterte Auffahrt und öffnete das grüne Scheunentor. Er stieg in den silberfarbenen E-Klasse-Mercedes und startete die Maschine. Zufrieden lauschte er auf das Schnurren der 220 PS. Er hatte nie etwas anderes gefahren als Mercedes. Und er hatte immer bessere Wagen gehabt als die anderen Bauern. Er konnte es sich leisten.

Es war dunkel. Er fuhr von Bunderhammrich aus Richtung Ditzumerverlaat und bog dann rechts ab nach Hatzumerfehn. Er sollte bald mal wieder für ein paar Tage wegfahren. Bis zum nächsten Treffen mit den alten Kameraden waren es noch ein paar Monate hin. Das war zu lange. Er konnte nicht jeden Tag die verhuschte graue Maus ertragen, mit der er seit gefühlten hundert Jahren verheiratet war. Immer mal wieder hatte er darüber nachgedacht, sie zu verlassen. Aber es gab ja auch andere Möglichkeiten der Zerstreuung.

Für heute Abend musste ein ausgiebiger Besuch in seiner Stammkneipe reichen. Er war guter Stimmung. Die Arbeiten am Emssperrwerk gingen weiter und er war entschlossen, die Niederlage der Ökofraktion angemessen zu feiern. Er würde ein Bier trinken auf den BUND, eins auf den NABU, eins auf die Bürgerinitiative »Wir für die Ems« und so weiter. Wie er sie alle hasste! Er fuhr die langen, dunklen Straßen über den Fehn entlang und erreichte Hatzum, wo er neben dem »Schwarzen Ross« parkte. Er trat ein, räusperte sich und zog die Mütze von seinem vollen weißen Haar. Er verzog das hagere Gesicht zu einem strahlenden Lächeln, das seine immer noch makellosen Zähne entblößte. Das Lächeln war für Käthi, die mit energischem Schritt ihre Kneipe durchmaß und Biergläser verteilte. Er wusste, sie dachte immer noch daran, wie er sie auf dem Sofa in der Gaststube genommen hatte, als sie noch jung und knackig gewesen war. Sicher war es das beste Erlebnis, das sie je gehabt hatte. Auf dem niedrigen Sofa an der Wand war es passiert. Jetzt begegnete sie ihm kühl, womit sie zweifellos ihre Emotionen verbarg. Er setzte sich an die Theke und betrachtete die Nichtsnutze, die sonst noch in der Gaststätte hockten.

Er bestellte ein Bier und einen Schnaps und unterhielt sich mit Hajo Kromminga, einem vermögenden Bauern aus der Gegend. Kromminga hasste ihn, das wusste er. Alle hassten ihn, und er genoss es. Er ließ sich in die Atmosphäre des Abends fallen und fühlte sich so sicher, wie er sich immer gefühlt hatte. Er betrank sich immer gepflegt. Um die Rückfahrt in seinem Auto machte er sich keine Gedanken. Tadeus de Vries wurde nicht angehalten, geschweige denn mit einem Bußgeld belangt.

Er konnte den Schatten, der sich auf dem Parkplatz neben der Gaststätte bewegte, nicht sehen. Er bemerkte auch nicht das fahle Gesicht draußen vor der kleinen Scheibe des Sprossenfensters, das seitlich auf den Parkplatz ging. Nicht die schmalen grauen Augen, die ihn beobachteten. Und selbst wenn, es hätte ihn nicht weiter beunruhigt.

Einen Tag zuvor

Als Gertrud Boekhoff gegen sieben Uhr abends die Tür zum »Kneipchen« in Weener öffnete, schlug ihr warme, verräucherte Luft entgegen. Das Klacken der Billardkugeln aus dem Vorraum mischte sich mit dem Raunen der Unterhaltung und dem Gemurmel aus dem Fernseher in der Ecke zu einem beruhigenden Geräuschteppich.

In der Mitte der Gaststätte erblickte sie Willm, eigentlich Wilhelm Kröger, an seinem gewohnten Platz hinter der Theke, von wo aus er den besten Überblick hatte. Willm wusste gern Bescheid. Er sah, wer gerade an irgendeinem der Tische mit der Freundin des besten Freundes anbandelte. Er registrierte, wenn Pärchen leise tuschelnd in Streit gerieten und Mädchen mit blonden Dauerwellen an seiner Theke vorbei- und hinausstürmten, bevor ihnen Sekunden später ein hilfloser junger Mann hinterhereilte. Willm wusste die Halbwertzeit jeder einzelnen Romanze vorherzusagen, die in seiner Kneipe begann und nicht selten auch hier ihr Ende fand. Sein einziges Zugeständnis an den Zeitgeist im »Kneipchen« war ein Fernseher, den er oben in der Ecke aufgehängt hatte. Er mochte das bei McDonald's oder sonst wo gesehen haben, nur ließ er statt Viva oder MTV das Dritte laufen, sodass seine Gäste keine hippe Musik, sondern die »Landpartie« zu sehen bekamen. Aber das störte niemanden und Gertrud am allerwenigsten.

»Moin Willm. Was gibt's Neues?«

»Moin Gertrud. Sie haben die Baustelle wieder freigegeben.«

Gertrud wuchtete ihre 85 Kilo auf einen Thekenhocker. Als Kind hatten ihre Eltern sie »Gerdi« genannt. Aber als sie in die Pubertät kam, hörte das auf. Sie sah irgendwann nicht mehr aus wie ein Mädchen, das man »Gerdi« nannte. Weil sie nicht damit rechnete, dass sich jemals ein Junge für sie interessieren würde, verlegte Gertrud sich darauf, den Kumpeltyp zu geben. Sie trug ihr aschblondes Haar kurz geschnitten, kleidete sich in Jeans, Turnschuhe und weit geschnittene Sweatshirts und gewöhnte sich einen rauen Umgangston an. Mit 15 fuhr sie ein selbst frisiertes Moped, und die Jungs fanden sie patent. Wer wusste schon, dass sie abends in ihr Kopfkissen weinte, wenn eine ihrer früheren Freundinnen mit wippendem Pferdeschwanz den neuen Freund im Dorf ausführte? Ihre Wochenenden verbrachte Gertrud auf dem Fußballplatz. Sie schrieb die Spielberichte für das »Rheiderländer Tagblatt«, eine winzige Gazette, die die größeren Zeitungsverlage vergessen hatten aufzukaufen. Im Volontariat wurde ihr klar, dass sie sich für Sport nicht wirklich interessierte, und so landete sie am Ende in der Lokalredaktion. Weil das »Blattje«, wie es bei seinen Lesern hieß, nicht morgens, sondern mittags erschien, ging sie um sieben zur Arbeit, um Berichte von Veranstaltungen des Vorabends zu schreiben. Mittags machte sie eine Pause von zwei oder drei Stunden, und nachmittags absolvierte sie Termine. Nach der Arbeit ging Gertrud meist noch auf ein Bier zu Willm, um all die wichtigen Neuigkeiten in Erfahrung zu bringen, die nie über einen dpa-Ticker in die Redaktion gelangten. Was die Rheiderländer interessierte, erfuhr man hier.

Die Meldung, die gerade eben im Fernsehen verlesen wurde, hatte sie allerdings schon gehört: »Der in einer Eilentscheidung vom November letzten Jahres verfügte Baustopp für das Sperrwerk in der Ems ist heute aufgehoben worden. Das Verwaltungsgericht Oldenburg wies jetzt den von Umweltverbänden erhobenen Einspruch gegen das Vorhaben zurück. Bereits am Mittag wurden die Bauarbeiten am Sperrwerk wieder aufgenommen.«

»Willm! Geef mi dorup noch' Kruiden«, rief der junge Mann mit Halbglatze, neben dem sich Gertrud gerade auf dem Hocker an der Theke niedergelassen hatte. Sie kannte ihn vom Sehen und wusste, dass er bei der Meyer Werft in Papenburg arbeitete. Umgehend stand das Schnapsglas mit der braunen Flüssigkeit neben seinem Bier.

»Dann gratulier ich auch, Dieter. Dein Job ist gesichert, nun kannst du bauen und heiraten«, grinste Willm. »Was ist denn euer nächstes Projekt bei Meyer?«

»Ein Luxusliner, zweihundertachtzig Meter lang und achtunddreißig Meter breit. Über acht Meter Tiefgang. Auftrag kommt aus Griechenland. So'n Ding hast du noch nie gesehen. Über tausend Kabinen, fünf Swimmingpools, fünfzehn Decks, Einkaufsgalerie, Marmorböden ... Was du willst.« Der junge Mann hatte die Stimme gesenkt, als sei die ganze Kneipe voller chinesischer Industriespione. »Hab ich jedenfalls gehört, dass wir den bauen sollen. Noch nichts Offizielles. Wir kriegen den aber erst raus, wenn das Sperrwerk fertig ist.«

Das Vorhaben, an der Ems zwischen Nendorp und Gandersum ein Sperrwerk zu bauen, das den Schutz der Küste gegen Sturmfluten verbessern sollte, hatte die Rheiderländer in zwei feindliche Lager geteilt: Die Gegner argwöhnten, dass es eigentlich nur darum ging, immer größere Kreuzfahrtschiffe von der Meyer Werft in Papenburg durch das aufgestaute Emswasser ins offene Meer überführen zu können, während die Existenz der Ditzumer Krabbenfischer durch die ökologischen Schäden in Gefahr geraten würde. Die Befürworter verwiesen auf zehntausend Arbeitsplätze, die von dem Projekt abhingen. Nachdem die Gegner vor Gericht einen Etappensieg errungen hatten, waren die Arbeiten erst einmal stillgelegt worden.

Willm hatte sich nie anmerken lassen, ob er für oder gegen das Sperrwerk war. Seine Kneipe wurde ebenso von NABU-Aktivisten wie von Arbeitern der Meyer Werft frequentiert, weshalb es ihm offenbar klüger erschien, es sich mit keiner Seite zu verscherzen. Gertrud erinnerte sich, dass es einmal im »Kneipchen« zu einer Rangelei gekommen war, als zwei Meyer-Arbeiter ihre Wut über den Baustopp an drei feixenden Gymnasiasten ausgelassen hatten.

Ohne dass sie etwas hätte sagen müssen, stellte Willm Gertrud ein Jever hin. »Tja, dann geht's ja nun wohl weiter. Bin gespannt, ob es jetzt ruhiger zugeht als noch vor einem Jahr.«

»So 'nen kleinen, blutigen Zusammenstoß zwischen den verfeindeten Lagern könnten wir als Aufmacher gut gebrauchen. Aber ich schätze eher, dass die Ökofraktion noch irgendeinen seltenen Wattwurm in der Ems aussetzt, um ihn anschließend medienwirksam zu entdecken und den Bau wieder aufzuhalten«, sagte Gertrud. Sie war eher Befürworterin des Emssperrwerks, aber in erster Linie eben Lokalredakteurin auf der Suche nach einer kleinen Sensation zwischen der Kür der Milchkuh des Jahres und der Prämierung der größten Sonnenblume des Rheiderlandes.

»Dann sullen de Ökofuzzis beter uppassen, dat se nich mit'n Boßelkugel an't Bein in't Dullart unnergahn!«, rief Dieter, dessen gerötete Wangen und aggressiv glitzernde Augen darauf schließen ließen, dass er schon einige Gläser des scharfen Kräuterschnapses auf seinen Sieg getrunken hatte.

»So eine Meldung würde es sogar bis auf die Regionalseite schaffen«, bemerkte Gertrud, und Willm hinter dem Tresen kicherte heiser.

Freitag, 29. Oktober 1999

145, 150, 155. Schon fing das verdammte Ding wieder an zu piepsen. Keuchend drückte Stephan Möllenkamp auf die Knöpfe seiner Pulsuhr. Er hasste es, wenn sich die Spaziergänger mit ihren Hunden nach ihm umdrehten. Er drosselte das Tempo und trabte langsam über den Deich bei Bingum. Es reichte schon, dass die alten Männer mit den Schirmmützen, die ihre Fahrräder neben sich herschoben, ihm durch Blicke zu verstehen gaben, was sie vom Laufsport hielten.

Kaum hatte sein Puls sich etwas beruhigt, packte Möllenkamp die Lust, einfach bis Nendorp weiterzulaufen, einen Blick auf die Baustelle des Emssperrwerks zu werfen und lässig wieder zurückzujoggen. Hin und zurück ergab das eine gute Halbmarathon-Strecke, genau das Ziel, das er sich fürs Frühjahr vorgenommen hatte. Die riesige Baustelle faszinierte ihn. Nachdem dort fast ein Jahr lang nichts vorangegangen war, wurde seit vorgestern wieder gearbeitet. Er zog das Tempo wieder an und stellte sich vor, wie die kleine Speckrolle, die sich um seine Taille gelegt hatte, Gramm für Gramm schmolz und sich seine Beine in stahlharte Muskelpakete verwandelten.

Eine heftige Böe wehte ihm ins Gesicht. Er merkte, wie seine Beine klamm wurden. Obwohl es für die Jahreszeit zu warm war, überlief ihn ein Frösteln. Bis Nendorp und zurück würde er es nicht mehr im Hellen schaffen, also beschloss er, umzukehren.

Als er nach Leerort einbog, erblickte er seine Frau schon

von Weitem. Ihre rotblonden, kurzen Haare leuchteten ihm entgegen. Meike stand in Jeans und einem alten Troyer, den sie ihm abgeluchst hatte, im Vorgarten, den Rechen wie eine Hellebarde in der Hand. Sie hatte ihn noch nicht gesehen. Ganz plötzlich drehte sie sich um und verschwand im Haus.

Einen Augenblick später wusste Möllenkamp, warum. Hinter einer Säuleneibe, die den Eingang des Nachbarhauses beschützte, trat ein alter Mann hervor. Das wenige Resthaar fiel ihm strähnig in den Nacken, ein Holzfällerhemd hing lottrig über seine schwarze Trainingshose. In Schlappen schlurfte er den Gehweg entlang, drehte dann nach rechts und steuerte auf Möllenkamps Haustür zu. Dabei versuchte er, durch das Küchenfenster zu sehen. Möllenkamp drosselte sein Tempo und beobachtete, was der Nachbar als nächstes tun würde. Im Geiste sah er seine Frau mit einem Fleischermesser in der Hand hinter der Haustür lauern. Sobald der Nachbar das Küchenfenster erreichte und mit dem Finger dagegen klopfte, wie es seine Gewohnheit war, würde sie die Tür aufreißen, sich auf ihn stürzen und ihn niedermetzeln. Doch der alte Mann kam nicht bis zum Küchenfenster. Auf halbem Wege drehte er um, schlurfte zurück zu seinem Haus, schüttete den Abfall aus einer Plastiktüte in die Mülltonne und faltete sie dann zusammen. Es half nichts, Möllenkamp musste sich auf eine Begegnung mit Herrn Müller vorbereiten, wenn er nicht ewig auf der Stelle treten wollte.

»Moin, Herr Möllenkamp, na wo kommen Sie denn her?«, fragte ihn der alte Herr in unterwürfigem Tonfall. Vor Müller hatte man die Möllenkamps bereits gewarnt, als sie vor einem Vierteljahr von Hannover hierher gezogen waren. Meike hatte zum Schuljahresbeginn eine Stelle als Studienrätin für die Fächer Deutsch und Latein am Teletta-Groß-Gymnasium angetreten, und er hatte die Leitung des Fachkommissariats 1 für Kapitaldelikte bei der Polizeiinspektion Leer übernommen. Ein glücklicher Zufall, den Meike als Fügung auslegte, um ihm damit den Umzug aus der Großstadt in dieses Provinznest schmackhaft zu machen. Nun, immerhin hatte es für ihn einen Karrieresprung bedeutet und da konnte man Zugeständnisse an den Wohnsitz machen.

Die gepflegte Siedlung und das schmucke Reihenhäuschen hatten ihnen gefallen, und mit Müller würden sie schon fertig werden.

Dachte er.

»Ich habe ja früher auch viel Sport getrieben, aber heute geht es nicht mehr wegen der Beine«, redete Müller immer weiter. »Ach, da hab ich ja letzte Nacht wieder solche Schmerzen gehabt, und meine Frau erst …«

Frau Müller war angeblich schwer krank. Allerdings reichten die Angaben, die Herr Müller über ihre Gebrechen machte, vom Herzinfarkt über Krebs und Thrombosen bis hin zum Zucker, sodass Möllenkamp zu dem Schluss gekommen war, dass Frau Müller vermutlich gar nichts fehlte. Außer im Kopf, denn eine Frau mit klarem Verstand konnte es unmöglich bei diesem Menschen aushalten.

»Aber das Wetter ist ja auch wieder so schlecht geworden … Geht es Ihrer Frau gut? Ich habe sie schon lange nicht mehr gesehen.« Möllenkamp, der inzwischen mächtig fror, gelang es, die Endlosschleife des Nachbarn mit einem »Wird schon wieder besser werden« und einem abrupten Abgang zu stoppen. Er kam sich dabei wie ein Flüchtiger vor, während Müller auf dem Weg stehen blieb und darüber grübeln mochte, ob sich die Aussage auf das Wetter, den Zustand seiner Beine oder die Gesundheit seiner Frau bezog.

»Na, du Supercop, hattest du dein Handy wieder nicht mit? Es hat hier mehrmals geklingelt, aber ich hab's nicht gefunden«, empfing ihn seine Frau. Sie reckte sich und küsste ihn auf den Mund.

»Warum hast du denn auf das Rendezvous mit Herrn Müller verzichtet?«, entgegnete Möllenkamp, während er sich mit einem Küchenhandtuch die dunklen Haare trocken rubbelte. Er machte sich auf den Weg ins Arbeitszimmer, wo er sein Handy vermutete. »Er hat dich schon sehr vermisst. Aus seiner Frage habe ich herausgehört, dass er den leisen Verdacht hegt, ich könnte dich umgebracht und im Garten vergraben haben.«

»Das wäre ihm kaum entgangen«, konterte Meike. »Außerdem dürfte er einem Kriminalkommissar ruhig eine raffiniertere Entsorgungsmethode für seine Frau zutrauen.«

»Kriminalhauptkommissar bitte. So viel Zeit muss sein.«

Wo war nur das verdammte Handy?

Er fand es in seiner Sporttasche. Vier Anrufe von der Dienststelle und dann noch zwei von seinem Kollegen Johann Abram verhießen nichts Gutes. Er rief bei Johann an.

»Mist, da hätte ich ja doch gleich weiterlaufen können«, brummte er, als er in die Küche zurückkam.

***

Als Stephan Möllenkamp die Baustelle des Emssperrwerks erreichte, war es bereits ganz dunkel, und es regnete inzwischen heftig. Er parkte seinen alten Escort neben der silbernen Passatlimousine von Johann Abram. Bereits beim Aussteigen bemerkte er, dass er weder an Gummistiefel noch an einen Schirm gedacht hatte. Möllenkamp warf einen Blick in Abrams Wagen, der – regelmäßig gewaschen und aufgeräumt – in seinem Kofferraum immer eine Klappbox mit Schirm und Gummistiefeln vorhielt. Richtig, da war die Kiste, Schirm und Gummistiefel fehlten. Aber er sah beides, zusammen mit einem gelben Friesennerz, an Abram, der von Weitem auf ihn zukam. »Warmduscher« knurrte Möllenkamp und wäre zur Strafe fast ausgerutscht, als er sich unter das rot-weiße Absperrband ducken wollte.

»Stephan, pass up«, hörte er die Stimme seines Kollegen. »Das musst du aber auch noch lernen, wie man sich für die Arbeit hier richtig anzieht. Vielleicht waren Turnschuhe ja gut in Hannover, aber hier solltest du dir wirklich ein paar wasserfeste Schuhe besorgen.« Und während er ihn am Arm packte, fügte Abram hinzu: »Mir reicht schon der eine, den wir hier aus dem Schlamm ausbuddeln müssen.«

Möllenkamp fühlte sich bevormundet, daher stieg leichter Unmut in ihm auf. »Verrätst du mir vielleicht, was ihr hier eigentlich gefunden habt? Aus deinem Spruch auf der Mailbox bin ich nicht besonders schlau geworden. Ich hoffe, da ist nicht bloß ein Baggerfahrer besoffen von seinem Bock gefallen.«

Abram blieb ungerührt. »Das könnte natürlich sein. Er hat es dann aber auch noch geschafft, sich in eine Kiste zu legen, die Kiste von außen zuzunageln und sich anschließend im Aushub für die Straßenfundamente einzugraben.«

Möllenkamp starrte ihn an. Abrams Humor tauchte so plötzlich auf wie das Ungeheuer vom Loch Ness und verschwand auch genauso schnell wieder.

»Schau es dir selber an.« Schweigend stapften beide Männer über die Baustelle zwischen schweren Baggern hindurch, dorthin, wo eine Aufschüttung den späteren Zuweg zur Sperrwerksbrücke bilden sollte. Möllenkamps neue Turnschuhe, die tief in den Schlamm einsanken, gaben schmatzende Geräusche von sich.

Vor ihnen öffnete sich eine Szene wie auf einer Theaterbühne. Erhellt wurde sie von Scheinwerfern, deren Lichtkegel den schräg herabwehenden Regen sichtbar machten. Sie beleuchteten eine metertiefe Grube, in der Menschen in weißen Overalls arbeiteten, während Polizei- und Rettungswagen als schwarze Schatten die äußere Begrenzung darstellten. Die zuckenden Blitze der Fotoapparate, die knappen Anweisungen, die sich die Kriminaltechniker zuriefen, verdichteten sich zu dem Eindruck, hier sei eine kultische Handlung im Gange.

Unten in der Grube beugten sich die Kollegen von der Kriminaltechnik über eine längliche Holzkiste, deren Deckel man aufgebrochen hatte. In Möllenkamp stieg Beklommenheit auf – wie immer, wenn er sich einer Leiche näherte. In der Geisterbahn hatte er sich als kleiner Junge immer die Hände vors Gesicht gehalten und dann ganz vorsichtig durch die Finger gelinst, um sich gegen das Erschrecken zu wappnen. Als junger Kriminalbeamter in Hannover hatte er sich das abgewöhnen müssen, doch das Geisterbahngefühl war geblieben. Er stieg eine Leiter bis auf den Grund der Grube hinab und zwang sich, in die Kiste zu sehen. Darin lag ein alter Mann, die Augen geschlossen, die Arme seitlich am Körper, in dunklem Anzug und weißem Hemd. Er sah aus, wie für seine Beerdigung zurechtgemacht. Auf den ersten Blick waren keine Anzeichen von Gewaltanwendung erkennbar. Es war, als sei er friedlich entschlafen. Aber das passte nicht zu diesem Fundort und der zusammengezimmerten Kiste, in der man vielleicht einen Hund verscharrt haben würde, aber gewiss keinen Menschen.

»Wer ist es?«

»Keine Papiere dabei«, sagte Abram, »Aber wenn er aus der Gegend kommt, wird es nicht lange dauern.«

»Wie lange tot?«

»Nur ein paar Stunden, sagt der Doktor. Genaueres wissen wir noch nicht. Todesursache auch noch nicht. Möglicherweise ein Hämatom, das er hier seitlich am Kopf hat.« Er deutete auf eine Stelle über dem Ohr.

Möllenkamp wandte seine Aufmerksamkeit der Holzkiste zu. Billiges Nadelholz, vergraben im Sand am Boden der Baugrube.

»Wie wurde er gefunden?«

»Eigentlich sollte auf diese Sandschicht in der Grube heute eine Kleischicht aufgetragen werden. Aber kurzfristig kam die Anweisung, die Grube noch tiefer auszuheben. Dabei ist ein Baggerfahrer dann auf die Kiste gestoßen.«

Möllenkamp wollte sich schon abwenden, da fielen ihm die Ränder der Kiste in die Augen. Er bückte sich und fuhr mit der Hand über die Kanten, wo der Deckel aufgelegen hatte. Dann strich er auch innen an den Fugen entlang. Als er wieder aufstand, hatte er eine schwarze, klebrige Masse an den Fingern.

»Was ist das?«

»Das? Ja, das hat die Spusi auch schon eingesammelt. Sieht so aus, als hätte der Täter die Fugen mit Teer oder sowas abgedichtet.«

Möllenkamp runzelte die Stirn. Warum machte man denn sowas?

»Wer hat ihn gefunden?«

»Da drüben, der Pole. Wir haben schon versucht, ihn zu befragen. Kannst du vergessen. Der spricht kein Deutsch.«

Möllenkamp drehte sich um und sah in einiger Entfernung vier Bauarbeiter wie Ölgötzen reglos nebeneinanderstehen. Wie sich herausstellte, waren es zwei Deutsche und zwei Polen.

»Wir haben die Namen aufgenommen: Jerzy Legas, Lech Kufel, Herbert Klatt, Harm Kruse. Der ist der Vorarbeiter.«

»Welcher?«

»Kruse. Neben dem Alten da drüben.«

Möllenkamp ging hinüber: »Guten Abend zusammen.« Zu dem einen Polen gewandt: »Sie haben also die Leiche entdeckt?«

Eifriges Nicken.

»Können Sie uns beschreiben, wie genau Sie auf diese Kiste gestoßen sind?«

Schweigen.

»Der kann kein Deutsch«, knurrte sein Kollege, der schätzungsweise kurz vor der Rente stand, »das haben die Beamten auch schon versucht.« Dabei blickte er die beiden Polen finster an und spuckte aus.

Möllenkamp fragte sich, wie man auf einer solchen Baustelle miteinander arbeiten konnte, wenn es keine gemeinsame Sprache zur Verständigung gab. Es würde vermutlich das gleiche Ende nehmen wie mit dem Turmbau zu Babel. Er wandte sich dem anderen Polen zu.

Dieser hob abwehrend die Hände: »Ich nix gesehen. Habe

gearbeitet an andere Stelle drüben.« Er streckte den Finger ins Nirgendwo.

Der vierte Bauarbeiter meldete sich zu Wort: »Ich bin Harm Kruse, der Vorarbeiter. Der Lech hat mit sein' Bagger die Kiste ausgegraben. Wir haben sie so gelassen, wie sie war, weil wir ja nicht wussten, was drin ist.« Pause. »Hätte ja auch ein Sperrwerksgegner 'ne Bombe versteckt haben können. Wir haben ja schon viel erlebt hier mit den Spinnern. Aber so 'ne Schweinerei, Mann, nee. Wer tut so was?«

Möllenkamp befragte die Männer, so gut es ging. Da der eine Pole den anderen dolmetschte, verzichtete er darauf, ihn mit in die Inspektion zu nehmen und einen Übersetzer zu bestellen. Es genügte fürs Erste, die Personalien zu haben.

»Kennt jemand von Ihnen den Toten?«, fragte er zum Schluss. Alle schüttelten den Kopf. Möllenkamp hatte es erwartet.

***

Möllenkamp und Abram hatten gerade die Baustelle verlassen, als eine dunkle Limousine mit quietschenden Reifen vor ihnen an der Straße hielt. LER-ES-1.

»Der Landrat«, stöhnte Abram.

»Was will der denn hier? Und woher weiß der schon Bescheid?«

»War doch klar, dass unser Chef seinen Golfpartner zügig informiert«, raunte ihnen ein Kriminaltechniker im Vorübergehen zu.

Enno Saathoff sprang aus dem Auto. Schlagartig war die Stimmung explosiv. »Verflucht nochmal! Ich will sofort wissen, was hier passiert ist. Jetzt will ich aber auch mal sehen, dass Ihr das Pack richtig hart rannehmt. Ich lass mir diese Baustelle nicht wieder kaputtmachen. Morgen wird hier weitergearbeitet, verstanden?«

Möllenkamp und Abram wechselten Blicke. »Moin, Herr Landrat. Haben Sie einen Verdacht, wer es gewesen sein könnte?«

Saathoff schnappte nach Luft. »Wollt ihr mich auf den Arm nehmen? Für alles, was hier auf der Baustelle schiefgeht, sind doch bloß diese Öko-Terroristen verantwortlich. Die schrecken vor nichts zurück. Erst der Sprengsatz bei Meyer, dann legen sie hier die Arbeit jahrelang lahm und nun ein Toter. Fahrt doch mal nach Weener, da werdet ihr schon fündig!« Ein Finger bohrte sich in Abrams Ostfriesennerz. »Und morgen wird hier weitergearbeitet!«, brüllte er und sprang wieder in sein Auto.

»Wow, was für ein Auftritt«, sagte Möllenkamp. »Wollte er nicht eigentlich wissen, was hier passiert ist?«

»Anscheinend weiß er genug, um sich sein Urteil zu bilden. Vielleicht war es ihm auch zu ungemütlich hier draußen. Letztlich ist er ja seine Botschaft an uns losgeworden: Wir sind auf jeden Fall verantwortlich – egal wofür.«

»Was meint er damit, dass wir nach Weener fahren sollen?«

Abram seufzte. »Er meint die Bürgerinitiative ›Wir für die Ems‹. Die hat dort ihr Büro. Die Leute haben in der Vergangenheit schon eine Menge Ärger gemacht – oder na ja, je nach Perspektive …«

»Aber Mord?«

»Ich glaub's nicht, aber wir müssen jeder Spur nachgehen. Und solange wir nicht einmal wissen, wer der Tote ist, haben wir ja nicht allzu viele Ansatzpunkte. Aber da werden wir uns mal morgen drum kümmern. Vielleicht wissen wir dann auch mehr über das Opfer.«

Die beiden Kollegen standen vor ihren Autos. Möllenkamp sah zu, wie Johann Abram seine Stiefel und den Ostfriesennerz auszog, umsichtig den Schmutz abwischte und die Sachen in der Klappbox verstaute. Die beiden verabschiedeten sich. Sie würden sich morgen in der Inspektion wiedersehen. Mord kannte kein Wochenende. Abram würde jetzt nach Hause fahren, zu seiner Frau und den zwei Kindern. Wahrscheinlich würde er seiner Frau erzählen, was passiert war. Dann würde sein Sohn ihn nach neuen Turnschuhen fragen, und seine kleine Tochter würde erzählen, was für eine Laterne sie im Kindergarten für das Martinilaufen bastelte. Und dann würde der Schrecken langsam verschwinden.

Möllenkamp stand im Regen und schaute den Rücklichtern von Abrams Auto nach. In ihm breitete sich eine wohlige Melancholie aus. Er dachte an Meike und an das Glück, das er gehabt hatte. Wenn er gleich nach Hause käme, würde sie in einem alten Trainingsanzug auf dem Sofa sitzen, mit einer Decke auf den Knien. Sie würde ihm zuhören. Und er würde sich sicher fühlen. Aber ein wenig Traurigkeit über das, was er gesehen hatte, würde zurückbleiben. Er hatte sich immer noch nicht an die technische Kälte gewöhnt, mit der in seinem Beruf das Ende eines Lebens, vieler Leben behandelt wurde.

Möllenkamps Gedankengänge wurden abrupt gestoppt

durch einen roten Polo, der direkt vor ihm hielt. Heraus stieg eine große, stämmige Frau mit groben Gesichtszügen, eine Kamera um den Hals. Jetzt nicht noch die Presse!

»Moin«, sagte sie knapp. »Wissen Sie, wer mir was sagen kann zu dem, was hier passiert ist?«

»Das Beste haben Sie verpasst«, antwortete er gereizt. »Darf ich fragen, wer Sie sind?«

»Gertrud Boekhoff, Rheiderländer Tagblatt. Und wer sind Sie, wenn die Frage gestattet ist?«

Die war ja unverschämt!

»Kriminalhauptkommissar Stephan Möllenkamp. Kripo Leer. Ihre Kollegen vom ›Ostfriesen Kurier‹ sind schon wieder weg.«

Sie schnaubte. »Mein Handy war leer, als Ihre Leute angerufen haben. Ich hab's nicht gleich gemerkt. Wissen Sie schon, wer's ist?«

»Nein. Ein alter Mann, so um die achtzig.« Er ging widerwillig mit ihr noch einmal auf die Baustelle, damit sie noch ein paar Fotos vom Fundort und den arbeitenden Kriminaltechnikern machen konnte. Das Opfer war bereits auf dem Weg in die Pathologie.

»War der Landrat schon da?«, fragte sie, als sie wieder an der Straße ankamen.

»Woher wissen Sie das?«

»Geraten. Das Sperrwerk ist ein Politikum.« Sie sah ihn an und grinste. »War nicht schön, was?«

Er wusste nicht genau, ob sie jetzt anfing, ihm richtig auf die Nerven zu gehen oder ob sie ihm langsam sympathisch wurde. Er schwieg.

»Na dann … werd ich mal wieder fahren.« Sie ging auf ihr

Auto zu, und während sie ihren großen Körper in den kleinen Polo wuchtete, sagte sie leichthin: »Ich glaube, ich habe eine Ahnung, wer's ist.«

»Was?«

»Na, der Tote.«

Jetzt war er doch genervt. Wollte diese Pressetante ihn auf den Arm nehmen? »Hören sie, wenn sie eine Idee haben, wer es sein könnte, dann sind sie verpflichtet, der Polizei das mitzuteilen.«

Sie sah ihn an. »Ich glaube, es könnte der alte de Vries sein.«

»Wer ist das? Und warum glauben Sie das? Wir haben alle Vermisstenmeldungen überprüft, es ist niemand dieses Alters gemeldet, zumindest nicht aus der Region. Lebt er allein?«

»Sie kennen sich hier im Rheiderland nicht aus, oder?«

Er zuckte die Achseln.

»Wissen Sie was? Wenn Sie noch etwas Zeit haben, dann gehen wir auf ein Bier ins ›Schwarze Ross‹, das ist nicht weit von hier. Dann erzähle ich Ihnen, wer de Vries ist. Und wenn er's am Ende nicht ist, kennen Sie trotzdem eine bedeutende Person des Rheiderlandes. Wer weiß, wofür Sie's noch mal brauchen können.«

Eigentlich wollte er nicht. Er hatte beschlossen, dass die Frau ihm auf die Nerven ging. Aber jetzt hinderte ihn die Neugier doch daran, nach Hause zu fahren. Er nickte. »Ein Bier könnte ich jetzt ganz gut gebrauchen.«

***

Die Gaststätte sah aus, als hätte jemand sein Wohnzimmer fürs Publikum geöffnet. Am Ende des notdürftig beleuchteten Raums stand ein altes Ostfriesensofa an der Wand, davor ein viel zu hoher Esstisch mit vier weiteren Stühlen. Insgesamt sieben ältere Männer saßen vor Bier und Korn um den Tisch herum, wobei die drei auf dem Sofa kaum mit dem Kinn über die Tischplatte ragten. Über dem Sofa hing ein kolorierter Druck, der den Gefallenen des Ersten Weltkriegs gewidmet war. Mit schwarzer Schnörkelschrift hatte jemand fünf Namen hineingepinselt. Die Wand neben der Theke war mit Zeitungsausschnitten gepflastert, die sich offenbar alle um eine Sturmflut drehten.

Möllenkamps Begleiterin war hier bestens bekannt, und die Herren am Tisch verlangten sofort einen Bericht über das Geschehen auf der Sperrwerksbaustelle. Souverän, wenn auch leicht schroff, verwies die Redakteurin auf die nächste Ausgabe des »Blattje« und steuerte einen winzigen Tisch in einer anderen Ecke der Kneipe an.

Als sie sich gesetzt hatten, sagte sie: »Ich hätte daran denken sollen, dass heute hier der Ortsbeirat von Hatzum tagt. Tut mir leid, dass ich Sie nicht vorgestellt habe, aber dann hätten wir keine Ruhe mehr zum Reden gehabt. Die hätten sie ausgequetscht wie eine Zitrone.«

Zwei Stunden und mehrere Jever-Pils später wusste Möllenkamp, dass die Lokalreporterin ihm doch sympathisch, der alte Tadeus de Vries ein Riesenarschloch und die Auseinandersetzung um das Emssperrwerk von größerer Brisanz war, als er gedacht hatte. In dem muffigen Wohnzimmer sitzend spürte er, wie sich eine ganz und gar angenehme Wärme in ihm ausbreitete und ein wohliger Nebel ihn umfing. Die Frau, deren Gesicht ihn entfernt an eine Bulldogge erinnerte, saß vor ihm und es kam ihm so vor, als würde er sie schon seit Jahren kennen.

Die Geschichten über Tadeus de Vries tropften in sein Hirn wie Honig auf ein Frühstücksbrötchen. De Vries war ein wohlhabender Polderbauer. Ein Mann, der es Zeit seines Lebens verstanden hatte, seinen Vorteil zu nutzen und der dabei auf andere keine Rücksicht nahm. Er hatte sich mit Investitionen in Windkraftanlagen und mit dem Verkauf von Land für Windparks und für den Sperrwerksbau eine goldene Nase verdient. Dabei sei nicht immer alles mit rechten Dingen zugegangen. De Vries hatte zu den vehementesten Sperrwerk-Befürwortern gehört, die das Rheiderland aufzubieten hatte. Auch im Privaten war nichts Positives über ihn zu berichten. Er hatte seine Frau ständig betrogen und seine Kinder drangsaliert.

»Seine Frau hat es sich abgewöhnt, ihn als vermisst zu melden, wenn er wieder für ein paar Tage verschwunden ist. Die Demütigung, die Anzeige zurückziehen zu müssen, weil er von allein wieder auftauchte und von den scharfen Weibern auf Sankt Pauli schwärmte, hat sie sich lieber erspart. Aber ich hab gestern gerüchteweise gehört, dass er wieder mal weg sein soll.«

»Aber der Mann, den wir gefunden haben, ist bestimmt über achtzig!«

»Der Typ ist aktiv wie ein Fünfzigjähriger. Es kommt nicht drauf an, ob er wirklich irgendwo noch einen draufmacht. Es zählt nur, dass man es ihm zutraut. Und es wundert sich einfach keiner, wenn er wieder mal verschwindet, weil es schon so oft vorgekommen ist. Die Vorstellung, dass ihm was passiert sein könnte, kommt den Leuten gar nicht in den Sinn. Seine Tochter hat mal zu meiner Friseurin gesagt: De geit neit doot, de musst du doottrappeln.«

»Was heißt das?« Möllenkamp hatte sich ins ostfriesische Platt bisher noch nicht richtig hineingehört.

»Der stirbt nicht, den muss du tottreten.«

»Hmm, wenn ich das richtig sehe, dann gibt es eine Menge Kandidaten, die über seinen Tod nicht gerade traurig wären. Aber glauben Sie wirklich, dass ihn die Sperrwerksgegner oder Leute von der Bürgerinitiative ermordet haben könnten?«

Gertrud überlegte. Während der nun schon Jahre andauernden Auseinandersetzung um das Sperrwerk hatte es schon alles Mögliche gegeben: Demonstrationen, Schlägereien, zerstochene Autoreifen, sogar vergiftete Katzen. Auch Morddrohungen waren dabei gewesen – per Brief oder auf dem Anrufbeantworter von Eko Ekhoff, dem Betriebsratsvorsitzenden der Meyer Werft. Aber ein Mord? Andererseits hatte sich die Szene über die Zeit verändert, war gewaltbereiter geworden. »Ich weiß es nicht«, sagte sie schließlich seufzend. »Lassen Sie uns lieber zuerst herausfinden, ob der Tote wirklich de Vries ist. Vielleicht stoßen wir dann auch auf das Motiv.«

Möllenkamp hatte inzwischen eine große Müdigkeit erfasst. Das fünfte Jever vor sich, konnte er kaum noch die Augen offenhalten. Nur dunkel registrierte er, dass Gertrud »uns« und »wir« gesagt hatte. »Ich heiße übrigens Stephan«, brachte er mit belegter Stimme heraus.

1946, im Frühjahr, irgendwo auf dem Fehn

»Hee, du kleine Ratte! Gib das sofort wieder her. Na, warte. Wenn ich dich erwische, dann häng ich dich an den nächsten Baum! Wir haben schon viel zu viele von euch verlausten Polacken durchgefüttert!«

Schnelle Schritte nähern sich ihrem Versteck und sie spürt, wie etwas Warmes sich keuchend neben sie fallen lässt.

»Hey Marion. Hier, nimm.« Er streckt ihr seine Hand entgegen, in der er ein großes Entenei hält. Vorsichtig zieht er ein zweites Ei aus seiner Hosentasche. Geschickt macht er oben und unten ein Loch und schlürft es gierig aus. Sie starrt ihn an.

»Bist du verrückt, hier auf dem Hof etwas zu klauen? Wenn der Bauer uns findet, dann können wir was erleben.«

Er funkelt sie an. Dann verzieht sich sein mageres Gesicht zu einem Grinsen. »Der kommt hier nicht hoch. Is'n Krüppel. Dem fehlt das linke Bein bis zum Knie und der rechte Arm. Er war nicht mal schnell genug, um zu sehen, wo ich hin bin.«

Sie seufzt. »Glaubst du, er kommt nicht von selbst drauf, dass wir auf seinem Heuboden sind? Das hast du großartig gemacht. Jetzt müssen wir wieder fort.« Sie sieht Trotz und Enttäuschung in seinem Blick.

Dann schiebt sich das Bild von Großmutter Albrechtsdorf davor, wie sie ein rohes Ei in ein halbes Glas Rotwein schlägt und Zucker darauf schüttet. Geschlagen ergibt das Ganze eine ziemlich eklig aussehende, schaumige Flüssigkeit, und sie trinkt das Zeug nur, weil Oma gesagt hat, davon werde sie ein wunderschönes Mädchen mit starken Zähnen und glänzendem Haar.

Und weil Wein darin ist, den die Kinder zu Hause nicht bekommen. Oh Gott, was würde sie jetzt für ein Glas davon aus Großmutters Hand geben. Sie nimmt das Ei und saugt ebenfalls hungrig seinen Inhalt aus. »Danke für das Ei«, sagt sie versöhnlich.

»Ich versteh' nicht, dass wir hier Hunger haben müssen. In Mariental hast du gesagt, dass wir nach Ostfriesland gehen, weil es hier genug zu essen gibt.«

Er schaut sie vorwurfsvoll an, erwartet, dass sie ihm sagt, was sie tun werden. Sie weiß es doch auch nicht. Aber sie ist seine ältere Schwester und hat die Verantwortung, seit Mutter tot ist.

Weitere Bilder pulsieren heran. Sie hat diese Bilder weggedrängt, weggestopft, wie Bettzeug in eine viel zu kleine Truhe. Aber der Deckel steht immer ein Stück offen und es lugt ein Stück hervor. Und wenn sie den Deckel öffnet, dann quillt das Federbett heraus und quillt und quillt und füllt den ganzen Raum aus, bis es sie zu ersticken droht. Darum drückt sie den Deckel immer, wenn er ein wenig aufspringt, zu, drückt die Erinnerungen weg. Aber manchmal gelingt es ihr nicht.

Jetzt etwa, jetzt geht es nicht weg. Sie ist wieder dort, auf dem Weg zum Frischen Haff. Der Frost kriecht durch die Strohschütten auf dem Wagen. Es war Tante Helene, die sie mitgenommen hat, nachdem sie, ohne sich noch einmal umzudrehen, mit dem Bruder an der Hand von zu Hause fortgegangen ist. Nur fort, nur fort. Marion geht neben dem Wagen. Helenes zwei Kühe sind hinten festgebunden. Sie hört das Schnauben hinter sich. Vorn haben die Pferde alle Mühe, die Last zu ziehen. Ihr kleiner Bruder liegt unter der Plane. Er keucht. Er fiebert. Ob er es schafft? Für ihn muss sie es schaffen.

Dann, mitten auf der Straße, der Panzer. Ein Rotarmist

fuchtelt mit den Armen, fünf Uhren am Handgelenk. »Fahren Wald«, ruft er, »Hier nix gutt.«

Tante Helene reißt die Pferde herum, die anderen Frauen im Treck tun das gleiche. Doch schon tauchen aus dem Nichts schwankende, graue Gestalten auf, greifen in die Zügel. Sie zwingen die wenigen Männer und Jungen von den Wagen und treiben sie fort. Maschinengewehrsalven sind zu hören.

Marion klettert eilig in den Karren. Sie wirft sich auf ihren Bruder, presst ihr Gesicht in das Stroh. Tante Helene schreit gellend. Da ist eine Faust unter der Plane, unerbittlich zerrt sie sie hervor. Ein breites, kaukasisches Gesicht sieht sie an. Nicht unfreundlich. Ihr Blick wandert hinab an den zerschlissenen Kleidern, der halb herunterhängenden Hose. Er hat sich offenbar nicht einmal die Mühe gemacht, sie nach der letzten – ihr Kopf will das passende Wort nicht hergeben – nach dem letzten Mal wieder hochzuziehen.

Sie weiß nicht, was am meisten schmerzt: der Rotarmist, die beißende Kälte oder der Gedanke an Gustav. Sie haben sich geküsst, mehr nicht. Ihm hat sie verweigert, was der Russe sich einfach nimmt. Gustav liegt irgendwo zerquetscht in einem Graben, den er mit einem Klappspaten zusammen mit anderen Kindern und Greisen ausgehoben hat. Ein russischer Panzer, einer der ersten, hat ihn überrollt.

Sie hört wieder die Schreie, die Schüsse. Aber am schlimmsten ist die Stille danach. Nicht auszuhalten. Irgendwie sind sie und ihr Bruder davongekommen. Sie weiß nicht, wie. Nur, dass das Jahr nach diesem Winter ihr irgendwie verloren gegangen ist.

Sie müssen über die Oder gegangen sein. Wann? Tante Helene ist an Typhus gestorben. Wo war das? Noch in Pommern, oder schon in Ludwigslust? Irgendwann müssen sie mit dem Zug in

Mariental angekommen sein. Sie weiß, dass sie dort waren, aber sie erinnert sich nicht. Es ist unwirklich geworden.

Wirklich ist nur ihr Bruder. Und das dumpfe Gefühl: nach Westen, so weit wie möglich nach Westen. Weg von den Russen, von den Polen, von dem Stöhnen und Schreien, weg vom Elend und Tod. Und jetzt? Viel weiter geht es nicht.

»Komm«, sagt sie, »suchen wir uns eine andere Unterkunft. Wir gehen auf die Polder. Die Bauern dort sollen sehr reich sein. Wir werden arbeiten und genug zu essen haben.«

Samstag, 30. Oktober 1999

Möllenkamp fuhr verkatert mit dem Fahrrad in die Polizeiinspektion. Er wollte vor der Besprechung den Bericht der Kriminaltechnik gelesen haben. Ein Obduktionsbericht lag zu diesem Zeitpunkt sicher noch nicht vor. Anders als Landrat Saathoff hielt er nichts davon, über Motive oder mögliche Täter zu spekulieren, ohne dass er die grundlegenden Fakten über Tatort und Opfer kannte. Bei der morgendlichen Zeitungslektüre auf der Toilette hatte er festgestellt, dass der »Ostfriesen Kurier« schon ein Interview mit dem Landrat zum Mord enthielt, in dem dieser seine nicht gerade neutrale Sicht der Dinge zum Besten gegeben hatte.

Um den Fall des Toten von der Sperrwerksbaustelle würde sich eine Sonderkommission des Ersten Fachkommissariats kümmern. Insgesamt arbeiteten im Ersten Fachkommissariat etwa zwanzig Ermittler an der Aufklärung von Kapitaldelikten, zu denen neben Mord und Totschlag auch Sexual- und Betäubungsmitteldelikte, Brandstiftungen und Vermisstenfälle zählten. Besonders viel passierte an Wochenenden. Möllenkamps Kollege Wilfried Bleeker, ein Mann mit einem ausgeprägten Hang zum Zynismus, hatte deshalb dafür plädiert, die Geschäfte sonntags zu öffnen, dann würden nicht so viele Verbrechen passieren: »Wenn die Leute sich langweilen, saufen sie und kommen auf dumme Gedanken.«

Bleeker saß schon im Besprechungsraum, als Möllenkamp hereinkam. Auch er sah aus, als hätte er am Freitagabend zu viel getrunken und wieder einmal Kette geraucht. Mit seinen nach hinten gegelten dunklen Haaren, der ausgemergelten Gestalt in den immer schwarzen Anzügen mit weißem Hemd und dem Siegelring an seiner rechten Hand, erinnerte er Möllenkamp an einen Mafioso. Diese halbseidene Aura, verbunden mit einem provokanten Grinsen, das sich nach einigen Bieren noch verstärkte, führte gelegentlich dazu, dass er in Schwierigkeiten geriet.

Johann Abram und Anja Hinrichs traten fast gleichzeitig durch die Tür. Während Abram, ausgeglichen wie immer, den anwesenden Kollegen ein freundliches »Moin« zurief, verhieß Anjas Gesicht nichts Gutes. Ihre Mundwinkel zeigten nach unten, und über ihre Lippen kam kein Ton. Sie ließ sich auf ihren Stuhl fallen und begann, ihre blondierten Haare nach hinten zu streichen. Anja war eine gut aussehende Frau von Anfang vierzig. Doch ihre Launen jagten den Kollegen Angst und Schrecken ein. Möllenkamp hatte sie bisher gewähren lassen, weil er die Dinge erst einmal beobachten wollte und – uneingestanden – wohl auch, weil er sich seiner Autorität als Leiter des Fachkommissariats noch nicht ganz sicher war. Ihm schwante, dass er bald andere Saiten aufziehen musste, zumal Anja ihre Launen in letzter Zeit bevorzugt an Edda Sieverts, der Assistentin des FK 1, abreagierte. Die hatte neben Johann Abram Schutz gesucht. Anjas Gesichtsausdruck schien heute einen gewissen Abstand anzuraten.

Augenzwinkernd schob Edda Sieverts dafür ihrem Nachbarn einen Tupperware-Katalog zu: »Für Ihre Frau. Die findet da bestimmt noch was Schönes. Soll sich einfach an mich wenden, wenn sie was bestellen will.«

Abram grinste ebenso verschwörerisch zurück und schob

ihr den Katalog wieder hin. »Frau Sieverts, Sie wissen doch: Wir haben für so teure Haushaltssachen gar kein Geld. Wir müssen unsere Dosen bei Aldi kaufen.« Bevor Edda Sieverts Gelegenheit bekam, Abram von den Vorzügen der Produkte zu überzeugen, räusperte sich Möllenkamp.

Als er gerade anfangen wollte, fand sich noch Thomas Hinterkötter ein. Der stellvertretende Leiter der Polizeiinspektion Leer-Emden und Chef des Zentralen Kriminaldienstes pflegte am Wochenende normalerweise sein Golf-Handicap zu verbessern. Dieser Fall aber, das hatte Möllenkamp der Auftritt des Landrats gelehrt, hatte eindeutig eine politische Dimension, die in den Augen des Chefs strenge Aufsicht erforderte. Nichts, was ihnen die Arbeit leichter machte.

Hinterkötter war Westfale. Er lachte gern und laut, und man konnte ihn leicht für gutmütig halten, was er nicht war. Anja Hinrichs war des Öfteren mit ihm aneinandergeraten, weil Hinterkötter auf ihre feministischen Ansichten gewöhnlich mit beißendem Spott reagierte. Dafür wartete sie jetzt schon sehr lange auf ihre Beförderung und argwöhnte vermutlich zu Recht, dass dies mit dem mangelnden Engagement Hinterkötters zu tun hatte.

Heute Morgen ist er wieder an der Endkontrolle vorbeigeflutscht, dachte Möllenkamp, als er ihn ansah. Hinterkötter trug seine Lieblingskombination: graue Hose, schwarzes Hemd, auberginefarbenen Zweireiher mit Goldknöpfen, dazu eine Krawatte, auf der Mäuse mit Käsestückchen tanzten. Möllenkamp konnte sich nicht vorstellen, dass Meike ihn in so einem Aufzug irgendwo hätte hingehen lassen. Aber anscheinend hatte Hinterkötters Frau mit dem gemeinsamen Sohn genug zu tun und konnte sich nicht auch noch um die modischen Entgleisungen ihres Mannes kümmern.

»Guten Morgen«, begann Möllenkamp. »tut mir leid, dass ich euch um euer wohlverdientes Wochenende bringe. Aber wir haben leider einen traurigen Grund für unser heutiges Treffen.« Er informierte die Kollegen über die Geschehnisse des vergangenen Tages. Als er zur Identität des Opfers kam, zögerte er ein wenig, wie weit er über seine Recherchen ins Detail gehen sollte, entschied sich dann für die Kurzform: »Ich habe einen Hinweis erhalten, dass es sich hierbei um den 84-jährigen Tadeus de Vries aus Bunderhammrich handeln könnte. Wir werden das schnellstmöglich klären.«

»Wir können wohl sicher sein, dass es sich um ein politisches Motiv handelt«, fiel Hinterkötter ihm ins Wort. »Opfer und Tatort lassen keinen Zweifel zu. Tadeus de Vries war ein entschiedener Befürworter des Sperrwerk-Projekts.«

Anja Hinrichs widersprach: »So einen Aufwand treibt nur jemand, der das Opfer persönlich gehasst haben muss. Ich würde von einer Beziehungstat ausgehen.«

»Dann war es bestimmt seine Frau!«, krähte Edda Sieverts.

»Die Frau ist mindestens achtzig«, erwiderte Anja Hinrichs genervt. »Und die soll ihren Alten zu Klump gehauen und in einem selbstgebastelten Sarg auf der Baustelle vergraben haben? Und wie hat sie das wohl geschafft?!«

»Trotzdem: Einen einfachen Raubüberfall oder Totschlag im Affekt würde man so nicht inszenieren«, hielt Johann Abram mit ruhiger Stimme fest.

»Vielleicht war's ja auch eine andere Frau. Muss ja nicht seine eigene gewesen sein … Man hört ja so einiges über diesen de Vries. Außerdem soll er früher ein ziemlich übler Nazi gewesen sein.« Wilfried Bleeker ließ seinen Satz bedeutungsvoll ausklingen, während er auf einem Streichholz kaute und seine manikürten Fingernägel betrachtete.

Woher weiß er das alles, fragte sich Möllenkamp, der immer wieder verblüfft war, über welche Informationen Bleeker verfügte. Wahrscheinlich sollte er sich nachts auch öfter in Kneipen und zwielichtigen Etablissements herumtreiben. Das könnte ihm wertvolle Informationen für seine Arbeit liefern. Dann fiel ihm ein, dass der gestrige Abend mit Gertrud Boekhoff diese Kriterien durchaus erfüllte und schließlich auch nicht ergebnislos gewesen war. Obwohl: Sicher war ja noch keineswegs, dass es sich tatsächlich um Tadeus de Vries handelte.

Mit diesem Hinweis versuchte er denn auch, die gedanklichen Ausschweifungen seiner Kollegen zu drosseln.

Noch einmal meldete sich Edda Sieverts zu Wort, diesmal weniger unbedacht: »Egal, ob es seine Frau war oder sonst jemand, der ihn hasste, die eigentliche Frage ist doch: Wie haben sie oder er den Sarg mit dem Mann drin überhaupt auf die Baustelle gekriegt?«

Hinterkötter starrte Edda mit offenem Mund an. Dass eine Sekretärin das entscheidende Problem so scharfsinnig auf den Punkt brachte, passte eindeutig nicht in sein Weltbild.

»Tatsächlich könnten es zwei oder mehr Täter gewesen sein«, nahm Möllenkamp den Faden auf.

»Moment«, rief Anja, offensichtlich entschlossen, sich nicht von Sieverts die Butter vom Brot nehmen zu lassen. »Ein einzelner Täter kann durchaus den Sarg zuerst platziert und dann das Opfer hineingelegt haben. Dafür braucht er doch höchstens eine Schubkarre oder so etwas. Es ist also sehr wohl möglich, dass der Sarg vorher auf die Baustelle geschafft wurde und erst später die Leiche dort hineingelegt wurde. Seine Frau allerdings«, und hier wandte sie sich mit überlegenem Lächeln Edda zu, »wird das kaum alleine geschafft haben.«

Abram nahm den Faden auf: »Angenommen, Anja hat mit ihrer Vermutung recht: Wo auf der Baustelle könnte der Täter so eine Kiste denn versteckt haben? Kann uns denn der Erkennungsdienst dazu noch nichts sagen?«

»Bislang ist der KT-Bericht eher mager«, räumte Möllenkamp ein. »Es gibt auf der Baustelle dermaßen viele Spuren, dass man da kaum etwas findet, was man zweifelsfrei mit diesem Mord in Verbindung bringen könnte. Schließlich sind da den ganzen Tag über schon Bagger und andere Fahrzeuge herumgefahren, bis der Sarg überhaupt entdeckt wurde. Den Rest hat der Regen erledigt. Allerdings ist der Bauwagen offenbar aufgebrochen worden. Aber ob das bedeutet, dass dort die Kiste oder das Holz aufbewahrt worden ist, wissen wir noch nicht. Und ob wir daraus schließen können, dass der Täter allein war, auch nicht. Wir müssen abwarten, welche Spuren im Bauwagen identifiziert werden können.«

»Wie lange stand der Bauwagen denn schon da«, fragte Anja, die sich anscheinend beruhigt hatte. »Die Arbeiten auf der Baustelle sind ja überhaupt erst am Mittwoch wiederaufgenommen worden, also einen Tag, bevor der Mann dort vergraben worden ist.«

»Guter Punkt«, sagte Möllenkamp. Er hatte schon eine ganze Reihe von Stichworten wie »Beziehungstat«, »politisches Motiv«, »ein/mehrere Täter«, »Tatvorlauf« und »Bauwagen« auf gelbe Pappkärtchen geschrieben, die er nun an die Pinnwand heftete, sortiert nach den Kategorien »Motiv« und »Tathergang«. Er hatte sich das bei Meike abgeschaut, die in ihrem Unterricht häufig den Moderationskoffer verwendete. Ihm diente es allerdings weniger dazu, die Kollegen durch Methodenwechsel bei Laune zu halten, vielmehr wollte er Informationen, Aufgabenverteilung und Theorien geordnet und für alle nachvollziehbar an einem Ort sammeln.

Mit den Theorien waren sie für heute erst einmal durch, weitere Spekulationen würde sie nur in das Reich der Phantasie führen, fand Möllenkamp. Aber es gab Routineaufgaben, die zum Standardrepertoire der Polizeiarbeit gehörten, und die verteilte er jetzt.

»Anja, bitte frage noch einmal bei den Kollegen vom Fachkommissariat 5 nach, ob sie schon Genaueres über die Materialien sagen können, also das Holz, die Nägel, den Leim, oder was immer da verwendet worden ist. Ach so, am Sarg befand sich eine merkwürdige schwarze Paste mit Fasern. Vielleicht wissen sie schon, was das ist und wo der Täter die Sachen herhat. Und frag auch noch einmal nach, ob es Anzeichen dafür gibt, dass die Kiste im Bauwagen deponiert wurde und wie lange der Bauwagen dort schon stand.« Anjas Miene war finster wie immer, aber sie nickte.

»Wilfried, bitte nimm dir noch einmal die Bauarbeiter auf der Baustelle vor, die die Leiche entdeckt haben. Besorg dir dazu einen Dolmetscher für die Polen.« Bleeker grinste.

Möllenkamp und seinem Kollegen Abram stand die unangenehmste Aufgabe bevor: Sie mussten nach Bunderhee fahren und dort einer alten Frau mitteilen, dass ihr Ehemann möglicherweise ermordet worden war. Und wenn es nicht Tadeus de Vries war, dann standen sie wieder am Anfang.

***

Die Reifen knirschten über den Schotterweg, als Möllenkamp und Abram zu dem herrschaftlichen Anwesen der de Vries in Bunderhammrich hinauffuhren. Hinter dem Wohnhaus mit den hohen Fenstern erstreckte sich ein großes Wirtschaftsgebäude mit einem grünen Hoftor, über dem ein Sandstein mit der Jahreszahl »1912« eingelassen war. Wie viele Gulfhöfe des Rheiderlandes war auch dieser von einem Wassergraben umgeben, der von Trauerweiden und ausladenden Wacholderbüschen gesäumt wurde. Eine Weißdornhecke grenzte das Grundstück zur Straße hin ab. Wasser und Dornen machten den Gulfhof zur Burg des Polderfürsten, mit der er den Feinden trotzte.

Das Anwesen wirkte unbewohnt. Nichts regte sich hinter den Gardinen, kein Laut war zu hören. Es dauerte eine ganze Weile, bis sie auf ihr Klingeln hin langsame Schritte vernahmen. Als hinter der Scheibe der Tür schließlich ein kleines graues Gesicht erschien, zückte Möllenkamp seinen Ausweis. »Moin. Stephan Möllenkamp und Johann Abram von der Kriminalpolizei Leer. Sind Sie Gretchen de Vries?«

»Was wollen Sie?«, kam es mit brüchiger Stimme von irgendwo aus dem winzigen Körper.

»Frau de Vries, wir haben gehört, dass Ihr Mann seit etwa zwei Tagen verschwunden sein soll. Wir haben Grund zu der Annahme …«

»Mein Mann ist nicht verschwunden. Gehen Sie.«

Möllenkamp blickte Abram an, der nun übernahm: »Wenn Ihr Mann nicht verschwunden ist, dann entschuldigen Sie bitte die Störung. In diesem Fall müssten wir aber dennoch kurz mit ihm sprechen.«

»Mein Mann ist verreist.«

»Wie lange? Können Sie uns sagen, wo wir ihn erreichen können.«

Die Frau schwieg.

»Frau de Vries. Es geht um einen Mordfall. Wenn Sie uns nicht sagen, wo Ihr Mann ist, dann müssen wir ihn vorladen lassen. Und Sie auch.«

Resignation malte sich auf dem runzligen Gesicht. »Kommen Sie herein.«

Die Eingangshalle strahlte eine altmodische Gediegenheit aus. Es roch nach altem Holz. Die Frau führte sie in ein Wohnzimmer, in dem um einen geschnitzten Esstisch mit bestickter Tischdecke herum sechs Stühle aus dunklem Holz standen. Ein antiker Nussbaumsekretär, Samtvorhänge, Brokattapeten und eine Polstergruppe, deren teure Bezüge mit Schutzdecken über den Armlehnen versehen waren, verstärkten, zusammen mit einer unangenehm kühlen Raumtemperatur, den musealen Eindruck dieses ungastlichen Zimmers.

»Bitte, setzen Sie sich.«

»Frau de Vries, Sie sagten, Ihr Mann sei verreist. Können Sie uns sagen, wo er sich zurzeit aufhält?«, versuchte es Möllenkamp erneut.

»Nein.«

Möllenkamp blickte die alte Frau erwartungsvoll an. Doch sie hatte anscheinend nicht die Absicht, mehr zu sagen. Ihr Gesicht war unbewegt.

»Seit wann ist Ihr Mann denn verreist?«

»Ich glaube, seit Donnerstag.«

»Aber Sie wissen es nicht genau?«

»Nein.«

»Könnte es auch früher oder später gewesen sein?«

»Am Donnerstag habe ich ihn noch gesehen. Warum wollen Sie das alles wissen?«

Möllenkamp und Abram blickten einander an.

Abram wagte sich behutsam vor: »Frau de Vries, wir haben auf dem Gelände der Sperrwerksbaustelle eine männliche Leiche gefunden. Das Alter würde etwa auf Ihren Mann passen. Aber natürlich bedeutet das gar nichts, vor allem, wenn Sie sicher sind, dass er nur verreist …«

»Wer hat Ihnen das erzählt?«, unterbrach sie barsch.

»Was?«

»Dass es mein Mann sein soll.«

»Jemand hat uns einen Hinweis gegeben.«

»Wo kann ich ihn identifizieren?«

Beide Polizisten waren zu überrascht, um weitere Fragen zu stellen. »Sie können mit uns zur Gerichtsmedizin fahren, wenn Sie den Verdacht haben, es könnte Ihr Mann sein.«

»Warten Sie hier. Ich ziehe mir etwas über.«

Als Gretchen de Vries zurückkam, war sie in einen altmodischen Mantel mit Pelzkragen gekleidet, der bestimmt einmal sehr teuer gewesen war. Aus ihrer Miene war immer noch keine Regung abzulesen. In der Eingangshalle war es Möllenkamp, als höre er hinten aus dem Stall schwach das Bellen eines Hundes. Er drehte den Kopf dahin, wo ein dunkler Gang nach hinten zum Wirtschaftsgebäude führte. Ein Rascheln. Er blinzelte. »Wohnt noch jemand im Haus?«

»Nein«, sagte die Frau, »nur mein Mann und ich.«

Abram blickte ihn fragend an, als er dennoch stehen blieb und sich noch einmal umdrehte. Obwohl es regnete und der

Wind stürmisch blies, kam es ihm draußen wärmer vor als drinnen. Er entspannte sich. Während Abram den Wagen vom Hof lenkte und die alte Frau klein wie ein Kind hinten auf der Rückbank kauerte, blickte Möllenkamp nachdenklich zu dem Hof zurück, der so verlassen dalag, als habe niemand je darin gewohnt.

»Können wir noch einen kleinen Umweg über Hatzum machen?«, fragte er dann unvermittelt.

»Ja, warum«, fragte Abram mit einem raschen Seitenblick.

Möllenkamp versuchte möglichst unbeteiligt zu klingen: »Mein Auto abholen. Das steht noch vorm Schwarzen Ross.«

***

Am frühen Nachmittag standen Möllenkamp und Abram am Untersuchungstisch von Dr. Jörg Schlüter im Gerichtsmedizinischen Institut in Oldenburg. Frau de Vries hatte ihren Mann mit derselben Emotionslosigkeit identifiziert, die sie auch zuvor gezeigt hatte. Es gab anscheinend keine Gefühlsregungen, zu denen diese Frau fähig war. Über die Identifizierung hinaus war die Ehefrau des Ermordeten keine große Hilfe: Zum Verbleib des Wagens, mit dem er am Donnerstag weggefahren und der seitdem verschwunden war, konnte sie keine Angaben machen. Er hatte das Haus morgens verlassen, war erst gegen Abend zurückgekehrt, hatte nach einem kurzen Abendbrot den Wagen aus der Garage geholt und sich dann auf den Weg gemacht. Sie konnte weder sagen, wohin er gefahren war noch was er den ganzen Tag über gemacht hatte. Zu möglichen Motiven für seine Ermordung schwieg sie.

Nach dem Termin hatte eine Polizeistreife Frau de Vries wieder nach Hause zurückgefahren. Bei dem Gedanken, dass sie nun allein in dieses Museum zurückkehren würde, fröstelte Möllenkamp.

»Okay, jetzt haben wir's amtlich. Aber woran genau ist er denn nun gestorben«, hörte er Abram fragen. »War das Hämatom an seinem Kopf die Todesursache?«

Wie merkwürdig, dachte Möllenkamp, nicht einmal das hat seine Frau wissen wollen. Erwartungsvoll blickte er den dunkelhaarigen Pathologen mit der runden Intellektuellenbrille an. Doch der meist gut gelaunte Schlüter war heute ernst.

»Nein, daran ist er nicht gestorben. Die Kopfverletzung, die ihm vermutlich mit einem Kantholz zugefügt wurde, hat ihn höchstens für eine Weile betäubt. Wahrscheinlich war er bewusstlos, als er in die Kiste gelegt wurde.« Der Gerichtsmediziner hob eine Hand des Toten hoch: »Definitiv hat er versucht, sich aus seinem Sarg zu befreien. Es gibt an seinen Händen eindeutige Verletzungen, die darauf hindeuten. Zum Beispiel hier die Holzsplitter unter den Fingernägeln, aber auch Abschürfungen an den Fingerknöcheln. Muss ziemlich wehgetan haben.« Schlüter blickte die beiden Ermittler an.

Eine Weile sagte niemand etwas. Die Vorstellung von dem verzweifelten Kampf des alten Mannes um sein Leben machte sie beklommen. Dabei hatte er in seinem Holzsarg auf der Baustelle scheinbar so friedlich dagelegen. Schließlich räusperte sich Möllenkamp: »Wie lange hat es gedauert?«

»Ich würde sagen, maximal sechs bis acht Stunden. Dann ist er erstickt. Als ihr ihn gefunden habt, war er schätzungsweise acht bis zehn Stunden tot. Die Totenstarre hatte sich noch nicht gelöst. Genau kann ich das aber noch nicht sagen, weil ich nichts über innere Verletzungen weiß oder über das, was er zu sich genommen hat. Vielleicht wurde ihm ja auch etwas eingeflößt.«

»Wann kriegen wir die anderen Ergebnisse?«

»Schätze, am Montag weiß ich Genaueres.«

Gefangen in einer Holzkiste, eingegraben in der Erde! Abram starrte vor sich hin. Nach einer Weile sagte er: »Ich kriege Atemnot, wenn ich daran denke, in so einem Sarg zu liegen. Eines weiß ich sicher: Wenn es soweit ist, lass ich mich einäschern.«

»Du leidest unter Taphephobie«, sagte Schlüter. »Das ist die Furcht, lebendig begraben zu werden.« Er blickte auf, und ein schwaches Lächeln erschien auf seinem Gesicht. »Der Dichter Hans Christian Andersen hatte neben seinem Bett immer einen Zettel liegen, auf dem stand: ›Ich bin nur scheintot!‹ Er hatte panische Angst davor, lebendig begraben zu werden. Als er dann wirklich tot war, mussten ihm vor seiner Beerdigung die Pulsadern durchschnitten werden. So hatte er es verfügt. Kam früher gar nicht so selten vor, dass jemand scheintot beerdigt wurde. Für den Fall gab es eine Schnur im Sarg, mit der der Scheintote eine Glocke läuten konnte, falls er aufwachte. Oder ein Totenhorn, das er blasen konnte. Na ja, aber das alles war wohl nicht im Sinne desjenigen, der unser Opfer hier in diese Kiste gesperrt hat. Offensichtlich hat er ihn ja gerade deshalb an diesem Ort begraben, weil er sicher sein konnte, dass man ihn hier niemals mehr lebend finden würde.«

»Gibt es eigentlich Anzeichen eines Kampfes«, fragte Möllenkamp.

»Ich habe keine gefunden.«

Abram schaute nachdenklich: »Entweder er wurde von dem Schlag überrascht ...«

»... oder er hat den Mörder gekannt«, ergänzte Möllenkamp.

»Das schließt aber keineswegs aus, dass er dennoch vom Schlag überrascht wurde«, wandte Schlüter scharfsinnig ein.

»Mir ist da übrigens noch etwas aufgefallen«, fuhr er nach einer kurzen Pause fort und hob den linken Arm des Toten, was in Möllenkamp sofort eine kleine Welle der Übelkeit verursachte.

Auf der Innenseite des linken Oberarms war eine rötliche Narbe zu sehen, nicht sehr auffällig, aber doch an einem ungewöhnlichen Ort.

»Ich bin mir nicht ganz sicher«, sagte Dr. Schlüter, »aber ich glaube, das ist eine ehemalige SS-Tätowierung, die später entfernt wurde. Soviel ich weiß, hatte fast jeder SS-Angehörige eine Blutgruppentätowierung auf der Innenseite des linken Oberarms. Viele haben bei Kriegsende versucht, diese Tätowierung selbst zu entfernen, um Sanktionen der Besatzungsmächte zu entgehen. Ich muss das noch überprüfen, aber das könnte es sein.«

Möllenkamp und Abram hoben gleichzeitig die Augenbrauen.

»Ob das ein mögliches Tatmotiv sein könnte«, überlegte Abram.

»Nicht auszuschließen. Aber dann stellt sich die Frage, warum der Täter so lange gewartet hat? Der Krieg ist schließlich schon über fünfzig Jahre vorbei«, meinte Möllenkamp.

Auf dem Weg nach Hause dachte Möllenkamp darüber nach, ob ihm der alte Mann, der so grauenvoll in der Kiste zu Tode gekommen war, weniger leidtun würde, wenn er bei der SS gewesen wäre. Er kam zu keinem Schluss.

***

»Die Frau, mit der du neuerdings deine Nächte verbringst, hat angerufen«, bemerkte Meike scherzhaft tadelnd, als Möllenkamp nach Hause kam. Schlagartig waren die Kopfschmerzen vom Morgen wieder da – und die Erkenntnis, dass er sein Handy wieder einmal vergessen hatte. Die Unsicherheit, dass er nie ein souveräner, gewissenhafter Polizist werden würde, plagte ihn. Zum wiederholten Mal nahm er sich vor, dass ab morgen alles anders werden würde: Stiefel im Kofferraum, eine Klappkiste immer dabei, kleine Plastiktütchen und Latexhandschuhe zur Sicherstellung von Beweismitteln, eine Kamera und selbstverständlich sein Handy. So schwierig konnte das doch nicht sein.

»Hat sie was gesagt?«

»Du sollst sie zurückrufen.«

Er versuchte, sich an den letzten Teil des gestrigen Abends zu erinnern. Er hatte den Verdacht, dass er mit dieser Lokalredakteurin zu vertraut geworden war. Und jetzt leitete sie womöglich Ansprüche daraus ab, glaubte, dass sie zur Ermittlungspartnerin geworden war und dass er alle Erkenntnisse mit ihr teilen müsste. Den Zahn würde er ihr ziehen. Er griff zum Handy.

»Boekhoff.«

»Hallo, hier ist Stephan Möllenkamp.« Waren sie beim »Du« gewesen?

»Moin Stephan. Schön, dass du zurückrufst. Na, wart ihr schon bei Frau de Vries?«

Er hatte es geahnt. »Ja, waren wir«, sagte er widerstrebend.

»Und? Ist er's.«

»Ja.«

Eine kurze Pause am anderen Ende der Leitung, dann, als er nicht weitersprach: »Wisst ihr schon mehr über seinen Tod?«

Möllenkamp holte tief Luft und räusperte sich: »Gertrud, vielleicht habe ich gestern Abend ein bisschen viel erzählt. Leider ist es so, dass ich über die laufenden Ermittlungen zurzeit nichts sagen kann. Das verstehst du doch sicher. Wenn dir noch etwas einfällt, was uns weiterhelfen könnte, dann können wir uns jederzeit treffen, aber sonst muss ich dich leider auf die Pressekonferenz am Montag vertrösten.«

Eine Pause entstand. Dann hörte er sie verärgert aus dem Handy: »In Ordnung. Warte ich eben auf die Pressekonferenz.«

Als er wieder in die Küche zurückkehrte, fühlte er sich wie ein Verräter.

Meike stand mit dem Rücken zu ihm an der Spüle. »Wer ist diese Boekhoff eigentlich? Du hast noch nie von ihr erzählt, aber jetzt scheint ihr ja schon dicke Freunde zu sein.«

Möllenkamp nahm sich ein Geschirrhandtuch und seufzte. »Ich sollte den Job wechseln. Habt ihr an der Schule noch eine Stelle frei? Ich könnte mich am Ende der Herbstferien mal bei deinem Rektor vorstellen.«

Meike drehte den Kopf und sah ihn grinsend an: »Schätzchen, bleib lieber bei der Mordkommission. Für den Lehrerjob bist du nicht hart genug. Da kommt es darauf an, täglich Dutzende kleiner Verbrecher an ihren Taten zu hindern, und das ist weit anstrengender als ein einzelnes Verbrechen im Nachhinein gemütlich aufzuklären.«

Er streckte ihr die Zunge heraus. Sie trocknete sich die

Hände an dem Handtuch ab, das er in den Händen hielt. »Okay. Was ist los?«

»Ich hab mich wie ein Anfänger verhalten. Stehe an der Straße, denke über die grundlegenden Fragen von Leben und Tod nach. Da kommt so ein roter Polo angefahren, heraus wuchten sich zwei Zentner Frau, nehmen mich mit in die Kneipe, trinken mich unter den Tisch und jetzt glaubt diese Lokalreporterin, dass wir ein Team sind.«

»Immer wenn ihr Männer von einer Frau über den Tisch gezogen worden seid, werdet ihr sexistisch«, bemerkte Meike missbilligend.

»Nicht über den Tisch gezogen, sondern unter den Tisch getrunken«, korrigierte Möllenkamp. »Außerdem: Wäre es dir lieber gewesen, ich hätte die Nacht mit einer rassigen Blondine verbracht?«

»Am liebsten wäre es mir gewesen, du wärst einfach nach der Arbeit nach Hause gefahren, hättest heute Morgen keine Kopfschmerzen gehabt und keine Gewissensbisse wegen irgendwelcher Dinge, die du einer Reporterin erzählt hast.«

Sie hatte ja so recht. Und trotzdem: So einfach war es auch nicht. Einen toten alten Mann in einer Holzkiste auf einer Baustelle zu finden, das war etwas, was man nicht einfach abstreifte. Da fuhr man nicht den Computer herunter, ging nach Hause, hängte seine Jacke im Flur auf und rief: »Wie war dein Tag, Schatz? Gibt es was Leckeres zum Essen?« Er fühlte sich unverstanden.

Sonntag, 31. Oktober 1999

»Halt nein! Wo willst du denn hin?«, wurde Stephan Möllenkamp von seiner Frau aus seinen Gedanken gerissen. Automatisch war er bei der Ölmühle Connemann geradeaus in Richtung Polizeiinspektion gefahren. Heute aber wollten sie zu Meikes Mutter nach Ihrhove. Also drehte er seufzend auf dem Parkplatz eines Sonderpostenmarktes wieder um, konnte es sich aber nicht verkneifen, wie üblich seine Frau zu fragen, ob sie nicht noch irgendeine »unheimlich günstige« Gelegenheit aus dem Haka-Markt als Mitbringsel »rausholen« sollten – und wurde von Meike belehrt, dass er am Sonntag dort für ein Mitbringsel schon einbrechen müsse.

Während Möllenkamp den richtigen Weg einschlug, überlegte er, welche tödlichen Krankheiten oder Katastrophen wohl Thema sein würden, wenn sie gleich zum Tee bei seiner Schwiegermutter um den großen Tisch herumsitzen und mit Ostfriesentorte gemästet würden. Üblicherweise erzählte Meikes Mutter von entfernten Verwandten oder ehemaligen Klassenkameraden ihrer Kinder, denen immer schreckliche Dinge widerfuhren. Er kannte die, von denen die Rede war, nicht und langweilte sich. Erstaunlicherweise kannte Meike viele ihrer angeblich engen Schulfreunde auch nicht. Solche Nachmittage waren Bestandteil des Gesamtpakets »Umzug in Meikes Heimat«, oder sollte er sagen, sie waren das Kleingedruckte im Vertrag, das er nicht gelesen hatte? Und auch wenn seine Frau häufig ebenfalls genervt von diesen Familienbesuchen heimkehrte, so war es ihm doch nicht erlaubt, zu Hause mit dem versöhnlichen Lästern anzufangen. Je nach Tagesform – die er nicht im Voraus zu erkennen vermochte – lästerten sie hinterher entweder gemeinsam, weil *sie* damit anfing; oder sie lästerten gar nicht, weil sie die vorsichtig-kritischen Bemerkungen, mit denen er das Terrain sondierte, brüsk mit Hinweis auf seine eigene Familie, die ja auch nicht besser sei, zurückwies. Er tat das im Übrigen auch, wenn Meike seine Eltern kritisierte, was jedoch seltener vorkam, weil es weniger regelmäßigen Kontakt gab. Stephan Möllenkamp hatte in den Jahren, die er Meike kannte, gelernt, dass Familienangelegenheiten ein Minenfeld waren, in dem man sich nur auf den von der eigenen Ehefrau exakt abgesteckten Pfaden bewegen durfte.

Das Haus in Ihrhove war in den fünfziger Jahren von Meikes Großeltern gebaut worden. Sie hatten ein Grundstück geerbt, mussten aber, um alles bezahlen zu können, eine Haushälfte vermieten. Lange Zeit hatte dort ein kinderloses Ehepaar gewohnt, Flüchtlinge aus dem Sudetenland. Nach ihrem Tod waren russlanddeutsche Aussiedler eingezogen. In der anderen Haushälfte hatten drei Generationen der Familie Brandt unter einem Dach gelebt. Das musste ganz schön eng gewesen sein, bis Meikes Großeltern Anfang der achtziger Jahre kurz nacheinander gestorben waren.

Der Lärm von tobenden Kindern war schon von der Auffahrt her zu hören. Irgendwo innen knallte eine Tür. Das Erkennungszeichen von Rena Brandt, Meikes energischer Mutter.

Als sie das Wohnzimmer betraten, hatten sich Meikes Schwestern Christiane und Ulrike gerade einen Eckes Edelkirsch eingeschenkt, ein Ritual, mit dem sie solche Familiennachmittage einzuleiten pflegten. Am Tisch saßen auch Meikes Nichte Wiebke und ihr Freund Lars. Offenbar erfreuten sich sämtliche Bekannten und Verwandten bester Gesundheit, denn das Thema kreiste um den verheerenden Wirbelsturm, der wenige Tage zuvor Tausende Menschen in irgendeinem indischen Bundesstaat getötet und Millionen obdachlos gemacht hatte.

»Manchmal fragt man sich«, seufzte Christiane, die gerade an ihrem Likör nippte, »wie Gott das alles zulassen kann. Wo ist er denn überhaupt, wenn man ihn braucht?«

Wiebke setzte eine wichtige Miene auf. Sie studierte Religion fürs Lehramt und begann nun, den Anwesenden das Konzept der Theodizee zu erläutern. Seit Jahrhunderten treibe Menschen die Frage um, wie denn das Böse in der Welt zu erklären sei, wenn Gott doch allmächtig, allgütig und allwissend sei. Es gebe im Prinzip vier Lösungsansätze. Diese seien die Definition des Bösen, das Neudurchdenken der Eigenschaften Gottes …

»Ich glaub, der Tee hat wohl schon lange genug gezogen«, unterbrach Meikes Mutter die Ausführungen. »Ich hol ihn eben aus der Küche. Kinder, nehmt doch schon Kuchen.« Damit eilte sie aus dem Raum, nicht ohne die Tür geräuschvoll hinter sich ins Schloss fallen zu lassen.

Während Wiebke unbeirrt ihren Exkurs fortsetzte, schob Lars, der ein großes Stück Ostfriesentorte zerkaute, seine Baseballkappe ein Stück in den Nacken und erklärte, er sei Buddhist.

»Das will ich nicht hoffen, dann kriegst du keinen Kuchen mehr von mir«, ließ ihn Schwiegermutters Stimme zusammenzucken, die inzwischen mit einer Teekanne in der Hand wieder eingetreten war. Während Wiebke die Augen verdrehte, stürmten hinten durch die Tür ihr kleiner Bruder Tjark und sein Cousin Klaas, der Sohn von Meikes anderer Schwester Ulrike. Die beiden hatten schmutzige Sweatshirts und laufende Nasen. »Tjark, Klaas, setzt Euch hin. Jetzt esst erst mal ein Stück Torte!«

»Bääh, Torte«, nölte Klaas und wollte wieder durch die Tür nach draußen, wurde aber von seiner Oma daran gehindert, indem sie ihn einfach einfing.

»Mutter, du weißt doch, dass er keine Torte mag«, sagte Ulrike.

»Früher konnten wir uns auch nicht aussuchen, was auf den Tisch kam«, entgegnete Rena Brandt.

Möllenkamp beschloss, dass es an der Zeit sei, abzuschalten. Er dachte an den Toten im Deich und das, was ihm Gertrud über ihn erzählt hatte. Gedankenverloren aß er das zweite Stück Kuchen, das ihm ungefragt auf den Teller gelegt worden war. Er trank auch den Tee, der für seinen Geschmack viel zu stark war. Er wusste aus Erfahrung, wann es klüger war, sich ins Unvermeidliche zu fügen.

»Stephan? … Stephan!« Er schreckte hoch und registrierte Meikes kritischen Blick. Schuldbewusst schaute er sich um und blickte in sechs erwartungsvolle Gesichter am Tisch. »Ob ihr schon was wisst über den Toten am Sperrwerk«, wiederholte seine Schwiegermutter. »Ist das wahr, dass er in eine Kiste gesperrt und dann eingegraben worden ist? Und dass es die Sperrwerksgegner waren? Der junge Weißrusse hier nebenan hat mir das erzählt. Der arbeitet doch bei Swartwitt, und die sind da auf der Sperrwerksbaustelle zugange.«

Meike und Ulrike sahen sich an und grinsten. Für ihre

Mutter war jeder russlanddeutsche Aussiedler ein »Weißrusse«. Sie hatten schon oft vergeblich versucht, ihr zu erklären, dass »weiß« nicht unbedingt »deutschstämmig« bedeutete.

Möllenkamp hatte den Mund schon geöffnet, als Christiane auch noch ihren Senf dazugeben musste: »Horst hat erzählt, dass der Tote einer von den Polderbauern sein soll. Beim Kreis hat er 'nen Arbeitskollegen aus dem Rheiderland, der wohnt da wohl in der Nähe von dem. Oder wohnte. Na ja, jedenfalls, wie hieß der noch gleich? Fresemann, nee ... De Vries! Soll schon ziemlich alt gewesen sein.«

Mutter Brandt horchte auf. »De Vries? Tadeus de Vries?«, fragte sie ungläubig.

»Woher kennst du den denn, Rena?« Möllenkamp war ehrlich überrascht. Rena Brandt wusste eigentlich über alles Zwischenmenschliche Bescheid, kannte Hinz und Kunz, aber er hatte angenommen, dass sich ihr Wissen auf das Gebiet östlich der Ems beschränkte.

»De Vries, der ist doch einer von den reichen Polderbauern im Rheiderland. Der war doch mit dem Collring damals in Holland, also im Krieg, nicht? Der war sowas wie seine rechte Hand. Ich meine, der war auch bei der SS, warte, wie hieß das: Sturmführer? Na, jedenfalls soll er dem Collring geholfen haben, die Juden da wegzubringen. Ich weiß noch, wie euer Opa erzählt hat, dass er im Krieg mal bei der Konservenfabrik in Bunde zu tun hatte, dahinter laufen ja die Bahngleise lang. Und da sind die Züge mit den Juden langgefahren. Und die haben immer so geschrien. Ganz schrecklich, hat er gesagt. Und dann ...«

Möllenkamp ging das zu schnell. »Moment, Moment! Wer ist Collring? Was hat das mit Holland zu tun?«

»Collring? Na, der war doch erst Landrat in Leer und dann sowas ähnliches in Groningen. Ja, ich weiß auch nicht, wie das hieß. Auf jeden Fall hatte der da das Sagen. Und der brauchte ja auch Mitarbeiter, nicht?«

Meikes Mutter war verwirrt. So genau hatte das mit Collring noch keiner wissen wollen. Schließlich schwenkte sie wieder auf das Zwischenmenschliche ein, wo sie sich besser auskannte: »Also der Collring, dessen Mutter war doch eine Bloem aus Weener, du weißt doch, von denen mit der Schlachterei. Und der Bruder war am Gericht, und der hat mal den Vater hier von Henry, da war der noch ganz klein …«

Möllenkamp schaltete ab. Mehr war aus Rena Brandt nicht herauszubekommen. Sie war inzwischen zu einem aus ihrer Sicht viel wichtigeren Drama übergegangen: dem traurigen Schicksal von »Henry's Frittenschmiede«. Henry war ein ehemaliger Klassenkamerad von Christiane, der, obwohl schon Mitte vierzig, immer noch bei seinen Eltern lebte und es im Leben noch nicht einmal zu einem Führerschein gebracht hatte, geschweige denn zu einem Berufsabschluss. Er fuhr ein kleines Moped mit einer Kiste hinten drauf und hatte sich irgendwann dazu entschlossen, das Glück herauszufordern. Er hatte das Wohnzimmer seiner Eltern zu einer Imbissbude umgebaut, und irgendein unverantwortlicher Sparkassenfilialleiter hatte ihm auch noch einen Kredit dafür gegeben. Die Eltern hatten für ihren Sohn gebürgt, das Geschäft war erwartungsgemäß gescheitert, weil in der ganzen Familie niemand bis drei zählen konnte, und das Haus stand nun vor der Zwangsversteigerung.

***

Abends zu Hause im Sofa löste sich Möllenkamps leichtes Grollen über den anstrengenden Familienbesuch in wohlige Ruhe auf. Den verworrenen »Tatort« um einen Herzog, der nach der Wende sein Gut bei Dresden zurückerworben hatte und nun Morddrohungen erhielt, was irgendetwas mit dem Bernsteinzimmer zu tun haben sollte, bekam er gar nicht mehr richtig mit. Das Letzte, was er von seiner Frau hörte, war: »Ich würde ja gern mal einen Tatort sehen, in dem es eine einzige funktionierende Kommissarfamilie gibt – mit Frau und Kindern.« Dann schlief er ein und träumte von einem Landgut.

Mai 1946, ein Gulfhof im Rheiderland

Es ist kühl geworden am Abend. Die Frauen sitzen auf Strohballen hinten im Stall. Ein Wasserkessel mit Schnaps macht die Runde. Zotige Witze, gedämpftes Lachen. Die Kühe stampfen in ihren Boxen. Ketten klirren.

Marion blickt sich um. Da sitzt die Polin, die nicht zurück nach Tschenstochau will, weil dort der Russe ist. Ihre Finger klammern sich um ein kleines Klappbild der Schwarzen Madonna, das sie – man weiß nicht wie – hierher gerettet hat. Da ist die junge Frau mit den dunklen Locken aus Castrop-Rauxel. Ihr Verlobter ist in russischer Gefangenschaft. Seit Kriegsende hat sie nichts mehr von ihm gehört. Neben ihr nimmt Frau von Perschkau einen großen Schluck. Sie ersäuft die Erinnerungen an Rastenburg und den Schmerz ihrer nicht heilenden Geschlechtskrankheit in so viel Schnaps, wie sie kriegen kann. Dann kommt Marie, die junge Magd vom Hof. Sie kümmert sich um alle, so gut sie kann. Ohne sie wäre Marion schon längst wieder fort, hätte es nicht ausgehalten bei dem jungen Großbauern mit seinen hungrigen Blicken.

»Marion, erzähl mal. Wie seid ihr eigentlich ausgerechnet hierhergekommen«, fragt Ingeborg aus Castrop-Rauxel.

Marion zögert. »Wir sind aus Ostpreußen. Haben fortgemacht, als die Russen kamen.« Sie blickt vor sich hin. Die anderen Frauen sind still, schauen sie erwartungsvoll an.

»Dann waren wir in der Ostzone, in Mecklenburg. Aber dann kamen auch dahin Russen …«

Die Lockige sieht sie an: »Und da wolltet Ihr nur noch so weit wie möglich nach Westen.«

Marion nickt.

Nach einer Weile sagt Ingeborg leise: »Geh dem Jungbauern aus dem Weg. Er hat schon ein Auge auf dich geworfen. Keine ist vor ihm sicher.« Ein paar von den anderen Frauen starren auf ihre Holzklumpen. Niemand sagt etwas.

Nachts liegt sie im Stroh, die Hände hinter dem Kopf verschränkt. Sie starrt ins Dunkel. Bilder purzeln durcheinander. Der Tod in ihrem Elternhaus. Der lange Treck, eine schwarze, dreckige, nasse Piste, mit den vielen weißen Hügeln rechts und links des Weges. Es sind die Kinder, Alten, Kranken, die der Schnee, der gnadenvolle, der grausame, nach kurzer Zeit zugedeckt hat. Ihr kleiner Bruder mit fiebrigen Augen, der nach Mutter fragt. Nach Vater fragt er schon lange nicht mehr. Gustav, wie er unbeholfen seine Zunge in ihren Mund steckt. Ein bisschen eklig. Ekel. Kaukasische Gesichter, Alkoholgeruch, Männerschweiß. Schmerz, Kälte, Hunger. Die Frau, die ihnen von ihrem Brot abgab, in der halb verfallenen Scheune. Dieselbe Frau, die nachts einem allein zurückgebliebenen Kind die letzte warme Decke stiehlt. Es war tot am nächsten Morgen. Tante Helene. Männer in Uniformen, die mit ihrem kleinen Bruder spielen, ihm zu essen geben.

Sie schließt die Augen. Sie fühlt sich müde, kraftlos. Was kann Schlimmeres kommen? Sind sie nicht bis an die Westgrenze Deutschlands geflohen, um hier in Sicherheit zu sein? Wohin sollten sie jetzt noch gehen? Nein, sie werden bleiben. Sie hat ihrem Bruder versprochen, dass die Reise hier auf dem Polder ein Ende hat. Wenn es hier keinen Frieden gibt, dann nirgendwo.

Sie dreht sich zur Seite, legt den Arm um den kleinen, sehnigen Körper neben ihr. Sie saugt seinen Duft tief ein, fühlt eine Welle der Zärtlichkeit. Er ist alles, was ihr geblieben ist. Er hat schon zu viel gesehen. Für ihn muss sie es schaffen.

Montag, 1. November 1999

Die Morgenlage am Montag brachte zwar erste Antworten, warf aber dafür neue Fragen auf. Das Opfer, Tadeus de Vries, war ein vermögender Polderbauer aus Bunderhammrich, der durch die Beteiligung an Windparks und den Verkauf von Land an die Niedersächsische Landgesellschaft für den Sperrwerksbau zu noch mehr Geld gekommen war.

Tadeus de Vries war mit einem Kantholz niedergeschlagen worden, und zwar von einer Person, die Rechtshänder und ein wenig kleiner war als er. In der Zeit zwischen 5 und 7 Uhr am Freitagmorgen war er in seinem Holzsarg erstickt. Außer etwa 1,2 Promille Blutalkohol hatte er keine verbotenen oder toxischen Substanzen in sich gehabt. Er war für sein Alter in erstaunlich guter körperlicher Verfassung gewesen, und es gab Hinweise, dass er früher Mitglied der SS gewesen war. Der Bauwagen war erst am Donnerstag auf der wiedereröffneten Baustelle aufgestellt worden. Die Kriminaltechniker vom Fachkommissariat 5 hatten anhand von Holz- und Teerspuren festgestellt, dass man den Holzsarg darin gelagert hatte. Demzufolge musste der Bauwagen am Tatabend aufgebrochen worden sein. Offensichtlich hatten der oder die Täter den Sarg erst hier abgestellt und dann das Opfer hergelockt oder im bereits bewusstlosen Zustand geholt. Die Ermittler grübelten darüber, was das zu bedeuten hatte.

»Welche Rolle spielt für den Täter das Emssperrwerk? Hat der Umstand, dass es mit dem Bau nach der Zwangspause nun weiterging, etwas mit dem Motiv und dem Zeitpunkt des Mordes zu tun«, fragte Johann Abram nachdenklich.

»Aber sicher! Das ist doch keine Frage«, donnerte Hinterkötter, der Freund des Landrats.

Als hätte Hinterkötter nichts gesagt, warf Anja Hinrichs mit leiser Stimme einen neuen Gedanken in die Runde: »Vielleicht hat die Person des Opfers ja gar keine Rolle gespielt, und es ging nur um die Inszenierung.«

»Können oder wollen sie nicht sehen, was hier Sache ist?«, fuhr Hinterkötter sie an, der um seine Kernthese von der politischen Verschwörung fürchtete.

Möllenkamp beschloss, die Morgenlage zu beenden und die Ermittlungen in alle Richtungen weiterzuführen. Das bedeutete, dass sie sich um die Bürgerinitiative gegen das Sperrwerk in Weener ebenso kümmern mussten wie um die Fraktion der Sperrwerksbefürworter. Daneben galt es, die politische Vergangenheit von Tadeus de Vries zu durchleuchten und seine geschäftlichen wie persönlichen Beziehungen aufzudröseln.

»Edda, bitte ermittle die Adressen der Kinder von De Vries«, bat er die Assistentin. »Vielleicht findest du auch heraus, ob sie anreisen werden. Außerdem recherchiere mal, ob über unser Opfer irgendetwas aktenkundig ist: Anzeigen wegen krummer Geschäfte, private Fehden. Beliebt scheint er ja nicht gewesen zu sein.« Edda nickte eifrig. Sie freute sich, wenn sie zu Recherchearbeiten herangezogen wurde und nicht nur Berichte abtippen musste.

»Herr Möllenkamp«, ließ sich Hinterkötter vernehmen,

als die Runde gerade im Begriff war sich aufzulösen. »Denken sie daran, dass heute Mittag um 13 Uhr die Pressekonferenz angesetzt ist?«

Möllenkamp nickte ergeben.

***

Die Pressekonferenz verlief schleppend. Die Reporter stellten die üblichen Fragen, entweder sensationsgierig oder einfallslos. Möllenkamp sagte viel und nichts und machte sich pessimistische Gedanken über die vierte Gewalt im Staate. Warum zum Teufel gab es unter denen, die sich zum Journalismus berufen fühlten, so viele Windbeutel, die weder schreiben noch recherchieren, geschweige denn eigene Gedanken entwickeln konnten? Immerhin hatte er ihnen aufgetragen, über den weiterhin verschwundenen silbergrauen Mercedes 300 TD mit dem amtlichen Kennzeichen LER-DV-15 zu berichten. Zudem tappte die Polizei noch im Dunkeln, was den Ablauf von de Vries' letztem Lebenstag betraf. Auch hier konnte die Presse von Nutzen sein.

Nachdem Hinterkötter ihm die Pressekonferenz aufs Auge gedrückt hatte, hatte er Abram und Anja zu Eko Ekhoff geschickt, dem Vorsitzenden des Vereins »Pro Sperrwerk«, zugleich Betriebsratsvorsitzender der Meyer Werft. Er hoffte, dass sich Abrams ausgleichendes Temperament auf Anja positiv auswirken würde.

Hinten im Raum bemerkte er Gertrud Boekhoff. Sie machte sich eifrig Notizen. Er behielt sie im Auge. Würde sie etwas fragen, woraus deutlich wurde, dass sie mehr wusste als die anderen? Auf einmal fiel ihm ein, dass sie ihm zwar eine ganze Menge über de Vries erzählt hatte, nichts aber über seine NS-Vergangenheit. Wusste sie nichts darüber oder hatte sie es bewusst verheimlicht, um einen Informationsvorsprung zu behalten?

Nach dem Ende der Pressekonferenz begegneten sie sich in der Tür.

»Moin Gertrud.«

»Moin Stephan.« Sie gingen stumm nebeneinander den Gang hinunter. Schließlich meinte er, um das Schweigen zu brechen: »Du warst ziemlich zurückhaltend vorhin in der Pressekonferenz. Ich hatte damit gerechnet, dass du bestimmt etwas fragst.«

»Ich habe der Polizei, also dir, meine Hinweise zum Fall mitgeteilt. Darüber hinaus habe ich, wie alle anderen, brav mitgeschrieben, was ihr die Öffentlichkeit wissen lassen wollt.«

Ach herrje! Eingeschnappt. Na, er konnte es nicht ändern. Sie sollte Profi genug sein, um mit so etwas umgehen zu können.

»Warum hast du mir bei unserem ersten Gespräch eigentlich nicht gesagt, dass de Vries eine ziemlich braune Vergangenheit hatte«, fragte er unvermittelt.

»Ach das? Das liegt doch schon Jahrzehnte zurück. Ich dachte nicht, dass es wichtig ist.«

Möllenkamp warf einen raschen Blick nach rechts. Gertrud blickte starr geradeaus. Es kam ihm so vor, als sei ihre Arglosigkeit nur gespielt. Sie konnte ihn nicht im Ernst glauben machen wollen, dass das nicht von Bedeutung war. Hatte sie etwas zu verbergen?

***

Kriminalhauptkommissar Johann Abram hasste es, wenn Menschen emotional an ihren Job herangingen. Das war in seinen Augen unprofessionell. Und seine Kollegin Anja Hinrichs kam ihm in diesem Moment höchst unprofessionell vor. Sie hatte es binnen weniger Minuten geschafft, sich den Mann vor ihnen zum Feind zu machen. Aus ihrer Abneigung gegen das Sperrwerksprojekt hatte sie nicht den geringsten Hehl gemacht und auch noch durchblicken lassen, dass sie den Betriebsratsvorsitzenden der Meyer Werft nicht als einen Vertreter der Interessen kleiner Leute, sondern als einen Büttel des Großkapitals ansah.

Sie saßen Eko Ekhoff in seinem kleinen Büro gegenüber, das mit Gewerkschaftspostern dekoriert war. Aus dem Fenster hatte man einen Blick in die gigantische Halle, die das Trockendock umgab. Irgendein riesiges Schiff wurde dort zusammengesetzt, und Abram fragte sich, ob ein Ozeanriese dieser Größe überhaupt auf der schmalen Ems in die Nordsee hinausbefördert werden konnte. Oder würde das Schiff erst nach Fertigstellung des Sperrwerks ausgeliefert werden? Er nahm sich vor, Ekhoff danach zu fragen. Allerdings ließ der bisherige Verlauf des Gesprächs nicht erwarten, dass er aus dem Betriebsrat überhaupt noch etwas herausbekommen konnte.

Anja Hinrichs führte das Wort. Anstatt den kleinen, kantigen Mann vor ihr zu befragen, nahm sie ihn regelrecht ins Kreuzverhör: Ob die Meyer Werft den Verein »Pro Sperrwerk« finanziell unterstütze? Inwieweit die Meyer Werft die politischen Vorgaben für die Arbeit des Vereins bestimme?

Ob Ekhoff für seine Arbeit im Verein eine Aufwandsentschädigung erhalte und wie hoch sie sei? Wo er in der Nacht von Donnerstag auf Freitag vergangener Woche gewesen sei? Als Anja sich schließlich zu der Frage verstieg, ob er nicht auch gewisse Vorteile sehe, wenn ein Befürworter des Sperrwerks wie Tadeus de Vries ermordet werde und damit gewissermaßen Märtyrerstatus erlange, beschloss Abram, dass es Zeit sei, dem Spektakel ein Ende zu machen. Der verblüffte Ekhoff hatte Anjas immer ausschweifendere Fragen zunächst wortkarg pariert, machte nun jedoch einen beleidigten Eindruck. Abram fürchtete, dass er demnächst gar nichts mehr sagen würde.

»Anja, könntest du vielleicht draußen im Auto mal nach unserem Diensthandy sehen? Der Chef hatte mich gebeten, erreichbar zu sein – für den Fall, dass sich was Neues ergibt. Ich hab es leider liegen lassen.«

Sein Diensthandy befand sich wohlverwahrt in seiner Jackentasche. Aber Anja hatte auch so verstanden. In der Gewissheit, dass er in ihren Tagträumen soeben eines grausamen Todes starb, sah er sie durch die Tür verschwinden.

Abram nutzte die Gelegenheit: »Herr Ekhoff, Sie erhalten für Ihre Arbeit ja sicher nicht nur Zustimmung aus der Bevölkerung. Gab es denn in der Vergangenheit Drohungen gegen Sie und Ihren Verein?«

Offensichtlich erleichtert, nun auch einmal einen Opferstatus zugebilligt zu bekommen, berichtete Ekhoff von den vielen Anwürfen, denen er als Befürworter dieses Projekts ausgesetzt sei, das doch für die Entwicklung der Region eine so eminent große Bedeutung besitze. Er habe ja Verständnis für die Sorgen der Bevölkerung und die Interessen der

Ditzumer Fischer. Natürlich sei das Projekt den Ostfriesen nicht leicht zu vermitteln, da das Sperrwerk mit seinen Folgen vor allem Ostfriesland betreffe, eine emsländische Werft hingegen davon profitiere. Aber von Wachstum und Gedeih der Meyer Werft hinge nun einmal auch das Schicksal vieler Rheiderländer Familien ab. Er selbst sei doch auch ein Stapelmoorer Junge. »Sehen sie sich doch um: Hier gibt es doch sonst nichts. Ja, VW in Emden. Aber da wird's auch weniger: Vor zehn Jahren hatten die noch 12.000, jetzt nur noch 10.000 Arbeiter. Die jungen Leute gehen alle von hier weg, dahin, wo Arbeit ist. Wir brauchen Meyer. Und immer mehr Leute begreifen das auch.«

Ja, es gebe Drohungen gegen den Verein, auch gegen ihn persönlich. Ihm mache das ja nichts aus: »Wenn einer im Betriebsrat ist, dann muss er sowieso was abkönnen. Und wenn du dann noch so 'nem Verein vorstehst, dann darfst du nicht bange sein.«

»Sie kannten Herrn de Vries ja aus ihrem gemeinsamen Engagement für das Sperrwerk. Wissen Sie, ob er auch Drohungen erhalten hat? Oder hat er mal darüber gesprochen, dass er Angst hätte?«

Eko Ekhoff brach in lautes Gelächter aus. Angst sei in de Vries' Wortschatz nicht vorgekommen. Drohungen seien für ihn höchstens eine Motivation zum Weitermachen gewesen.

Anja Hinrichs, die bleich vor Zorn den Raum wieder betreten hatte, nahm das Gelächter zum Anlass, sich wieder in die Unterhaltung einzuschalten.

»Heißt das denn, Sie gehen nicht davon aus, dass Herr de Vries von einem der Gegner des Projekts umgebracht worden sein könnte?«

Ekhoff beugte sich langsam vor und streckte den Zeigefinger gegen die Beamtin. Seine Stimme wurde auf einmal sehr leise:

»Ganz im Gegenteil! Ich will Ihnen mal was sagen. Wir kämpfen hier seit Jahren für die Region. Wir halten unseren Kopf hin, weil wir wissen, was gut ist. Die Sperrwerksgegner sind doch naiv: Die glauben, man kann heute noch mit ein bisschen Krabbenfischen, sanftem Tourismus, Biolandwirtschaft und so 'nem Quatsch eine Region über Wasser halten. Ich gebe Ihnen gern mal meine Mappe mit den Drohbriefen an unsere Mitglieder, mit den Fotos von Schmierereien an Wänden, toten Katzen und Gesichtern von rechtschaffenen Leuten, die einfach abends in der Kneipe von pöbelnden Chaoten körperlich angegriffen wurden. Einem haben sie nachts einen Kanal in den Garten gegraben und ihm einen Baum gefällt. Dann wissen Sie, zu was die fähig sind. Ich schlage vor, sie knöpfen sich die sauberen Ökos mal vor, die sich in dem Verein von diesem Donker tummeln. Da verbergen sich ganz zwielichtige Gestalten, die nur tagsüber fromm tun. Und dann die Krawallbrüder, die Anarchos. Fragen sie doch mal bei den Grünen. Die sind da ja so dicke mit denen. Wissen Sie, das fände ich nämlich viel besser, als wenn Sie hier sitzen und mich in einer Art und Weise befragen, als wollten Sie mir den Mord an unserem engagiertesten Mitstreiter unterschieben.«

Anja Hinrichs ließ diese Ansprache kalt an sich abprallen. »Das sind ja nun ziemlich viele Verdächtige auf einmal. Mit wem sollen wir denn Ihrer Meinung nach anfangen? Hätten Sie's ein bisschen präziser?«

»Nein!«, bellte Ekhoff. »Und das ist ja wohl auch Ihre Aufgabe. Gucken Sie ruhig ein bisschen genauer hin. Da werden Sie noch einiges zutage fördern, für das sich die Polizei interessieren sollte. Da gibt's Leute, die haben noch ganz andere Morde auf dem Gewissen. Das ganze Pack müssen Sie mal hochnehmen.«

Johann Abram versuchte es noch ein letztes Mal: »Sie würden uns sehr helfen, wenn Ihnen doch noch ein konkreter Verdacht einfiele, Herr Ekhoff. Denken Sie doch noch einmal nach.«

»Fangen Sie an, den Dreck umzukehren. Da finden Sie garantiert den Richtigen.« Das war definitiv Ekhoffs letztes Wort. Abram schaffte es gerade noch, ihm den erwähnten Ordner mit den Drohbriefen zur Auswertung abzuschwatzen. Und während die riesigen Hallen der Meyer Werft mit ihren aufgemalten blauen Wellen langsam hinter ihnen verschwanden, überlegte er, wie es wäre, wenn er seine Kollegin nach Herzenslust teeren und federn könnte. Diese Vorstellung hob seine Laune.

***

Pastor Matthias Donker erwartete Möllenkamp im ersten Stock des CVJM-Heims in Weener. Die Wände des gelb getünchten Raumes waren beklebt mit Plakaten von längst vergangenen Konzerten christlicher Liedermacher. Es gab eine Pinnwand mit unzähligen Fotos, die Jugendliche mit herausgestreckter Zunge zeigten, deren eine Hand eine Bierflasche umklammerte, während die andere ein Peace-Zeichen formte – Erinnerungen an ausgelassene Jugendfreizeiten in Frankreich, Kroatien oder Ungarn. Egal wohin, Hauptsache weit weg von elterlicher Aufsicht. Ein Regal war mit Stehordnern gefüllt, von denen einige mit »Wir für die Ems« und römischen Ziffern beschriftet waren. In der Ecke des hellen Raumes lehnte ein zusammengerolltes Stofftransparent, von dem Möllenkamp annahm, dass es auf Demonstrationen gegen das Emssperrwerk zum Einsatz kam.

Pastor Matthias Donker war ein kleiner Mann um die vierzig. Er war Pastor der evangelisch-reformierten Kirche in Weener. Gemeinsam mit seiner Frau, die ebenfalls Theologin war, hatte er die Bürgerinitiative gegen das Emssperrwerk aufgebaut.

Möllenkamp nahm das Angebot einer Tasse Tee an und bekam sogleich einen blauen Henkelbecher mit grüner Aufschrift »Wir für die Ems« hingestellt. Der Kluntje-Kandis, die Teesahne, alles war stilecht – bis auf den Becher. Nun ja, es war eben ein Jugendzentrum, wo man Porzellangeschirr mit der Friesenrose nicht erwarten konnte.

»Und Sie sind nun vom Landrat auf uns angesetzt worden?« Die Eröffnungsfrage aus dem Mund von Pastor Donker klang unerwartet scharf. Er hatte seinen »Ostfriesen Kurier« gelesen.

»Wir sind von niemandem angesetzt worden, Herr Donker. Wir ermitteln in einem Mordfall und gehen allen möglichen Spuren nach. Eine der ersten Fragen, die wir uns gewöhnlich stellen, ist diese: Hatte das Opfer Feinde? Und wir haben Hinweise darauf, dass Herr de Vries mit ihrer Bürgerinitiative nicht gerade auf freundschaftlichem Fuße stand. Vielleicht können Sie uns dazu ja etwas mehr sagen.«

Bei der Frage, ob das Opfer Feinde hatte, war über Donkers Gesicht ein ironisches Lächeln gehuscht. »Tadeus de Vries hatte sicher nicht nur Freunde«, entgegnete er ruhig. »Unter unseren Mitstreitern in der Bürgerinitiative war er nicht beliebt. Das ist sicher keine Überraschung. Aber selbst bei den Sperrwerkbefürwortern gab es einige, die glauben, er würde der Glaubwürdigkeit des ganzen Projekts schaden, weil er seine Aggressionen nicht im Griff hatte und immer wieder ausfällig wurde.«

Möllenkamp war aufgefallen, dass Donker das Wort »Feind« nicht in den Mund nahm. »Sie werden sicher verstehen, dass wir irgendwo anfangen müssen. Können Sie sich vielleicht an besondere Vorkommnisse erinnern? Gab es jemanden im Kreis der Bürgerinitiative, der Grund hatte, Herrn de Vries noch weniger zu mögen als die anderen?«

Der Pastor lehnte sich in seinem Stuhl zurück und musterte ihn. »Stammen Sie hier aus der Gegend?«

Möllenkamp schüttelte den Kopf. »Meine Frau kommt aus Ihrhove, aber ich stamme aus Osnabrück. Zusammen sind wir im Sommer nach Leer gezogen.«

Matthias Donker nickte, als habe er sich das schon gedacht. »Da muss ich wohl weiter ausholen und Ihnen etwas über die Geschichte unserer Bürgerinitiative und über die Mentalität der Leute hier erzählen. Die Rheiderländer sind ein besonderes Völkchen. Sie sind stolz darauf, dass sie dem Meer in mühseliger Arbeit so fruchtbares Land abgerungen haben, auch wenn heute die meisten nicht mehr von der Landwirtschaft leben. Das Rheiderland grenzt an die Niederlande und an das Emsland, und ist vom übrigen Ostfriesland durch die Ems getrennt. Dadurch haben die Leute hier eine ganz eigene Art entwickelt. Viele von ihnen arbeiten auf der Meyer Werft in Papenburg. Sie ist einer der größten Arbeitgeber in der Gegend, und die Rheiderländer bewundern es, dass es da in Papenburg eine Traditionswerft gibt, die es durch kluge Geschäftspolitik ihres Inhabers Bernhard Meyer schafft, sich gleich in mehreren Nischen zu behaupten: Viehtransporter, Gastanker, Inselfähren für Indonesien – und eben auch Kreuzfahrtschiffe in immer größeren Dimensionen. Obwohl ich hinzufügen muss, dass jeder Arbeitsplatz auf der Meyer Werft in den vergangenen zehn Jahren mit etwa einer Million D-Mark subventioniert worden ist. Aber sei's drum. Ganz spannungsfrei ist das Verhältnis allerdings nicht, denn das Emsland ist katholisch und dies ist eine urreformierte Gegend. Auch politisch sind Ostfriesland und das Emsland ganz unterschiedlich gefärbt. Wegen dieser regionalen Befindlichkeiten dürfen höchstens die Hälfte der Meyer-Arbeiter Ostfriesen sein – jedenfalls offiziell.«

Möllenkamp fragte sich, wo diese Ausführungen hinführen würden.

»In den letzten Jahren hat Meyer eine große Schiffbauhalle errichtet, und für die riesigen Kreuzfahrtschiffe musste die Ems immer wieder vertieft werden. Das hat vor allem die Ems-Fischer in Schwierigkeiten gebracht. Durch die immer neuen Ausbaggerungen des Flussbetts verschlechtert sich die Gewässergüte der Ems dramatisch. Schwebstoffe lagern sich ab und die Trübung nimmt zu. Die Mikroorganismen, die die Schwebstoffe zersetzen, verbrauchen Sauerstoff. Diese Sauerstoffzehrung hat vor allem im Sommer verheerende Auswirkungen auf den Fischbestand.

Aber der schwerste Schlag kam vor drei Jahren, als plötzlich die ersten Pläne für ein Sperrwerk in Umlauf kamen. Damals war sogar von der Verlegung des Dorfes Gandersum am nördlichen Ufer der Ems die Rede. In Gandersum war die Hölle los, aber auch im Rheiderland wurden die Leute allmählich misstrauisch. Dann zog die Bezirksregierung Weser-Ems den gerade erst erschienenen »Generalplan Küste« in einem wesentlichen Punkt zurück. Der ursprüngliche Plan besagte, dass die Deiche in der Emsmündung im Wesentlichen für die nächsten 70 Jahre sicher und ausreichend wären. Dies sollte nun plötzlich nicht mehr gelten. Jetzt hieß es, die Sturmflut von 1994 lasse befürchten, dass weite Teile Ostfrieslands und des Emslandes bei einem Sturmflutereignis überflutet würden. Einziger Schutz wäre ein Sperrwerk bei Gandersum. Von diesem Zeitpunkt an glaubten die meisten Rheiderländer gar nichts mehr. Und sie hatten Recht damit, denn von maßgeblichen Stellen wurde ja nicht einmal bestritten, dass diese Begründung für das Sperrwerk vorgeschoben war und dass es hier nur um Belange der Meyer Werft ging. Das beweist auch eine kleine Anekdote: Im Frühjahr 1997 sollte ein Kreuzfahrtschiff mit riesigem Tam-Tam von Papenburg nach Emden überführt werden. Der damalige Ministerpräsident Gerhard Schröder wurde mit seiner neuen Freundin von Werftchef Meyer nach Papenburg eingeladen. Als die prominente Gesellschaft an Bord des Schiffes gegangen war, passierte zunächst einmal – nichts. Die Ems war nicht tief genug, es mussten erst noch Baggerarbeiten durchgeführt werden. Der Zeitplan des Ministerpräsidenten geriet durch die Verzögerung völlig durcheinander. In dieser Situation sagte Schröder den Bau eines Emssperrwerkes und die Unterstützung des Landes Niedersachsen zu. Sie wissen ja, wie der Schröder ist: Wir machen das! Dies wäre von nun an Chefsache.«

Möllenkamp hörte jetzt gespannt zu. So hatte ihm noch niemand die Geschichte erzählt. Er nahm sich vor, in dieser Sache nachzurecherchieren. Der Pastor war schließlich Partei, und als guter Polizist hatte er gelernt, dass man immer alle Seiten hören sollte, bevor man ein Urteil fällte.

Matthias Donker war jetzt ganz in seinem Element: »Man hat die Veränderungen in der Ems in den letzten Jahren genau unter die Lupe genommen. Dabei wurden Verbindungen hergestellt zwischen Vertiefung und Sturmflutverläufen. Man untersuchte Tidedynamik und Salzgehalt, Auskolkungen und Uferabbrüche, überdies wurden Gespräche mit den Ems-Fischern, den Deichverbänden und Entwässerungsverbänden, mit Lotsen, Kapitänen und Binnenschiffern geführt. Ergebnis war, dass die verschiedenen Vertiefungen der Ems den Fluss vollkommen verändert hatten. Die Strömungsgeschwindigkeit hatte zugenommen, die Ufer waren an verschiedenen Stellen abgebrochen, der Sauerstoffgehalt im Wasser hatte rapide abgenommen und durch die Änderung des Flussbodenprofils liefen Sturmfluten höher und weiter auf als bisher. Das heißt«, Donker beugte sich vor, während seine Augen angriffslustig funkelten, »die verstärkte Überflutungsgefahr, die als Rechtfertigung für den Bau des Sperrwerk dient, ist durch die Vertiefungen erst herbeigeführt worden!«

Möllenkamp war nicht entgangen, dass der Pastor sich in Rage geredet hatte. Er entschloss sich jetzt doch zum Eingreifen: »Herr Donker, vielen Dank für Ihre interessanten Ausführungen, aber vielleicht könnten wir doch noch einmal wieder zur Ausgangsfrage zurückkommen ...«

»Ja, aber da sind wir doch schon«, entgegnete Donker ungerührt. »1996, gleich nach Bekanntwerden der ersten Sperrwerk-Pläne, hatte sich ein Grüppchen von Gegnern formiert. Ich war damals auch schon dabei. Als es offiziell wurde, gründeten wir die Bürgerinitiative. Wir sahen uns von Anfang an immer wieder schweren Anwürfen ausgesetzt. Wissen Sie, ich kann ja verstehen, dass es viele Leute hier gibt, deren Existenz von der Meyer Werft abhängt und die deswegen für alles eintreten, was dem Betrieb nutzt. Aber dann sind da noch die anderen, die sich aus vielerlei Gründen einen Vorteil von so einem Projekt versprechen und dafür bereit sind, Kultur, regionale Identität und auch Existenzen zu opfern. So einer war Tadeus de Vries. Er hat uns mit üblen Nachreden und Beleidigungen überzogen. Aber wir haben uns nicht provozieren lassen. Dass unser Widerstand gewaltfrei ist, das war mir immer ganz wichtig. Wir arbeiten mit allen legalen Mitteln, aber sobald Gewalt ins Spiel käme, würde ich meinen Vorsitz sofort niederlegen.«

»Gibt es denn außerhalb der Bürgerinitiative jemanden, dem Sie zutrauen würden, de Vries etwas angetan zu haben. Wie ich aus ihren Worten höre, kennen Sie sich ja mit der Mentalität der Leute hier gut aus.«

Donker schüttelte den Kopf. »Ich kenne zwar viele Leute, die Tadeus de Vries nicht mochten. Aber man braucht ja doch schon ein sehr starkes Motiv, um jemandem gewaltsam das Leben zu nehmen, nicht wahr?«

***

Als Möllenkamp wieder auf die Straße trat, fiel ihm ein, dass er sich eigentlich vorgenommen hatte, heute laufen zu gehen. Er blickte zum Himmel hinauf. Es hatte sich erneut stark bewölkt und sah nach Regen aus. Dieses Wetter machte es einem schwer, die guten Vorsätze einzuhalten. Er ging über die Fahrbahn und bog in die Hindenburgstraße ein. Links und rechts waren kleinere Geschäfte, ein Drogeriemarkt, ein Wolllädchen, ein Uhrengeschäft, eine Sparkasse und eine Wirtschaft mit dem Namen »Kneipchen«. Am Ende der Straße drehte er um. Es half nichts, er würde jetzt nach Hause fahren.

Da entdeckte er einen Friseursalon. Im Spiegel der Scheibe begutachtete er seinen Haarschopf und befand ihn für zu lang. Er lugte in den Laden hinein. Ein junges Mädchen ließ sich gerade von einer übergewichtigen, weißblond gefärbten Auszubildenden Lockenwickler ins Haar drehen. Vielleicht konnte man hier noch etwas in Erfahrung bringen.

Eine Türglocke schellte, als Möllenkamp den Laden betrat. Die Auszubildende drehte sich nicht einmal um. Etwas unschlüssig stand Möllenkamp vor dem Tresen und überlegte schon, ob er besser wieder gehen sollte. Da stürmte von hinten eine weitere junge Frau heran. Der Geruch, der mit ihr heranwehte, verriet, dass sie in der Kaffeeküche eine Zigarettenpause eingelegt hatte.

»Moin«, schallte es ihm fröhlich entgegen. Ein kurzer Blick: »Eenmaal Haar schnieden?«

Möllenkamp, der sich in Friseursalons immer unbehaglich fühlte, nickte.

»Okay, erst waschen?«, trällerte Tanja, die ihren Namen mit dynamischem Schriftzug auf dem weißen T-Shirt trug.

Nach der Haarwäsche, die sich wegen der leichten Kopfhautmassage viel angenehmer gestaltete, als gedacht, fand er sich auf einem Stuhl wieder, dann schnippelte Tanja bereits eifrig an seinem Kopf herum. Im Spiegel sah er, wie ein älteres Ehepaar den Friseursalon betrat. Der Mann zog eine Helmut-Schmidt-Mütze von seinem fast kahlen Kopf, während die Frau ihre silbergrauen Löckchen, »Krullerkes« wie man hier sagte, von einer altrosa Strickmütze befreite. Gemeinsam nahmen Sie in den Wartesesseln am Fenster Platz.

Möllenkamp überlegte, was er sagen sollte. »Arbeiten Sie schon lange hier?«, rang er sich schließlich zu einem Gesprächsanfang durch.

»Ich hab hier schon gelernt, mit sechzehn, gleich nach der Schule. Bin jetzt zehn Jahre hier.« Tanja hatte sich inzwischen auf die mangelhaften Plattdeutschkenntnisse ihres Kunden eingestellt.

»Ah, ja«, gab Möllenkamp zurück und wusste nicht recht, wie weiter.

»Ja, und jetzt bin ich plötzlich Chef«, sagte Tanja, während sie weiter schnitt.

»Haben Sie den Salon übernommen?«

»Nee. Der Chef is' letzte Woche gestorben. Einfach so. Lag morgens tot im Bett. Das muss man sich mal vorstellen! Die Nachbarin hat ihn gefunden, weil wir natürlich hier im Laden standen und uns gewundert haben, dass er nicht kam. Er war sonst immer hier. Hatte auch nicht viel anderes. Keine Frau, keine Kinder …«

»Ach! Meine Güte, das ist schon ein Schock, wenn so was passiert«, murmelte Möllenkamp.

»Na ja, er war halt auch schon siebzig. Das ist so'n Alter,

da kann das ganz schnell gehen: Einen Tag sind Sie noch rüstig und munter, den nächsten Tag fallen Sie tot um. Mit siebzig geht's langsam abwärts.« Sie ließ die Schere für einen Moment sinken, um sich eine Strähne aus dem Gesicht zu streichen. »Tja, und bei manchen geht's dann eben auch ganz schnell. Traurig, wenn man erst mal so alt ist.«

Möllenkamp beobachtete im Spiegel, dass die ältere Frau hinter ihm im Sessel ihre Zeitschrift hatte sinken lassen und mit gerunzelter Stirn zu ihnen hinüberblickte.

»Aber heute sind die meisten Leute ja noch fit bis ins ganz hohe Alter«, versuchte er es.

»Sagen Sie das nicht. Mein Schwiegervater ist im Sommer noch mit meinem Neffen zum Angeln am Silbersee in Stapelmoor gewesen. Da kriegt er 'nen Schlaganfall. Zack, tot. Mit siebzig. War für den Kleinen ein Schock. Der war erst sieben. Ja, und meine Tante ist auch erst im Frühjahr gestorben. Hatte Krebs, aber das ging ruck, zuck! Die war einundsiebzig. Und der Schwiegervater meiner Freundin, ach, das war ganz schrecklich ...«

Inzwischen war es hinter ihnen etwas geräuschvoller geworden. Mit empörtem Gemurmel hatte die ältere Frau ihren anscheinend schwerhörigen Mann dazu genötigt, seine Mütze wieder auf den Kopf zu setzen, und beide verließen den Friseursalon. Kurz bevor die Tür hinter ihnen zufiel, drehte die Frau sich noch einmal um und warf ein »Wir sind noch nicht tot!« in den Laden. Dabei traf ein vernichtender Blick Möllenkamp im Spiegel.

Tanja hob verwundert die Augenbrauen, setzte aber dann unbeeindruckt ihre Betrachtungen über die Risiken des Alters fort. Möllenkamp saß resigniert im Sessel und hielt das

Gespräch durch ein gelegentliches »Hm« oder »Ah, ja« seinerseits am Laufen. Er hatte mit diesem Nachmittag abgeschlossen. Doch plötzlich spitzte er wieder die Ohren. Tanja war inzwischen bei dem Thema angelangt, das heute in den Friseursalons des Rheiderlandes vermutlich am häufigsten zur Sprache kam: dem Toten vom Sperrwerk.

»Haben Sie von dem Fall gelesen?«, fragte sie ihn, ohne eine Antwort abzuwarten. »Also, den Falschen hat's ja nicht getroffen. Seinem eigenen Bruder hat er Land für'n Appel und ein Ei abgeluchst, weil er wusste, was sein Bruder nicht wusste: dass nämlich die Samtgemeinde in Bunderhee ein Baugebiet ausweisen wollte. Da hinterm Kindergarten, die Neubausiedlung. Er hat dann den Preis ganz schön in die Höhe getrieben, weil die Gemeinde das Land unbedingt für die Zufahrtsstraße brauchte. Meine Schwester hat da gebaut, darum weiß ich das. Und erst seine Weibergeschichten! Er hat sich ja sogar an Erika vergriffen, der Tochter vom Nachbarhof.«

Möllenkamp spitzte die Ohren.

»Die war erst fünfzehn und wurde schwanger, und keiner wusste angeblich, von wem. Aber in Wirklichkeit wusste es jeder. Der Alte konnte von den Mädchen nie die Finger lassen. Jedenfalls haben die Eltern von Erika ihr das Kind wegmachen lassen. Dann hat sie mit den Drogen angefangen und ist abgetaucht. Vor ein paar Jahren ist sie wohl gestorben.«

»Sie kennen sich aber ziemlich gut aus.«

»Das bringt der Job so mit sich«, grinste Tanja, während sie Möllenkamp das Handtuch von den Schultern nahm. »Man erfährt hier doch so einiges.« Und mit Blick auf ihr Werk: »So, das ist jetzt aber sehr schön geworden.«

***

»Wie siehst du denn aus!«, war Meikes erste Reaktion, als Stephan Möllenkamp die Küche betrat.

»Wieso?« Möllenkamp war verwirrt. Dann fiel ihm wieder ein, dass es ja ein Friseursalon gewesen war, in dem er verdeckt ermittelt hatte. Er ging in den Flur zurück und betrachtete sich zum ersten Mal richtig im Spiegel. »Oh nein«, entfuhr es ihm. Tanja hatte ihm die reinste Vokuhila-Frisur verpasst.

Meike quietschte vor Vergnügen. »Wenn du dir jetzt noch einen Schnurrbart stehen lässt, könntest du es als Wolfgang Petry auf dem nächsten Schützenfest versuchen. Das ist bestimmt die Millennium-Trendfrisur, oder?«

Möllenkamp stöhnte. »Komm, hör auf. Ich war in Weener beim Friseur und habe da einiges über de Vries erfahren. Dafür muss man Opfer bringen.«

»Dann erzähl mal.«

Er stand auf und holte zwei Flaschen Bier aus dem Kühlschrank, gab Meike eine davon, öffnete seine eigene und legte nach einem ausgiebigen ersten Schluck los. Er berichtete von der Pressekonferenz, dem Gespräch mit Donker und von dem, was die Friseurin erzählt hatte. Als er bei der Geschichte mit dem missbrauchten Mädchen vom Nachbarhof angelangt war, schüttelte sich Meike angewidert.

»Und die Geschichte hatte dir diese Reporterin nicht erzählt?«

»Nein, zwischen den ganzen Weibergeschichten kam das nicht vor. Aber was mich noch mehr wundert«, nachdenklich kratzte er den Aluminiumaufkleber am Hals der Jever-

Flasche ab, »sie hat mir auch nicht erzählt, dass er ein Nazi war. Und das muss sie gewusst haben. Der Kollege Bleeker meint, das weiß im Rheiderland jeder.«

»Vielleicht hat sie es vergessen. Es liegt ja auch so lange zurück. Da hat sie vielleicht geglaubt, dass das nicht mehr wichtig ist.«

Vielleicht hatte sie Recht. Es hatte keinen Zweck, sich jetzt darüber den Kopf zu zerbrechen. Es war besser, darüber nachzudenken, wie die bisherigen Hinweise sich zu einem Gesamtbild ordneten. Er versuchte, sich de Vries als harten Soldaten in einer schwarzen SS-Uniform vorzustellen. Es gelang ihm nicht. Ihm gelang auch nicht die Vorstellung von einem triebhaften Verführer oder Vergewaltiger. Er hatte einfach nur den alten Mann vor Augen, der weiß und still in seiner Kiste lag und zuvor fürchterlich gelitten und um sein Leben gekämpft haben musste. Wer mochte einen solchen Hass auf ihn gehabt haben? Er konnte nicht glauben, dass der Mord mit Ereignissen zusammenhängen sollte, die Jahrzehnte zurücklagen. Warum dann erst jetzt und nicht schon viel früher? Der Anlass musste ein aktueller sein. Allerdings hatte auch das Gespräch mit Pastor Donker keine konkreten Anhaltspunkte für ein Motiv ergeben. Vielleicht war es ja sein Bruder gewesen, den er bei seinen Geschäften mächtig übervorteilt hatte, falls Tanjas Schilderung der Ereignisse zutreffend war.

»Stephan, hallo!« Meike fuchtelte mit den Händen vor seinem Gesicht.

»Was?«

»Ich habe dich gerade daran erinnert, dass am nächsten Wochenende die Weiber kommen.«

Ach, Herrje! Er mochte Meikes Studienfreundinnen, aber dieses Wochenende hätte er gern seine Ruhe gehabt. Früher, als alle noch in Hannover wohnten, hatten sich die Mädels einfach mal abends getroffen. Doch seit sie sich in alle Winde zerstreut hatten, bedeutete ein Besuch, dass sie immer gleich für ein ganzes Wochenende bei ihnen einfielen. Und wenn vier Freundinnen zusammen waren, dann war der gastgebende Ehemann zwangsläufig das fünfte Rad am Wagen.

»Freust du dich?«

»Hmm.«

»Komm, jetzt hab dich nicht so.«

»Ich hab mich ja auch nicht so. Ich frage mich nur, warum ich davon erst drei Tage vorher erfahre!«

»Wie bitte? Das habe ich dir schon vor Monaten gesagt. Du hast es bloß wieder vergessen.«

Wahrscheinlich hatte sie Recht. Sicher sogar. Er konnte sich solche Sachen nicht merken. Er holte sich noch ein Bier aus dem Kühlschrank und bereitete sich innerlich auf ein ganz und gar feministisches Wochenende vor.

Hochsommer 1946, ein Gulfhof im Rheiderland

Marion sitzt auf einem Schemel im Stall und melkt eine Schwarzbunte. Das kann sie gut, sie hat früher zu Hause schon ihre einzige Kuh gemolken. Und sie tut es gern. Der Geruch im Stall, das Atmen der Kühe, erinnern sie an daheim. Und die Sanftmut in den Augen der Tiere lässt sie manchmal ihre Angst vergessen. Sie könnte anfangen zu glauben, dass ein Leben in Frieden möglich ist.

Auf dem Getreidehof gibt es viele Kühe, um seine zahlreichen Bewohner mit Milch zu versorgen. Da sind die Familie des Großbauern, seine Frau und seine vier Kinder. Da sind die vielen Knechte und Mägde, die im Hochsommer täglich draußen sind, um Heu zu machen, den Sommerweizen zu ernten, die Garben zu Hocken zu stellen und das Getreide zu dreschen. Und da sind die Flüchtlinge, die nach und nach immer zahlreicher gekommen sind. Alle wollten sie zu den Bauern, weil es dort genug zu essen gab. Für das Essen und den engen Schlafplatz im Heu müssen sie hart arbeiten. Viele haben das noch nie vorher gemacht. Vor allem die, die aus den Städten kommen, die Ausgebombten und Evakuierten. Der Krieg und sein Ende haben die Gesellschaft hier auf dem Polder verändert.

Ihr Vermögen verdanken die Polderbauern dem Getreide, das auf dem fetten Kleiboden so ertragreich wächst. Wie daheim, denkt Marion, wo sich in ebenso endlos scheinender Weite die Weizenfelder erstrecken. Aber der Wind ist ein anderer: Hier kommt er immer von Westen, ist feucht und salzig, verweht die Sommerhitze.

Sie hört Schritte von hinten. Eine Hand legt sich bleischwer auf ihre Schulter. Marion erschaudert. Er muss es gemerkt haben. »Gut machst du das. So eine wie dich kann ich hier brauchen.« Seine Hand wandert zu ihrem Nacken und spielt mit den Locken in ihrem Haaransatz, gleitet ihre silberne Kette entlang bis zum Amulett in ihrer Halsmulde. Ihr Magen krampft sich zusammen. Sie will sich entziehen, aber sie kann sich nicht rühren, sitzt stocksteif wie ein Brett.

»Dein Bruder«, seufzt der junge Mann, der seine Hand immer noch in ihrem Nacken hat, »der ist ja leider nur ein Kostgänger. Was soll er arbeiten? Er will ja nicht mal melken. Er schreit sogar, wenn er Kühe sieht.« Er fasst ihr unters Kinn und dreht ihren Kopf herum, sodass sie in seine kalten, blauen Augen sehen muss. »Lange kann ich mir das nicht mehr mit ansehen. Entweder er arbeitet, oder die große Schwester muss sich was einfallen lassen …«

Marion schweigt. Was könnte sie auch sagen? Dass ihre Nachbarin in einem Stall zwischen dampfenden Kühen gestorben ist? Soll sie dem Bauern erzählen, wie viele Kühe und Pferde ihr Bruder über Menschenleiber hat steigen sehen? Nie im Leben wird er wieder eine Kuh anrühren.

Dienstag, 2. November 1999

Möllenkamp fühlte sich gut. Er konnte es selbst kaum glauben, aber er war um sechs Uhr tatsächlich aufgestanden und fast eine ganze Stunde lang gejoggt. Dann hatte er geduscht, einen Kaffee getrunken, Meikes Frühstücksangebot ausgeschlagen und war in die Inspektion gefahren. Jetzt hatte er zwar Hunger, blickte aber äußerst zufrieden in die Runde und fühlte sich schon ein bisschen leichter. Er war entschlossen, sich weder durch Anjas Gesichtsausdruck irritieren zu lassen noch durch den Umstand, dass irgendeiner seiner Kollegen penetrant nach Knoblauch stank. Er hatte Wilfried Bleeker in Verdacht. Der hatte kaum verhohlen gegrinst, als Anja gleich beim Betreten des Besprechungsraumes ein genervtes »Boah nee, können wir mal das Fenster öffnen?« entfahren war.

Jetzt wandte sich Bleekers Aufmerksamkeit seinem Chef zu: »Schicke Frisur. Trägt man das jetzt so?« Und zu Anja gewandt, strich er sich mit den manikürten Fingern durchs Haar und fragte in affektiertem Ton: »Meinst du, das würde mir auch stehen?«

Obwohl sie sich alle Mühe gab, sich ihre schlechte Laune nicht verderben zu lassen, musste sogar Anja Hinrichs grinsen. Möllenkamp seufzte. »Da habe ich meinen Pfadfinderauftrag heute schon übererfüllt: zwei Menschen glücklich gemacht.«

Möllenkamp resümierte sein Gespräch mit Pastor Donker und die Erkenntnisse aus dem Friseurbesuch. Es gab nach der Pressekonferenz und den Zeitungsberichten von heute bereits zahlreiche Hinweise. Johann Abram berichtete, zwei Personen hätten sich gemeldet und angegeben, dass sie Tadeus de Vries am Dienstagabend in seiner Stammkneipe »Zum Schwarzen Ross« in Hatzum gesehen hatten. Möllenkamp zuckte ein wenig zusammen, als er den Namen der Gaststätte hörte, in der er sich wenige Tage zuvor mit Gertrud Boekhoff ziemlich betrunken hatte. Weil ihm das im Nachhinein peinlich war, setzte er lieber Anja darauf an, sich dort umzuhören und die Zeugen zu befragen.

Die weiteren Hinweise aus der Bevölkerung halfen ihnen, den letzten Lebenstag von Tadeus de Vries zu vervollständigen: Er war vormittags in Bunde bei der Raiffeisenbank gesehen worden, hatte in der »Waage« in Leer allein zu Mittag gegessen und am Nachmittag einen Termin mit einem Projektentwickler für Windenergieanlagen in Aurich gehabt. Abends war er nach Angaben seiner Frau zum Abendessen daheim gewesen, bevor er in seine Stammkneipe aufgebrochen war. Zahlreiche weitere Anrufe aus der Bevölkerung ließen den Schluss zu, dass de Vries tatsächlich nicht viele Freunde gehabt hatte. Sein Mercedes blieb außerdem verschwunden.

Abram ergänzte die wenigen Ergebnisse aus dem Gespräch mit Ekhoff. Er war den Spuren aus Ekhoffs Aktenordner zum Teil schon nachgegangen, allerdings bisher ohne Erfolg: Entweder waren die Täter nie gefasst worden oder es handelte sich um Dumme-Jungen-Streiche. Er versprach aber, noch einmal gründlich nachzuhaken. Dann kam er auf einen Punkt zu sprechen, der ihn offenbar schon seit dem Vortag umtrieb.

»Ekhoff war überzeugt, dass hinter dem Mord Sperrwerksgegner stehen müssen. Er hat eine ganze Suada mit Anschuldigungen gegen die Bürgerinitiative ›Wir für die Ems‹, gegen die Anarchisten und die Grünen losgelassen. Konkreter ist er nicht geworden. Man könnte meinen, dass er einfach versucht, seine persönlichen Rechnungen mit unserer Hilfe zu begleichen. Aber dann hat er noch etwas gesagt: Wir sollten bei den Sperrwerksgegnern genauer hingucken. Da gebe es Leute, die hätten noch ganz andere Morde auf dem Gewissen. Leider hat er das nicht weiter ausgeführt«, schloss Abram mit einem scharfen Seitenblick auf Anja, der er eine nicht geringe Mitschuld an Ekhoffs mangelnder Mitteilungsbereitschaft zu geben schien.

Anja, der dieser Blick nicht verborgen geblieben war, funkelte ihn an. »Was soll das schon heißen?«, gab sie scharf zurück. »Entweder dieser Meyer-Lobbyist hat ein Interesse daran, dass der Mörder gefunden wird. Dann sagt er uns, was oder wen er mit so einem Spruch meint. Oder es ist nichts dran und er verleumdet einfach alle, die Meyers Interessen im Wege stehen. Ich glaube, dass er genau das versucht.«

Ratloses Schweigen.

»Gut«, sagte Möllenkamp schließlich. »Wir werden es im Hinterkopf behalten. Noch wissen wir nicht, was das zu bedeuten hat. Aber vielleicht kommt bald ein Puzzlestück dazu. Andernfalls müssen wir alle Vereinsmitglieder durchleuchten.«

Danach berichtete Anja, dass das für den Sarg verwendete Holz billiges Sperrholz war, das man in jedem Baumarkt kaufen konnte. Kollege Ostendorp vom Erkennungsdienst habe ihr versichert, dass es sinnlos sei, in den Baumärkten nach dem Käufer zu fragen. Zumal sie ja nicht den geringsten Anhaltspunkt hatten, wie der aussehen könnte. Möllenkamp hatte den Verdacht, dass Anja sich nur allzu gern hatte entmutigen lassen, weil der Ausflug mit Johann Abram zu Eko Ekhoff ihr weitaus interessanter erschienen war.

»Vielen Dank, Anja. Konnte Ostendorp etwas zu dem teerigen Zeug in den Ecken des Sarges sagen?«, fragte er.

»Ja. Und zwar ist die Kiste offensichtlich«, sie blickte auf einen Zettel, den sie gerade entfaltet hatte, »kalfatert worden.«

Kalfatert – kalfatern? Irgendwo in Möllenkamps Kopf rührte sich etwas. Es hatte etwas mit seiner Kindheit zu tun. Woher kannte er es bloß? Plötzlich fiel der Groschen: Jim Knopf und die Wilde 13! Lukas der Lokomotivführer und Jim Knopf hatten die Lokomotive Emma durch Kalfatern zum Schwimmen gebracht! Möllenkamp schlug sich lachend vor die Stirn, als er an die Szene dachte.

»Nun ja«, ließ sich Johann Abram vernehmen. »Eigentlich ist das ja nicht komisch. Da wollte jemand ganz sichergehen, dass der alte Mann in einer luftdichten Kiste erstickt.« Er machte eine kurze Pause und fuhr dann fort: »Was wiederum mit einiger Wahrscheinlichkeit darauf schließen lässt, dass er von Anfang an die Absicht hatte, den Alten lebend in diese Kiste zu stecken. Denn für einen Toten hätte er sich diese Mühe kaum machen müssen.«

Nun herrschte wieder Schweigen im Raum. Möllenkamp fühlte sich ertappt und ärgerte sich über Abram, von dem er sich wegen seines Lachens gemaßregelt fühlte. Um sich nichts anmerken zu lassen, schrieb er »Sarg kalfatert« und »Opfer absichtlich lebendig begraben?« auf zwei Kärtchen, die er unter dem Stichwort »Tathergang« aufhängte.

»Wie genau hat er das gemacht«, fragte Bleeker.

Anja berichtete, dass man im traditionellen Holzbootbau die Nähte und Fugen mit Werg ausfüllte. Um dieses haltbarer zu machen, goss man Pech in die Fugen. Zur Versiegelung übergoss man dann noch alle Außenflächen des Rumpfes mit heißem Teer. Letzteres war bei der aufgefundenen Kiste nicht geschehen. »Schließlich sollte das Ding ja nicht schwimmen«, erklärte Anja, dennoch sei das Kalfatern bei dem Sarg sehr professionell durchgeführt worden, sodass man annehmen konnte, dass der Täter sich im Bootsbau auskannte.

»Na, das ist doch immerhin ein Hinweis«, meinte Bleeker erfreut, während Möllenkamp auch diese Erkenntnis auf einem Kärtchen festhielt.

»Die ganze Vorgehensweise unterstreicht die Vermutung«, kam Abram noch einmal auf die Motivlage des Täters zurück, »dass der Mörder nicht nur sicher sein wollte, dass sein Opfer starb, sondern auch, dass es leiden würde.«

Hinterkötter, der wie immer zu spät dazugekommen war, um zu demonstrieren, wie beschäftigt er war, dröhnte von hinten mit entschlossener Stimme: »Seine Frau können wir damit ausschließen. Frauen wissen nicht einmal, was Kalfatern überhaupt ist.«

Auf Anjas Gesicht war zu lesen, was sie dachte: Aber du Spaßvogel, der du nicht mal einen Nagel gerade in die Wand schlagen kannst, weißt natürlich genau, was das ist. Laut sagte sie: »Sicherlich würde seine Frau, nachdem sie diesen Sarg nach allen Regeln der Kunst zusammengebaut und auf der Baustelle versteckt hat, am Kalfatern gescheitert sein.« Der triefende Sarkasmus in ihrer Stimme würde ihre Beförderung voraussichtlich um noch einige Jahre nach hinten verschieben. Hinterkötter war vorläufig still und schnappte leise nach Luft, aber ihm war anzusehen, dass er auf Rache sann.

»Vielleicht hat der Liebhaber von Frau de Vries die Kiste präpariert, bevor die beiden gemeinsam den Alten beiseitegeschafft haben, um mit dem Erbe ein neues Leben in der Karibik anzufangen.« Wilfried Bleeker, von dem diese gewagte Hypothese stammte, klang nicht weniger sarkastisch als Anja Hinrichs.

»Wir wissen ja, dass das Opfer zumindest von jemandem niedergeschlagen wurde, der etwas kleiner als de Vries gewesen ist. Was seine Frau als Tatbeteiligte nicht ausschließt«, erinnerte Möllenkamp, um wieder Sachlichkeit in die Debatte zu bringen. »Und wir sind uns einig, dass der Aufwand, der hier betrieben wurde, darauf hindeutet, dass dieses Tötungsverbrechen eine starke emotionale Komponente hatte. Das sollten wir bei unseren weiteren Ermittlungen nicht aus dem Auge verlieren. Daher müssen wir unbedingt auch dem Fall der verstorbenen Erika nachgehen, also des Nachbarmädchens, an dem sich de Vries vergangen haben soll. Ebenso dürfen wir annehmen, dass auch der Bruder des Toten, Mentko de Vries, einen Grund gehabt hat, Tadeus nach dem Leben zu trachten. Was die Spuren in die Reihen der Umweltaktivisten angeht, so glaube ich, dass wir auch hier nach einem solchen emotionalen Beweggrund suchen müssen. Ein rein politisches Motiv passt nicht zum Vorgehen des oder der Täter.« Er warf einen schnellen Seitenblick auf Hinterkötter, von dem er Widerspruch befürchtete. Doch der schwieg und schien mit anderen Gedanken beschäftigt.

Bleeker berichtete, dass Tadeus de Vries schon 1933 Mitglied der NSDAP und Mitte der dreißiger Jahre auch der SS geworden war. Er war zunächst in den Dienst der Kriminalpolizei eingetreten und hatte später als Mitglied des Sicherheitsdienstes am Russlandfeldzug teilgenommen. Kurz darauf jedoch wurde er von der Ostfront abgezogen und in eine Außenstelle des Reichssicherheitshauptamtes nach Groningen versetzt. Er leitete dort zunächst ein Referat und wurde dann nach Den Haag in die Schaltzentrale des Befehlshabers der Sicherheitspolizei und des Sicherheitsdienstes berufen.

Nach dem Krieg war de Vries für erstaunlich kurze Zeit in einem Entnazifizierungslager interniert worden. Danach verfügte er über sehr gute Beziehungen zu den britischen Besatzern. Schon bald hatte er kommunalpolitische Ämter inne und war eine geachtete, manche sagten gefürchtete Persönlichkeit.

Edda Sieverts ergänzte Bleekers Bericht durch ihre Rechercheergebnisse: Die Gerüchte über de Vries' private Eskapaden und Frauengeschichten seien zahlreich. Die Anzahl der ihm angedichteten unehelichen Kinder ging ins Dutzend. Er sei aber nie verklagt, geschweige denn verurteilt worden – weder für angebliche Vergewaltigungen noch wegen irgendwelcher Unterhaltszahlungen, und auch nicht aufgrund seiner sonstigen Geschäfte.

»Faszinierend, wie dieser Mann sein Leben lang ständig den Kopf aus der Schlinge bekommen hat. Dabei hatte er mit Sicherheit mehr Dreck am Stecken als wir alle zusammen«, kommentierte Bleeker mit kaum verhohlener Bewunderung.

»Na ja, nicht das ganze Leben lang«, bemerkte Abram. »Zum Schluss hat ihn sein Glück ja doch verlassen.«

»Richtig«, sagte Bleeker. »Womit wir bei den Burschen auf der Baustelle wären, die noch niemals in ihrem Leben wirklich Glück gehabt haben – zumindest nicht die beiden Polen. War ziemlich schwierig, die überhaupt noch ausfindig zu machen. Sie sind nämlich bei einem von Swartwitt beauftragten Subunternehmen beschäftigt und wohnen in so einem Containerdorf, wo sie mit sechs Mann in einem kalten Raum mit Etagenbetten hausen. Und jetzt stellt euch mal vor: Die haben ihren Job verloren! Nur weil sie eine Leiche gefunden und das der Polizei ordnungsgemäß gemeldet haben. Kann man das glauben? Sie hätten den Betrieb auf der Baustelle aufgehalten und damit den Zeitplan gefährdet. Spinnen die denn? Zeitplan gefährdet! Nach einem ganzen Jahr Pause!«

Die anderen schwiegen. Dass unwürdige Arbeitsbedingungen bei lausiger Bezahlung inzwischen nicht mehr nur in Fernsehreportagen, sondern auch in ihrer norddeutschen Provinz vorkamen, machte sie alle betreten.

»Was haben sie denn gesagt«, durchbrach Möllenkamp die Stille. »Hast du noch was rausbekommen?«

Bleeker schilderte, wie die Arbeiter erst am Tag vor dem Fund der Leiche die Arbeit auf der Baustelle nach einem Jahr Zwangspause wiederaufgenommen hatten. Wie sie bei der Fortsetzung der Baggerarbeiten für die Zufahrtsstraße auf eine sargähnliche Holzkiste gestoßen waren, die jemand dort vergraben hatte. Er hatte aus den Bauarbeitern weiter nichts herausbekommen, auch nicht aus dem Vorarbeiter, dem Emsländer Kruse, den er nach Feierabend in seinem Dorf mit dem schönen Namen Bethlehem aufgesucht hatte, weil über der Suche nach den Polen so viel Zeit vergangen war.

Den vierten Mann, den Ostfriesen, hatte er nicht mehr erreicht. Er hatte ihm aber eine Nachricht auf dem Anrufbeantworter hinterlassen mit der Bitte, sich am nächsten Tag in der Inspektion zu melden.

Möllenkamp hielt die bisherigen Erkenntnisse und möglichen Motive weiterhin auf Kärtchen fest und heftete sie eins nach dem anderen an die Pinnwand. Die Reihe der Motive – und damit die der möglichen Täter – wurde immer länger.

»Wir haben einen unverbesserlichen Altnazi mit ausgeprägtem Hang zum weiblichen Geschlecht, unmoralischem Geschäftsgebaren, despotischen Allüren gegenüber der Familie und ruppigen Umgangsformen gegenüber jedem, der eine andere Meinung hatte als er. Tja, da wird es ganz schön schwierig, ein Mordmotiv zu finden«, fasste Wilfried Bleeker zusammen. Einige kicherten.

»Einiges davon ist noch nicht bewiesen«, warnte Möllenkamp, bevor er ihre gemeinsame To-do-Liste resümierte: Sie mussten in alle Richtungen weiter ermitteln. Sie würden mit dem Bruder des Opfers sprechen, mit den Nachbarn und dem verbliebenen Bauarbeiter. Sie würden die Konten überprüfen, die Ehefrau erneut befragen. Und sie mussten allen Hinweisen nachgehen, die aufgrund der Zeitungsberichterstattung hoffentlich noch kamen.

***

»Ich hab ihn nich' totgemacht.« Mit zitternden Händen schenkte sich der Mann aus einer Ecks-Flasche einen Schnaps ein. Sicher nicht den ersten an diesem Tag. »Ich hab wohl oft dran gedacht, aber ich war's nich'.«

Möllenkamp betrachtete den Alten mit einer Mischung aus Mitleid und Widerwillen. Das unrasierte Gesicht von Mentko de Vries war gerötet und von vielen blauen Äderchen durchzogen. In den gelblich schimmernden Augen war zu sehen, dass sie es mit einem Besiegten zu tun hatten.

Möllenkamp ließ seinen Blick durch die Küche schweifen. Es roch oberflächlich nach Zigaretten, kaltem Speck und Zwiebeln. Darunter aber lag ein Ozean aus Gerüchen, der sich aus jahrzehntelanger Verwahrlosung und Frischluftverweigerung speiste.

Bereits von außen hatte das Haus von Mentko de Vries Verfall und Scheitern ausgestrahlt. Es war das genaue Gegenteil vom Anwesen seines Bruders. Während der große Gulfhof von Tadeus de Vries vermögend, aber unbehaust wirkte, war das kleine, graue Haus an der Steinhausstraße in Bunderhee ganz und gar behaust – und das nicht nur von Menschen, vermutete Möllenkamp, dem ein leichter Schauer über den Rücken lief. Das Stillleben aus zugebundenen Supermarkttüten, herumliegenden Flaschen, kaputten Plastikgartenstühlen, verblichenem Kinderspielzeug und einem alten Audi 80, der ohne Räder aufgebockt auf Ziegelsteinen neben dem Haus stand, wurde untermalt von den Geräuschen eines Fernsehgerätes im Innern des Hauses, von dem der graue, von Rissen durchzogene Putz an vielen Stellen abbröckelte. Die beiden Polizeibeamten hatten mehrmals an das mit Kondenswasser beschlagene Fenster rechts neben der Tür klopfen müssen, bis der Alte ihnen geöffnet hatte.

Jetzt starrte Möllenkamp von innen auf die beschlagenen Scheiben, durch die fahles Licht hereinfiel, während sein Kollege Abram beruhigend auf den alten Mann am Tisch einsprach.

»Herr de Vries, wir haben ja gar nicht behauptet, dass Sie Ihren Bruder umgebracht haben. Aber wir haben Hinweise bekommen, dass beim Verkauf Ihres Grundstücks an Ihren Bruder in Ditzumerverlaat vor zehn Jahren nicht alles mit rechten Dingen zugegangen ist. Darum müssen wir Sie fragen, wie Ihr Verhältnis zu Ihrem Bruder war. Das verstehen Sie doch sicher.«

Er spricht mit ihm wie mit einem Kind, dachte Möllenkamp.

Der alte Mann griff nach einer Packung billigen Tabaks und drehte sich, überraschend geschickt für seine zittrigen Hände, eine Zigarette. Er schenkte sich noch einen Klaren ein. Den beiden Kriminalbeamten hatte er nichts zu trinken angeboten. Dafür schien er allmählich seine Fassung wiederzugewinnen. »Er hat gekricht, was er verdient hat. Er hat mich betrogen. Und nun is' er in der Hölle, wo er hingehört.« Dann starrte er eine Weile vor sich hin.

Möllenkamp wurde ungeduldig. Er hatte den Wunsch, möglichst schnell wieder zu verschwinden. »Herr de Vries, etwas genauer brauchen wir es schon. Wenn Sie uns jetzt nicht beschreiben können oder wollen, was zwischen ihrem Bruder und Ihnen vorgefallen ist, dann müssen wir Sie auf die Inspektion mitnehmen. Da haben wir dann ganz viel Zeit. Allerdings muss ich Ihnen sagen: Korn und Zigaretten sind dort verboten. Also überlegen Sie sich noch einmal, ob Ihnen jetzt nicht doch noch etwas mehr dazu einfällt.«

Es schien, als hätte der Alte ihn überhaupt nicht gehört. Er blickte vor sich hin, wie in seine eigenen Gedankengänge versunken. »Ik koom daar ok bold hen«, entfuhr es ihm schließlich.

»Unn ik hebb dat ok neet beter verdeent.«[1] Plötzlich warf er seinen Kopf auf die Arme und fing an zu weinen. Sein Körper wurde von Schluchzern geschüttelt. Möllenkamp und Abram sahen einander bestürzt an.

Wann immer die beiden Kollegen später über diesen Vormittag sprachen, fragten sie sich, warum sie in dem klapprigen Haus mit den knarzenden Dielen eigentlich in diesem Moment nichts gehört hatten. Sie hätten etwas bemerken müssen, Fernseher hin oder her. Stattdessen starrten sie auf diesen alten Mann, der überwältigt wurde von einem Kummer und einer Schuld, von der sie sich tief betroffen fühlten, ohne die Hintergründe seines Gefühlsausbruchs zu verstehen. Währenddessen musste es passiert sein, musste sich die Gefahr auf erstaunlich leisen Sohlen herangeschlichen haben. Gerade als sie ihm vorschlagen wollten, dass er sich erst einmal ausruhen und am Nachmittag in die Inspektion kommen sollte, hörten sie hinter sich ein metallisches Klacken.

Die Beamten fuhren herum. In der Tür stand ein Mann von etwa Mitte vierzig. Unter seinem schmutzig-weißen Doppelripp-Unterhemd zeichnete sich ein mächtiger Bauch ab, der über den Rand seiner ausgebeulten Jogginghose hing. Fettiges Haar fiel ihm in die Augen. In den Händen hielt er ein Luftgewehr, das auf sie gerichtet war. Gerade als Möllenkamp »High Noon« durch den Kopf schoss, begann der Mann zu brüllen. »Raus hier! Macht, dass ihr wegkommt!« Dabei fuchtelte er mit dem Luftgewehr herum.

---

1 Ich komm da auch bald hin. Und ich hab das auch nicht besser verdient.

Möllenkamp duckte sich aus Angst, es könnte aus Versehen losgehen, und registrierte erstaunt, wie gut es dem Kollegen Abram gelang, Contenance zu wahren. So sanft, wie er eben noch auf den alten Mentko de Vries eingeredet hatte, wandte er sich nun dem tobenden Neuankömmling zu. »Guten Tag. Mein Name ist Johann Abram und das ist mein Kollege Stephan Möllenkamp. Wir sind von der Mordkommission aus Leer. Wer sind Sie denn?« Doch als er dem Mann in der Tür die Hand reichen wollte – eine deeskalierende Geste, deren Wirkung er bereits häufig erprobt hatte –, fing der wieder an zu brüllen und richtete die Waffe direkt auf Abram.

»Raus hab ich gesagt. Mein Alter hat nix mit dem Mord an meinem Onkel zu tun. Als wir euch gebraucht hätten, als er uns alles weggenommen hat, da wart ihr nicht da. Und jetzt brauchen wir euch nicht mehr. Nun hat sich das nämlich von selbst erledigt. Der Satan ist nicht mehr, Gott sei Dank!«

»Herr de Vries, das hat doch so keinen Zweck«, versuchte es Abram erneut. »Sie machen sich strafbar, wenn Sie uns mit dem Gewehr bedrohen. Nehmen Sie das runter. Wir wollen nur mit Ihrem Vater und mit Ihnen sprechen.«

»Hast du was mit den Ohren? Macht, dass ihr wegkommt! Ich weiß genau, wer euch geschickt hat. Geh hin zu Tadeus und sag ihm: Er hat alles gekriegt. Was will er denn noch?«

Möllenkamp und Abram warfen sich einen raschen Blick zu. Offenbar hatte der Mann vor ihnen keinen stabilen Bezug zur Realität. Solche Situationen waren immer gefährlich. Und so hoben sie, als er die Waffe entsicherte, langsam ihre Hände und ließen sich von ihm in Richtung Tür bugsieren.

Im Herausgehen nahm Möllenkamp auf der kleinen Kommode neben der Küchentür eine Reihe von Familienfotos wahr. Relikte einer vergangenen Zeit, arrangiert auf Deckchen aus Filetspitze. Die Fotos standen in überraschender Ordnung, abgestaubt und in polierten Rahmen. Sie zeigten Familienszenen: ein Schwarz-Weiß-Foto von einem Hochzeitspaar, das die Ernsthaftigkeit des überstandenen Krieges noch in den Gesichtszügen trug. Dasselbe Paar mit einem Baby, diesmal freundlicher blickend. Ein Farbbild aus den siebziger Jahren, anlässlich der Silberhochzeit vor dem damals noch gepflegten Haus aufgenommen. Daneben Fotos von Familienfeiern.

Ein rahmenloses Bild lag halb versteckt hinter den anderen. Es zeigte drei junge Männer mit Gewehren in Uniform, die nebeneinanderstanden und finster in die Kamera schauten. Sie trugen Breeches, gewichste Stiefel und Feldblusen, am linken Kragenaufschlag das Zeichen der SS.

Doch bevor Möllenkamp das Foto genauer in Augenschein nehmen konnte, wurde er mit dem Kollegen Abram aus der Haustür herausbugsiert. Als sie an dem Mann mit dem Gewehr vorbeikamen, registrierte er eine starke Alkoholfahne und auch ein leichtes Schwanken. Ein Blick zu Abram zeigte ihm, dass dieser das auch bemerkt hatte.

In Möllenkamp stieg Wut auf, dass zwei gestandene Kriminalbeamte sich von einem betrunkenen Asozialen so würdelos aus dem Haus jagen ließen. In seinem Zorn erblickte er einen verwitterten Spielzeugtrecker mit Tretpedalen auf dem Rasen direkt neben dem Weg. Er machte Abram ein Zeichen mit den Augen, das dieser mit unmerklichem Kopfschütteln quittierte. Doch Möllenkamp wollte darauf keine Rücksicht nehmen. Just als sie am Trecker vorbeikamen, machte er einen blitzschnellen Ausfallschritt und schob das Spielzeug auf den Weg, auf dem der Bewaffnete hinter ihnen her stolperte.

Wie erhofft geriet der kleine Trecker zwischen die Beine des Mannes und brachte ihn aus dem Tritt. Dieser Moment genügte Abram, um ihn blitzschnell außer Gefecht zu setzen. Möllenkamp nahm de Vries junior das Gewehr ab. Der Rest war Routine. Als sie den Mann mit Handschellen gefesselt in ihren Dienstwagen gesetzt hatten, kamen sie sich vor wie Helden aus einer amerikanischen Krimiserie. Und weil Möllenkamp jetzt in einer Stimmung war, in der er sich von niemandem mehr auf der Nase herumtanzen lassen wollte, nahmen sie den heulenden alten Mann aus der Küche auch gleich mit. Das Foto vergaß er.

***

Am Nachmittag waren sie schon um einiges klüger. Die sachliche Atmosphäre der Polizeiinspektion hatte auf Vater und Sohn de Vries eine ernüchternde Wirkung gehabt, und sie hatten die ganze Tragik ihres verpfuschten Lebens in kurze, relativ klare Sätze gefasst. Mentko de Vries war der jüngere Bruder von Tadeus de Vries gewesen. Insgesamt hatte es fünf Geschwister gegeben, von denen der älteste, Jakobus, bereits als Kind an Tuberkulose gestorben war. Die zwei ebenfalls älteren Schwestern waren seit einigen Jahren tot. So waren nur Mentko und Tadeus übriggeblieben. Bereits früh hatte sich gezeigt, dass Mentko den Tricks und Finessen seines älteren Bruders nicht gewachsen war. Er hatte ihn dennoch rückhaltlos bewundert, ja, man musste sagen, er war ihm geradezu hörig gewesen.

So war er seinem Bruder in allem blind gefolgt. Als der in die NSDAP eintrat, tat es ihm der Bruder nach. Als Tadeus in die Schutzstaffel aufgenommen wurde, folgte ihm Mentko ebenfalls. Während Tadeus es in der SS bis zum Hauptsturmführer brachte, war Mentko nicht über den Rang eines Rottenführers hinausgekommen. Zudem hatte Tadeus es geschafft, nach einem kurzen Einsatz an der Ostfront – wo die Brüder eine Zeit lang gemeinsam in einem Einsatzkommando des Sicherheitsdienstes ihr Unwesen getrieben hatten – in die besetzten Niederlande zu gelangen, wo ihn vergleichsweise wenige Risiken für Leib und Leben erwarteten, dafür aber ein schneller Aufstieg. Der jüngere Bruder hingegen blieb im Osten, wurde schwer verwundet und geriet in jahrelange russische Gefangenschaft.

Tadeus hatte auf seinen Bruder keinerlei Rücksicht genommen. Das traditionelle Anerbenrecht, das im Reichserbhofgesetz der Nazis und schließlich in der Höfeordnung der britischen Militärregierung nach dem Kriege fortlebte, machte ihn nach dem Tod des Vaters zum alleinigen Erben des großen Gulfhofes mit seinen über 150 Hektar fruchtbarstem Polderboden. Obwohl er seinen Bruder auf andere Weise hätte entschädigen müssen, hatte er ihn offenbar zu diesem Zeitpunkt bereits betrogen. Mentko erhielt lediglich das kleine, graue Haus und sechs Hektar Land in Ditzumerverlaat, das für eine eigene landwirtschaftliche Existenz nicht ausreichte. Dennoch schien es ein paar Jahre so, als hätte Mentko ein bescheidenes Glück gefunden. Er war Schlosser geworden, hatte ein nettes Mädchen kennen gelernt, es Anfang der fünfziger Jahre geheiratet und einen Sohn bekommen. Er hatte zunächst in einer Autowerkstatt gearbeitet, dann bei der Meyer Werft in Papenburg und später im VW-Werk in Emden.

Aber dann war sein Leben aus der Bahn geraten, und zwar auf eine für Männer nicht ganz untypische Weise: Seine Frau hatte ihn betrogen und war schließlich davongelaufen. »Meine Mutter, die Schlampe, hat doch auch für Onkel Tadeus die Beine breit gemacht«, brachte der Sohn den Sachverhalt später im Verhör auf den Punkt. Sie hatte ihn mit seinem Sohn, der damals etwa zehn Jahre alt gewesen war, sitzen lassen. Mentko hatte seinen Kummer in Alkohol ertränkt. Er war unpünktlich und alkoholisiert zur Arbeit erschienen, hatte schließlich sogar durch fehlerhaftes Bedienen einer Maschine einen Unfall verursacht, bei dem ein VW-Kollege schwer zu Schaden gekommen war, und seinen Job verloren. Dadurch war er vollends auf die schiefe Ebene geraten, auf der er unaufhaltsam abwärts rutschte: Er verwahrloste und klammerte sich verzweifelt an seinen Sohn, Martin. Der trat, was seine Trinkgewohnheiten anging, unglücklicherweise in die Fußstapfen des Vaters. Er hatte nie eine reguläre Arbeit gelernt oder ausgeübt, dafür spielte er gern. Er machte Schulden, und sein Vater half ihm aus. Es war absehbar, dass sie in finanzielle Schwierigkeiten gerieten. Tadeus bot seine Hilfe an, indem er seinem Bruder Ende der siebziger Jahre dessen Land in Ditzumerverlaat abkaufte. Was er seinem Bruder bezahlte, war allerdings nur ein Bruchteil dessen, was er selbst daran verdiente, als er das Land wenige Jahre später an die Gemeinde weiterverkaufte, die dort ein Baugebiet ausweisen wollte. Es gab viele, die den Verdacht hegten, dass Tadeus von den Plänen gewusst und seinen Bruder erneut über den Tisch gezogen hatte, obwohl ihm das niemals nachgewiesen werden konnte.

Möllenkamp seufzte und rieb sich die Augen. Er gähnte und fuhr sich mit den Händen durch das dunkle Haar. Nach mehreren Stunden Vernehmung fühlte er sich immer wie ausgewrungen. Das Schicksal, das sich vor ihm ausgebreitet hatte, deprimierte ihn. »Für Mentko und seinen Sohn war Tadeus wie eine biblische Plage«, meinte er zu Abram. »Das Elend hat mit dem älteren Bruder begonnen, und immer, wenn es schlimmer wurde, hatte der Bursche seine Finger im Spiel. Was muss das nur für ein Mensch gewesen sein?«

»Wir wissen nicht, ob das mit der Affäre zwischen der Frau und ihrem Schwager Tadeus wirklich stimmt«, warnte Johann Abram, der einen Plastikkaffeebecher von links nach rechts drehte.

»Du hast ja Recht. Aber wir haben schon so viele Geschichten von ihm gehört, dass ich mir kaum noch vorstellen kann, dass es nicht so war. Es scheint wirklich so, als wäre der Mann ein ziemliches Arschloch gewesen.«

»Lass uns mal rekapitulieren. Wenn alles stimmt, was wir heute Nachmittag gehört haben, dann hatte Mentko de Vries alle Gründe, den Bruder zu ermorden: Er ist ihm in die NSDAP und in die SS gefolgt, hat in Russland im Dreck gehockt und anschließend allein dafür gebüßt …«

»Ich kann mir nicht helfen, aber er kommt mir nicht vor wie ein fanatischer Nazi«, warf Möllenkamp ein.

»Das müssen wir noch herausfinden. Jedenfalls hat Tadeus ihn schon bei der Übernahme des Hofes um sein Recht gebracht. Das hat er vielleicht erst später geahnt. Dann hat seine Frau womöglich eine Affäre mit dem Bruder angefangen. Und als Mentko bereits ganz unten war, da hat er ihn beim Kauf seines Landes noch einmal übertölpelt, aber so richtig. Und genau genommen ist es ja auch egal, ob die Vorwürfe allesamt stimmen: Entscheidend ist nur, dass Vater und Sohn daran glauben. Was immer wir an möglichen Motiven für einen Mord an Tadeus de Vries gesammelt haben: Mentko vereinigt sie alle auf sich. Es kann aber auch sein Sohn gewesen sein. Vater und Sohn scheinen eine symbiotische Beziehung zueinander zu haben, aber das Gewaltpotenzial von Martin de Vries ist eindeutig größer. Vielleicht hat er das für seinen Vater erledigt oder beide zusammen.«

Möllenkamp hatte nach dem leeren Plastikbecher gegriffen und ihn in einzelne Streifen zerlegt. Jetzt kniff er die Augen zusammen und hypnotisierte die Kamera, die den Vernehmungsraum überwachte. »Möglich, dass du recht hast. Aber das kommt mir alles zu einfach vor.«

»90 Prozent aller Fälle sind nun einmal so einfach, das weißt du genau. Oder war das in Hannover anders?«

»Nein, aber irgendetwas passt hier nicht. Zum einen ist das alles schon so lange her. Selbst die Geschichte mit dem Baugebiet in Ditzumerverlaat. Da hätte er doch schon vor Jahren handeln müssen, als die Wut noch frisch war. Warum jetzt? Und noch was: Beide haben sich überhaupt nicht die Mühe gemacht, irgendeines ihrer Motive zu verschleiern. Sie haben mit uns geredet nach dem Motto: Jetzt erzählen wir euch mal, wie Tadeus unser Leben ruiniert hat. Wenn ich einen Mord begangen hätte, dann würde ich doch versuchen, mich unverdächtig zu machen.«

»Okay, aber guck dir die beiden Strategen doch mal an. Glaubst du, dass die sich solche Gedanken machen – jeder mit zwei Flaschen Kornbrand in der Plauze? Und Alibis hatten die auch nicht.«

Möllenkamp stand ächzend auf, betrachtete den verwüsteten Kaffeebecher und sah dann seinen Kollegen an. »Ja, eben. Es passt einfach nicht. Überlege doch mal, wie du mit zwei Komma fünf Promille im Blut einen Mord begehen würdest. Und dann noch einen so akribisch geplanten.«

Dem stets korrekten Abram, der vermutlich noch nie in seinem Leben so richtig betrunken gewesen war, stand es ins Gesicht geschrieben, dass er Möllenkamps Argumentation wenig Vertrauen schenkte. Abram verließ sich nur auf Fakten. Deshalb machte er den Vorschlag, eine Genehmigung für die Durchsuchung des Hauses von Mentko de Vries zu besorgen, da dieser kein Alibi, dafür aber reichlich Gründe gehabt hätte, seinem Bruder nach dem Leben zu trachten.

Möllenkamp, dem kein richtiger Grund einfiel, es ihm auszureden, erklärte sich ohne Überzeugung bereit, einen entsprechenden Antrag beim Staatsanwalt zu stellen. Im Hinterkopf hatte er dabei auch Hinterkötter und die Presse. Die wollten immer sehen, dass die Polizei etwas tat. Und wenn sie nicht jemanden verhafteten oder wenigstens ein Haus durchsuchten oder einen Wagen beschlagnahmten, war die Öffentlichkeit schnell der Meinung, dass die Polizei faulenzte.

Hochsommer 1946, Bunderhammrich im Rheiderland

Die Holzklumpen klappern auf dem Weg. Eine flirrende Hitze liegt über den Feldern. Es ist ungewöhnlich windstill. Auf den Feldern zirpen die Grillen. Zum ersten Mal, seit sie hier sind, so kommt es ihr vor, weht es nicht böig von Westen her über den Dollart. Es ist fast wie in Ostpreußen. Die beiden Kannen, die an ihren Armen baumeln, fühlen sich schwerer an als auf dem Hinweg. Dabei kann das gar nicht sein. Schließlich sind sie doch jetzt leer, weil die Knechte und Mägde und die Hilfskräfte auf dem Feld die Suppe gegessen haben, die sie ihnen gebracht hat. Sie hat fast eine Dreiviertelstunde für den Hinweg gebraucht, und weil es so heiß ist, ist die Suppe noch ziemlich warm auf dem Feld angekommen. Schon von Weitem hat sie die Arbeiter auf dem Getreidefeld gesehen und den Mähbinder, der von einem Traktor unablässig hin- und hergezogen wird, von einem Ende des Feldes zum anderen.

Die Frauen stellen immer vier bis sechs von den Garben zum Trocknen zu Hocken auf. Im Schatten der Hocken haben sie das Mittagessen zu sich genommen. Marion hat danebengestanden und gewartet, bis die Kannen mit Suppe leer waren. Die Sonne hat auf ihr Kopftuch geschienen, sie hat geschwitzt, und unter dem Tuch hat es sie die ganze Zeit gejuckt, aber sie hat sich nicht getraut, sich zu kratzen. Zu tief sind die Beleidigungen über die »verlausten Pollacken« in ihr Gedächtnis eingebrannt, als dass sie sich jemals wieder vor irgendjemandem am Kopf kratzen würde.

Jetzt ist sie auf dem Weg zurück zum Hof. In einer Viertelstunde wird sie da sein und dann damit anfangen, die Kartoffeln für das Abendessen zu schälen. Ihre Füße schmerzen in den Holzpantinen.

Hinter ihr kommt ein Auto angefahren. Sie hört es von Weitem, weil es so still ist. Sogar das Zirpen der Grillen scheint verstummt zu sein. Der Wagen überholt sie und hält dann an. Sie hat ein beklommenes Gefühl, als der junge Bauer aussteigt, um das Fahrzeug herumläuft und ihr mit großer Geste den Wagenschlag öffnet. »Gnädige Frau«, er deutet eine Verbeugung an und breitet die Arme aus, »würden Sie mir die Ehre erweisen?«

Er trägt einen Anzug und ist bester Laune. Seine Wangen sind gerötet und die Augen glitzern, wie wenn er etwas getrunken hätte. Wahrscheinlich hat er ein gutes Geschäft begossen.

Ihre Beine werden schwer wie Blei. Mechanisch setzt sie einen Fuß vor den anderen. Sie zwingt sich zu lächeln. »Ach nein, es ist ja nur noch ein kurzes Stück. Das ist wirklich nicht nötig. Sie haben sicher zu tun.«

Er lächelt sie an. Sein Mund entblößt sehr viele weiße Zähne, die in der Sonne blitzen. Es tut beinahe weh, wenn sie ihn anschaut.

»Komm, steig ein. Ich nehme dich mit.«

Wohin? Wohin nimmst du mich mit, denkt sie, als sie in den Wagen steigt. Sie weiß, dass sie einen Fehler macht.

Im Wagen ist es heiß. Er fährt los. Sie blickt starr geradeaus. Sie hat gelernt, dass sie Männer provoziert, wenn sie sie anblickt. Blickkontakt wird als Aufforderung verstanden. Vermeide Blickkontakt. Vielleicht wirst du dann nicht bemerkt. Aber sie ist die einzige Mitfahrerin in diesem Wagen. Wie könnte sie sich unsichtbar machen?

»Hast du eigentlich schon einmal unser schönes Deichvorland gesehen? Hat dir schon mal jemand die Siele gezeigt«, fragt der junge Mann neben ihr und legt ihr die Hand auf das Knie.

Marion schüttelt den Kopf. Sag was, raunt ihre innere Stimme. Wenn du schweigst, wird er wütend. Aber ihr Mund ist völlig ausgetrocknet.

»Dann wird's aber Zeit, dass du mal etwas von deiner neuen Heimat siehst«, sagt er und wendet den Wagen.

»Aber … ich hab doch zu tun. Wer soll denn … Das Abendessen …« Ihre Stimme ist belegt.

»Das Abendessen kannst du auch nachher noch machen. Dann bekommt das undankbare Gesindel mal ein bisschen später seinen Fraß. Die werden es überleben.«

Sie hört die Kälte in seiner Stimme wohl. Er verachtet die Menschen, die unter ihm stehen. Er verachtet auch sie. Aber jetzt braucht er sie. Sie will nicht daran denken, wofür. Sie blickt wieder geradeaus. Leise klappern ihre beiden Kannen, die gegeneinanderschlagen.

Seine Hand ist immer noch auf ihrem Knie. Sie brennt sich förmlich in die Haut. Er fährt die holprige Straße entlang, Richtung Ditzumerverlaat.

»Du bist hübsch«, sagt er schließlich, während er seine Finger in ihr Knie drückt. »Nimm das Kopftuch ab. Du siehst ja aus wie eine Dienstmagd.«

Es ist ein Befehl. Stumm gehorcht sie. Sie hat einige Mühe mit dem Knoten. Schließlich zieht sie das verblichene Tuch von ihren Zöpfen, die sie sich um den Kopf geschlungen hat, sodass sie ihr Gesicht wie ein Kranz umrahmen.

Als sie von Ditzumerverlaat links nach Heinitzpolder abbiegen, sind die Wege so holprig, dass sich die Hand auf einmal von ihrem Knie löst und das Steuer halten muss. Es fühlt sich an, als wäre ein riesiges Gewicht von ihrem Bein genommen worden. Der Mann neben ihr redet auf sie ein, erklärt ihr, wie man das Land aus dem Meer gewonnen hat und wie viel davon seine Familie besitzt. Sie kann ihm nicht folgen. In ihrem Kopf rasen die Gedanken. Sie versucht, mit dem Fahrtwind, der durch das Fenster bläst, ihre Angst abzukühlen. Es gelingt ihr nicht.

Marion zwingt sich, die Landschaft wahrzunehmen, die Möwen, den Kleiboden, das Getreide auf den Feldern, die Arbeiter, die das Getreide mähen. Sie versucht, sich auf jedes Detail draußen zu konzentrieren, um nicht an die Hand zu denken, die sich wieder auf ihr Knie gelegt hat.

Sie fahren durch ein Diekgatt, ein Tor im Deich, durch das man auf das Deichvorland gelangt, das sich nun grün und weit vor ihnen ausbreitet. Dahinter glänzt das Watt. Das Wasser ist fort. In einigen Stunden wird es wiederkommen. Sie hat davon gehört, gesehen hat sie es noch nie. Einige Eiderenten steigen unter großem Gezeter aus dem Riedgras auf.

»Komm, wir gehen ein Stück. Dann erklär ich dir Ebbe und Flut.«

Er nimmt ihre Hand, als sie neben dem Wagen steht. Sie lässt sich von ihm abführen. Er scheint es nicht zu bemerken. Er klettert mit ihr auf den Deich, zieht sie halb hoch. Von oben schaut sie auf den Dollart vor ihr. Sie kann immer noch kein Meer sehen, nur Wasserläufe, die sich wie Adern durch den Schlick ziehen. »Das sind Priele«, erklärt er und beginnt, ihren Arm zu streicheln. Hilfesuchend dreht sie sich um. Im Hinterland sind ganz in der Ferne Höfe zu erkennen. Vor der erbarmungslos brennenden Sonne verschwimmt die Landschaft. Menschen sind nicht zu sehen. Als sie den Kopf wieder nach vorne dreht, ist sein Gesicht plötzlich ganz nah.

»Gesprächig bist du ja nicht gerade. Langweilt es dich, was ich dir erzähle?« Sein Atem streift ihr Gesicht. Sie riecht den Alkohol.

Sie schluckt und schüttelt den Kopf. »Nein, es ist sehr interessant. Vielen Dank«, sagt sie gestelzt. »Aber Sie sollten mich jetzt zurückbringen, damit ich meine Arbeit machen kann.«

»Pscht.« Er legt ihr den Zeigefinger auf den Mund. »Jetzt beginnt doch erst der romantische Teil des Nachmittags.« Er beginnt, ihre Zöpfe auf dem Kopf zu lösen. Es tut weh, als er ihr dabei ein paar Haare ausreißt. Sie beißt die Zähne zusammen. Er setzt sich in das kurze Gras auf dem Deich und zieht sie zu sich herunter. Sie blickt nach vorn. Es ist nicht das erste Mal, sagt sie sich. Du wirst es überleben, wie all die Male vorher. Es wird wahrscheinlich nicht einmal das schlimmste Mal sein. Mach die Augen zu. Denk an gar nichts.

Als er seine Lippen auf ihre presst und sie fühlt, wie sich seine Zunge in ihren Mund schiebt, rasen ihre Gedanken. Es ist nicht dasselbe wie damals. Jetzt ist es anders. Damals war Krieg. Jetzt ist Frieden. Kann es sein, dass die Gewalt im Frieden weitergeht? Sie will doch nur einen Platz für ihren Bruder und für sich. Endlich angekommen sein. Nicht mehr auf der Flucht.

Als er seine Hand unter ihren Rock schiebt, drückt sie ihn weg. Sie presst die Beine zusammen. Er wirft sich mit seinem Gewicht auf sie: »Stell Dich nicht so an.« Sie kratzt ihn. Seine Faust trifft sie hart. Ihr wird schwarz vor Augen.

Als Marion wieder zu sich kommt, ist sie fast nackt. Er kniet vor ihr. Da nimmt sie all ihre Kraft zusammen und tritt ihn in den Unterleib. Er schreit auf vor Schmerz und krümmt sich. Sie springt auf, reißt an ihrem Kleid, auf dem er zusammengesunken ist, versucht es unter ihm hervorzuziehen. Mit einem vernehmlichen Reißen des Stoffes gelingt es ihr. Jetzt weg, nur weg.

In diesem Augenblick spürt sie, wie sich eine Faust um ihre Fessel schließt. Sie stolpert, fällt und weiß, dass es zu spät ist. Das letzte, was sie sieht, ist seine wutverzerrte Fratze. Als sie den Mund öffnet, senkt sich ihr Kleid in seinen Händen auf ihr Gesicht.

***

Gertrud Boekhoff war auch nach der Pressekonferenz vom Montag immer noch wütend. Dieser Schönling von Kommissar mit seiner dunklen Haartolle und den blauen Augen hatte sie einfach abserviert! Nach dem Abend im »Schwarzen Ross« war er schon Samstag am Telefon auf einmal sehr förmlich gewesen. Und gestern hatte er ihr auch noch unterstellt, dass sie ihm etwas verschwiegen hätte. Als ginge ihn jedes Detail etwas an. Wahrscheinlich war ihm das vertraute Gespräch mit der dicken Frau im Nachhinein peinlich. Es war nicht das erste Mal, dass Leute ihr bei einigen Bieren und Söpkes[1] das Herz ausgeschüttet hatten und hinterher auf Distanz gegangen waren. In den meisten Fällen war es ihr egal. Aber jetzt machte es ihr etwas aus. Der gut aussehende Kommissar hatte sie nicht kalt gelassen.

Also keine Zusammenarbeit. Information abgegriffen. Danke, das war's. Der Mohr hatte seine Schuldigkeit getan. Gertrud ging zum Kühlschrank und fand eine Flasche Kruiden,

---

1 Schnäpsen

die sie mal geschenkt bekommen hatte. Gegen ihre Gewohnheit, nur außer Haus zu trinken, nahm sie sich ein Glas und schenkte sich ein. Sie setzte sich an den Küchentisch und überlegte. Über ihr brannte eine nackte Glühbirne, für die sie schon lange einen Lampenschirm hatte kaufen wollen. Es war beim guten Vorsatz geblieben. Sie hielt sich ohnehin nicht sehr häufig in ihrer Küche auf.

Es war also wirklich de Vries gewesen. Und er war nicht bei einer seiner Eskapaden verunglückt, sondern ermordet worden. Leute, die ein Motiv hatten, gab es genug. Aber dass er an der Baustelle gefunden worden war, genau an dem Tag, als dort nach fast einem Jahr zum ersten Mal wieder gebaut werden durfte, das war doch wohl kein Zufall. De Vries hatte mit dem Verkauf von Land, das für den Sperrwerksbau gebraucht wurde, an das Land Niedersachsen eine hübsche Stange Geld verdient. Das fiel allerdings gegenüber dem Gewinn, den er mit der Veräußerung seiner Ländereien für Windparks und der Beteiligung an solchen Projekten gemacht hatte, kaum ins Gewicht. Der wichtigste Grund, warum er so ein vehementer Befürworter des Sperrwerks geworden war, war seine Verachtung für die Umweltschützer und Mitglieder der Bürgerinitiativen. Gertrud wusste aus sicheren Quellen, dass »Gesindel«, »asoziales Pack« und »Schmarotzer« noch die milderen Begriffe waren, mit denen er sie bedachte.

Ein weiterer Kruiden half Gertrud, ihre Gedanken zu ordnen. »Fahrt doch nach Weener«, hatte Landrat Saathoff zu den Beamten gesagt. Aber den Mord hatten doch wohl nicht die braven Mitglieder von »Wir für die Ems« begangen. Gertrud sah sie vor sich: die Mädchen mit ihren lila Kirchentagstüchern, picklige Jungs, die ihren Zivildienst als halsbrecherische Rettungsdienstfahrer im Krankenhaus Rheiderland absolvierten, bärtige Studienräte in Birkenstock-Sandalen, die Vorsitzenden der kirchlichen Frauengruppen mit den asymmetrischen Pagenkopf-Frisuren, die ihnen etwas Verwegenes verleihen sollten und eben deshalb zu haarigen Symbolen gutmenschelnden Spießertums geworden waren, wie Gertrud fand. Nein, sie konnte sich nicht einmal vorstellen, dass einer von den Ditzumer Krabbenfischern, die einen existenziellen Hass auf das Sperrwerk-Projekt hatten, zu so einer grausamen Tat fähig wäre.

Dazu bedurfte es schon eines gewissen Fanatismus, dachte Gertrud. Warm und scharf strömte der Schnaps durch sie hindurch. Es kribbelte in ihren Beinen. Und obwohl sie sich immer lustig machte, wenn andere in treuherziger Überzeugung behaupteten, dass nur Fremde zu üblen Taten fähig wären, so dachte sie jetzt: Das war keiner von hier! Kein Rheiderländer konnte das getan haben.

Sie stand auf. In ihrem Wohnzimmer hatte sie in einem Stehordner Zeitungsberichte, Fotos und Materialien zum Sperrwerk aufbewahrt. Gertrud hockte sich mit ihrer Kruidenflasche auf den Teppich und kippte den Stehordner vor sich aus. Ihre Hände glitten durch unzählige Fotos: die Baustelle, Lokalpolitiker bei Kundgebungen, die große Pro-Sperrwerk-Demonstration in Papenburg, Anti-Sperrwerks-Demonstrationen in Weener, in Leer, vor dem Bauzaun, sogar eine Mahnwache in Hannover vor der Staatskanzlei. Sie sah den kleinen Trupp Autonomer auf einigen der Fotos. Reisten durch die Republik überall hin, wo es nach Krawall roch. Neben den Autonomen gab es noch andere Protesttouristen.

Leute, die ihren Lebenssinn darin gefunden hatten, von einem umstrittenen Großprojekt zum nächsten zu fahren und den Widerstand dagegen zu organisieren. Diese Profis hatten ein breites Know-How, was den zivilen Widerstand betraf. Sie wussten, wie man wirkungsvolle Sitzblockaden organisierte und wie man Demonstranten so an Bahngleise kettete oder in unterirdischen Erdbunkern vergrub, dass es unendlich lange dauerte, sie wieder zu befreien.

Gertrud versuchte sich zu erinnern, wo das Interview geblieben sein mochte, das sie zu genau diesem Thema mit einem Protestforscher geführt hatte. Sie wühlte zwischen den Papieren. Da war es. Protestforscher Dr. Carsten Schleiffer aus Hannover analysierte im Gespräch mit dem »Rheiderländer Tagblatt« das Phänomen des Demonstrations-Tourismus: »Die Trennung zwischen politisch-ideologisch motiviertem Protest, Rowdytum aus purer Lust und sinnstiftender Überhöhung des Widerstands gegen die staatliche Ordnung zum Lebenszweck ist nicht immer auszumachen. Der Kampf gegen Projekte wie das Ems-Sperrwerk bietet ein Ventil für politische, aber auch sehr persönliche Besorgnisse, Ängste und Frustrationen.«

Nachdenklich starrte Gertrud auf die Kruidenflasche, dann wieder auf die Fotos. Unsicher, was sie mit den Erkenntnissen aus dem Interview anfangen sollte, rumorte es in ihr. Da fiel ihr Blick auf ein Foto, das zwei Männer zeigte, die sich mit verzerrten Gesichtern und aufgerissenen Mündern gegenüberstanden. Der eine war unverkennbar Tadeus de Vries mit seiner Prinz-Heinrich-Mütze auf dem Kopf, der andere war ein hagerer Mittvierziger mit kleiner Intellektuellenbrille und wirrem Haar. Die Szene musste sich auf der

Pro-Sperrwerks-Demonstration in Papenburg Anfang des Jahres abgespielt haben, wo eine kleine Gruppe Gegendemonstranten versucht hatte, die Protestkundgebung aufzumischen. Es hatte ein paar unschöne Vorfälle gegeben. Aber was hier zwischen den beiden Männern auf dem Foto knisterte, war blanker Hass. Was mochten sie sich zugebrüllt haben? Irgendwie kam ihr der Mann auf dem Foto bekannt vor. Sie war sicher, den Typen schon einmal gesehen zu haben, aber sie kam nicht drauf.

***

Draußen war es kalt. Gertrud merkte, dass sie schon ziemlich angetrunken war. Aber sie fühlte sich angenehm dösig, wie in Watte eingewickelt. Sie konzentrierte sich darauf, einen Fuß vor den anderen zu setzen und kicherte leise in sich hinein. Noch hatte sie das Geheimnis um den Mann auf dem Foto nicht gelüftet, aber sie war nahe dran. Ein Absackerbier und ein Schwatz bei Willm würden ihren Gedanken vielleicht auf die Sprünge helfen. Wenn nicht, dann war es wenigstens eine gelungene Abrundung des Abends.

Kaum eingetreten, empfing Willm sie mit seinem vertrauten »Moin Gertrud«. Er kniff ein klein wenig die Augen zusammen, als ihm ihr unsicherer Gang auffiel und beschloss zu warten, bis sie von sich aus etwas bestellte, anstatt ihr, wie sonst, einfach ein Jever hinzustellen.

»Moin Willm. Machst mir'n Jever?«

»Hast du 'n schweren Tag gehabt?«, fragte Willm.

»So wie immer.«

»Weißt du schon was über den Mord am alten de Vries?«

»Nee. Und bei der Polizei wissen sie auch nicht mehr." Gertrud nahm einen Schluck Jever und unterdrückte ein Rülpsen.

»Aber wenn ich so nachdenke, kommt ja bald jeder im Rheiderland in Frage.«

»Das ist das Problem. Ich denk auch darüber nach, wer das war. Sag eben, Willm, du kennst doch auch diesen Kerl hier … Düvel noch mal, wo is' das Bild …?« Umständlich kramte Gertrud in den Taschen ihres Parkas. Schließlich zog sie das leicht zerknitterte Foto, auf dem De Vries und der Demonstrant zu sehen waren, hervor. Willm nahm es, um es zu betrachten.

»Ja, der war hier auch schon mal. Das ist doch der, der nicht von hier ist. Kommt der nicht von Frankfurt her? Das ist auch einer von den Berufsdemonstranten. Wart eben …« Willm krauste die Stirn und dachte angestrengt nach. »Annie, kummst du eben na vöörn«[1], rief er nach hinten in die Küche zu seiner Frau. Umgehend erschien eine dunkelhaarige, etwas herbe Frau von undefinierbarem Alter. »Disse Keerl hier up de Foto. De kummt doch van Hessen. Was de neet bi't RAF? Un nu is de bi't Methodisten, het sük bekehrt of so wat. Du kennst de Geschicht' doch. Vertell du dat an Gertrud. Ik mutt eben bedenen.«[2]

Während Willm seine Runde zu den Tischen machte,

---

1 Annie, kommst du kurz nach vorne?

2 Dieser Kerl hier auf dem Foto. Der kommt doch aus Hessen. War der nicht bei der RAF? Und nun ist er bei den Methodisten, hat sich bekehrt oder so was. Du kennst die Geschichte doch. Erzähl das mal Gertrud. Ich muss schnell bedienen.

klärte Annie Gertrud darüber auf, dass der Mann auf dem Foto tatsächlich aus Hessen stammte. Er sei ein fanatischer Umweltschützer und gehöre irgendeiner freireligiösen Kirche an. Jetzt lebe er im alten Zollhaus in Charlottenpolder. Man munkele, er hätte früher was mit der RAF zu tun gehabt und jemanden ermordet. Diese Geschichten hätte de Vries verbreitet. Die beiden Männer habe ein inniger Hass verbunden. Nachdem die Gerüchte im Umlauf waren, habe sich Schäfer, so oder ähnlich heiße er, von seinen Mitstreitern in der Bürgerinitiative ›Wir für die Ems‹ zurückgezogen. Oder die sich von ihm. Jedenfalls lebe er nun wohl ziemlich isoliert auf dem Polder.

»Glaubst du, dass er damit was zu tun hat«, fragte Willm, der sich inzwischen wieder zu den beiden Frauen gesellt hatte.

»Das weiß ich nicht«, sagte Gertrud und dann halb zu sich selbst: »Aber vielleicht kann ich das ja rausfinden.«

***

Gertrud starrte angestrengt vor sich hin. Ihre Hände hielten das Lenkrad fest umklammert. Nachdem sie nun wusste, wer der Mann auf dem Foto war, fühlte sie sich schlagartig wieder nüchtern. Sie war auf dem Weg zu dem Haus in der Nähe des Grenzübergangs nach Nieuweschans, in dem der Mann aus Hessen wohnte. Hätte sie in diesem Moment jemand gefragt, was sie dort zu finden hoffte, sie hätte darauf kaum eine Antwort geben können. Das minderte aber nicht ihre Entschlossenheit. Sie war sich sicher, dass sie eine heiße Spur hatte.

Der Besuch bei Willm hatte ihr tatsächlich geholfen, den Mann von dem Foto wieder einzuordnen. Zwar hatte sie noch nie persönlich mit ihm gesprochen, sonst hätte sie viel eher geschaltet. Aber sie hatte schon Post von ihm bekommen, umfangreiche Post sogar. Gottfried Schäfer – auch der Name war ihr wieder eingefallen – war nämlich nicht nur Umweltschützer mit einer linken, manche sagten linksextremistischen Vergangenheit, der sich zum religiösen Schwärmer und Weltverbesserer gemausert hatte. Sondern auch noch ein Nazijäger, der es wirklich ernst meinte. Also ein missionarischer Charakter durch und durch: Petra Kelly, Jesus und Simon Wiesenthal in einer Person. Gertrud grinste über ihren eigenen Vergleich.

Sie hatte von ihm einmal ein Konvolut über de Vries in die Hände bekommen. Schäfer hatte offenbar monatelang recherchiert und alle Untaten, die Tadeus während des Dritten Reiches begangen hatte, zusammengestellt. Er hatte verlangt, dass die Zeitung dies endlich zur Sprache bringe und diesen Mann als SS-Verbrecher und Mörder an den Pranger stelle. Gertrud hatte nur den Begleitbrief gelesen. Als sie begriff, worum es ging, hatte sie den ganzen Haufen Papier ungelesen in die unterste Schublade ihres Schreibtisches geschoben. Sollten sie sie doch mit dem ganzen SS-Scheiß in Ruhe lassen!

Unwillig schüttelte sich Gertrud ein wenig bei dem Gedanken daran. Der Wagen machte einen leichten Schlenker. Dann hatte sie sich wieder gefangen. Sie fuhr an mondbeschienenen Feldern entlang, passierte links und rechts Zufahrten zu repräsentativen Höfen. In einer Rechtskurve lag das Haus, in dem der Mann auf dem Foto wohnte. Er hatte zwischen die beiden zur Straße liegenden Fenster des Obergeschosses ein großes Transparent gespannt, auf dem zu lesen war: »Schützt Gottes Schöpfung gegen die Profitgier. Kein Sperrwerk in der Ems!« Der Stoff war unten vom Wind schon ausgefranst und inzwischen schmutzig grau geworden. Das ganze Grundstück war mit Schuppen und Verschlägen zugestellt.

Das Transparent bewegte sich im Wind, der hier fortwährend vom westlich gelegenen Dollart her über die Felder wehte, kaum je durch einen Baum oder Strauch gebremst. Immer wieder schob der Herbstwind Wolken vor den halben Mond. Dann wurde es dunkler. Etwa dreißig Meter vom Haus entfernt parkte Gertrud ihren Wagen in einem Seitenweg kurz vor der »Naberbrügg«[1] über das Wymeerer Sieltief, wo der Fahrradweg zwischen Bunde und Nieuweschans die Straße kreuzte. Kein Mensch war zu sehen.

Fast lautlos drückte sie die Autotür zu und stand etwas unschlüssig herum. Ihr Unternehmen erschien ihr ein wenig lächerlich. Sie fröstelte im feuchten Wind und zog ihren Parka enger um sich. Doch als sie schon fast wieder einsteigen wollte, fiel ihr Stephan Möllenkamp ein, und Wut stieg erneut in ihr hoch. Dem würde sie es zeigen. Seinen ersten Ermittlungserfolg verdankte er ja schon ihr. Die hätten noch ewig rätseln können, wer der Tote am Sperrwerk war. Gertrud Boekhoff ließ sich nicht so abservieren.

Entschlossen überquerte sie die Straße und bewegte sich vorsichtig auf das Gebäude zu. Einen Zaun um das Grundstück gab es nicht. Sie schlich zum Haus und versuchte,

---

1 Nachbarbrücke

durch die vorhanglosen Fenster zu blicken, aber die lagen zu hoch. Alles war ruhig. Gertrud tastete sich um die Ecke des Hauses über die Auffahrt nach hinten zu. In einem lichten Moment, in dem der Wind den Mond von Wolken befreite, erblickte Gertrud hinter dem Haus auf einer Terrasse allerlei Gerümpel: verrostete Baustahlmatten, einen Haufen alter Ziegelsteine, eine Rolle Natodraht, Fetzen von Teerpappe und – Holz. Holz, aus dem man Kisten bauen konnte, gab es hier wahrlich genug. Aber war das ein Beweis?

Sie vernahm ein Geräusch und duckte sich in den Schatten des Hauseingangs. Sie lauschte angestrengt, aber das einzige, was sie hörte, war das Rauschen von Blut in ihren Ohren. Wieder ein Geräusch. Gertruds Instinkte rieten ihr, das Weite zu suchen. Aber der Mut, der proportional zur Anzahl der Kruiden gewachsen war, verbot ihr die Flucht. Schließlich war sie als investigative Reporterin hierhergekommen, um etwas über de Vries' Mörder herauszufinden. Also schlich sie weiter nach hinten. Sie machte Umrisse einer Garage aus. Am Ende des Grundstücks stand ein Geräteschuppen, dessen Tür offen zu stehen schien. Gertrud näherte sich und steckte den Kopf durch die Tür. Warum bloß hatte sie ihre Taschenlampe nicht mitgenommen?

Sie schnupperte. Es roch eindeutig nach frischem Holz. Gertrud öffnete die Tür ein wenig weiter. Ein Quietschen ließ sie zusammenfahren. Sie horchte, aber nichts rührte sich. Nachdem ihre Augen sich an die Dunkelheit gewöhnt hatten, sah sie frische Holzplanken und Bretter, die das spärliche Licht reflektierten.

Plötzlich hörte sie Schritte. Jemand ging um das Haus. Gertrud schlüpfte in den Schuppen und zog die Tür von innen zu. Ihr Herz klopfte bis zum Hals. Sie hielt den Atem an und versuchte, sich nicht zu bewegen. Draußen war es jetzt still. Aber sie spürte, dass jemand direkt vor der Tür des Schuppens stand und lauschte. Sekunden vergingen wie Stunden. Ihre Lunge schrie nach Luft.

Sie hörte jemanden vor der Schuppentür atmen, während sie immer noch die Luft anhielt. Kleine rote Punkte tanzten vor ihren Augen, und ihr wurde schummrig. Wenn sie jetzt umfiele, dann würde der Mann draußen es sofort merken. Dann wäre alles vorbei. Wie in Zeitlupe gaben ihre weichen Knie nach. Sie konnte nichts dagegen tun.

Plötzlich wurde die alte Holztür aufgerissen. Eine starke Taschenlampe blendete ihre Augen. »Hab ich dich!«, brüllte eine wütende Stimme.

Gertrud spürte die Ohnmacht kommen. In dem Moment, in dem eine harte Hand sie packte, hörte sie im Hintergrund andere Stimmen. Sie spürte, dass der Mann vor ihr den Kopf drehte, während er sie immer noch fest am Parka hielt. Schritte waren von der Auffahrt zu hören. Dann eine feste Stimme: »Herr Schäfer? Hier ist die Polizei. Alles in Ordnung bei Ihnen? Sie haben uns angerufen …«

»Hier!« Die Hand zerrte sie aus dem Schuppen. »Hier!«, brüllte der Mann, der genauso aussah wie der auf dem Foto, erneut. »Kumme' Sie doher. Isch häbb'n do. Bei mer uffem Grundschdick dreibd sisch schunn werrer Pack rum. Nämme Sie die Verbräscher feschd orrer isch kann fär nix garantiere.«[1]

---

1 Kommen Sie hierher. Ich hab ihn hier. Bei mir auf dem Grundstück treibt sich schon wieder Pack herum. Nehmen Sie die Verbrecher fest oder ich kann für nichts garantieren.

Endlich wagte Gertrud die Augen wieder zu öffnen. Sie sah zwei Polizeibeamte. Die beiden Beamten ihrerseits sahen erst sie und dann einander an und zogen die Augenbrauen hoch.

»Schon gut, Herr Schäfer. Nun lassen Sie mal die Frau los. Dann gucken wir, wen Sie da gefangen haben.«

***

Die Polizeibeamten Helmut Heienga und Peter Vosse waren nicht zum ersten Mal bei Gottfried Schäfer in Charlottenpolder. Vor etwa einem Jahr hatte Schäfer die ersten Morddrohungen erhalten, als man die Baustelle am Sperrwerk stillgelegt hatte. Die Drohungen nahmen an Häufigkeit zu. In einem Brief etwa fanden sich mehrere Patronen, dazu die Worte: »Die sind für dich, du Öko-Stalinist.« Schäfer litt seitdem unter Verfolgungswahn und rief die Polizei andauernd an, wenn ihm etwas nicht geheuer war. Oft gelang es den routinierten Kollegen aus Weener, ihn am Telefon zu beruhigen, aber heute Abend hatte er von Einbrechern auf dem Grundstück gesprochen. Da waren Heienga und Vosse dann doch lieber losgefahren, schon um die Einbrecher vor ihrem unberechenbaren Opfer zu schützen.

Doch wie überrascht waren die Beamten, als ihnen in der Dunkelheit eine korpulente Frauengestalt präsentiert wurde. Dem älteren der beiden Beamten, Helmut Heienga, der schon seit dreißig Jahren in der kleinen Polizeistation in Weener seinen Dienst tat, war die Einbrecherin durchaus bekannt.

»Gertrud, was machst du denn hier um diese Zeit?«

»Dat … dat is nich' so einfach.«

»Das hör ich öfter«, sagte Peter Vosse, der andere Polizeibeamte, sarkastisch.

»Also … also ich recherchiere in einem Mordfall …«, stotterte Gertrud.

»Wie? Sind Sie Polizistin?«, fragte Vosse ungläubig.

Gertrud schüttelte stumm den Kopf.

»Kennst du sie denn nicht? Die ist doch beim Blattje«, wandte sich Heienga an seinen Kollegen.

»Das ändert nichts daran, dass sie auf einem fremden Grundstück nichts verloren hat«, belehrte Vosse seinen Kollegen und wandte sich dann wieder an die Frau, die in der Kälte von einem Bein auf das andere trat. »Haben Sie was getrunken?«

Gertruds Schweigen war Antwort genug.

»Ist das rote Auto hinten an der Straße Ihres?«

Sie nickte.

»Du kummst beter eerstmaal mit uns mit«, sagte Helmut Heienga zu Gertrud und nahm sie sanft beim Arm. »Auf Station isses warm und wir können uns unterhalten.«

Die beiden Beamten geleiteten die ungewöhnlich folgsame Frau zum Streifenwagen und ließen sie auf dem Rücksitz Platz nehmen. Während Vosse und Heienga grinsend und kopfschüttelnd vorne einstiegen, lehnte Gertrud Boekhoff ihre Stirn gegen das kühle Seitenfenster und schloss die Augen.

Hochsommer 1946, Bunderhammrich im Rheiderland

Er wartet auf Marion. Um die Unruhe in sich zu vertreiben, hat er die Hühner gefüttert. Dabei hat er gesehen, dass Minas Küken geschlüpft sind. Die Henne heißt nicht wirklich Mina. Er nennt sie so, weil er nicht weiß, wohin mit den vertrauten Namen aus seiner Erinnerung. Der Hühnerstall ist jetzt sein Albrechtsdorf.

Dort, die braune Henne, die immer die anderen weghackt, das ist die Nachbarin Hildegard, die ihnen immer das Kirschenpflücken verbietet und mit der Mistgabel hinter ihnen herjagt, wenn sie es trotzdem versuchen. Die schwarz-weiß gesprenkelte, das ist Oma Käthe. Sie ist so dick, dass man nicht weiß, wie es sie auf den Streichholzbeinen hält. Ihr Gefieder ist weich und plustrig und erinnert ihn an Oma Käthes Brust, an die sie ihn immer drückt, wenn er sich das Knie aufgeschlagen hat. Die weiße Henne ist Mama. Sie ist so rein wie ein Engel. Marion hat gesagt, dass Mama jetzt im Himmel ist und auf ihn herabsieht. Sie passt auf, dass ihnen nichts passiert. Na, einige Male hat sie nicht so gut aufgepasst. Aber vielleicht hat sie da ja gerade mit Papa geredet, der schon länger da oben ist. Der Hahn ist Pfarrer Kossak, der strenge, der immer gewarnt hat, sie würden schon noch sehen, wohin sie das führe. Was »das« ist, hat er nicht genau gesagt, aber in der letzten Zeit, bevor sie aus Albrechtsdorf weggegangen sind, haben viele Leute gesagt, dass der Kossak doch Recht hatte. Er ist der einzige Mann im Hühnerstall, aber das passt schon. Viel mehr Männer hat es in seinem Dorf nicht gegeben, jedenfalls nicht zuletzt.

Wo bleibt nur Marion? Er läuft zu der langen Auffahrt zur Straße und sieht nach, wo sie bleibt. Sie wollte doch den Knechten und Mägden nur das Mittagessen aufs Feld bringen. Da müsste sie doch längst wieder hier sein. Ein Auto kommt angefahren. Es ist der Jungbauer, der in die Hofeinfahrt biegt. Schnell kauert er sich in die Büsche, damit er ihn nicht sieht. Das macht er meistens so, weil er weiß, dass der Jungbauer ihn für einen unnützen Esser hält. Besser, er vergisst, dass er da ist. Aus seinem Versteck heraus beobachtet er, wie der Mann aussteigt, die Mütze vom Kopf nimmt und sich den Schweiß von der Stirn wischt. Eine Weile steht er da und starrt auf die Felder, die alle seine sind. Dann spuckt er aus und geht ins Haus.

Auf einmal hat er schreckliche Angst. Er läuft auf dem Hof umher. Als die Knechte und Mägde heimkommen, fragt er alle, ob sie Marion gesehen haben.

Ja, am Mittag ist sie dagewesen und hat das Essen gebracht. Ist sie nicht längst zurück? Niemand hat sie danach gesehen. Beruhige dich, sie wird schon noch kommen.

Er weint jetzt ein bisschen. Marie, die junge Magd, die immer gut zu ihm ist, nimmt ihn auf den Schoß und will ihn trösten. Aber ihr Gesicht ist sorgenvoll. Mit einem Mal weiß er, dass Marion nicht wiederkommen wird.

Ein heißer Schmerz flutet seine Brust. Als habe man in einen reißenden Fluss eine Sperrmauer gesetzt. Das Wasser fließt weiter, brandet dagegen. Es hört nicht auf zu strömen. Es tritt über die Ufer und überspült das Land. Alles darum herum versinkt. Der Schmerz füllt seinen kleinen Brustraum aus. Und weil er keinen Platz hat, schreit er ihn hinaus.

Die Mädchen versuchen ihn zu trösten. Doch Grete, die alte Magd, die immer vor dem Bauern kuscht, erzählt schon am nächsten Tag überall, Marion sei weggegangen. Sie habe sie selbst sagen hören, dass sie nach Übersee wolle, »ohne Klotz am Bein«. Zu ihm sagt sie: »Mach dir keine Sorgen. Wir füttern dich schon durch. Wenigstens auf uns kannst du dich verlassen.« Und die anderen nicken.

Er aber schreit sie an: »Sie ist nicht weggegangen! Das würde sie nie tun! Sie kommt wieder und holt mich!« Diesmal ist auch Wut dabei. Sie glauben doch wohl selber nicht, was sie da sagen. Marion würde niemals weggehen und ihn alleine lassen. Sie hat ihm versprochen, dass sie bei ihm bleibt. Er versucht, sich glauben zu machen, dass sie wiederkommen wird, weil er das andere nicht denken darf.

Mittwoch, 3. November 1999

Beim ersten Klingeln war Möllenkamp wach. Von der anderen Seite des Bettes hörte er ein Knurren, bei dem es in seiner Magengegend zärtlich kribbelte. Er griff nach dem Telefon.

»Möllenkamp.«

»Moin, Herr Möllenkamp. Polizeistation Weener hier, Heienga mein Name. Wir haben heute Nacht eine angetrunkene Frau auf einem Privatgrundstück in Charlottenpolder aufgegriffen, die behauptet, sie hätte in Ihrem Auftrag in einem Mordfall ermittelt.«

Möllenkamp verstand nur Bahnhof, aber ihm schwante Böses. »Und weiter?« fragte er schroffer, als es sonst seine Art war. Dabei betrachtete er seine Zehen und stellte fest, dass er seine Fußnägel mal wieder schneiden sollte. Sein Blick fiel auf den leichten Bauchansatz, der sich trotz des Trainings immer noch unter seinem T-Shirt wölbte. Nicht gerade der geeignete Anblick, um morgens um halb sieben gute Laune zu bekommen.

»Nun ja«, fuhr der Polizist am anderen Ende der Leitung umständlich fort, »sie hat gesagt, dass sie Sie bei Ihren Ermittlungen unterstützt und dass es sich hier um einen Verdächtigen …«

»Sie glauben doch nicht, dass ich betrunkene Frauen nachts unangemeldet auf fremde Grundstücke schicke«, brauste Möllenkamp auf, der sich gleichzeitig dafür schämte, dass er seinen Zorn auf sich selbst jetzt an diesem rechtschaffenen Beamten abreagierte. Er wusste genau, um wen es sich bei der »angetrunkenen Frau« handelte. Mit der hatte er noch ein Hühnchen zu rupfen.

»Ist die Dame noch bei Ihnen in der Ausnüchterungszelle?«

Nach einer kurzen Pause, kam ein verlegenes »Nein, wir haben sie heute Nacht noch nach Hause gebracht. Die Dame ist uns bekannt als Reporterin vom ›Rheiderländer Tagblatt‹, und wir sahen keine Flucht- oder Verdunklungsgefahr.«

Flucht- oder Verdunklungsgefahr! Mann, dachte Möllenkamp grimmig, da hatten die beiden ja mal ein richtiges Abenteuer erlebt.

»Also, um das klarzustellen: Ich kann mir denken, wen Sie meinen. Aber wenn Frau Boekhoff behauptet, in meinem Auftrag gehandelt zu haben, dann ist das ganz schön dreist. Wir haben hier bei der Kripo genügend Ermittler, die mit ganz legalen Mitteln Tötungsdelikte aufklären.«

»Ist Herr Schäfer denn Verdächtiger im Mordfall de Vries?«, erkundigte sich der Beamte am anderen Ende der Leitung neugierig.

»Wer?«, fragte Möllenkamp verwirrt.

»Na, Gottfried Schäfer. Der Besitzer des Hauses, bei dem wir Gertrud – ich meine, Frau Boekhoff – aufgegriffen haben.« Nun hatte Möllenkamp definitiv noch einen weiteren Grund, sich mit Gertrud Boekhoff zu unterhalten.

Er beendete das Telefonat, tappte nach unten in die Küche und suchte nach dem Kaffeepulver. Meistens war Meike zuerst unten, und sie kochte konsequent nur Tee, weil dies das einzige Getränk sei, das einem Ostfriesen zu Gesicht stehe. Er fuhr zusammen, als es hinter ihm an die Küchenscheibe klopfte. Draußen stand Nachbar Müller, der ihm mit einem debilen Grinsen zuwinkte und – zufrieden, dass er seinen Nachbarn auf sich aufmerksam gemacht hatte – wieder davonschlurfte.

»Ich hab ihn heute Nacht umgebracht«, ließ ihn Meike nach der anderen Seite herumfahren.

»Dann ist er aber schnell wieder auferstanden.«

Während sie frühstückten, erzählte Meike ausschweifend, dass sie den Nachbarn im Traum in ihrem Haus erwischt habe, wo er sich gerade »ein bisschen umsehen wollte«, wie er ihr grinsend erklärt hatte. Mit einer herumliegenden Latte habe sie ihm dafür ohne Vorwarnung eins übergezogen und dann im Gewaltrausch so lange auf ihn eingedroschen, bis er sich nicht mehr rührte. Anschließend habe sie sich hingesetzt und auf Möllenkamp gewartet, damit er ihr helfe, die Leiche zu beseitigen.

»Ich weiß nicht, wie lange ich mir als Kriminalbeamter eine solche Frau noch leisten kann«, kommentierte Möllenkamp diese Ausführungen, während er gleichzeitig versuchte, den »Ostfriesen Kurier« zu lesen. Die Berichterstattung über den »Sperrwerk-Mord«, wie er im besten Boulevard-Stil bereits durchgängig genannt wurde, war vorübergehend auf die zweite Seite gerückt, weil es nichts Neues mitzuteilen gab.

Etwas stieß an seinen Arm, sodass er den Kaffee aus seiner Tasse auf die Zeitung schüttete. »Eh, was soll das?«

Meike deutete auf das Küchenfenster, vor dem schon wieder Herr Müller stand und winkte. »Wenn er überleben soll, dann sollten wir uns vielleicht beizeiten eine andere Unterkunft suchen.«

»Was? Wir sind doch gerade erst hier eingezogen.«

»Ich meine ja nur. Hast du noch nie drüber nachgedacht?

Ein eigenes Haus mit großem Garten, das wir so gestalten können, wie wir es mögen …«

»Bring von mir aus den Nachbarn um, aber bitte verschone mich mit Umzugsplänen!« Möllenkamp versuchte, mit einem Küchentuch den Kaffee von der Zeitung zu wischen. »Vom letzten Mal habe ich mich immer noch nicht erholt. So schnell werde ich bestimmt keine Kartons mehr ein- und auspacken.«

Er spürte, dass Meike ihn musterte, sah aber nicht auf. Er kannte ihre Tricks. Sie würde darauf zurückkommen, da war er sicher.

Jetzt suchte sie ein unverfängliches Thema. »Was war das eigentlich für ein Anruf heute Morgen?«

Er stöhnte. »Die Polizei hat diese Reporterin vom ›Rheiderländer Tagblatt‹ heute Nacht auf irgendeinem Grundstück auf dem Polder aufgegriffen. Betrunken. Sie hat behauptet, sie würde mich bei den Ermittlungen im Mordfall de Vries unterstützen.«

Meike grinste. »Und jetzt haben sie sie in der Ausnüchterungszelle behalten, bis du sie auslöst? Der Ritter auf dem weißen Pferd.«

»Sie haben sie schon laufen lassen, weil sie in Weener natürlich bekannt ist wie ein bunter Hund. Ich werde trotzdem nachher mal hinfahren müssen, um mit ihr zu reden. Erstens werde ich ihr ein paar Takte sagen, was ich davon halte, dass sie sich als meine Assistentin ausgibt. Und zweitens will ich wissen, wieso sie darauf kommt, dass ein gewisser Herr Schäfer etwas mit dem Mord zu tun haben könnte.«

Meike sah auf die Uhr. »Mist, ich muss los. Meine Horror-Klasse 8b schreibt gleich in der ersten Stunde die Lateinarbeit.«

Er blickte irritiert wieder von der Zeitung auf. »Schon am dritten Tag nach den Ferien eine Lateinarbeit? Ihr kennt wirklich kein Erbarmen.«

»Nicht wir, sondern die Regularien, die uns drei Klassenarbeiten pro Halbjahr vorschreiben. Außerdem haben wir am Montag alles wiederholt, also fang du jetzt nicht auch noch damit an! Ich werde jetzt unter den Tischen und auf den Klos die präparierten Spickzettel einsammeln. Mann, ich wollte eigentlich Pädagogin werden und nicht Sherlock Holmes!« Sie schob ihren Stuhl so ruckartig nach hinten, dass er umkippte und stürmte aus der Küche.

Auweia. Falsche Frage. Jetzt hatte sich ihre Laune offenbar der seinen angepasst. Na ja, dafür heiratete man ja, dass man alles teilte. Er hob den Stuhl auf. Dabei fiel sein Blick auf die Zeitung, die mit dem Anzeigenteil nach oben auf dem Tisch lag. »Schöner Resthof bei Leer z. verk. 200 qm Wfl., 3000 qm Grdst. Bj. 1907, laufend modernisiert, Preis: VB«

Er blickte sich um. Zum ersten Mal fiel ihm auf, wie profan so ein Reihenhaus doch war. Gebaut in den siebziger Jahren, hatte der Fliesenspiegel in der Küche ein Orange, das jedem Versuch, es mit dem Weiß einer modernen Einbauküche zu einem hippen Vintage-Element zu kontrastieren, trotzte. Während sein Blick auf die Raufasertapete fiel, schob sich das Bild einer mit Muschelkalk verputzten Wand davor, und der Eindruck der billigen Hochglanz-Fliesen verblasste hinter der Vorstellung sorgfältig abgeschliffener Holzdielen, die beim morgendlichen Kaffeekochen unter seinen Füßen leise knarrten.

Möllenkamp blies die Backen auf und räumte die Zeitungen zur Seite. Er war spät dran und musste sich beeilen.

***

Dass die morgendliche Lagebesprechung ohne Thomas Hinterkötter stattfand, hob Möllenkamps Laune ein wenig. Er wollte möglichst rasch fertig werden, denn die Ermittlungsrichterin hatte den Durchsuchungsbeschluss für das Haus von Mentko de Vries erteilt, und da wollte er dabei sein.

Anja hatte mit der Wirtin und zwei Stammgästen vom »Schwarzen Ross« gesprochen. Tadeus de Vries war am Dienstag vergangener Woche gegen 20:30 Uhr dort eingetroffen, hatte einige Biere und Schnäpse getrunken und gegen 22:30 Uhr die Kneipe wieder verlassen. Niemandem war etwas Besonderes aufgefallen.

Wilfried Bleeker hatte Jakobus de Boer befragt, den Nachbarn von Tadeus de Vries, sofern man bei einem zwei Kilometer entfernten Hof von Nachbarschaft sprechen konnte. De Boer war der Vater jener Erika, die Tadeus de Vries angeblich missbraucht und geschwängert hatte. Seine Frau war nicht imstande gewesen, über ihre vor drei Jahren an einer Leberzirrhose gestorbene Tochter zu reden und war dem Gespräch deshalb ferngeblieben. Der Vater hatte zwar bestätigt, dass seine Tochter unter psychischen Problemen gelitten habe, jedoch energisch bestritten, dass Tadeus de Vries etwas damit zu tun gehabt habe.

Während sich Bleeker nachdenklich über seine gegelten Haare strich, sagte er: »Ich glaube nicht, dass er die ganze Wahrheit gesagt hat. Da ist mehr.« Auf die Frage nach dem Alibi habe de Boer ihm geantwortet, er sei Milchbauer und melke seine 60 Kühe morgens ab 5:30 Uhr. Ob der Herr Kommissar glaube, dass er davor nächtelang um die Häuser ziehe?

Möllenkamp registrierte seufzend, dass dieser Besuch nicht geholfen hatte, die Liste der Verdächtigen zu kürzen. Womöglich würde er sie nach dem bevorstehenden Gespräch mit Gertrud sogar noch verlängern müssen.

Immerhin hatte Edda Sieverts die Kinder des Ermordeten ausfindig gemacht. Das Ehepaar de Vries hatte ursprünglich vier Kinder gehabt. Eine Tochter, Magda, hatte nie geheiratet und sich mit 40 Jahren in ihrer kleinen Hamburger Wohnung mit Schlaftabletten das Leben genommen. Die anderen Kinder lebten noch. Alle hatten das Elternhaus sehr früh verlassen und waren möglichst weit weggegangen. Der älteste Sohn Adolf nannte sich Dolf und lebte mit seiner Familie in Neuseeland. Er war Bauunternehmer. Ein weiterer Sohn, Heinrich, war in die USA ausgewandert und lebte in Atlanta, wo er als Nachtportier in einem Hotel arbeitete. Er hatte keine Familie. Die jüngste Tochter, Eva, war am schwierigsten zu finden gewesen, obwohl sie nicht so weit fortgezogen war: Sie hatte es »nur« bis in ein kleines belgisches Dorf in der Nähe von Aachen gebracht. Sie war geschieden und hatte zwei Kinder, die studierten.

Eva war die einzige, die überhaupt daran dachte, zur Beerdigung ihres Vaters nach Hause zu kommen. Die anderen hatten aus ihrem Hass auf den Tyrannen und ihrer Erleichterung über seinen Tod keinen Hehl gemacht. Es hatte sich auch niemand darüber gewundert, dass der böse Alte keineswegs friedlich entschlummert, sondern ermordet worden war.

»Wenn sie kommt, tut sie es nur wegen ihrer Mutter, hat sie gesagt«, berichtete Sieverts. »Ich konnte ihr aber nicht sagen, wann er beerdigt wird. Damit ist ja dann wohl klar, dass die Kinder als Täter ausscheiden«, sagte sie, wobei in ihrer Stimme der Stolz über die gelungene Schlussfolgerung mitschwang.

Noch bevor Anja dazu kommen konnte, sie schnippisch auf die Möglichkeiten moderner Fortbewegungsmittel zu Lande, zu Wasser und in der Luft hinzuweisen, beeilte sich Möllenkamp, Bleeker nach dem Gespräch mit dem Bauarbeiter zu fragen, mit dem er noch nicht hatte reden können. Doch war auch diese Befragung ohne verwertbare Erkenntnisse geblieben, abgesehen vielleicht davon, dass Herbert Klatt, der älteste der Arbeiter, aus seiner ausgeprägten Abneigung gegen die »Pollacken«, mit denen er zusammenarbeiten musste, keinen Hehl machte.

Nach der breiten Berichterstattung der letzten Tage war inzwischen ein ganzer Stoß von Hinweisen auf vermeintliche Täter eingegangen. Wahrlich, Tadeus de Vries hatte offenbar genügend Feinde, die ihm nach dem Leben trachteten. Man konnte es natürlich aber auch so deuten, dass es genügend Menschen gab, die jemanden bei der Polizei anschwärzen wollten.

***

Stephan Möllenkamp hatte Johann Abram nach Bunderhee vorgeschickt. Er wollte den Kollegen nicht bei seinem Gespräch mit Gertrud Boekhoff dabeihaben. Abram musste ja nicht unbedingt erfahren, wie viel er ihr schon am Freitag nach dem Leichenfund erzählt hatte. Er hatte ihre Adresse im Telefonbuch ermittelt und beschlossen, ohne Anmeldung zu ihr zu fahren. Er wollte ihr keine Gelegenheit geben, sich aus dem Staub zu machen. Wenn sie nicht da war, würde er eben in der Redaktion vorbeischauen.

Doch als er vor ihrem Haus hielt, sah er Gertrud schon auf der Auffahrt vor ihrem Fahrrad knien. Sie hatte es auf Lenker und Sattel gestellt und an Vorder- wie Hinterrad Reifen und Fahrradschläuche abgezogen. Sie drehte ihm den Rücken zu, und es schien so, als habe sie ihn nicht bemerkt. Als Möllenkamp fast hinter ihr stand, räusperte er sich.

Ohne ein Zeichen der Überraschung erhob sich die massige Gestalt und drehte sich ruhig zu ihm um. »Moin«, sagte sie, und er versuchte vergeblich in ihrem Gesicht zu lesen, ob sie beschämt, beleidigt oder aggressiv gestimmt war.

»Frau Boekhoff … ähm, Gertrud, ich muss mal mit dir sprechen.«

»Komm rein.«

Er folgte ihr in die ebenerdig gelegene Wohnung, die einen eigenen Eingang hatte. Gertrud Boekhoff führte Möllenkamp durch einen mit beigefarbenem Teppich ausgelegten Flur, der deutliche Laufspuren aufwies, in das angrenzende Wohnzimmer, dessen dunkle Holzpaneele eine düstere Stimmung verbreiteten. Durch eine offene Tür konnte er in eine weiße Resopalküche blicken. Eingerichtet war die Wohnung hauptsächlich mit schwarzen Furniermöbeln. Irgendetwas irritierte ihn. Er kam nicht drauf, was es war.

»Willst du einen Kaffee?«, fragte Gertrud.

»Ja, gern«, sagte er, um die Verlegenheit zu überbrücken.

»Setz dich schon mal hin, ich komme gleich.«

Er nahm in einer dunkelgrünen Couch mit speckigem Cordbezug Platz und blickte durch das Fenster hinaus, das zwar groß war, aber dennoch nicht viel Licht hereinließ, weil jemand direkt vor die Terrasse eine Reihe von Tannenbäumen gepflanzt hatte.

Wieder sah er sich um, versuchte herauszufinden, was ihn irritierte. Dann wusste er es: Es war nicht die Wohnung einer Frau. In Frauenwohnungen gab es Grünpflanzen, sorgfältig zusammengestellte Möbel, Bilder an den Wänden, Urlaubsfotos von Freundinnen und Familie auf der Kommode und einen vollen Obstkorb in der Küche. Als er Meike kennen gelernt hatte, war er immer viel lieber in ihrer Mädchen-WG gewesen, wo es nach grünem Tee roch und die Wände hellgelb gestrichen waren. In seiner Polizistenbude hingegen hatte er zwischen Turnschuhen, getragenen Socken und Computerkabeln gehaust. Blumen hatte er genauso wenig gehabt wie Gertrud, die in diesem Augenblick eine dampfende Tasse Kaffee vor ihn hinstellte.

»Du willst mit mir über letzte Nacht reden«, stellte sie einfach fest.

Möllenkamp war sehr erleichtert, dass sie von sich aus das Thema anschnitt.

»Ja, da müssen wir wohl drüber …«

»Ich weiß, dass ich dort nicht allein hätte hinfahren sollen. Außerdem war ich duun[1]. Sonst wäre ich ja wahrscheinlich auch nicht gefahren. Es tut mir leid.«

Möllenkamp war baff. So eine offene Entschuldigung hatte er nicht erwartet. Er riss sich zusammen und erinnerte sich daran, dass er ein paar ernste Worte mit ihr sprechen wollte. Er hatte sie auf dem Weg hierhin sogar einstudiert: »Gertrud, das Problem ist, dass du dir eine Menge Schwie-

---

1 betrunken

rigkeiten einbrockst, wenn du solche Sachen machst. Du bist Journalistin, das ist dein Job. Ich bin Kriminalbeamter, das ist mein Job. Wir haben beide bestimmte Pflichten. Meine Pflicht ist es, darauf zu achten, dass Unbefugte und Unbeteiligte nicht in Ermittlungen hineingezogen werden. Ich muss auch dafür sorgen, dass die Presse über die Dinge informiert wird, die dem Informationsbedürfnis der Bevölkerung gerecht werden, aber nicht über Informationen berichtet, die den Fortgang der Ermittlungen beeinträchtigen können. Deine Pflicht ist es, Vermutungen und Hinweise, die zur Klärung eines Verbrechens beitragen können, der Polizei zu melden, nicht aber selbst die Dinge in die Hand zu nehmen und dabei womöglich auch noch gegen Gesetze zu verstoßen.«

Große Güte, das war ja fast wie aus einem Lehrbuch der Polizeiakademie. Meike hätte sicher ironisch applaudiert, wenn er ihr einen solchen Vortrag gehalten hätte.

Gertrud ging überhaupt nicht darauf ein. Stattdessen sagte sie einfach: »Ich glaube, dass Gottfried Schäfer etwas mit der Sache zu tun haben könnte.«

Möllenkamp wartete. Sie stand auf, ging zu einem der schwarzen Billyregale und zog einen Stehordner heraus, in den sie die Fotos von letzter Nacht wieder sorgfältig eingeräumt hatte. Sie suchte das Foto von der Demonstration heraus und legte es vor Möllenkamp auf den Couchtisch.

Er nahm es in die Hand. »Okay, diese beiden Männer hassen sich, das ist nicht zu übersehen. Aber wenn das dein einziger Hinweis ist, ist das etwas dünn. Wenn man dem Gerede glauben soll, hat ja jeder zweite Rheiderländer de Vries gehasst.«

Gertrud nippte an ihrem Kaffee. Langsam ließen ihre Kopfschmerzen nach. »Schäfer ist vor mehr als zwei Jahren aus Hessen hierhergekommen. Er hat sich sofort der Bürgerbewegung ›Wir für die Ems‹ angeschlossen und da auch bald eine tragende Rolle übernommen. Er hat den unbedarften Pastoren und Grundschullehrerinnen hier den organisierten Protest richtig beigebracht. Hatte eine Menge Erfahrung aus den Zeiten der Startbahn West. Außerdem war er viel mit den EC-Leuten unterwegs, da hat er wohl 'n bisschen Anschluss gefunden ...«

»EC?«, fragte Möllenkamp mit gerunzelter Stirn.

»Entschieden für Christus. Da sind viele junge Leute dabei, denen der CVJM nicht christlich genug ist. Die erzählen sich dann gegenseitig ihre Bekehrungserlebnisse und so. Eigentlich eher was für junge Leute. Aber Schäfer soll in Hessen schon in irgend so einer evangelikalen Freikirche gewesen sein. Über sein Vorleben weiß ich sonst wenig, nur dass er arbeitslos war und nicht viel zum Leben braucht. Und dann ist er offenbar de Vries in die Quere gekommen. Der hat jedenfalls vor ungefähr einem Jahr einen Privatdetektiv engagiert, um ein bisschen mehr in Erfahrung zu bringen. Und auf einmal waren Gerüchte im Umlauf, dass Schäfer früher irgendwelchen linksradikalen Gruppen angehört und sogar etwas mit der RAF zu tun gehabt haben soll. Es wurde gestreut, er wäre schon einmal wegen Mordes an einem Minister ins Visier der Polizei geraten. Das war dann zusammen mit den belegbaren Merkwürdigkeiten über ihn so glaubhaft, dass die Leute von der Bürgerbewegung sich von ihm distanzierten. Hätte ja auch blöd ausgesehen, wenn nachher herausgekommen wäre, dass ein linksextremistischer Fanatiker hier die

Rheiderländer Umweltschützer agitiert. Na ja, und da hat er sich dann zurückgezogen. Und das zu einem Zeitpunkt, als die Sperrwerksgegner mit der Stilllegung der Baustelle einen großen Erfolg errungen hatten – übrigens nicht zuletzt dank seiner Hilfe.«

»Also wurden die Gerüchte sehr gezielt lanciert«, überlegte Möllenkamp.

»Tja, das muss man dem alten de Vries lassen. Misstrauen und Zwietracht säen, das konnte er«, entgegnete Gertrud.

Möllenkamp straffte sich. Er musste los, wenn er von der Hausdurchsuchung noch etwas mitbekommen wollte. Aber die Informationen von Gertrud waren interessant. Wenn das stimmte, hatte Schäfer wirklich Grund gehabt, de Vries zu hassen. Schließlich hatte der ihn anscheinend seines Lebensinhalts beraubt, indem er einen Keil zwischen ihn und die Bürgerinitiative getrieben hatte.

»Wir werden der Sache nachgehen«, sagte er zu ihr und dann, weil er das Gefühl hatte, deutlicher werden zu müssen: »*Wir* werden der Sache nachgehen, Gertrud. Du lässt die Finger von dem Fall.« Und als er schon stand: »Ach ja, könnte ich das Foto haben?«

Die Redakteurin nickte. Möllenkamp blickte sie an und wusste nicht, ob sich das Nicken auf seine Ermahnungen oder auf die Frage bezog. Er beließ es dabei und nahm das Foto.

Als er zusammen mit Gertrud das Haus verließ, warf er noch einen verwunderten Blick auf das aufgebockte Fahrrad. Gertrud sah den Blick und grinste gequält. »Sie haben mir den Führerschein weggenommen.«

***

»Bleiben Sie lieber draußen, wenn Sie nicht unbedingt da rein müssen«, sagte der Polizist, der in Mentko de Vries' Vorgarten – wenn man es denn so nennen wollte – gerade eine Zigarette rauchte. Möllenkamp hatte zwar nicht das Bedürfnis »da« hineinzugehen, aber er fühlte sich aus Solidarität mit Abram dazu verpflichtet. Als er das Haus betrat, wusste er, was der Polizist gemeint hatte.

Es war, als hätte man einen Teppich angehoben, unter den jahrzehntelang alles gekehrt worden war. Jetzt roch es nicht mehr nach kaltem Rauch und gebratenem Speck, sondern nach dem Moder von Jahrzehnten. Was die Kollegen in dem Haus zu Tage befördert hatten, war unbeschreiblich – und half ihnen doch nicht im Geringsten weiter. Ungewaschene Kleider, Ungeziefer und verdorbene Lebensmittel, Schimmelpilz in den Ecken, Urinstein im Badezimmer und abgefallene Tapeten, ein undichtes Dach, eine lebensgefährliche Treppe und vier verlauste Katzen – das alles war abstoßend, aber kein Verbrechen. Martin de Vries hatte zwei Pistolen, offenbar aus sowjetischen Armeebeständen. Natürlich hatte er keinen Waffenschein dafür, und so wurden sie konfisziert. Allerdings war Tadeus de Vries nicht erschossen worden. Sicher, es waren genügend Holzscheite im Keller, mit denen man ihn hätte niederschlagen können, aber wo gab es die nicht? Ansonsten fand sich nichts Verdächtiges. Da es außer dem – unzweifelhaft schon seit Jahren aufgebockten – Wagen neben dem Haus kein zweites Auto gab, war überdies schwer vorstellbar, wie die de Vries den verhassten Bruder beziehungsweise Onkel überhaupt zur Baustelle hätten befördern können.

Das einzig Bemerkenswerte war das Verschwinden des Fotos von der Kommode in der Küche.

»Welches Foto?«, knurrte Martin de Vries. Er tat, als hätte er die Fotogalerie nie bemerkt. Möllenkamp glaubte es ihm sogar. Womöglich wäre die Erinnerung an eine glückliche Vergangenheit, die auf den Familienfotos sichtbar wurde, für ihn unerträglich gewesen. Er hatte sie offenbar einfach ausgeblendet.

Aber irgendjemand musste das Foto fortgenommen haben. Wahrscheinlich der Vater. Der aber war nicht zu Hause. Martin, der heute ein graues Sweatshirt mit einem undefinierbaren weißen Fleck mitten auf dem Bauch trug, von dem ein scharfer Schweißgeruch ausging, hatte keine Ahnung, wo er war.

Als Möllenkamp seinem Kollegen Johann Abram von der Aufnahme erzählte, hob der ratlos die Schultern. Er war ein wenig verstimmt, weil es schien, als sollte Möllenkamp mit seiner Vermutung, dass Vater und Sohn tatsächlich nichts mit dem Mord zu tun hatten, recht behalten. »Johann, da war noch ein dritter Mann auf dem Bild. Vielleicht hat Mentko das Foto deshalb mitgenommen.«

»The Third Man«, murmelte Abram ironisch. »Was wollen wir damit anfangen? Soll jetzt der dritte Mann der Täter sein, wenn es Mentko und sein Sohn nicht sind?«

Auch er wandte sich noch einmal an den schwitzenden Martin, der natürlich auch nicht wusste er, wer der dritte Mann auf dem Bild neben Tadeus und Mentko de Vries gewesen war. Sie sagten ihm, sein Vater möge sich melden, wenn er zurück sei und flohen von diesem trostlosen Ort.

***

Draußen klärte Möllenkamp seinen Kollegen in groben Zügen über sein Gespräch mit Gertrud Boekhoff auf. Er ließ alles weg, was ihm peinlich war und erwähnte auch nicht ihren Ausflug der vergangenen Nacht. Wie erwartet, stimmte Abram ihm zu, dass man sich diesen Gottfried Schäfer auf jeden Fall einmal ansehen sollte. In zwei getrennten Autos machten sie sich auf den Weg nach Charlottenpolder, zu ihrem nächsten Verdächtigen.

Es hatte angefangen zu tröpfeln. Auf dem Polder sah man zwischen den dichten Wolken blaue Löcher, durch die die Sonne ihre Finger streckte. Im hellen Widerschein dieser Sonnenstrahlen war der schräg herunterwehende Regen zu sehen. Möllenkamp reckte den Kopf und hielt nach einem Regenbogen Ausschau, aber er konnte keinen entdecken.

Er fuhr die von Bäumen gesäumte Straße nach Bunde zurück. Auf der linken Seite erblickte er das Steinhaus zu Bunderhee. Zwischen den großen Gulfhöfen erschien ihm das Gebäude ebenso unscheinbar wie sein Name. Und dennoch war es etwas Besonderes. Die mittelalterliche Turmburg war eine der ältesten Burgen Ostfrieslands. Im 14. Jahrhundert mussten ostfriesische Häuptlinge sie errichtet haben, denn dem gemeinen Volk war das Errichten von Burgen und hohen Steinhäusern verboten. Besonders war auch, dass diese winzige Burg, die in späteren Jahrhunderten noch um einen Wohnanbau ergänzt worden war, nicht etwa leer stand oder ein Museum beherbergte, sondern eine Orgelakademie. Deren Leiter, ein Musikprofessor, bewohnte das Haus mitsamt einer Sammlung wertvoller historischer Orgeln. Musikwissenschaftler aus aller Welt kamen an diesen Ort, um auf den alten Instrumenten historische Spielweise zu üben.

Möllenkamp hatte das alles einmal in einem großen Zeitungsartikel gelesen und darüber gelacht, dass ein japanischer Professor bereits nach einer Woche fluchtartig die Akademie verlassen hatte, weil er die »weiße Frau« gesehen haben wollte.

Die weiße Frau war die Hauptfigur der bekanntesten Sage des Rheiderlandes, eine wunderschöne Häuptlingstochter, stolz und hochmütig, wie Prinzessinnen nun einmal sind. Wie nicht anders zu erwarten, verliebte sich ein wackerer Ritter in sie, als er ihrer ansichtig wurde. Aber das Mädchen schickte ihn fort, als er um ihre Hand anhielt. Dies alles sah eine Hexe, die Mitleid mit dem Ritter hatte. Sie braute einen Liebestrank, den das Mädchen trank und machte des Nachts sieben Zeichen an einen Balken in dem Steinhaus. Von nun an war das Mädchen in den tapferen Ritter verliebt, doch der musste auf den Kreuzzug ins Heilige Land. (»Ja, ja, tapfere Ritter«, war Meikes Kommentar, als er ihr den Artikel vorgelesen hatte, »tapfer plündern, morden, brandschatzen und vergewaltigen.«) Die Häuptlingstochter wurde krank vor Sorge, und als sie die Nachricht erhielt, dass der Ritter gestorben sei, starb auch sie. Ihr Geist aber fand keine Ruhe. Jede Nacht stand er seitdem an einem Fenster des Hauses und hielt Ausschau nach dem Ritter. So ging es lange Zeit, bis eine fremde Familie in das Haus einzog und der Mann die sieben Zeichen bei der Renovierung wegwischte, weil er sie für Kritzeleien seines Sohnes hielt. Seitdem hatte niemand den Geist des Mädchens mehr gesehen. Bis auf den japanischen Professor.

Möllenkamp war inzwischen durch Bunde hindurchgefahren und näherte sich der holländischen Grenze. Kurz davor ging es rechts ab nach Charlottenpolder. Es war immer noch windig. Ein Schwarm Nonnengänse flatterte von den Feldern mit dem Winterweizen auf. In der klaren Novemberluft wurden die Konturen gestochen scharf. Der Wechsel von Wolken und Sonne malte Muster auf braune Felder und grüne Wiesen.

Das Haus von Gottfried Schäfer wirkte verlassen. Das weiße Transparent, das zwischen den beiden Fenstern im ersten Stock hing, bewegte sich lautlos im Wind. Doch kaum dass die beiden Kriminalbeamten ihre Autos geparkt hatten und auf das Haus zuhielten, öffnete sich die Eingangstür und ein grauhaariger Mann mit kleiner Nickelbrille stürmte auf sie zu.

»Hat der uns erwartet?«, raunte Abram Möllenkamp zu.

»Was wollen Sie hier?«, herrschte der Mann die beiden Beamten an.

»Guten Tag, Herr Schäfer. Mein Name ist Stephan Möllenkamp, Kriminalpolizei Leer, und das ist mein Kollege Johann Abram.«

»Sie kommen wegen der Frau, die gestern auf meinem Grundstück rumgeschnüffelt hat. Das ging ja schnell. Endlich kann man sich mal darauf verlassen, von der Staatsmacht geschützt zu werden.« Schäfer ging offensichtlich davon aus, dass die Ereignisse der vergangenen Nacht ein großes Rad kriminalpolizeilicher Ermittlungen in Gang gesetzt hatten. Schade, dass dieser unerwartet positive Eindruck, den er nun von der Staatsmacht bekommen hatte, rasch wieder zerstört werden würde.

»Nicht ganz, Herr Schäfer. Um den Einbruch kümmern sich weiterhin die Kollegen von der Polizeistation Weener. Wir dagegen möchten Ihnen zum Mord an Tadeus de Vries ein paar Fragen stellen. Hätten Sie einen Augenblick Zeit für uns?«, fragte Möllenkamp den hageren Mittvierziger, der stilecht in Jeans, Birkenstocksandalen und einem übergroßen Holzfällerhemd vor ihnen stand.

Während dieser nun wieder misstrauisch die Augen zusammenkniff und seine positive Meinung von der Staatsgewalt umgehend revidierte, blickte Abram verwirrt. Er hatte die Anspielung auf die herumschnüffelnde Frau nicht verstanden.

»Herr Schäfer, können wir vielleicht einen Augenblick hereinkommen?«

»Nur mit Durchsuchungsbeschluss.«

»Gut, dann unterhalten wir uns eben hier draußen. Herr Schäfer, Sie kannten doch Herrn de Vries?«

Der finstere Blick sagte alles.

»Wie Sie wissen, ist Herr de Vries auf der Baustelle des Emssperrwerks ermordet aufgefunden worden. Wie war denn Ihr Verhältnis zu ihm?«

»Mer hatte kaan Verhältnis. De Vries war ein Satan, der Deiwel persönlisch. Er hot brobierd misch ferdisch ze mache, weil isch fär Goddes Schöpfung streite, das Nazischwein. Gud, dass er weg is. Der Herr möge sich seiner Seele erbarmen.«[1] Der letzte Satz klang etwas gestelzt, und Schäfers Gesicht strafte seinen Wunsch Lügen.

»Sie scheinen ihn ja nicht besonders gemocht zu haben. Was hat er Ihnen denn genau getan?«

---

1 Wir hatten kein Verhältnis. De Vries war ein Satan, der Teufel persönlich. Er hat versucht mich fertig zu machen, weil ich für Gottes Schöpfung streite, das Nazischwein. Gut, dass er weg ist. Der Herr möge sich seiner Seele erbarmen.

»Er hat Lügen über mich verbreitet, ich hätt wen ermordet. Dabei kann ich überhaupt niemand was antun.«

Zumindest versuchte er nicht, seinen Hass zu verbergen. Während Möllenkamp Gottfried Schäfer die Fragen stellte, bemerkte er aus den Augenwinkeln, wie Johann Abram seinen Blick über Haus und Garten schweifen ließ. Vielleicht fragte er sich, ob hier irgendwo einen Holzsarg gezimmert worden war.

»Sagen Sie, Herr Schäfer, haben Sie eigentlich ein Auto?«, mischte er sich unvermittelt in das Gespräch ein.

Schäfer deutete mit seinem Daumen über die Schulter auf eine alte Garage.

»Dürften wir uns das Auto wohl einmal ansehen?«

»Nur mit Durchsuchungsbeschluss.«

Mit netten Worten kamen sie bei diesem Burschen nicht weiter, das war Möllenkamp klar. Und weil er das Gesicht der Ermittlungsrichterin im Haus von Vater und Sohn de Vries gesehen hatte, wusste er auch, dass es mit dem nächsten Durchsuchungsbeschluss schwierig werden würde. Vorläufig blieb ihm nur die Möglichkeit, das Alibi zu prüfen.

»Herr Schäfer, was haben Sie denn eigentlich letzte Woche in der Nacht von Donnerstag auf Freitag gemacht?«

»Ei, was soll ich denn gemacht haben? Will ja keiner mehr was mit mir zu tun haben, seit de Vries solche Lügen über mich erzählt hat. Ich war daheim und hab im Internet gesurft.«

»Kann das jemand bezeugen?«

»Nein.«

Kein Alibi für die Tatzeit. Nicht einmal die Versicherung, bestimmt nichts mit dem Verbrechen zu tun zu haben. Entweder Schäfer war sehr abgebrüht oder ganz und gar arglos. Vielleicht ließ sich das mit dem Internet trotzdem überprüfen.

»Gehen Sie über ein Modem ins Internet?«

»Ei sischer.«

Möllenkamp spielte seine letzte Karte aus: das Foto, das ihm Gertrud gegeben hatte. Gottfried Schäfer nahm es in die Hand, und Möllenkamp bemerkte, dass sie zitterte. »Ja, so ist er. Ein Herrenmensch durch und durch.« Er war ins Präsens gesprungen. Hatte er verdrängt, dass de Vries tot war? Hatte er Angst? Er blickte den Mann forschend an. Aber mehr war aus Schäfer nicht herauszubekommen. Die beiden Beamten verabschiedeten sich mit der Bitte, sich für weitere Fragen zur Verfügung zu halten.

***

Abends saß Möllenkamp mit einer Flasche Jever in der Hand trübsinnig in seinem Sessel und dachte nach. Er hatte den Fernseher angestellt, damit Meike ihn nicht ansprach. Er war zu frustriert, um zu reden. Also tat er beschäftigt. Seine Frau saß hinter ihm am Esstisch und beugte sich kopfschüttelnd über einen Stapel Hefte. Sie versuchte es offenkundig mit der »Konfrontationstherapie«, wie sie es nannte. Das hieß, auf keinen Fall die Arbeit lange liegen lassen, sondern sofort mit der Korrektur beginnen. Je länger man die Augen vor den Verbrechen der 14-Jährigen an der lateinischen Sprache verschloss, so Meikes Theorie, umso schlimmer war hinterher das Erwachen.

Er hatte heute Abend keine Antenne für unfreiwillig komische Übersetzungsversuche und die Hitliste der plumpesten Verstecke für Spickzettel. Er wollte auch nicht seine Frustration durch Meikes Frustration verdoppeln. Beide neigten in solchen Momenten dazu, ihre Fähigkeiten und ihre Berufswahl in Zweifel zu ziehen. Was sollte es bringen, sich gegenseitig in etwas hineinzusteigern?

Also hing er seinen Gedanken nach. Er hatte das Gefühl, seit dem vergangenen Freitag kaum einen Schritt vorangekommen zu sein. Sicher, sie wussten jetzt viel mehr über den alten Mann, den er dort in seinem Holzsarg auf einer schlammigen Baustelle zum ersten Mal gesehen hatte. Stück für Stück waren neue Informationen über ihn ans Licht gekommen. Leider eröffnete jede neue Information auch ein neues Motiv für einen Mord an Tadeus de Vries. Außerdem kamen laufend neue Tatverdächtige hinzu, aber bei keinem hatte er das Gefühl, auf der richtigen Spur zu sein.

Bei den meisten Tötungsdelikten war es so, dass bereits die Todesart eine Menge verriet: Affekt, geplant, Beziehungstat, Sadismus, sexuelle Abartigkeit. Viel mehr musste man nicht wissen. Dann fahndete man im Umfeld des Opfers: Verwandte, Freunde, Arbeitskollegen, die Ehefrau, eine rivalisierende Bande. Unter ihnen fand man meistens den Täter oder – seltener – die Täterin. Entweder traten die Gründe für die Tat in der Todesart bereits offen zutage oder einer der Befragten verriet sich. Verwickelte sich in Widersprüche, ließ die Augen unruhig durch die Gegend wandern, hatte schweißnasse Hände, rauchte nervös, wirkte hektisch, log auf plumpe Weise. Immer stimmte irgendetwas nicht. Die wenigsten Menschen töteten cool, die meisten Opfer kannten ihre Mörder mehr oder weniger gut. Und wenn man Personen aus dem Umfeld des Opfers nicht fand, weil sie geflüchtet waren, hatte auch das meistens einen Grund. Abram hätte jetzt gesagt, dass er es doch schon immer gewusst habe: Die meisten Fälle waren einfach. Und es stimmte ja auch. Aber hier war alles anders.

Er dachte an Martin de Vries, wie er mit der Flinte vor ihm stand. Er sah ihn vor sich. Hilfesuchend blickte er sich um. Doch er sah bloß eine Gruppe Sternsinger, die auf Tadeus de Vries einsangen, welcher grimmig lächelnd einen Holzsarg mit Pech bestrich, während sich von hinten Matthias Donker mit einer Keule an die Sternsinger heranschlich. Möllenkamp wollte sie warnen, doch er brachte keinen Ton heraus. Bevor der Pastor zuschlagen konnte, preschte von der Seite ein Pferd heran, auf dem ein Ritter in einer schwarzen SS-Uniform saß, eine schreiende Frau in weißem Gewand hinter sich, die sich an ihn klammerte. Während er selbst nur stumm zusehen konnte, wie der Ritter auf seinem Pferd mitten in die Gruppe von Menschen hineinritt, schrie die Frau auf dem Pferd immer wieder nach ihm: »Stephan! Stephan!« Sie streckte die Arme nach ihm aus. »Stephan?«

Er schreckte hoch. Ganz dicht vor seinem Gesicht sah er einen vertrauten Mund, der sich zu einem Grinsen verzog. »Haben dir die Musikvideos Albträume beschert? Ich habe mich schon gewundert, wie du es so lange vor MTV ausgehalten hast. Als du nicht anfingst zu zappen, wusste ich, dass etwas nicht stimmt.«

Stephan blickte – noch immer etwas verwirrt – auf ihr Gesicht. Ihre weichen, blassrosa Lippen waren ganz nah. Sie roch so gut. Ihr weißer Hals lugte aus einem Sweatshirt mit weitem Halsausschnitt, der ihm jetzt, da sie sich über ihn beugte, tiefe

Einblicke gewährte. Nachdem er seinen Blick eine Weile im Innern ihres Pullovers hatte herumwandern lassen, seufzte er »die weiße Frau« und schob seine Hände unter das Sweatshirt, während er sie gleichzeitig auf seinen Schoß zog. Was nun folgte, brachte ihn zwar in seinen Ermittlungen auch nicht weiter, war aber bedeutend angenehmer als Hausdurchsuchungen und fruchtlose Vernehmungen.

Herbst 1954, Moordorf bei Aurich

Als der Kaugummi direkt vor seinem Gesicht zerplatzt, spürt er einen kleinen Regen auf der Haut. Der andere rülpst. Sie riechen beide, wie eben Halbstarke hier riechen: nach Schweiß, Tabak und schlechten Zähnen.

Auch der, der jetzt vor ihm steht, hat schon bräunliche Schneidezähne. Seine Haut glänzt, neben der Nase hat sich eine große rote Beule gebildet. Beide sind so alt wie er, aber viel dunkler: braune Haut und schwarze Haare. »Moin, moin. Wer bist du denn«, grinst er und pfeift durch seine schlechten Vorderzähne. Der Kaugummi, den er vermutlich schon seit Tagen kaut, kann den schlechten Geruch seines Atems nicht überdecken.

Auf einen Pfiff hin tauchen aus dem Nirgendwo vier weitere Jungs auf, die alle ähnlich aussehen. Ihre schmutzigen Füße stecken in Holzklumpen, manche tragen abgelaufene Lederschuhe ohne Schnürsenkel, ohne Socken.

»Willst du hier wen besuchen? Und was hast du denn Schönes mitgebracht?« Der Anführer hat sich immer noch keinen Zentimeter von ihm wegbewegt. Bei jedem Wort streift der Atem des Dunklen sein Gesicht.

»Dem hat's die Sprache verschlagen«, lacht einer von den vier anderen, die ihn umkreisen wie Wölfe ein krankes Reh. »Ich glaube, du musst ein bisschen deutlicher werden.«

»Heute hab ich meinen höflichen Tag.« Der Dunkle rülpst zur Bekräftigung. »Aber wenn der feine Herr nicht bald was sagt, dann muss ich doch wohl kieken.«

Der feine Herr schweigt. Er wird sowieso eine Abreibung be-

kommen. Aber wenn er jetzt versucht zu verhandeln, werden sie ihn niemals respektieren. Er muss es einstecken und tapfer sein. So bleibt er einfach stehen. Wie zur Probe zupft der erste Junge ihn ein bisschen am Jackenaufschlag. Der zweite läuft so dicht um ihn herum, dass er ihn dabei anschubst. Um nicht umzufallen, muss er sich zurück ins Gleichgewicht bringen, wobei er den ersten Angreifer ein wenig anrempelt. Das ist das Signal, auf das die Meute gewartet hat.

Während die ersten Schläge auf ihn einprasseln, muss er daran denken, wie er im Kinderheim in Großefehn zum ersten Mal vom »Zigeunerdorf« gehört hat. »Wenn ich euch nochmal beim Trinken erwische«, hat die alte Schwester Theda gesagt, »dann landet ihr in Moordorf. Ihr seid nicht besser als das hergelaufene Gesindel, das da wohnt. Wer weiß, wovon ihr abstammt.« Dann hat es Ohrfeigen gesetzt.

Abends im Schlafsaal, in dem sie mit dreißig Jungen lagen, hat er Weert nach Moordorf gefragt. »Das Kommunistendorf? Da wohnen nur Minderwertige. Treiben's wie die Karnickel. Jedes Weib hat da zehn Kinder, und du weißt nicht, von wem. Mein Alter hat gesagt, da haben die Nazis mal was Gutes gemacht, als sie angefangen haben, die alle zu kastrieren. Nur schade, dass sie nicht fertig geworden sind.«

»Was ist mit deinem Alten? Warum bist du hier, wenn du einen Vater hast?«

»Vater?! Das is' kein Vater.«

Mehr hat er nicht aus ihm rausgekriegt. Dafür haben die Schwestern sie rausgeholt aus dem Saal, haben sie im kalten Flur stundenlang stehen lassen. Das taten sie immer, wenn es im Saal nicht mucksmäuschenstill war.

Als er sich entschieden hat, aus dem Heim abzuhauen, da

weiß er schon, dass er nach Moordorf gehen wird. Was könnte besser passen als ein Kolonistendorf, besiedelt von Zigeunern, Habenichtsen, Asozialen? Leuten wie ihm, die das Leben dorthin gespült hat wie Treibgut. Kein Ort ist ihm passender erschienen. Marion wäre hier niemals hingegangen. Aber Marion ist lange fort. Ein leiser Schmerz beginnt wieder zu ziehen. Um nicht darüber nachzudenken, fängt er an sich zu wehren. Erwischt einen der Jungen an der Nase, die sofort anfängt zu bluten. Einen weiteren tritt er zwischen die Beine, sodass er sich zusammenkrümmt und von ihm ablässt. Doch er hat keine Chance gegen fünf, die von ihren Vätern gelernt haben, dass Prügeln ein Allheilmittel ist: gegen die Sprachlosigkeit, die Wut, die Armut, die Hoffnungslosigkeit, gegen die Langeweile. Als ein Ellenbogen ihn an der Schläfe trifft, erlöst ihn das Dunkel.

Etwas klatscht auf sein Gesicht. Er bekommt keine Luft mehr, ringt nach Atem. Er streckt die Hände aus. Da ist Marion, und da ist auch seine Mutter. Sie lassen es schneien auf ihn aus ihren Händen. Der Schnee, dieser ewige Schnee, der die Fuhrwerke bedeckt und tote Pferde aussehen lässt wie Hügel am Wegesrand, weiße Berge, aus denen irgendwo die Beine herausragen. Seine Finger fühlen sich klamm an. Er hat seine Handschuhe verloren. Oder vergessen? Zu Hause in Albrechtsdorf. Der Name hat sich ihm eingebrannt. Die einzige Heimat, die er je hatte, auch wenn er sich kaum noch an sie erinnern kann. Nur an die Sonnenblumen vor dem Zaun, die immer so löchrige Blätter haben, weil die Schnecken sie fressen. Er will etwas sagen, aber wieder fällt Schnee auf ihn herab und ihm ist, als müsste er ersticken.

Er fährt hoch und stößt dabei mit seinem Kopf gegen den des Mannes. Egal, der Kopf tut ihm sowieso schon weh. Er wischt sich mit der Hand über das Gesicht. Die Hand ist blutig. Jetzt fällt ihm wieder ein, was geschehen ist. Er sitzt auf der matschigen Dorfstraße von Moordorf. Die Jungs, die ihn so gewaltsam willkommen geheißen haben, sind fort. Vor ihm hockt ein Mann, vielleicht vierzig Jahre alt, der Wasser aus einem Eimer auf ihn gießt und ihn schon zum dritten Mal nach seinem Namen fragt.

Der Mann heißt Theo. Eigentlich Theobald, das jedenfalls ist der Name, den Theos Frau ausruft, als die beiden das kleine Ziegelhaus betreten, in dem die sechsköpfige Familie wohnt. Nun ist sie siebenköpfig, und Hanni, Theos Frau, zetert. Theo sitzt einfach nur da und kaut auf seiner Pfeife herum. Er wartet ab, bis Hanni fertig ist. »He kann arbeiden. He helpt mi mit de Wagen. Dann kann Jakup na't Schol gaan.«[1]

»Wenn he di helpt, dann mut he doch ok wat eten. He is groot unn het Schmacht! Kiek di hum doch an.«[2]

»Wie alt bist du«, fragt Theo ihn.

»Siebzehn.«

»Du kannst hier erst mal bleiben. Du musst arbeiten und was du isst, das musst du dir verdienen. Ist das klar?«

Er nickt.

---

1 Er kann arbeiten. Er hilft mir mit dem Wagen. Dann kann Jakob zur Schule gehen.

2 Wenn er dir hilft, dann muss er doch auch was essen. Er ist groß und hat Hunger. Sieh ihn dir doch an.

Donnerstag, 4. November 1999

Dampf kam stoßweise aus ihrem Mund. Es war noch dämmrig, als Friederike auf ihrem neuen Fahrrad aus Bunde herausfuhr, vorbei an der alten Mühle, der Reithalle und dem Steinhaus zu Bunderhee. Obwohl es kühl war, hatte ihr die frühe Bewegung an der frischen Luft gutgetan und ihre Wangen gerötet. Inzwischen konnte sie ihr Ziel nicht nur sehen, sondern auch hören. Ein Kläffen und Heulen wie aus Hunderten von Kehlen schlug ihr entgegen. Dabei bot das Tierheim in Bunderhee nur ein paar Dutzend Hunden und Katzen Asyl.

Friederike liebte Tiere, und es brach ihr das Herz, die Hunde mit traurigen Augen hinter dem Maschendraht des Zwingers zu sehen. Darum kam sie zwei- bis dreimal in der Woche hierher, um die kleinen Kläffer auszuführen, damit sie Auslauf und Ansprache hatten. Wenn schon so viele von ihnen niemals abgeholt wurden, weil sie zu alt, bockig oder mit einer chronischen Krankheit geschlagen waren. So wie der wunderschöne Huskie, dessen Besitzer die Behandlung seines Herzfehlers mit teuren Medikamenten nicht bezahlen konnten oder wollten. Da stand er auch schon hinter der Zwingertür, als sie um die Ecke bog, und sah sie mit seinen blauen Augen eindringlich an. »Nun guck doch nicht so, Johnny. Du weißt genau, dass du heute nicht dran bist. Bormann hat schon viel länger gewartet als du.« Bormann! Welcher Irre hatte dem struppigen Mischling im Nachbarzwinger bloß diesen Namen gegeben?

Friederike besuchte die achte Klasse der Realschule in Bunde. Heute fielen die ersten beiden Stunden aus, weil Frau Weber, die Englischlehrerin, schon wieder krank war.

Sie schloss mit ihrem Schlüssel die Baracke auf, die den freiwilligen Helfern vom Tierschutzverein als Aufenthaltsraum diente. Es roch nach Kaffee und kaltem Rauch. In der Küche standen die Futtervorräte. Für die Hunde und Katzen gab es meistens Trockenfutter. Weichfutter gab es nur, wenn jemand eine Palette gespendet hatte. Aber Friederike hatte immer ein paar Leckereien für die Tiere dabei. Sie hatte mit Gabi, der Leiterin des Tierheims, vereinbart, dass sie heute die Fütterung übernehmen würde. Die war dankbar, dass sie länger schlafen konnte. Friederike fütterte die Katzen und Hunde und sah nach einigen Tieren, die sich verletzt hatten oder Medikamente brauchten. Dann kehrte sie in die Baracke zurück. Sie nahm eine von den langen Hundeleinen. Allen Jugendlichen, die hier aushalfen, war eingebläut worden, die Tiere an der Leine zu führen. Es hatte schon genug Ärger mit den Bauern gegeben, weil mancher Hund seinen Jagdinstinkt an den Kühen ausgelassen hatte, die in ihrer Panik weniger Milch gaben.

Aber natürlich hielt sich niemand an diese Vorgabe. Auch Friederike nicht. An der Straße und in der Nähe von bewohnten Häusern beachtete sie die Vorschrift, aber auf den Wiesen und Weiden, auf denen sich nicht immer Kühe befanden, ließ sie die Tiere laufen. Zumindest die, von denen sie wusste, dass sie wieder zurückkamen.

Bormann kam immer zurück. Ein zärtliches Gefühl durchströmte sie, als sie den Zwinger aufschloss und der Hund mit freudigem Schwanzwedeln an ihr hochsprang. Sie hätte am liebsten alle mitgenommen, aber nachdem schon drei Katzen bei ihr Obdach gefunden hatten, ließ sich ihre Mutter auf keinerlei Diskussionen mehr ein.

Friederike ging mit Bormann ein Stück die Straße entlang und bog dann in einen landwirtschaftlichen Weg ein. An den Toren der Höfe prangten Schilder von der Landwirtschaftskammer Weser-Ems, die anzeigten, dass hier prämierte Milchkühe gezüchtet wurden. Auf einem Feldweg ließ sie den altersgrauen Mischling von der Leine. Bormann rannte ein Stück geradeaus, blieb dann stehen und sah sich um, ob Friederike ihm folgte. Er wollte sein Rudel zusammenhalten, auch wenn es nur aus Friederike und ihm bestand.

Während er immer so voranlief und dann wieder stehenblieb, hing sie ihren Gedanken nach. Marcel aus der Parallelklasse spukte in ihrem Kopf herum. Er wirkte cool und war nicht so albern wie die anderen Jungs. Letzte Woche hatte er sie auf der Treppe angerempelt und sich dafür entschuldigt. Das tat sonst keiner! Und er hatte dabei gelächelt. Seitdem überlegte sie, wie sie mit ihm in Kontakt treten konnte. Aber vielleicht hatte er sich ja auch gar nichts dabei gedacht, und würde sich über sie lustig machen, wenn sie ihn jetzt darauf ansprach. Sollte sie öfters an seinem Klassenraum vorbeilaufen, um ihm wieder zu begegnen? Vielleicht stießen sie ja erneut zusammen, das konnte man dann wohl kaum Zufall nennen.

Sollte sie das alles mal mit Gertrud besprechen? Gertrud war ihre beste Freundin, obwohl sie zwanzig Jahre älter war. Aber Gertrud hatte selbst keinen Freund, woher sollte sie wissen, wie man sich einen angelte? Vielleicht bildete sie sich das mit Marcel auch ein. Ihre Mutter hatte neulich Bemerkungen über ihre dicken Beine gemacht. Zwar im Streit um einen neuen Minirock, der nach Mamas Meinung zu kurz war, aber immerhin: Es konnte etwas Wahres dran sein, und wenn, dann hatte es Marcel bestimmt gesehen. Sie seufzte. Solche Sorgen hatte ein Hund nicht. »Bormann, über deine Beine hat noch nie einer was Blödes gesagt, oder?« Bormann? Der Hund war nicht zu sehen.

Sofort schlug ihr Herz einen Takt schneller. Eine leichte Panik ergriff sie. Was, wenn der Hund doch ausgerissen war? Wenn er jetzt gerade einen Melkstand voller Kühe aufmischte? Das würde Ärger geben!

Sie blickte umher. Hoffte, dass der Hund schwanzwedelnd über einen Graben zurück auf die Straße springen würde, nachdem er vergeblich nach Maulwürfen gegraben hatte. Was sie sah, war Nebel. Er stieg überall aus den Gräben am Straßenrand auf, waberte über die Wiesen und vereinigte sich am sehr nahen Horizont mit der tief hängenden Wolkendecke.

»Bormann!«

Friederike ging schneller, verfiel dann ins Laufen. Wohin sie lief, wusste sie selbst nicht. Sie hörte dumpfes Muhen der Kühe in den Ställen. »Bormann? Bormann!«

Im Nebel zeichneten sich die Umrisse eines winzigen, halb verfallenen Landarbeiterhauses ab. Den Mann, der darin gewohnt hatte, hatten alle nur »Heini Bölk« gerufen, weil er immer laut schrie, um wenigstens seine eigenen Worte zu verstehen. Er hatte als Knecht bei einem der großen Bauern in Bunderhammrich gearbeitet, soviel hatte Friederike von ihrer Oma gehört, die nicht weit von hier wohnte. Und dass seine Frau irgendwann schwanger geworden und verschwunden sei. Sie war nie wieder aufgetaucht, und Heini sah sich einem unschönen Verdacht ausgesetzt. Das war erklärlich, weil Heini Bölk im Krieg nicht nur ein Knalltrauma erlitten, sondern auch Granatsplitter zwischen die Beine bekommen hatte. Die Schwangerschaft seiner Frau hatte ihn dem Vernehmen nach sehr überrascht. Man hatte ihm aber nie etwas nachweisen können, und nun war er schon lange tot. So lange, dass Friederike sich nicht erinnern konnte, das Haus jemals bewohnt gesehen zu haben.

Sie ging keuchend an der Kate vorüber, vom Rennen ganz außer Atem. In den scheibenlosen Fenstern wehten immer noch Fetzen von Gardinen, die Haustür hing halb geöffnet schief in den Angeln. »Bormann?« Ihre Stimme klang inzwischen verzagt. Sie blieb stehen und atmete tief durch.

Moment mal! Die Haustür war offen gewesen? Friederike drehte sich um. Genau in diesem Moment kam Bormann aus der Tür. Als wäre nichts gewesen, lief er zielstrebig auf sie zu. »Bormann, hast du mir einen Schrecken eingejagt!«, entfuhr es ihr erleichtert. »Jetzt kommst du aber an die Leine.« Doch seltsam: Der Hund hielt genau so viel Distanz zu ihr, dass sie ihn nicht anleinen konnte. Immer, wenn sie einen Schritt auf ihn zu machte, tänzelte der graue Mischling ein paar Schritte zurück. »Was soll der Blödsinn? Jetzt komm schon!« Nichts zu machen.

Schließlich drehte sich Bormann um, trabte ebenso zielstrebig, wie er gekommen war, zum Haus zurück und verschwand in der offenen Tür. Friederike war inzwischen so genervt, dass sie dem Hund ohne Zögern hinterherlief. Ihre Verärgerung ließ sie die Millionen Spinnen, Tausendfüßler,

Asseln und Mäuse vergessen, die dort mit Sicherheit hausten.

Im Innern war es fast dunkel. Nur wenig von dem trüben Licht draußen fiel durch die winzigen Fenster in die niedrigen Räume. Sie tastete sich durch den schmalen Hausflur, dorthin, wo sie das Winseln von Bormann hinter einer halb offenen Tür vernahm. Bestimmt hatte der Hund etwas Ekliges gefunden, vermutlich irgendein totes Tier. Sie lugte vorsichtig durch die Tür, die von den Wohnräumen in das Hinterhaus führte.

Was sie dort erblickte, war schlimmer als ein totes Tier. Wie von Sinnen stürzte sie aus dem Haus, lief die Straße hinab bis zur nächsten Kurve und erbrach sich in den Straßengraben.

***

Dick vermummt und schlecht gelaunt kämpfte sich Gertrud Boekhoff auf einem alten Hollandrad entlang der B 436 von Weener in Richtung Möhlenwarf voran. Sie verfluchte ihren Entschluss, zu dem grünen Parka auch noch eine Pudelmütze und die bunten Norweger-Handschuhe anzuziehen. Sie schwitzte jetzt schon. Sie würde mindestens eine halbe Stunde brauchen, um wieder eine halbwegs normale Gesichtsfarbe zu bekommen, und für den ganzen restlichen Tag unter den Achseln riechen. Warum hatte sie sich bloß so dick angezogen?

Vor allem: Sie hatte die halbe Stunde nicht, die sie fürs Trocknen gebraucht hätte. Umweltminister Lüdemann wollte schon um 8.30 Uhr das Bunder Klärwerk besichtigen, das irgendeine neue, ultramoderne Förderstufe bekommen hatte. Da hatten sie wieder mehrere Hunderttausend Mark an EU-Fördergeldern versenkt, und dafür gab es dann ein schönes Foto vom Bürgermeister mit dem Umweltminister. Und der cholerische Landrat würde auch dabei sein. Napoleon von der Ems. Grimmig blies Gertrud die Backen auf. Halb neun! Litt der Minister unter seniler Bettflucht? Ihre innere Stimme, die darauf hinwies, dass sie normalerweise um sieben Uhr in der Redaktion sei, brachte sie mit einem blechernen Husten zum Schweigen. Diese Radtouren in kalter Novembermorgenluft brachten einen noch um!

Als sie in der Boenster Straße am Klärwerk ankam, wurde sie von den versammelten Bunder Kommunalpolitikern schon erwartet. Deren Grinsen wurde noch breiter, als sie sahen, wer da keuchend und strampelnd auf sie zukam.

»Das gibt's ja wohl nicht! Wer kommt da denn an?«

»Gertrud, das hätt ich ja nie gedacht, dass du so sportlich bist, Respekt!«

»Ist dein Auto kaputt?«

So lauteten die Kommentare, die ihr entgegenschlugen, obwohl jeder einzelne – vom Bürgermeister über den Leiter des Hoch- und Tiefbauamtes bis zu den Fraktionsvorsitzenden im Gemeinderat – genau wusste, warum die dicke Lokalredakteurin vom »Blattje« Fahrrad fuhr. Sie grunzte missmutig. Wenigstens wahrte der völlig humorfreie Landrat, der soeben seiner Dienstlimousine entstieg, die Form, als er ihr die Hand drückte und etwas bellte, das wie »Moin« klang.

Wo war der Minister?

»Lüdemann hat eben angerufen. Er kommt was später",

informierte der Bürgermeister in wichtigem Ton die versammelten Honoratioren.

Auch das noch! »Wie viel später?"

»Der Referent hat was von 'ner halben Stunde gesagt.«

»Himmel, Arsch und Zwirn«, knurrte sie. Da klingelte ihr Handy. Sie zog es mit klammen Fingern aus der Innentasche ihres Parkas. Während sich Landrat Saathoff in ihrem Rücken schon wieder in Pose warf, versuchte Gertrud zu verstehen, was ihr die schluchzende Stimme am anderen Ende des Telefons mitteilte.

Als sie es begriffen hatte, entschied sie sofort. Sie drückte dem konsternierten Bürgermeister ihre Kamera in die Hand. »Machen Sie das Foto vom Minister bitte eben selbst. Ich hol mir den Apparat bei Ihrem Sekretariat später ab. Ich hab'n Todesfall …« Und nach kurzem Nachdenken setzte sie hinzu: »Was in der Familie.«

Ohne auf eine Reaktion zu warten, stieg sie auf ihr Fahrrad und machte sich auf den Weg Richtung Bunderhee, während sie den Landrat in ihrem Rücken über die Presse schimpfen hörte.

***

Sie fand sie am Straßenrand hockend, bleich und aufgelöst. Neben ihr saß ein struppiger Mischlingshund, der schuldbewusst die Ohren hängen ließ.

»Wo?« fragte Gertrud.

Ein Wedeln mit der Hand in Richtung Haus.

Na klar, wo sonst. Obwohl sie Angst hatte, ließ Gertrud sich nichts anmerken. Hoch erhobenen Hauptes schritt sie auf das winzige Landarbeiterhaus zu, das immer kleiner zu werden schien, je näher sie ihm kam. Sie ahnte schon, was sie drinnen finden würde.

Die Gestalt hing am schiefen schwarzen Deckenbalken. Das Gesicht war im Halbdunkel gegen die Fenster nicht zu erkennen. Ein umgekippter Stuhl lag am Boden. Während Gertrud sich zwang, dichter heranzugehen, fragte sie sich, was sie hier zu suchen hatte. Die Sache war eigentlich ganz einfach: Sie musste nur hinausgehen, ihr Handy nehmen und Stephan Möllenkamp anrufen. Was immer dies für ein Todesfall war – und alles sah nach einem Selbstmord aus –, das »Rheiderländer Tagblatt« war hier nicht zuständig.

Während ihr diese Gedanken durch den Kopf gingen, näherte sie sich Schritt für Schritt dem Toten. Sie verdrängte das flaue Gefühl in der Magengrube und dachte an baumelnde Schweine- und Rinderhälften, die sie einmal bei der Besichtigung eines Schlachthofes gesehen hatte. Vor denen hatte sie sich auch nicht gefürchtet. Als sie ganz dicht herangekommen war, zwang sie sich zu einem Blick nach oben. Das Gesicht unter den wirren weißen Haaren war noch blauröter und aufgedunsener, als sie es in Erinnerung hatte, und die Zunge hatte sich wie eine riesige Schnecke aus dem Mund herausgeschoben. Der Mann trug einen löchrigen Blaumann und klobige Arbeitsschuhe.

Gertrud ging zu einem Fenster, dessen winzige Scheiben noch intakt waren. Sie schaute hinaus, atmete tief durch und versuchte, ihren Puls wieder zu beruhigen. Warum sie gewusst hatte, dass es der alte Mentko de Vries war? Keine Ahnung. Dreh dich wieder um, sagte sie zu sich. Sieh noch einmal hin, ob dir etwas auffällt, und dann geh nach draußen und ruf den Kommissar an.

Sie drehte sich um. Sie sah genau hin. Und da nahm sie endlich auch das Foto wahr. Es lag genau unter dem Toten. Musste ihm aus der Hand gefallen sein. Während sie sich bückte und ihre Hand ausstreckte, beschlich sie das schaurige Gefühl, gleich würden von oben knochige Finger nach ihr greifen. Sie schüttelte sich. Dann hielt sie das vergilbte Papier in der Hand und – nichts passierte. Natürlich nicht. Sie zwang sich, das Foto anzusehen. Sie betrachtete es lange. Eine steile Falte bildete sich über ihrer Nasenwurzel. Sie presste die Lippen aufeinander und steckte es in die Tasche ihres Parkas.

Dann ging sie nach draußen und wählte die Nummer der Polizeiinspektion Leer.

***

Es traf Wilfried Bleeker. Als der Anruf einging, war sein Vorgesetzter schon auf dem Weg zur Witwe von Tadeus de Vries, um sie noch einmal zu befragen. Bleeker hatte gerade bei einer Zigarette und einem Kaffee versucht, das Informationschaos, welches Möllenkamp während der Morgenlage ausgebreitet hatte, gedanklich zu sortieren. Wirklich gelungen war es ihm nicht. Also hatte er zur Nagelfeile gegriffen und begonnen, mit aller Konzentration seine Fingernägel in Ordnung zu bringen. Er liebte das. Man konnte mit einer Nagelfeile wunderbare Effekte erzielen und sah in Minutenschnelle, was man erreicht hatte – was man von der kriminalistischen Tätigkeit nicht immer behaupten konnte.

Bleeker hatte den Auftrag, die Geschäftsbeziehungen und Vermögensverhältnisse von Tadeus de Vries gründlich aufzuarbeiten. Eine mühseliges Unterfangen, von dem er sich weit weniger Erfolg und Befriedigung versprach als von der Behandlung seiner Fingernägel.

Doch der Anruf, den ihm Edda Sieverts nun durchstellte, warf seinen Tagesplan vollständig über den Haufen. Der versoffene Bruder von de Vries hatte sich aufgehängt. Verflucht. In Bleekers Magen bildete sich ein Klumpen. »Du bist Bleeker, der coole Hund, der nur Gitanes raucht, weil er den Tod nicht fürchtet«, sagte eine Stimme in ihm. Und damit er diese innere Stimme auch hörte, sagte er sich den Satz noch einmal laut vor. Das änderte aber nicht, dass aus den Tiefen seines Bewusstseins leise noch eine zweite Stimme zu ihm sprach: »Du bist Bleeker, das Weichei, das schon in Ohnmacht fällt, wenn ihm der Doktor ein paar Tropfen Blut abnimmt. Also pass auf, dass du dich nicht zum Affen machst.« Er seufzte und legte die Feile endgültig aus der Hand. Und entschied sich dazu, wenigstens Verstärkung mitzunehmen.

Da Möllenkamp fort war und Abram wegen eines Arztbesuches heute später kam, würde er auf die Gesellschaft von Anja Hinrichs zurückgreifen müssen. Das ließ seine Laune noch ein wenig tiefer sinken.

Bleeker beschloss, sich mit Sarkasmus zu wappnen. »He Anja, schon mal einen Erhängten vom Seil geschnitten?«, flötete er, als er mit Schwung ihr Büro betrat. »Nein? Dann aber los. Die Gelegenheit kriegst du so schnell nicht wieder.«

»Verpiss dich«, war die freundliche Antwort.

In dieser gelösten Stimmung fuhren sie nach einem kleinen Wortgefecht dann immerhin zusammen los.

***

Möllenkamp saß auf dem Sofa mit den Schonbezügen und fühlte sich unbehaglich. Nicht nur, dass es in diesem alten Gutshaus kalt war. Unter den bohrenden Blicken der beiden Frauen, die ihm gegenübersaßen, hatte er das Gefühl, als sei er ein Verdächtiger im Kreuzverhör. Die Frauen sprachen kaum, sondern starrten ihn an, als erwarteten sie, dass er sich die Antworten auf seine Fragen selber geben würde.

Ihn hatte der Gedanke an das verschwundene Foto nicht losgelassen. Die dunkle Vergangenheit von Tadeus de Vries spukte in seinem Kopf herum. Vielleicht lag es daran, dass es das unwahrscheinlichste Mordmotiv zu sein schien. Schließlich müsste es ein sehr alter Täter sein, wenn er sich für ein Verbrechen aus der Nazizeit hatte rächen wollen. Oder ein sehr nachtragender, der im Namen seiner Vorfahren für ausgleichende Gerechtigkeit sorgte. Beides erklärte aber nicht, warum dieses Foto auf der Kommode verschwunden war.

Die jüngere der beiden Frauen – es handelte sich um de Vries' Tochter Eva, die angereist war, um ihrer Mutter beizustehen – sah genauso aus, wie die ältere: Eine winzige, verhärmte Person, unscheinbar, wenn auch in teure Kleidung gehüllt. Wässrige Augen, die kein Gefühl verrieten, schauten ihn an. Vielleicht schaute sie auch einfach durch ihn hindurch.

Möllenkamp rührte eifrig in der Teetasse, die vor ihm stand. Eva de Vries war immerhin so höflich gewesen, ihm einen Tee anzubieten. Jetzt hatte er wenigstens etwas, an dem er sich festhalten konnte. Schließlich waren die Gesprächsthemen wirklich unangenehm. Er musste die Witwe des Verstorbenen mit hässlichen Gerüchten konfrontieren. Möllenkamp versuchte es behutsam:

»Frau de Vries, Ihr Mann war doch im Krieg, nicht wahr?«

»Ja, er war bei der SS«, kam es in gleichgültigem Tonfall zurück. Möllenkamp war über ihre Offenheit überrascht.

»Ja, ähem, das wissen wir eigentlich schon. Ich würde gern erfahren, ob er noch Kontakt zu den alten Kameraden hatte.«

»Er ist manchmal zu Veranstaltungen gefahren, wo er die anderen Kameraden, die damals auch dabei gewesen waren, getroffen hat.«

Möllenkamp gingen die Bilder von heimlich gedrehten Fernsehreportagen über Treffen von SS-Veteranen durch den Kopf. Besorgniserregend fand er es eigentlich nicht, wenn sich alte Männer trafen, um gemeinsam das Horst-Wessel-Lied zu singen. Was ihn viel mehr beunruhigte, waren die Neonazis, die Asylbewerber und Schwule zusammenschlugen.

»Kennen Sie jemanden aus diesen Kreisen? War Ihr Mann mit jemandem besonders befreundet oder hatte er vielleicht mit jemandem Streit?«

»Mein Vater hat nie etwas über diese Treffen erzählt«, schaltete sich jetzt Tochter Eva ein. »Er hat niemals seine Kameraden von früher mitgebracht, sondern ist immer zu den Treffen hingefahren. Er wollte uns nicht in Schwierigkeiten bringen.« Und dann, als habe sie sich überlegt, dass eine so große Rücksichtnahme auf seine Familie nicht in das Gesamtbild von Tadeus de Vries passte: »Vielleicht wollte er sich selbst auch nicht in Schwierigkeiten bringen. Es hatte ja schließlich nicht jeder Verständnis für diese Dinge …«

Möllenkamp wusste nicht genau, wie er jetzt weitermachen

sollte. Er spürte, dass die SS-Vergangenheit des Ermordeten trotz der überraschenden Offenheit ein heikles Thema war. Vielleicht nicht einmal so sehr für Tadeus de Vries selbst, obwohl er ganz sicher nicht damit hausieren gegangen war; doch das Bild, das sich Möllenkamp inzwischen von ihm gemacht hatte, war das eines äußerst selbstbewussten Mannes, der keinem Streit aus dem Weg ging. Seine Frau und die Kinder hatten dagegen ganz bestimmt darauf geachtet, an diesen Teil der familiären Vergangenheit nicht zu rühren. Er holte tief Luft.

»Hat er vielleicht … mal Briefe bekommen?«, fragte Möllenkamp. »Gab es Anschuldigungen oder Drohungen wegen seiner Vergangenheit?«

Nur in Gedanken spann er weiter: Zum Beispiel von Angehörigen der ermordeten Juden, die Ihr Mann und Vater auf dem Gewissen hatte? Oder vielleicht von den Kindern der Eltern, die beim Vormarsch der deutschen Truppen umgebracht worden waren? Da war Tadeus doch ganz vorne dabei gewesen, nicht wahr?

»Nein«, schüttelte Gretchen de Vries den Kopf.

»Doch, Mama«, widersprach Eva zu Möllenkamps Erstaunen. »Es hat immer mal wieder Briefe oder Anrufe gegeben. Jedenfalls früher. Seit einigen Jahren bekomme ich das nicht mehr so mit, weil ich nicht hier wohne. Aber Vater hat diese Nachrichten immer sofort vernichtet, die Briefe verbrannt, die Anrufe ignoriert.«

»Sie haben also keine Hinweise aufbewahrt, die uns weiterhelfen könnten?«

Nun schaute Eva ihre Mutter an. »Mutter, hat er in den letzten Jahren noch Briefe bekommen, die er aufbewahrt hat?«

Möllenkamp hatte sich schon so auf das Kopfschütteln und Schulterzucken eingerichtet, dass er fast euphorisch wurde, als Frau de Vries antwortete.

»Wenn es etwas gab, dann war es bei den Unterlagen in seinem Arbeitszimmer. Und die haben Ihre Kollegen schon alle durchgesehen. Mir hat er die Briefe nie gezeigt.«

Also doch!

»Frau de Vries, dürfte ich mich im Arbeitszimmer Ihres Mannes noch einmal umsehen? Manchmal passiert es ja, dass man beim ersten Mal etwas übersieht.«

Eva führte ihn ins Arbeitszimmer. An den Wänden standen Regale voller Aktenordner. Die meisten zeugten von dem bürokratischen Aufwand, den man treiben musste, um Getreideanbau unter den Bedingungen der Europäischen Union zu betreiben. Doch sie endeten Anfang der neunziger Jahre, als de Vries aufgehört hatte, seinen Hof zu bewirtschaften. Andere Bauern übergaben ihren Hof im Alter an die eigenen Kinder oder verkauften ihn und bauten sich in Bunde oder anderswo ein Einfamilienhaus, um ihren Ruhestand dort zu verbringen. Was mochte es Tadeus de Vries bedeutet haben, dass keines seiner Kinder in der Nähe war und den Hof, der sich seit Generationen im Familienbesitz befand, weiterführte? Warum hatte er nicht den Hof verkauft oder verpachtet und war mit seiner Frau ins nächstgelegene Dorf oder in die Stadt gezogen, um dort den Ruhestand wesentlich komfortabler zu verbringen?

Stattdessen war er in seinem großen Haus mit den riesigen Scheunen geblieben. Unfähig vielleicht, sich von der Vergangenheit einer Familie zu trennen, die auf dem Polder einmal etwas bedeutet hatte.

Es gab Aktenordner zu Landverkäufen, zu Windparkinvestitionen und zum Emssperrwerk. Alle diese Ordner rührte Möllenkamp nicht an. Er war sicher, dass seine Kollegen sie gründlich durchgesehen hatten. Er wusste weder, was er suchte, noch wo er es finden sollte.

»Würden Sie mich vielleicht einen Moment allein lassen?«, wandte er sich an Eva. »Ich verspreche auch, dass ich nichts mitnehme, ohne Sie zu fragen.«

Die Frau nickte, drehte sich wortlos um und verließ das Zimmer.

Möllenkamp ließ seine Blicke durch den Raum gleiten. An den holzgetäfelten Wänden hingen Hirschgeweihe. Ganz oben auf den Regalen standen ausgestopfte Tiere: ein Fasan, ein Feldhase, ein Bussard – sogar ein Murmeltier starrte ihn ausdruckslos an. Wo immer er das geschossen haben mochte, es war ganz sicher nicht im Rheiderland gewesen.

Langsam und konzentriert ging er im Raum umher. Er untersuchte die Holzvertäfelung, als hoffte er, auf eine Geheimtür zu stoßen, die es natürlich nicht gab. Er tastete mit der Hand hinter den Aktenordnern, als könnte er dort auf eine zweite Reihe mit Geheimdokumenten stoßen. Auch das natürlich vergeblich. Er schaute in die Schreibtischschubladen und ließ die Hand unter der Platte herumwandern. Der älteste Trick der Kriminalgeschichte. Er musste selbst ein wenig grinsen. Schließlich stand er ratlos herum und wusste nicht weiter. Vielleicht war hier doch nichts mehr zu finden.

Er ließ sich seufzend in den schwarzen Leder-Chefsessel fallen, der vor dem Schreibtisch stand. Der Sessel war unbequemer, als er aussah. Er rutschte ein wenig darauf herum und fühlte sich wie die Prinzessin auf der Erbse. Möllenkamp stand auf und betastete die Leder-Polsterung. Das Sitzkissen war lose in eine Holzverschalung eingelegt. Er konnte es leicht anheben. Darunter lag ein brauner Umschlag. Nicht zugeklebt. Er öffnete ihn hastig. Darin war ein mehrseitiger Computerausdruck mit dem Titel »Der Schlächter von Den Haag«, außerdem Kontoauszüge und ein Foto. Es war das gleiche Foto wie auf der Kommode von Mentko de Vries!

Jetzt hatte er endlich die Gelegenheit, das Bild genauer unter die Lupe zu nehmen. Es zeigte Tadeus de Vries, seinen Bruder und einen ihm unbekannten jungen Mann. Tadeus stand in der Mitte und war eindeutig der Ranghöchste von den Dreien. Es waren nicht allein die drei Quadrate auf dem Kragenspiegel und die zwei Streifen mit Eichenlaub auf dem Ärmel, die bei den anderen beiden Männern fehlten, sondern auch die Größe und die selbstbewusste Haltung, die das Alphatier markierten. Alle drei trugen Schirmmützen mit einem Reichsadler und einem Totenkopf.

Sprachlos ließ Möllenkamp die Hände sinken. Das gab es doch nur im Film, dass man in solchen Verstecken auf die entscheidenden Dokumente stieß. Wobei er freilich noch nicht wusste, ob es sich hier um die entscheidenden Dokumente handelte.

»Brauchen Sie noch lange? Meine Mutter muss nämlich zum Arzt.«

Evas Stimme in der Tür ließ ihn zusammenzucken wie einen ertappten Einbrecher. Doch er fasste sich wieder und hielt ihr die Fundstücke unter die Nase.

»Diese Unterlagen habe ich unter der Polsterung des Bürostuhls gefunden. Können Sie mir dazu vielleicht etwas sagen?«

Eva blickte nur kurz auf die Dokumente und sagte: »Nein. Damit kann ich nichts anfangen. Da müssen Sie schon meine Mutter fragen.« Auch den dritten Mann in SS-Uniform neben Mentko und Tadeus konnte sie nicht identifizieren.

Gretchen de Vries fragte er nur noch pro forma. Sehr mit sich und seiner Ausbeute zufrieden, zog Möllenkamp davon, nicht ohne vorher anzukündigen, dass er sich wegen möglicher Fragen wieder melden würde.

Im Auto checkte er sein Handy. Die Dienststelle hatte versucht, ihn zu erreichen, aber er hatte nichts gehört. Kein Wunder bei dem schlechten Empfang hier draußen. Er beschloss, rasch nach Leer zurückzufahren.

***

In der Inspektion erfuhr Möllenkamp, dass Anja Hinrichs und Winfried Bleeker ins Rheiderland gefahren waren, weil sich dort »der Bruder vom alten de Vries erhängt« hatte, wie Edda Sieverts ihn lapidar wissenließ. Kurz überlegte Möllenkamp, ob er hinfahren sollte. Aber vermutlich war Mentko de Vries ohnehin schon auf dem Transport in die Gerichtsmedizin. Im Vertrauen darauf, dass Bleeker und Hinrichs die Lage im Griff haben würden, zog sich Möllenkamp in sein Büro zurück und begann, die mitgebrachten Unterlagen zu studieren.

Das Foto legte er zunächst rechts oben auf seinen Schreibtisch. Momentan kam er ohnehin nicht mit der Identifizierung des dritten Mannes voran. Aber vielleicht gaben ja die anderen Dokumente Aufschlüsse, die ihn weiterbrachten.

Die Kontoauszüge waren zwanzig Jahre alt. Sie gehörten zu einem Konto der Hamburger Volksbank auf den Namen Tadeus de Vries. Das Konto war am 1. August 1979 eröffnet worden, und die Auszüge zeigten die Kontobewegungen von August bis Oktober. Weitere Auszüge gab es nicht. Die vorhandenen Blätter wiesen nur wenige Kontobewegungen auf: In den drei Monaten war drei Mal ein Eingang von jeweils 10.000 DM verbucht worden, von einem Konto der Kreissparkasse Leer, das ebenfalls Tadeus de Vries gehörte. Dem entsprach ein Ausgang in derselben Höhe immer kurz danach. Empfänger des Geldes war ein gewisser de Boer, der ebenfalls ein Konto bei der Kreissparkasse Leer besaß. Als Verwendungszweck war jeweils »Pacht Emden« angegeben. Möllenkamp lehnte sich zurück. De Boer. Das war der Nachbar. Wofür hatte er das Geld bekommen? Hatte de Vries tatsächlich etwas in Emden gepachtet? Land? Für so viel Geld? Nur für drei Monate? Oder war an der Missbrauchsgeschichte mit der Tochter doch etwas dran und das Konto bei der Hamburger Volksbank diente nur der Verschleierung der Schweigegeldzahlungen?

Möllenkamp überlegte: Dies war ein Geschäft, das de Vries so diskret wie möglich hatte abwickeln wollen. Darum hatte er das Konto bei einer entlegenen Bank eröffnet. Wenn er daran dachte, was seine Schwiegermutter so alles über die Vermögensverhältnisse in Ihrhove wusste, weil seine Schwägerin Christiane bei der Landwirtschaftlichen Genossenschaftsbank arbeitete, dann wunderte ihn der Aufwand nicht, den der Ermordete betrieben hatte. Jakobus de Boer würde definitiv noch einmal Besuch von der Polizei bekommen.

Möllenkamp nahm sich das Dossier vor. »Der Schlächter von Den Haag« war ein Titel, der wenig Gutes verhieß. Er blätterte darin herum. Da hatte sich jemand die Mühe gemacht, ein 50-seitiges Dokument über Tadeus de Vries anzulegen, jemand, der offenbar viel Zeit in die Recherche gesteckt hatte und diese Unterlagen auch anderen zur Verfügung stellen wollte. So, wie die Fakten, Episoden und Berichte zusammengetragen waren, war jedenfalls keine andere Schlussfolgerung möglich, als dass der Bericht ein Publikum erreichen sollte.

Er begann zu lesen. Die Ausführungen waren fesselnd und zugleich sehr bedrückend. Sie entfalteten das Bild eines Menschen, der durch und durch böse war – ein Begriff, den Möllenkamp wegen seiner fast religiösen Unbedingtheit sonst vermied, zu dem ihm aber jetzt keine passende Alternative einfiel. Tadeus de Vries war bereits 1933, direkt nach dem Abitur, der NSDAP beigetreten. In der Zeit vor Beginn seines Studiums hatte er auf dem elterlichen Hof gearbeitet, den er später als der älteste Sohn einmal übernehmen sollte. Außerdem engagierte er sich bereits in der Partei. 1934 nahm de Vries an der Berliner Landwirtschaftlichen Hochschule ein Studium der Agrarwissenschaften auf. Hier fand er Anschluss an politisch gleich gesinnte Studenten und Professoren. Die Politik schien ihn zunehmend mehr zu interessieren als der elterliche Hof: 1935 trat er in die SS ein. Nach Beendigung seines Studiums 1937 kehrte er nicht nach Ostfriesland zurück, sondern bewarb sich beim Sicherheitsdienst (SD) als Kriminalkommissaranwärter.

Möllenkamp kaute auf seiner Unterlippe herum. Er wunderte sich ein bisschen. Er selbst hatte die Entscheidung, zur Kripo zu gehen, nie bereut, auch wenn die ersten Jahre hart gewesen waren. Allerdings hatte zu Hause in Osnabrück auch kein großer Hof mit einem Haufen Personal auf ihn gewartet, den er einfach nur hätte übernehmen müssen.

De Vries machte rasch Karriere: Kurz nach Kriegsbeginn am 1. September 1939 wurde er zum Kriminalkommissar befördert. Die ersten Kriegsjahre verbrachte er in der SD-Leitstelle Bremen. Irgendwann in dieser Zeit musste er wohl seine Frau Gretchen kennen gelernt haben. Sie entstammte ebenfalls einem Rheiderländer Bauerngeschlecht und war zweifellos damals eine gute Partie. (Selbst den Familienverhältnissen der Frau hatte der Autor eine kurze Exkursion gewidmet.) Bereits 1940 heirateten die beiden, wenige Monate später kam der älteste Sohn zur Welt, den sie Adolf nannten. Die weiteren drei Kinder folgten beinahe in Jahresschritten, sodass die Familie de Vries bis Kriegsende auf sechs Personen angewachsen war.

Im Juni 1941 wurde de Vries zur Vorbereitung auf seinen bevorstehenden Einsatz in der Sowjetunion in die Polizeischule nach Pretzsch an der Elbe abgestellt. Inzwischen zum SS-Obersturmführer befördert – was dem Rang eines Oberleutnants entsprach –, wurde de Vries zum Führer eines Teilkommandos des Einsatzkommandos 8 ernannt. Dieses Einsatzkommando gehörte zur Einsatzgruppe B der Sicherheitspolizei und des Sicherheitsdienstes, die im Gebiet der Heeresgruppe Mitte über Minsk und Smolensk nach Moskau vorrückte. Die Einsatzgruppe B hatte die Aufgabe, im Rücken der Front politische Funktionsträger zu verhaften, Aktenmaterial sicherzustellen, Lageberichte zu erstellen und die provisorische Aufstellung einer einheimischen Lokalverwaltung in den besetzten Gebieten zu überwachen.

Hier hatte der Autor der Biografie erste Belege für die Beteiligung von de Vries an Kriegsverbrechen und Grausamkeiten gefunden. Das Teilkommando, das de Vries leitete, hatte sich nämlich keineswegs auf die oben beschriebenen Aufgaben beschränkt. Vielmehr waren de Vries und seine kaum zwei Dutzend Männer unter anderem am Massaker von Minsk beteiligt. Die Stadt war nur eine Woche nach dem deutschen Überfall auf die Sowjetunion eingenommen worden. Wehrmachtstruppen hatten die 40.000 männlichen Einwohner der Stadt zwischen 16 und 50 Jahren sowie bis zu 100.000 Kriegsgefangene in einem Lager in der Nähe der Stadt interniert. In sengender Hitze vegetierten sie dort auf freiem Feld wochenlang unter unbeschreiblichen Bedingungen dahin, oft tagelang ohne jede Verpflegung.

Die Einsatzgruppe B erhielt den Auftrag, die Insassen des Lagers zu überprüfen. So wurde auch de Vries dorthin beordert. Seine Einsatzgruppe erschoss im Lager bei Minsk wochenlang jeden Tag etwa 200 Menschen. Die Opfer waren Zivilisten, die in der Naziideologie als Juden, als »rassisch minderwertig«, als bolschewistische Agenten oder als Kriminelle diskriminiert wurden. Immer wieder holten Mitglieder des Einsatzkommandos Männer ab und erschossen sie in einem nahegelegenen Graben, der für den Bau einer Wasserleitung angelegt worden war. Ein Bataillonsadjutant der Infanterieeinheit schrieb seinem Bruder: »Ich sprach heute mit einem jungen Bauernsohn, der einem SD-Kommando vorsteht. Der Friese – so heißt er wirklich – erzählte mir, wie er mit seiner Truppe, alles sehr aufrechte, deutsche Kameraden, wenige Tage zuvor in Białystok 1000 Juden in der Synagoge verbrannt hatte. Er sagte, das wäre eine viel bessere Methode als unser Vorgehen hier in Minsk. Wir würden wertvolle Kriegsmunition an rassisch völlig untragbare Elemente verschwenden. Mir war nicht ganz wohl, wie er es sagte. Aber in der Sache hat er Recht.«

Schon Anfang 1942 war Tadeus de Vries von der Ostfront abgezogen und in eine Außenstelle des Reichssicherheitshauptamtes nach Groningen versetzt worden. Er leitete dort zunächst ein Referat und wurde schon 1943 nach Den Haag in die Schaltzentrale des Befehlshabers der Sicherheitspolizei und des Sicherheitsdienstes Dr. Wilhelm Harster berufen. Er gehörte zu den Organisatoren der Deportation der niederländischen Juden und war an der brutalen Unterdrückung des wachsenden holländischen Widerstands gegen die Besatzung beteiligt. Der Verfasser des Dossiers unterfütterte seine Ausführungen nicht nur mit archivalischen Belegen, sondern hatte offenbar auch Zeitzeugen aufgetrieben, die persönlich unter de Vries' sadistischen Neigungen gelitten hatten. Dass Tadeus de Vries es bis Kriegsende zum SS-Hauptsturmführer gebracht hatte, machte es leichter, ihm einzelne Verbrechen zuzurechnen.

Möllenkamp las mit stockendem Atem die Berichte von Opfern: »Meine Schwester ist 1941 in Den Haag geboren. Als sie drei Jahre alt war und ich fünf hatten wir unser erstes schreckliches Erlebnis mit den Nazis. Wir waren zusammen mit Mutter in der Innenstadt unterwegs. Da erblickte Mutter plötzlich unsere Tante auf der anderen Straßenseite. Beide mussten zu der Zeit den gelben Stern tragen und wurden von den Nazis als Freiwild angesehen. Tante Jantine wechselte die Straßenseite um Mutter zu begrüßen. Zwei SS-Männer beobachteten die Szene. Plötzlich zog einer seine

Pistole und erschoss Tante Jantine. Blutüberströmt fiel sie in die Arme unserer Mutter und starb. Meine kleine Schwester lief unter Schock schreiend auf die Straße. Der SS-Verbrecher zog abermals seine Pistole und richtete sie auf das tapsig umherstolpernde Kind. Der zweite SS-Mann konnte ihn von seinem Vorhaben abbringen. Beide SS-Leute zogen lachend weiter, als wäre nichts geschehen. Derjenige, der Tante Jantine erschossen hat, war, wie meine Mutter mir später erzählt hat, SS-Hauptsturmführer de Vries.«

Als die Briten Mitte April 1945 in die Niederlande vorstießen, war Tadeus de Vries bereits spurlos verschwunden. Er hatte wohl damit gerechnet, dass man ihn nicht besonders zimperlich behandeln würde. Offenbar war es ihm gelungen, sich eine neue Identität zu verschaffen. Nicht einmal der akribische Rechercheur der vorliegenden Biografie hatte herausbekommen können, wo sich de Vries in den nächsten Monaten aufgehalten hatte und auf welchen Wegen er wieder ins Rheiderland gelangt war. Dort tauchte er im Spätsommer 1945 auf, und wurde dann doch noch von den Briten festgesetzt und interniert. Bereits nach wenigen Monaten kam er frei. Irgendwie war es ihm gelungen, seine Biografie zu frisieren und an Persilscheine zu gelangen, die ihm bescheinigten, dass er trotz seiner unbestreitbaren SS-Zugehörigkeit Menschen gerettet und sich für die Humanität eingesetzt hatte. Kaum zu glauben, dass seitens der Besatzungsmacht und der Entnazifizierungskommissionen niemand weit genug in seine Biografie eingedrungen war – oder hatte eindringen wollen –, um seine Verbrechen aufzudecken.

Nur wenig Raum widmete der Verfasser des Dossiers Tadeus de Vries' jüngerem Bruder Mentko. Dieser hatte nicht studiert, sondern war bis Kriegsbeginn in Ostfriesland geblieben. Er war jedoch bereits kurz nach seinem Bruder ebenfalls der SS beigetreten. Zum Kriegseinsatz hatte er sich freiwillig gemeldet. Nach dem deutschen Überfall auf die Sowjetunion hatte Tadeus de Vries es offenbar geschafft, seinen Bruder in sein Teilkommando in der Einsatzgruppe B zu holen. Während Tadeus jedoch der Hölle im Osten schon bald entronnen war und in die Niederlande versetzt wurde, verblieb sein Bruder an der Ostfront. Weitere Details waren im Dossier nicht ausgeführt, allerdings wusste Möllenkamp ja bereits aus der Befragung von Mentko de Vries, dass der das deutlich schlechtere Los gezogen hatte.

Möllenkamp nahm das Foto zur Hand, das er vorhin auf eine Ecke des Schreibtisches gelegt hatte. Wer war der dritte Mann auf dem Foto? Hatte er etwas mit dem Mord zu tun? Allerdings ließ das Dossier überhaupt keine Schlüsse auf den möglichen Täter zu. Oder zu viele, ganz wie man wollte. Denn auch hier zeigte sich, dass die Zahl der Menschen, die Tadeus de Vries vermutlich die Pest an den Hals wünschten, mit jeder Information, die die Polizei über ihn hinzugewann, anwuchs. Möllenkamp seufzte, legte das Foto erneut zur Seite und machte sich daran, auch noch den Rest der Ausführungen durchzugehen.

Das Dossier endete mit einem Bibelspruch aus Hesekiel 7, Vers 9: »Mein Auge soll dich nicht verschonen, und ich will mich nicht erbarmen, sondern dir vergelten nach deinen Wegen, und deine Gräuel werden in deiner Mitte sein; und so sollt ihr erkennen, dass ich, der Herr, es bin, der die Schläge austeilt.«

Möllenkamp ließ sich gegen die Rückenlehne seines Stuhls

zurückfallen. Ein kleiner Schauer lief ihm über den Rücken. Entweder der Verfasser dieser Abhandlung war ein sehr gläubiger Mensch und hatte de Vries auf das unweigerlich anstehende Jüngste Gericht hinweisen wollen – oder er hielt sich selbst für den »Herrn«, der autorisiert war, die Schläge auszuteilen.

Was sagte das Dossier über seinen anonymen Verfasser aus? Das gesamte Dokument war brisant. Sein Autor hatte ungeheuer viel Recherchearbeit hineingesteckt. Obwohl es sachlich im Ton war, irritierte Möllenkamp das Bibelzitat am Ende. Nichtsdestotrotz waren alle Anklagen und Vorwürfe, soweit er sehen konnte, belegt und mit Hinweisen auf die Quellen versehen.

Möllenkamp bezweifelte, dass die meisten Rheiderländer über Tadeus de Vries alles wussten, was in dieser Ausarbeitung zusammengetragen war. Sicher, man kannte die Eckdaten seiner Karriere im Dritten Reich, aber so genau hatte man es nach dem Krieg ja auch meistens gar nicht wissen wollen. Sicher war auch, dass Tadeus de Vries sich keiner großen Beliebtheit unter denen erfreut hatte, die mit ihm zu tun gehabt hatten. Trotzdem war er im ländlichen Rheiderland wegen seines Vermögens und seiner Stellung eine anerkannte Person des öffentlichen Lebens gewesen. Wäre aber dieses Dossier bekanntgeworden, dann hätte das seinen gesellschaftlichen Ruf nachhaltig beschädigen können.

War das der einzige Zweck dieser Herkulesarbeit gewesen? Oder handelte es sich um eine Anklageschrift im Gewand einer historischen Untersuchung, die in Wahrheit nur die Sühne der Verbrechen eines gewissenlosen und sadistischen Mörders und Kriegsverbrechers vorbereiten sollte?

Und wie war das Dokument in die Hände des Ermordeten gelangt? Hatte man es ihm zugespielt? Oder hatte der Verfasser es ihm selbst zukommen lassen? Vielleicht sogar, um ihn zu erpressen: Schau mal, was ich über dich weiß – entweder du zahlst, oder ich sorge dafür, dass es bekannt wird. Hatte es ein heimliches Treffen gegeben? War diese Begegnung in einen Streit ausgeartet und aus dem Ruder gelaufen? War de Vries dabei niedergeschlagen worden?

Möllenkamp stützte den Kopf in die Hände. Er war verwirrt und auf einmal sehr müde. Er erinnerte sich an das, was Meikes Mutter über de Vries' Verbindungen zu diesem Hans Collring gesagt hatte, dem späteren Landrat, der auch in der SS gewesen war. Vermutlich hatten die beiden sich gekannt, aber die Abhandlung enthielt keinerlei Hinweise auf eine derartige Bekanntschaft und auch nicht darauf, dass Collring dem Ermordeten nach dem Krieg mit seinen Beziehungen geholfen haben könnte.

Es klopfte an der Tür. Johann Abram trat ein. Sein Grinsen schien arg verrutscht.

»Was ist denn mit dir passiert«, fragte Möllenkamp den Kollegen.

»Isch war beim Tschanartscht«, brachte Abram heraus.

»War's sehr schlimm?«

»Wurtschelbehandlung«, war die karge Antwort.

»Gut, dass du da bist.« Um Abram abzulenken, aber auch, weil er etwas Unterstützung beim Nachdenken brauchen konnte, breitete Möllenkamp sein neu erworbenes Wissen und auch seine Vermutungen vor dem Kollegen aus.

Der blätterte eine ganze Weile konzentriert und wortlos in dem Dossier herum. Dann sagte er: »Für misch kommt nur ein Verfascher für diesches Werk in Frage und dasch ischt Gottfried Schäfer«.

»Das denke ich auch. Schäfer hat Tadeus de Vries gehasst. Er ihn Nazischwein genannt. Und er ist ein religiöser Fanatiker. Alles passt zusammen. Komm Johann, den holen wir uns jetzt mal her.«

Und er stürmte aus der Tür, während Kollege Abram ihm mit schmerzverzerrtem Gesicht auf dem Fuße folgte.

Kurze Zeit später saß Möllenkamp triumphierend am Steuer des Dienstwagens mit dem Gefühl eines »inneren Reichsparteitages«, wie seine Mutter sagen würde. Irgendwie passte der Begriff ja auch zu der gesamten Thematik, dachte er. Endlich fügte sich alles zusammen. Wie hatte es ihn gewurmt, dass sie bei ihrem ersten Besuch aus diesem komischen Kauz nichts herausbekommen hatten, obwohl doch mit Gottfried Schäfer offensichtlich etwas nicht stimmte. »Herrenmensch« hatte er gesagt. Der hatte eine ganz persönliche Rechnung mit dem Mordopfer offen gehabt.

Als Möllenkamp und Abram nach etwa einer halben Stunde in Charlottenpolder ankamen, brauchten sie nicht erst auszusteigen, um zu wissen, dass sie sich vergeblich bemüht hatten: Ihr Verdächtiger war nicht zu Hause. Alles war verrammelt und verriegelt.

Um dennoch einen Vorwand zu haben, das Grundstück auch ohne Erlaubnis zu betreten, tat Möllenkamp so, als seien ihm die offensichtlichen Anzeichen für die Abwesenheit des Bewohners entgangen.

Unter schwachem Protest von Abram öffnete er die Pforte und ging zur Eingangstür, wo er einmal pro forma läutete, bevor er sich den Nebengebäuden zuwandte.

Im Schuppen fand er, was er zu finden gehofft hatte: frisches Holz, Werkzeug – und Teer.

Triumphierend wandte er sich zu Abram um, dessen Gesicht inzwischen wieder seine gewohnte Mimik angenommen hatte: »Jetzt haben wir ihn.«

Dass der Kollege ihm trotzdem immer noch ein schiefes Grinsen zeigte, hing weniger mit der Betäubungsspritze des Zahnarztes als vielmehr mit dem gleichsam körperlichen Schmerz zusammen, den das herumliegende Gerümpel auf dem Grundstück ihm verursachte. »Wasch willscht du tun? Wasch wir wischen, reicht immer noch nicht für eine Hauschdurchschuchung. Erscht wenn wir herauschbekommen haben, dasch er tatschächlisch der Verfascher desch Pamphletsch über de Vries ischt, können wir den Laden hier auf den Kopf schtellen.«

»Das ist wahr. Aber einstweilen nehmen wir schon einmal ein paar kleine Proben mit und geben sie in die KT. Das wäre doch gelacht, wenn das nicht dieselben Bretter sind wie am Sarg.«

Ungeachtet der Hinweise Abrams, dass sie mit der Entwendung von Holz, Teer und Nägeln aus Gottfried Schäfers Beständen ihre Kompetenzen weit überschritten, legte Möllenkamp die Proben grimmig in den Kofferraum und schwor sich, dass er heute endlich einen entscheidenden Schritt in diesem undankbaren Fall weiterkommen würde.

***

Er war inzwischen beim vierten Bier angelangt. Seine Frustration hatte das nicht gemindert. Ihm gegenüber im Sessel verschwammen die Konturen von Meike. Eigentlich mochte er das.

Nur noch ein schwarzer Umriss, auf dem ein goldener Kopf saß. Dieser Kopf war jetzt ein wenig schiefgelegt und sah ihn kritisch an.

»Irgendwie ist mir das alles noch nicht ganz klar: Du hast diesen Schäfer im Verdacht, dass er der Verfasser der Untersuchung über den Ermordeten sein könnte. Du fährst hin, und er ist nicht zu Hause. Du gibst eine Fahndung raus.«

Möllenkamp schüttelte den Kopf.

»Okay, du gibst keine Fahndung raus. Warum nicht?«

»Für eine Fahndung reicht es noch nicht. Dazu kommt, dass Wilfried Bleeker und Anja Hinrichs heute in Bunderhee Mentko de Vries in einem alten Haus vom Balken schneiden mussten.«

»Wer ist das?«

»Der Bruder des Ermordeten.«

»Selbstmord oder Mord?«

»Sieht nach Selbstmord aus.«

»Und jetzt glaubst du, dass es der Bruder war?«

Möllenkamp hob die Schultern und die Augenbrauchen hoch und rülpste.

Meike schaute ihn missbilligend an. Er wusste, dass sie es nicht mochte, wenn er sich aus Frustration betrank. Wenn er auf die Härten seines Berufs verwies, konterte sie, sie könne sich schließlich auch nicht jeden Abend volllaufen lassen, weil ihre Schüler kein Latein lernen wollten.

Jetzt verlegte sie sich auf eine knappe, geschäftsmäßige Befragung.

»Was spricht denn für den einen als Täter, und was für den anderen?«

»Für beide spricht, dass sie das Opfer gehasst haben.«

»Alibi?«

»Nein.« Stephan Möllenkamp nahm einen Schluck aus der Flasche. Dann hielt er inne und brummelte etwas.

»Was hast du gesagt«, fragte Meike leicht genervt.

»Na ja, ob der Schäfer kein Alibi hatte, wissen wir nicht genau.«

»Wieso nicht?«

»Weil er behauptet, dass er im Internet gesurft hat. Wir lassen das gerade prüfen. Aber du kennst ja die Telekom …«

»Aber das ist kein richtiges Alibi.«

»Stimmt.«

»Also, was glaubst du?«

»Keine Ahnung.« Er stieß wieder auf.

Meike hatte jetzt genug. Sie stand auf.

»Ich helfe dir gern beim Denken. Aber wenn du dasitzt und dir jedes Wort aus der Nase ziehen lässt, macht es keinen Spaß. Ich gehe jetzt ins Bett, muss morgen früh raus. Und noch was: Mach nicht alles nur über den Kopf. Manchmal hilft auch das Bauchgefühl.«

Möllenkamp sah der Silhouette nach, die mit energischen Schritten den Raum verließ. Kurz darauf hörte er sie die Treppe hochgehen. Na toll. Da hatte der Tag ja auch noch ein grandioses Ende genommen. Er überlegte, ob er sich jetzt, da er unbeobachtet war, noch ein Bier holen sollte, ließ es aber bleiben.

Während er sich seufzend erhob und die Treppe hinauf trottete, dachte er über die Sache mit dem Bauchgefühl nach. Was sagte sein Bauchgefühl, wenn er sich Mentko de Vries als Mörder seines Bruders vorstellte? Nichts. Und was sagte sein Bauchgefühl, wenn er an den kauzigen Gottfried

Schäfer dachte, der Tadeus de Vries niederschlug und in eine Holzkiste steckte? Auch nichts. Er würde sich wohl doch auf solide Ermittlungsarbeit und Beweise verlassen müssen.

Er kroch zu seiner Frau ins Bett und versuchte, so nahe an sie heranzukommen, dass er sie nicht störte, aber dennoch ein Stückchen ihrer Haut berühren konnte. Als ihm das gelungen war, schlief er ein.

Herbst 1955, Moordorf bei Aurich

Frischer Wind bläst ihm ins Gesicht, während er auf dem Lastwagen durchgeschüttelt wird, bis ihm alle Knochen wehtun. Seine mageren Arme und Beine sind über und über mit blauen und grünen Flecken übersät. Auf dem Fußballplatz ist es wieder einmal hart zugegangen. Es geht immer hart zu. Die Jungs aus den gegnerischen Mannschaften hassen die Moordorfer. Heute hat seine Mannschaft gegen Aurich gespielt, und es war wie immer: »Asoziale!«, »Kommunisten!«, »Zigeuner!« haben sie gerufen. Und nach dem Spiel haben sie sich geprügelt.

Jetzt sitzt er auf der nackten Ladefläche von Meyers LKW, der sie immer zu den Spielen bringt, und grinst. Die Jungs haben ihn inzwischen akzeptiert. Die, die ihn an seinem ersten Tag verprügelt haben, spielen auch in der Fußballmannschaft. Aber er ist schneller und ausdauernder als sie. Dafür respektieren sie ihn.

Gemeinsam halten die Moordorfer zusammen gegen den Rest der Welt. Für die Beschimpfungen auf dem Fußballplatz haben sie den Aurichern heute mal wieder die Reifen am Bus zerstochen.

»Der Schiri mochte uns nicht leiden.«

»Ja, der hätte das Tor von dem Nazi Enno Jansen nicht geben dürfen.«

»Darum muss er jetzt sein Rad nach Hause schieben.«

Gelächter. Irgendjemand hat ein paar Flaschen Bier aufgetrieben. Sie stoßen an und trinken.

»Herbert, was machen die Schiffe? Is' schon eins abgesoffen?«

»Nee, aber ich arbeite dran.«

Er hat eine Lehrstelle in Emden auf der Werft bekommen. Er ist ein Glückspilz. Längst nicht alle Jungs haben eine Stelle. Viele verdienen ihr Geld immer noch als Tagelöhner und Arbeiter bei Bauern. Das hat er auch zuerst getan. Er hat Theo geholfen, seine Bürsten und Besen an den Mann zu bringen. Als Hausierer ist er monatelang durch die Nachbardörfer gezogen, wo man ihm selten etwas abgekauft, ihn dafür häufiger beschimpft und davongejagt hat. Irgendwann hat er Theo gebeten, in die Lehre gehen zu dürfen. Der hat ihn lange angesehen. Er braucht seine Arbeitskraft, darum hat er ihn ja bei sich aufgenommen. In Moordorf nimmt man keine Kinder aus reiner Nächstenliebe auf. Schließlich hat er geseufzt und ist fortgegangen. Am nächsten Tag hat er ihm gesagt, er soll nach Emden zu den Nordseewerken gehen.

Eigentlich nehme er keine Lehrlinge aus Moordorf, hat der Chef gesagt. Die tränken alle und taugten nicht zur Arbeit. Er hat ihn taxiert wie einen Zuchtbullen. Nun gut, er sehe nicht wie Ausschusserbmasse aus. Außerdem hätte er schon mal Ostpreußen auf der Werft gehabt. Die wären genügsam und fleißig. Er solle am nächsten Tag anfangen.

Ausschusserbmasse. Die Meinungen über Moordorf sind immer dieselben, sie haben eine lange Geschichte. Dass das Dorf eine Sträflingskolonie gewesen sei, dass dort Zigeuner gehaust hätten, dass man sich vor den Säufern und Tagedieben in Acht nehmen müsse. Darüber wissen die Leute rund um Moordorf lange Geschichten zu erzählen. Dann kam die Zeit, in der aus den Zigeunern und Kriminellen »erbbiologisch Minderwertige« wurden. Wissenschaftler vermaßen Schädel, Moordorfer verschwanden und tauchten nicht wieder auf. Bauern teilten den

Ort mit Blick auf den Endsieg und die erwartete Aussiedlung der minderwertigen Bevölkerung in die eroberten Ostgebiete schon einmal unter sich auf.

Über dieser Vergangenheit liegt heute ein lautes Schweigen.

Es ist, als hätten die Nachbarn den Moordorfern diese Zeit nicht verziehen.

Er hat beschlossen, sich um all das nicht zu kümmern. Er kommt aus Ostpreußen, er ist nirgendwo zu Hause. Er gehört nicht dazu. Er ist wie ein Blatt, das im Herbst vom Baum fällt. Der Wind weht es hierhin und dorthin. Irgendwo bleibt es liegen. Und wenn es regnet und jemand es festtritt, dann bleibt das Blatt genau an diesem Ort. Aber deshalb wird es noch längst nicht Teil der Straße. Vielleicht hätte er es mit Marion schaffen können. Sie war fest entschlossen, eines Tages dazuzugehören.

Teil der Straße. Er muss über dieses schiefe Bild grinsen.

»Eh, was grinst du so blöde? Hier, nimm einen Schluck und sing mit.« Die Jungs stimmen die Internationale an und irgendjemand hält ihm eine Flasche Bier hin.

Er nimmt das Bier und singt mit. Er denkt an Hannah. Er kennt sie seit ein paar Wochen. Sie wohnt in Victorbur und muss wie er jeden Tag mit dem Bus nach Emden fahren. Sie zur Hauswirtschaftsschule, er zur Werft. Ihre blonden Haare sind kinnlang, sie trägt ein Haarband, und er möchte immerzu dieses Haar anfassen. Manchmal sitzen sie nebeneinander und unterhalten sich. Aber er kann gar nicht gut zuhören, weil er immer auf ihre Haare sehen muss. Er möchte sie so gern fragen, ob sie einmal mit ihm ausgeht. Aber er kommt aus Moordorf. Ihre Eltern werden es nie erlauben.

Freitag, 5. November 1999

Hinterkötter war pünktlich, was Möllenkamp ein ungutes Gefühl verursachte. Es war heute genau eine Woche her, dass sie den ermordeten Tadeus de Vries draußen beim Sperrwerk gefunden hatten. Normalerweise klärten sich Mordfälle recht schnell auf. Nach einer Woche hatte man im Allgemeinen, wenn schon nicht den Täter, so doch wenigstens eine heiße Spur. Aber hier wurde die Lage mit jedem Tag verworrener.

Möllenkamps Gefühl trog ihn nicht: Thomas Hinterkötter war nicht ohne Grund so zeitig zur Morgenlage gekommen, obwohl er doch als Chef des Zentralen Kriminaldienstes angeblich so viel Arbeit auf dem Tisch und Verantwortung auf den Schultern hatte, dass er sich diese Zeit eigentlich kaum freischaufeln konnte. Sein Besuch diente offensichtlich dem Zweck, seiner Unzufriedenheit über den Stand der Ermittlungen Ausdruck zu verleihen. Tatsächlich ergriff er ohne Zögern das Wort, sobald alle Kollegen eingetroffen waren.

»Guten Morgen, liebe Kolleginnen und Kollegen. Heute kann ich leider nicht lange bleiben, weil ich noch ein Treffen mit dem Landrat habe. Daher möchte ich gleich zu Beginn sprechen. Sie haben jetzt eine Woche Ermittlungsarbeit im Fall de Vries hinter sich. Ich habe heute Morgen bereits mit Landrat Saathoff telefoniert, und wir waren uns darüber einig, dass wir mit dem Ergebnis der Ermittlungsarbeit dieser Woche nicht zufrieden sein können. Es gibt einen Haufen Spuren, die auf der Baustelle gefunden worden sind. Es gibt eine Reihe von Verdächtigen und mögliche Motive. Mit Landrat Saathoff bin ich der Meinung, dass der Täter und das Motiv sehr wahrscheinlich im Umkreis der Gegner des für unsere regionale Entwicklung so wichtigen Sperrwerksprojektes zu finden sind. Aber anstatt dieser offensichtlichen Spur mit gebündelten Kräften nachzugehen und im besten Falle einen Täter zu ermitteln, haben Sie uns im Laufe der letzten Woche praktisch täglich mit neuen Hypothesen konfrontiert. Mit Ihrer unsensiblen Ermittlungsarbeit und einer überflüssigen Hausdurchsuchung haben Sie den Bruder des Ermordeten möglicherweise so verstört, dass er sich umgebracht hat. Und es wird nur eine Frage der Zeit sein, Herr Kollege Möllenkamp, bis die Presse hier die Schuldfrage stellt. Ich schlage vor, dass Sie Ihre Bemühungen jetzt stärker auf diesen Herrn Schäfer konzentrieren. Notfalls schreiben Sie eben eine Fahndung aus. Landrat Saathoff und ich wissen nicht mehr, was wir der Presse erzählen sollen, die sich brennend für diesen Fall interessiert. Inzwischen schießen alle möglichen Spekulationen ins Kraut, und ich sage Ihnen: Wenn wir wegen dieser Spekulationen und Gerüchte auch noch die Witwe des Ermordeten von irgendeinem Balken schneiden müssen, dann kreist hier der Hammer. Für Montag werde ich eine Pressekonferenz ansetzen, und bis dahin erwarte ich Ergebnisse.«

Damit rauschte der Kriminalrat aus dem Raum.

Der erste, der seine Stimme wiederfand, war Wilfried Bleeker. Lässig auf einem Kaugummi kauend sagte er: »Respekt! Dafür hat er bestimmt lange geübt.« Und als er die betroffenen Gesichter seiner Kollegen sah: »Seid froh, dass Ihr nur diese Ansprache erleben durftet, und nicht den Einlauf, den unser Chef heute Morgen vom Landrat bekommen hat.«

Einige in der Runde lachten vorsichtig. Richtig Stimmung kam aber trotzdem nicht auf. Dafür war ihnen allen zu deutlich, dass sie nach einer Woche immer noch mit leeren Händen dastanden.

Möllenkamp, der sich ein bisschen wie ein Schuljunge vorkam und innerlich vor Wut schäumte, versuchte, seine Autorität wiederherzustellen, indem er entschlossen auftrat: »Nehmen wir die Worte unseres Chefs als Ansporn, diesen Fall jetzt möglichst schnell zu lösen. In der Tat deutet momentan einiges darauf hin, dass wir mit Gottfried Schäfer einen Verdächtigen haben, auf den wir uns stärker als bisher konzentrieren sollten.«

»Könnte der Selbstmord von de Vries' Bruder nicht auch ein Schuldeingeständnis sein«, fragte Anja.

»Das ist natürlich nicht ausgeschlossen«, stimmte Möllenkamp zu.

»Hätte er dann nicht vielleicht einen Abschiedsbrief hinterlassen und gesagt, dass er's war, damit wir nicht weitersuchen?«, fragte Edda Sieverts mit beeindruckender Naivität.

»Entwirf doch mal ein Handbuch für Mörder, damit sie uns die Arbeit ein wenig erleichtern«, giftete Anja Hinrichs. »Punkt 1 könnte lauten, dass der Mörder beim Opfer immer direkt Name und Anschrift hinterlassen sollte, damit wir keine Umstände haben.«

Edda Sieverts schwieg beleidigt.

»Schluss jetzt«, unterbrach Möllenkamp ungeduldig. »Das ist hier doch kein Kindergarten! Wir werden selbstverständlich weiterhin auch die Möglichkeit in Betracht ziehen, dass Mentko de Vries der Täter war.«

Als Leiter des Fachkommissariats fühlte er sich verpflichtet, dieses Machtwort zu sprechen, aber insgeheim hatte momentan nicht die Absicht, allzu viele personelle Ressourcen an diese Möglichkeit zu verschwenden. Er war sich sicher, dass es sich um eine Sackgasse handelte.

Unabhängig von dem unerfreulichen Auftritt seines Chefs hatte Möllenkamp bereits alles veranlasst, den verdächtigen Gottfried Schäfer möglichst schnell aufs Präsidium zu bringen und – sofern er nicht anzutreffen war – notfalls zur Fahndung auszuschreiben. Schließlich hatte der kauzige Bursche die Anweisung bekommen, sich für mögliche weitere Fragen zur Verfügung der Polizei zu halten. Er richtete sich auf ein Wochenende mit Vernehmungen ein und hoffte, dass sich die Frage, was er am Montag der Presse berichten sollte, von allein erledigen würde. Mit der Frage, ob jemand noch etwas vorzubringen habe, wollte er die Morgenlage eigentlich beschließen. Umso überraschter war er, als sich die Hand von Edda Sieverts hob. »Ich hätte da noch was«, sagte sie und trat nach vorne. »Ich möchte euch etwas präsentieren.«

Möllenkamp konnte sehen, wie sich Anjas Stirn bereits bewölkte. Aber weil man nie wissen konnte, mit welchen Geistesblitzen Edda Sieverts einen überraschte, ließ er sie gewähren. Zielstrebig marschierte sie zum Flipchart und nahm einen Stift in die Hand.

***

Es klopfte. Als die junge Auszubildende, die während der Dienstbesprechungen immer das Telefon hütete, die Tür zum Besprechungsraum öffnete, bot sich ihrem irritierten Blick ein ungewohntes Bild: Edda Sieverts stand, bebend vor Stolz und Erregung, vor einem mit Zahlen und Formeln vollgeschriebenen Flipchart, in der Mitte eine riesige »Vermögenspyramide«, die in den Dreiklang »Sparen, Investieren, Vermögen aufbauen« unterteilt war. Derweil starrte der Rest der Mannschaft mit einer Mischung aus ungläubigem Erstaunen und Fassungslosigkeit auf das Schauspiel, das sich dort bot. Einzig Wilfried Bleeker hatte nichts von seinem ironischen Grinsen verloren.

»Ihr fragt euch zu Recht: Was kann UFO, der »Unabhängige Finanzoptimierer«, was die anderen nicht können? Ich kann es euch sagen: Die acht Prozent Rendite, die ihr bei UFO kriegt, zahlt euch die Sparkasse nie. Der Gründer Oskar Kühne hat uns genau erklärt, wie er Millionär geworden ist – und wie wir es alle auch werden können. Er denkt nicht an seinen Profit, sondern will sein Erfolgsgeheimnis mit uns allen teilen.«

»Ähm, Edda …«, versuchte es Möllenkamp.

Noch bevor er sich die diplomatischen Worte, mit denen er Edda Sieverts' Ausführungen beenden wollte, zurechtgelegt hatte, fiel ihm Anja ins Wort: »Ich überlege gerade: Wenn wir dann alle Millionäre sind, von wem kommt das ganze Geld? Ich meine, irgendjemand muss es uns gegeben haben, oder? Will dieser Kühne denn sein eigenes Vermögen unters Volk bringen?«, fragte sie scheinbar naiv.

Edda leckte sich über die Lippen und schluckte. Die Frage hatte sie aus dem Konzept gebracht. Hilfesuchend drehte sie sich zur Tafel um und starrte auf die Formeln. »Nein, nein. Natürlich nicht. Er will uns nur helfen, auch das, äh, zu schaffen, also … was er geschafft hat …« Sie schluckte wieder. Plötzlich schien ihr etwas einzufallen. »Ach so, ja. Reichtum macht uns alle reicher. Der Kuchen wird größer. Wachstum zieht Wachstum nach sich. Es wird also niemand ärmer.« Ihre Stimme hatte jetzt wieder einen festen Ton angenommen.

»Sagen Sie mal, Frau Sieverts, die Veranstaltungen, auf denen Sie diese Weisheiten gelernt haben, kann man da eigentlich ganz umsonst hingehen?«, forschte Johann Abram nach.

»Umsonst ja, aber nicht gratis«, kicherte Bleeker unterdrückt.

»Ähm, äh … Also, da wird ein kleines Entgelt von fünfzig Mark verlangt. Das ist nur zur Deckung der Unkosten. Schließlich kostet der Raum auch Miete und die Einladungen und Flyer und alles …« Ihre Stimme klang jetzt wieder unsicher.

»Jetzt hab ich verstanden, wie der Mann Millionär geworden ist. Die Vortragsveranstaltung kann ich mir sparen«, sagte Abram sachlich. »Die Frage ist nur, ob die Sache vielleicht etwas für unsere Kollegen vom Betrug ist …«

»Mit der Dummheit von Menschen sein Geld zu verdienen, ist ja noch kein Betrug«, stellte Anja fest.

»Nein, nein. Ihr habt das nicht richtig verstanden!«, rief Edda Sieverts verzweifelt.

Möllenkamp reichte es jetzt. Er hatte eine Weile versucht, einen Nutzen in diesem Vortrag zu sehen und über die Vermögensbildung und -mehrung von Tadeus de Vries nachgedacht, aber schließlich war es ihm doch zu bunt geworden.

Er hatte inzwischen einen unheimlichen Appetit auf einen Schokoriegel, was immer der Fall war, wenn er unter Stress geriet. Und wenn er dieses unsägliche Schauspiel nicht bald beendete, dann würde er womöglich sogar zwei essen müssen, und das durfte er auf keinen Fall riskieren.

Da fiel sein Blick auf die vollkommen verwirrte Auszubildende, die seit geraumer Zeit immer noch an der Tür stand.

»Was gibt es denn?«, fragte er.

»Also, also … da hat eine Frau«, sie blickte auf den Zettel, den sie in der Hand hielt, »de Vries angerufen. Ihr ist noch etwas zu ihrem Vater eingefallen. Sie möchten bitte zurückrufen.«

***

Während die Mordkommission der Polizeiinspektion Leer sich in die Geheimnisse der Geldvermehrung einweisen ließ, hatte Gertrud Boekhoff bereits den ersten Teil ihres Tagespensums absolviert. Sie hatte noch einige Beiträge freier Mitarbeiter redigiert – alles Analphabeten! –, einem eigenen Beitrag den letzten Schliff gegeben, und nun war alles schon auf dem Weg in die Druckerei, um mittags druckfrisch an die Abonnenten verteilt zu werden. Ihre ausgedehnte Tagesfreizeit nutzte Gertrud zum Nachdenken. Die äußerst peinliche nächtliche Aktion in Gottfried Schäfers Garten hatte ihren Eifer nur kurzzeitig gebremst. Sie dachte gar nicht daran, sich aus den Ermittlungen herauszuhalten, wenn es eine vielversprechende Spur gab, die sie verfolgen konnte. Der Anruf ihrer Freundin Friederike und der tote Mentko de Vries hatten sie wieder mitten ins Geschehen hineinkatapultiert. Wie gut, dass es ihr gelungen war, das Foto verschwinden zu lassen. Zwar drohte ihr richtiger Ärger, wenn herauskäme, dass sie Beweismaterial unterschlagen hatte. Nicht zu vergleichen mit einer Nacht in der Ausnüchterungszelle der Weeneraner Polizeistation. Aber sie hatte gute Gründe dafür gehabt, das Foto an sich zu nehmen.

Nach wie vor war Gertrud Boekhoff überzeugt, dass Gottfried Schäfer der Mörder war. Aber warum eigentlich? In der Nacht hatte ihr das Foto von der Demonstration als Beleg genügt, aus dem ihr der Hass zwischen den beiden Männern förmlich entgegensprang. Aber das war wohl keine gerichtsfeste Beweisführung. Ihr fiel der Umschlag ein, der seit Monaten in der untersten Schublade ihres Schreibtisches in der Redaktion lag. Natürlich, der Umschlag von Gottfried Schäfer! Wie hatte sie den vergessen können?

Gertrud erhob sich und verließ das Haus, um noch einmal zur Zeitung zurückzukehren. In der Redaktion war es vorerst ziemlich ruhig geworden. Der magere Wessels saß vor seinem Computer und spielte »Moorhuhn«, ein neues Computerspiel, das offensichtlich süchtig machte, denn alle Welt redete von nichts anderem mehr.

»Gertrud, wat makst du hier um disse Tied«, fragte er erschrocken, als habe sie ihn bei etwas Verbotenem ertappt.

»Ik hebb wat vergeten«, gab sie zurück und ging zu ihrem Schreibtisch, wo sie nacheinander alle Schubladen aufzog. Irgendwo musste doch dieser Umschlag sein! Es dauerte gar nicht lange. In der untersten Schreibtischschublade fand sie eine braune DIN A4-Versandtasche, die den Absender Gottfried Schäfer trug. Darin befand sich das umfangreiche Konvolut, an das sie sich nun, da sie es in der Hand hatte, auch wieder genauer erinnerte. Sie zog es ganz aus dem Umschlag. Es trug den Titel: »Der Schlächter von den Haag«.

Sie erinnerte sich, dass der Umschlag vor einem halben Jahr in der Redaktion angekommen war. Er war an niemanden speziell adressiert gewesen, darum hatte ihn die Redaktionssekretärin geöffnet. Kurz darauf hatte sie in den Redaktionsräumen gestanden und ratlos ausgesehen: »Da hat einer was geschickt über Tadeus de Vries. Ich weiß nicht recht, was ich damit machen soll. Das ist was über'n Krieg und so. Will das einer von Euch haben?«

Bevor noch jemand etwas sagen konnte, hatte Gertrud sich schon gemeldet und ihr den Umschlag förmlich aus der Hand gerissen. Sie hatte nur den Absender und den Titel des Werkes gelesen und wusste, worum es sich drehte. Mehr musste sie nicht wissen. Der Umschlag verschwand in ihrer untersten Schreibtischschublade, und bald hatte sie ihn tatsächlich vergessen.

Nun aber würde sie sich wider Erwarten doch mit den Inhalten dieser Ausarbeitung beschäftigen. Aber nicht hier in den Redaktionsräumen. Am Ende wurde der dünne Wessels noch neugierig oder einer ihrer anderen Kollegen kam vorzeitig aus der Mittagspause zurück.

Gertrud beschloss, ihren Schatz wieder mit nach Hause zu nehmen.

»He, Gertrud, sach mal. Wie geht's dir denn?«

Die Stimme riss sie aus ihren Gedanken. Ihr Kollege Wessels hatte das Abschlachten von Trickhühnern kurzzeitig unterbrochen und stand nun mit hängenden Armen und ebensolchen Augenlidern vor ihr. Was hatte der denn für ein Problem? Wollte er etwa jetzt mit ihr über den Ausflug nach

Charlottenpolder reden, der natürlich schnell die Runde gemacht hatte?

»Wie soll's mir schon gehen«, gab sie kurz angebunden zurück. »Wie immer.«

Erschrocken wich er zurück. »Ich hab gehört, dass du'n Todesfall in der Familie hast.«

»Todesfall in der Familie? Ich? Wer sagt das denn?«

»Das war Freerk Pront, der Bunder Bürgermeister. Du hättest das selbst zu ihm gesagt«, verteidigte sich Wessels verzweifelt.

Da fiel es ihr wieder ein. »Ach so, das. Nee, das ist nicht so wichtig.« Während Wessels ihr verständnislos hinterherblickte, zog Gertrud unbeeindruckt mit ihrem Umschlag unter dem Arm von dannen.

***

Kurze Zeit später saß sie mit einer Tasse Kaffee in der Hand auf ihrem schäbigen Sofa, las und kaute auf ihrer Unterlippe. Als sie fertig war, starrte sie eine Weile versonnen aus dem Fenster in die fahle Novembersonne, die so schwach war, dass ihre Konturen mit dem Himmel verschwammen.

Dieser Gottfried Schäfer, den sie nur von der kurzen nächtlichen Begegnung in der Eingangstür seines Hauses kannte, musste sich mit dem Mordopfer mindestens über Monate intensiv beschäftigt haben. Das zeugte schon von Besessenheit, sofern man nicht zu den unmittelbaren Opfern eines solchen Mannes gehörte. Aber vielleicht war ja jemand aus der Familie von Gottfried Schäfer Opfer von Tadeus de Vries' dunklem Treiben während des Krieges geworden. Sie wusste einfach zu wenig über diesen Mann. Das musste sie ändern.

Gertrud dachte nach. Dann griff sie zum Telefonhörer und rief die Auskunft an. Sie ließ sich die Nummer der »Frankfurter Rundschau« geben. Jürgen Landvogt und sie hatten sich vor zwei Jahren auf einem Journalistenseminar kennengelernt. Um was es bei dem Seminar gegangen war, wusste sie nicht mehr. Irgendetwas, das mit effizienter Recherche zu tun hatte. Das war auch egal gewesen. Das Thema hatte sie beide nicht sonderlich interessiert. Ihnen war es um eine kleine Flucht aus dem Redaktionsalltag gegangen, und sie hätten sich notfalls auch für ein Seminar übers Äpfelschälen angemeldet, wie sie sich kichernd nach dem fünften abendlichen Bier eingestanden. Jedenfalls war es mit Landvogt ein lustiges Seminar geworden. Er war etwa zehn Jahre älter als sie. Mit dem Ende seines Studiums hatte er sich von der linken Szene verabschiedet, war seriös geworden und schließlich als Redakteur bei der »Frankfurter Rundschau« gelandet. Er konnte meisterhaft hessisch »babbeln« und Politiker imitieren. Wenn irgendjemand ihr etwas über Gottfried Schäfer erzählen konnte oder zumindest eine Idee hatte, die ihr weiterhalf, dann er.

»Landvogt.«

»Hallo Jürgen. Hier spricht Gertrud Boekhoff. Die vom Seminar über das Äpfelschälen. Erinnerst du dich?«

Er lachte dröhnend: »Wie sollte ich nicht? Seitdem ich zwei Tage lang Zigarettendrehen auf dem Schulhof geübt habe, habe ich nie wieder so viele wichtige Dinge in so kurzer Zeit gelernt. Wie geht es in »roaring Ostfriesland«? Wechseln sich bei Euch die Schlagzeilen über Nazi-Tattoos auf schwarzbunten Eutern und über einbetonierte Ehefrauen immer noch ab?«

»Logo. Bei uns ist mindestens genauso viel los wie in Frankfurt. Ihr glaubt, ihr habt es mit großer Politik, Korruption und Drogen zu tun und bei uns ist nix los. Aber da können wir locker mithalten! Mit Drogenschmuggel über die holländische Grenze verdienen sich die kleinen Jungs hier ihr Taschengeld. Und Korruption brauchen wir nicht, weil sowieso jeder mit jedem verschwägert ist und die Familienbande hervorragend funktionieren.«

Die Witzeleien gingen noch eine Weile hin und her. Schließlich fragte Landvogt: »Gertrud, du rufst doch bestimmt nicht nur an, um mich nach Ostfriesland abzuwerben, oder?«

»Ehrlich gesagt, nein. Wir haben hier gerade einen ziemlich gruseligen Mordfall gehabt, und einer der Hauptverdächtigen kommt aus Hessen …«

»Und da hast du gedacht, wo Hessen doch bloß sechs Millionen Einwohner hat, kennt der Jürgen den bestimmt«, warf Landvogt sarkastisch ein.

»Nun lass' mich doch ausreden! Der Verdächtige, von dem ich rede, ist ein fanatischer Umweltschützer und linker Aktivist, der auch im Kampf um die Startbahn West ganz vorn mit dabei gewesen sein soll. Später ist er nach Ostfriesland gegangen, um sich hier gegen den Bau des Emssperrwerkes zu engagieren. Es kursieren Gerüchte, dass er mit der RAF sympathisierte und sogar in einen politischen Mordfall verwickelt gewesen sein soll. Er heißt Gottfried Schäfer.«

Am anderen Ende der Leitung blieb es einen Moment still.

»Hat es dir die Sprache verschlagen?«, fragte Gertrud schließlich.

»Dann ist er also bei euch gelandet«, war die Antwort.

»Heißt das, du kennst ihn?«

»Wenn es der Gottfried Schäfer ist, den ich kenne, dann ist das so viele Jahre her, dass es schon gar nicht mehr wahr ist.«

»Was kannst du mir über ihn erzählen?«

»Na ja, wir haben uns im Hüttendorf kennengelernt.«

»Hüttendorf?«

»Startbahn West. Ich war schon als Jugendlicher bei der Bürgerinitiative Mörfelden. Ich kam aus dem Dorf. Du konntest damals ja nichts machen gegen die Politiker und gegen viele von den Spießern auch nicht. Wenn du dir nicht die Luft verpesten und den Garten verlärmen lassen wolltest, dann warst du gleich ein Vaterlandsverräter und gehörtest an die Wand gestellt. Das hat tatsächlich ein Nachbar mal zu mir gesagt. Also, da konnte man nur noch auf die Straße gehen – oder eben in den Wald. Ich war von Anfang an bei den Planungen für das Hüttendorf dabei. Die erste Hütte war eine Geheimaktion im Flörsheimer Wald. Ein Architekt aus Mörfelden hatte die Pläne für eine bewohnbare Hütte gemacht. Die Teile wurden von Handwerkern aus Walldorf vorfabriziert und im Wald versteckt. Das weiß ich noch genau. War ziemlich aufregend, weil man überall Wachposten aufstellen und alles bei Nacht und Nebel geschehen musste. Die Polizei hatte ja inzwischen auch mitgekriegt, dass da einiges lief. Gottseidank gab es immer einige Polizisten, die auf unserer Seite standen. Die haben die Augen zugedrückt und das eine oder andere Mal sogar geholfen.«

In den Worten von Jürgen Landvogt schwang das Echo seiner einstigen idealistischen Begeisterung mit. Gertrud spürte, dass er ganz im Widerstand gegen das kapitalistische Großprojekt schwelgte. Sie fragte sich, ob er den eigentlichen Grund ihres Anrufs womöglich ganz vergessen hatte.

»Jedenfalls, in den Morgenstunden des 3. Mai 1980 haben wir die Hütte dann an einem vorher ausgewählten Platz im Flörsheimer Wald errichtet. Wir sind um 6 Uhr morgens in den Wald geradelt, gruben tiefe Löcher und richteten die Pfeiler und den Mittelpfosten auf. Dadurch war die Standfestigkeit der Hütte gesichert. Als es hell wurde war Richtfest. Mit 'ner Flasche Krimsekt haben wir den Rohbau begossen.«

Gertrud wurde die Erzählung nun entschieden zu kleinteilig. Diese ganze Widerstandsromantik fand in ihrem nüchternen Rheiderländer Gemüt keinen Resonanzboden.

»Jürgen, komm mal zum Punkt«, sagte sie sachlich.

Er seufzte.

»Okay, okay. Ich war ja schon fast soweit. Jedenfalls steh ich da, die Pulle Krimsekt kreiste – scheußliches Gesöff übrigens – da steht so ein Typ neben mir. Lange Haare wie wir alle, Parka wie wir alle, Selbstgedrehte – wie wir alle. Aber doch noch anders. Mehr der Typ Weltverbesserer mit diesem Glanz in den Augen.«

»Sag bloß, du wolltest die Welt nicht verbessern«, warf Gertrud ein.

»Doch …! Naja, weiß nicht. Klar, den Überbau hast du dir schon irgendwie zurechtgebastelt. Aber wenn ich ehrlich bin, war es bei mir so 'ne Mischung aus pubertärem Aufbegehren, Zorn auf die Politiker, und auch ein bisschen Abenteuer, du weißt schon. Und dass das Ganze vor meinem Elternhaus passieren sollte, hat mich auch wütend gemacht. Aber ob mir so ’ne Sache 100 Kilometer weiter nicht am Arsch vorbeigegangen wäre, dafür kann ich nicht garantieren. Gottfried war anders. Ich habe ihn etwas besser kennengelernt, weil wir beide den Sommer lang in dem Hüttendorf campiert haben. Wir haben noch einige weitere Hütten zusammen aufgebaut, aber keine war so klasse geplant wie die erste.«

Bevor Jürgen in die architektonische Detailbeschreibung einsteigen konnte, warf Gertrud rasch eine Frage ein: »Glaubst du, dass er ein Fanatiker ist?«

»Hmm, tja, weiß nicht recht. Einerseits schon, andererseits … Also fanatisch war er schon, aber ein netter Kerl war er auch. Wir hatten viel Spaß zusammen. Aber du willst ja eher wissen, ob ich ihm einen Mord zutrauen würde, nicht wahr? Ich hab mich das auch schon gefragt, als die Gerüchte auftauchten, dass er bei den Revolutionären Zellen eingestiegen wäre.«

»Revolutionäre Zellen?«

»Ja, das waren militante Autonome. Die haben Anschläge gegen das System geplant und ausgeübt, ohne allerdings in die Illegalität zu gehen, wie es die RAF tat. Aber weißt du was, Gertrud: Ich bin da wirklich nicht der Experte und habe auch Gottfried seit langem aus den Augen verloren. Ich kann dir aber jemanden empfehlen, mit dem du sprechen kannst. Der Herbert Große aus Darmstadt. Der ist immer schon in Hessen im linken Spektrum unterwegs gewesen. Der kennt jeden, der hier mal im Land einen Stein geworfen hat. Hat jede politische Splittergruppe analysiert. Früher hat er seine Zeit hauptsächlich in Schlafsäcken im Matsch vor irgendwelchen Bauzäunen verbracht und mit Joschka Fischer Flugblätter verteilt. Heute ist er Professor an der Uni. Tja, so sind wir alle irgendwie im System gelandet.«

Nachdem er Gertrud die Telefonnummer und schöne Grüße »an den Herbert« übergeben hatte, saß sie eine Weile da und wunderte sich über die selbstverständliche Weise, in der Jürgen vom »System« geredet hatte. »System« war ein Begriff, den sie immer nur mit Diktaturen assoziiert hatte. Ihn auf die Bundesrepublik Deutschland anzuwenden, wäre ihr nie in den Sinn gekommen. Vielleicht war das dem Altersunterschied zwischen Jürgen und ihr geschuldet?

Dann kam ihr der Gedanke, die Sache nicht so schnell abzutun. Wie viel »System« steckte denn in den politischen Entscheidungen, die sie kannte? Gertrud hatte die Notwendigkeit eines Sperrwerks zum Schutz der Küste nie wirklich in Zweifel gezogen. Sie wusste zwar, dass auch die Meyer Werft sehr davon profitieren würde, aber das sagte ja noch lange nicht, dass das Projekt insgesamt falsch war, nicht wahr? Natürlich warfen sich beide Seiten gegenseitig vor, mit manipulierten Gutachten und falschen Argumenten zu arbeiten. Aber das war ja normal. Und gab es nicht jeden Rechtsweg für Gegner eines solchen Großprojekts? Dauerten sie nicht alle deshalb so lange, weil diese rechtlichen Möglichkeiten bis zuletzt ausgeschöpft wurden? Trotzdem: Wenn sie sich vorstellte, sie wäre eine Gegnerin des Sperrwerks, würde sie sich nicht auch ohnmächtig fühlen? Würde sie nicht auch an der Unabhängigkeit der Gerichte zweifeln, wenn doch der politische Wille des Bundeskanzlers hinter dem Projekt stand? Waren nicht alle diese Einspruchsmöglichkeiten nur ein Feigenblatt für längst gefallene Entscheidungen?

***

Möllenkamp zerknüllte wütend das Papier eines Schokoriegels und warf es zu dem anderen in den Papierkorb. Er hatte es tatsächlich getan! Er hatte zwei Schokoriegel gegessen und spürte geradezu, wie er soeben ein Kilo schwerer wurde. Er hatte Eva de Vries angerufen, die sich sehr seltsam und fast ein wenig kryptisch geäußert hatte. Sie habe nachgedacht, wer vielleicht noch hilfreiche Informationen über ihren Vater beisteuern könne. Offenbar sei der Kriminalhauptkommissar ja auf eine Spur gestoßen, die weiter in die Vergangenheit zurückreiche. Dabei sei ihr Marie eingefallen, eine frühere Magd auf dem Hof ihrer Eltern. Die sei nun eine alte Frau, lebe aber immer noch in Bunderhee. Sie habe viele Jahre auf dem Hof gearbeitet, während der ganzen Kriegsjahre durch und noch bis in die sechziger Jahre hinein – auf jeden Fall so lange, bis sie selbst, Eva, das Elternhaus verlassen habe. Marie sei wohl diejenige Person, welche die Familie am besten kenne. Eva hatte ihm gesagt, wo Marie wohnte, und nun konnte er in die Schulstraße nach Bunderhee fahren.

Oder er konnte es lassen und sich auf die näherliegende Spur konzentrieren: Gottfried Schäfer. Aber der war, wie ihn Abram vorhin informiert hatte, auch heute Vormittag nicht zu Hause anzutreffen gewesen. Inzwischen lief die Fahndung nach ihm. Also konnte er eigentlich guten Gewissens zu Marie Tempel fahren, um die Zeit bis zu einer möglichen Befragung Schäfers wenigstens sinnvoll zu nutzen.

Möllenkamp schob die Papiere auf seinem Schreibtisch hin und her. Da war immer noch das Foto, das rätselhafterweise aus Mentko de Vries' Haus verschwunden war. Und die Kontoauszüge mit den Überweisungen an de Boer. Er hatte Edda Sieverts gebeten herauszufinden, ob der Empfänger des Geldes tatsächlich Jakobus de Boer war. Aber noch hatte er keine weiteren Erkenntnisse. Unlust und Frustration erfassten ihn, und er beschloss, zum Mittagessen nach Hause zu fahren.

Meike war, wie erwartet, noch nicht da. Er öffnete den Kühlschrank und inspizierte die Vorräte. Die Abwesenheit seiner Frau hatte den Vorteil, dass er sich seinen Mittagssnack ohne ihre spöttischen Bemerkungen ganz nach seinem Geschmack gestalten konnte. Und da der Tag nun wegen der zwei Schokoriegel sowieso schon verdorben war, konnte Möllenkamp auch gleich noch einen draufsetzen. Er holte also alles aus dem Kühlschrank, was er brauchte, und fing an: Ein Brot belegte er mit Tomaten-Heringsfilets aus der Dose und schnitt zur Zierde eine Essiggurke in Streifen darauf. Auf einem weiteren Brot platzierte er geschnittenen Gouda so, dass kein Eckchen unbedeckt blieb, und verzierte die Schnitte am Schluss mit Tomatenketchup. Für die dritte Scheibe Brot zerließ er weiße Speckscheiben in einer Bratpfanne, bis sie glasig wurden und sich krümmten. Anschließend zerschlug er auf dem Speck ein Ei und sah mit Behagen zu, wie das Eiweiß sich um die Speckstückchen schloss und die Kombination aus Ei und Speck die Küche mit einem wunderbaren Duft erfüllte. Weil aber Meikes Vorstellungen über gesunde Ernährung irgendwie in seinem Hinterkopf rumorten, nahm er sich vor, dieses Mittagsmahl um eine Tomate zu ergänzen.

Da klopfte es ans Küchenfenster. Möllenkamp brauchte

sich nicht umzudrehen, um zu wissen, wer es war. Das behagliche Gefühl war mit einem Schlag verflogen. Herr Müller drückte seine Nase an die Fensterscheibe und fuchtelte mit seinen Händen herum, um ihn auf etwas aufmerksam zu machen, das zu seinen Füßen stand. Möllenkamp seufzte tief und fluchte leise in sich hinein. Er musste wohl oder übel die Tür öffnen, nahm sich aber vor, dem Nachbarn ordentlich die Meinung zu sagen, sofern der nicht einen sehr triftigen Grund hatte, ihm das Mittagessen zu versauen.

»Moin, Herr Möllenkamp. Sind Sie heute einmal die Hausfrau, die das Mittagessen macht? Da wird die Frau sich aber freuen«, versuchte er einen seiner müden Scherze, während er seinen Kopf schnüffelnd in den Hausflur hineinreckte und den Fuß ein kleines Stück über die Schwelle schob. Da Möllenkamp unbeweglich in der Tür stehen blieb, kam Müller nicht weiter, stand nun aber unangenehm nahe vor ihm.

Möllenkamp zwang sich, die Mundwinkel etwas zu heben. »Guten Tag, Herr Müller. Was kann ich denn für Sie tun«, fragte er geschäftsmäßig.

»Ach, wenn Sie nicht so nette Nachbarn hätten, die sich um alles kümmern, wie kämen Sie dann nur zurecht«, versuchte Müller erneut zu witzeln. »Da haben Sie aber ein schönes Tröpfchen eingekauft. Ist aber ganz schön schwer der Karton, und das, wo ich es doch gerade wieder so an der Bandscheibe habe.«

Mit diesem Satz drehte der Nachbar sich um, hob das Holzfällerhemd hoch, schob das weiße Doppelripp-Unterhemd nach oben und entblößte die weiße Haut seines Rückens. Mit seinen nicht ganz sauberen Fingernägeln deutete er auf eine Stelle an der Wirbelsäule: »Hier hab ich einen Bandscheibenvorfall. Wenn ich nicht sehr aufpasse und mich schone, sagt der Orthopäde, dann kann das ganz schlimm werden. Die Beine werden taub, und dann muss man ganz schnell operieren. Und wissen Sie was? Manchmal sind meine Beine schon ein bisschen taub. Aber das habe ich dem Arzt nicht erzählt.« Er kicherte verschwörerisch. »Man weiß ja, dass diese Rückenoperationen oft schiefgehen, und dann bin ich gelähmt. Und wissen Sie was«, nun drückte er seinen Fingernagel in Möllenkamps Brust, »dann müssen Sie sich um mich kümmern. Meine Frau kann das ja nicht mehr.« Er grinste noch breiter, als er das Entsetzen in Möllenkamps Gesicht bemerkte. Jetzt war ihm wirklich ein toller Scherz gelungen.

»Herr Müller, worum geht es denn eigentlich«, versuchte es Möllenkamp erneut.

Der Alte deutete auf den Boden hinter sich. Dort stand ein voluminöser Karton.

»Sieht so aus, als hätte Ihre Frau da ein ganz schönes Tröpfchen Wein bestellt. Da können Sie sich aber richtig drauf freuen.«

Wieder reckte Müller seinen Hals vor und hob seinen Zeigefinger, mit dem er Möllenkamp scherzhaft drohte: »Was haben Sie denn zu feiern? Ist etwa Nachwuchs unterwegs? Das wäre ja wunderbar, wenn in der Nachbarschaft mal Kinder wären. Meine Frau und ich stehen auch gern als Taufpaten zur Verfügung. Wissen Sie denn schon, was es wird?«

Auf einmal stieg Möllenkamp ein verbrannter Geruch in die Nase. Die Gedanken schossen wild durch seinen Kopf: Wenn er jetzt in die Küche eilte, um das Unglück zu verhindern, dann würde Müller ihm auf dem Fuße folgen. Und dann würde er ihn gar nicht mehr loswerden. Wenn er jetzt aber die Tür zumachte, dann hätte er sein Paket ja immer noch nicht und müsste sich noch einmal mit dem Nachbarn auseinandersetzen. Er entschloss sich zum ältesten Trick aus den Dick-und-Doof-Filmen seiner Kindheit: »Um Gottes Willen, was hat denn die Frau Veenhuis da an ihrem Bein?«

Herr Müller drehte sofort neugierig den Kopf, konnte aber nichts entdecken.

»Haben Sie nicht gesehen? Die ist gerade humpelnd mit einer Krücke in ihrer Wohnung verschwunden. Vielleicht hat sie sich etwas gebrochen?«

Das genügte. Der Nachbar machte sich umgehend auf den Weg, um bei der Nachbarin in Erfahrung zu bringen, was für ein Unglück ihr zugestoßen war. Möllenkamp hob den Karton auf und schleppte ihn in die Küche, wo er die Pfanne mit ihrem verkohlten Inhalt rasch vom Herd zog. Er verzichtete auf einen zweiten Versuch und zog sich mit seinen zwei anderen Broten und einem großen Glas Milch ins Wohnzimmer zurück, wo er auf dem Sofa speiste. Das hatte Meike ihm zwar verboten, aber es war der einzige Platz, der nicht vom Küchenfenster aus einsehbar war.

Nachdenklich kauend las er die Rechnung, die in dem Paket gelegen hatte: Barbera d'Alba aus dem Weingut Pio Cesare. Nicht billig das Ganze. Wofür hatte Meike das bestellt?

Weiberwochenende! Als es ihm wieder einfiel, sank seine Laune noch ein wenig. Ein Wochenende mit Diskussionen über die weltweite Benachteiligung der Frau und vegetarischem Essen stand ihm bevor.

Um sich abzulenken, griff er nach der Zeitung, die auf

dem Couchtisch lag. Es war die Ausgabe von gestern, und jemand hatte mit dem Kugelschreiber zwei Striche neben die Immobilienanzeige von dem »schönen Resthof« gemacht. Wieso nur hatte er das Gefühl, dass hier irgendetwas Unausweichliches auf ihn zukam, etwas Unaufhaltsames, so selbstverständlich unvermeidbar wie ein Weiberwochenende?

***

Gertrud saß auf ihrem grünen Cordsofa, eine Tasse kalten Kaffee vor sich auf dem Couchtisch. Sie hatte den Telefonhörer zwischen Ohr und Schulter geklemmt, während sie nach einem beschreibbaren Stück Papier Ausschau hielt und gleichzeitig versuchte, mit dem Arm nach einem funktionstüchtigen Kugelschreiber zu hangeln. Das war nicht so einfach, weil sich die Schnur ihres Telefons so verdrillt hatte, dass sich Getrud vom Apparat kaum wegbewegen konnte, ohne am Kabel zu zerren. Ihre Stifte befanden sich knapp außerhalb ihrer Reichweite in dem schwarzen Bücherregal in einer leeren Ültje-Dose. Als es ihr endlich gelang, mit spitzen Fingern einen Stift zu erhaschen, fiel die ganze Büchse mit Geschepper auf den Boden.

Der Mann am anderen Ende der Leitung bekam von all diesem Ungemach nichts mit. Wenn doch, dann ließ er es sich nicht anmerken.

Gertrud hatte nach ihrem langen Telefonat mit Jürgen Landvogt tatsächlich zum Hörer gegriffen und Herbert Große angerufen. Eigentlich hätte sie um diese Zeit schon längst wieder in der Redaktion sein müssen. Aber es gab Dinge, die waren wichtiger. Denn wenn es ihr gelänge, einen

Mord quasi im Alleingang aufzuklären, würde sie dem »Rheiderländer Tagblatt« eine schöne Exklusivstory verschaffen.

Jürgen hatte ihr erzählt, dass Große in Hessen mal eine »richtige Nummer bei den Grünen« gewesen war. Er hatte für die Partei in den achtziger Jahren im Bundestag gesessen. Aber nachdem er in Darmstadt an der Universität Professor für Politikwissenschaften geworden war, hatte er sich aus der parteipolitischen Arbeit zurückgezogen. Er galt als Realo und hatte sich über Fragen der Generalopposition oder Regierungsbeteiligung in den Achtzigern heftige Gefechte mit den Fundis geliefert.

Nun hatte sie ihn an der Strippe, und es war, als habe Große auf ihren Anruf nur gewartet. Was nicht sein konnte, weil seit ihrem Telefonat mit Jürgen gerade einmal zehn Minuten vergangen waren, in denen er Herbert Große kaum hätte vorwarnen können. Vielmehr war es wohl das große Mitteilungsbedürfnis des Professors, der sich zu freuen schien, dass jemand sich für seine bewegte Vergangenheit interessierte.

Bei Jürgen Landvogt hatte Gertrud das Gefühl gehabt, dass ihm seine Vergangenheit in der linken Protestbewegung zwar ein bisschen peinlich war, so wie ausgelassene Partybilder in unmöglichen Klamotten aus einer längst vergangenen Zeit. Allerdings war ihm auch deutlich anzumerken gewesen, wie viel Spaß er damals gehabt hatte. Dagegen schien Herbert Große ein weitaus größeres Bedürfnis nach Distanzierung zu haben. So bekam das Gespräch beinahe den Charakter einer Beichte.

»Heinz-Herbert Karry wurde am 11. Mai 1981 in seinem Haus in Frankfurt im Schlaf angeschossen. Vier von sechs Kugeln, die auf ihn abgefeuert wurden, trafen ihn in den Bauchraum und verletzten eine Arterie. An den starken inneren Blutungen ist der Mann in kurzer Zeit gestorben. Meine Güte, wenn ich daran denke, dass es Zeiten in meinem Leben gab, wo ich gedacht hätte: Geschieht dem Kerl doch recht. Für uns war er doch kein Mensch, sondern nur ein Repräsentant des Schweinesystems.«

Da war es wieder, das »System«. Gertrud würde über dieses Wort noch nachdenken müssen. Sie betrachtete den gelben Kugelschreiber mit der Aufschrift »Kien Giftstrunt in de Grund«, den sie in der Hand hielt. Protest, wohin man auch sah. Mit diesem Aufruf hatten die Rheiderländer sich zehn Jahre zuvor gegen die Absicht der Landesregierung gewehrt, Sondermüll in den Salzkavernen bei Jemgum zu versenken. Kaum hatte man eine Baustelle abgeräumt, da tat sich schon die nächste auf, dachte sie, während die Stimme von Herbert Große weiter aus dem Hörer plätscherte.

»Später tauchte ein Bekennerschreiben der Revolutionären Zellen auf. Ich kannte die ganze Bagage, aber man hielt ja irgendwie noch zusammen. Ich habe zwar keinen Beweis, dass sie es waren, aber ich bin mir sicher.«

Gertrud runzelte die Stirn: »Das verstehe ich nicht. Hat jemand denn daran gezweifelt, dass die Revolutionären Zellen die Täter waren, obwohl sie sich selbst dazu bekannt haben?«

»Na ja, damals gab es viele radikale Gruppierungen, die sich einen Anschlag als ›Erfolg‹ für ihre eigene Anhängerschaft auf die Fahnen schreiben wollten, obwohl sie ihn gar nicht begangen hatten. Es macht deine Organisation mächtig, wenn die Leute glauben, dass du es schaffst, Menschen zu töten. Und darauf kam es an: mächtig zu erscheinen, auch wenn die eigene Gruppe logistisch und personell gar nicht in der Lage war, so etwas durchzuziehen.«

Nun schüttelte die Redakteurin ganz energisch den Kopf, obwohl ihr Gesprächspartner das am anderen Ende der Leitung nicht sehen konnte. Wie konnte man sich eines Mordes rühmen, den man gar nicht begangen hatte?

»Jedenfalls gibt es noch etwas, das für die RZ als Täter spricht: Sie behaupteten nämlich hinterher, sie hätten vorgehabt, ›mehrere Schüsse in seine Beine‹ abzugeben. Im Klartext: Sie bekannten, sie hätten geplant, den Minister nur schwer zu verletzen. Dass er starb, sei ein ›Versehen‹ gewesen. Das sagt man doch nur dann, wenn man es wirklich war und etwas schiefgegangen ist. Trittbrettfahrer würden doch wohl ihre Tat als minutiös durchgeplant und planmäßig abgelaufen darstellen, nicht wahr?«

»Das würden sie wohl«, entgegnete Gertrud, die in Wirklichkeit keine Ahnung hatte, was in den krausen Hirnwindungen extremistischer Attentäter vorgehen mochte. Andererseits fragte sie sich, warum er selbst es denn nicht genauer wusste, wenn er doch angeblich so gut bekannt war mit diesen Revolutionären Zellen. Sie starrte auf das vor ihr liegende Blatt Papier, auf das sie mit dem gelben Kugelschreiber den Namen »Gottfried Schäfer« geschrieben hatte. Mehr Informationen waren bislang nicht hinzugekommen, aber dafür wurden die einzelnen Buchstaben inzwischen von abenteuerlichen floralen Wucherungen verziert.

»Sagen Sie, haben Ihre Freunde denn nie angedeutet, ob sie tatsächlich etwas damit zu tun hatten?«

»Hmm, zu dem Zeitpunkt war der Kontakt schon deutlich lockerer geworden. Die Genossen igelten sich mehr und mehr in ihrem Misstrauen gegenüber allen ein, die nicht hundertprozentig so dachten wie sie selbst. Und ich war kein Hundertprozentiger mehr. Sie müssen wissen, dass man in der linken Szene immer sehr stark zwischen Freund und Feind unterschied. Das ist übrigens eine Eigenart jeder eschatologischen Bewegung.«

»Eschatologisch«, echote Gertrud, während sie dieses Wort auf den vollgemalten Zettel schrieb, nur damit am Ende noch etwas mehr als nur der Name des Verdächtigen darauf stehen mochte. Ohne weiter darüber nachzudenken, welche Streiche ihr Unterbewusstsein ihr gerade spielte, umrahmte sie diesen Begriff mit kleinen Totenschädeln auf gekreuzten Knochen und Kruzifixen.

»Ja, Bewegungen, die für sich in Anspruch nehmen, den Menschen die Erlösung oder das Heil zu bringen. Typischerweise sind das religiöse Bewegungen, aber auch extreme politische Ideologien funktionieren so. Mir war das damals zunehmend nicht mehr geheuer, auch wenn ich am Anfang Feuer und Flamme war. Schließlich kämpften wir ja gegen das menschenverachtende Erbe, das der Nationalsozialismus in der deutschen Gesellschaft hinterlassen hatte. Aber dann kamen mir die Argumente der ehemaligen Genossen, die nun zu Guerilleros geworden waren, immer vertrauter vor: Der Gegner war nicht mehr jemand, der überzeugt werden musste. Stattdessen war er jemand, dem sie das Menschsein absprachen und der dann vernichtet werden konnte. Sehen Sie, in dem Bekennerschreiben der RZ zum Mord an Karry stand, dass die Attentäter bloß deshalb bekümmert waren, weil der Tod nicht geplant war und sie damit das ›Aktionsziel‹ verfehlt hätten. Es tat ihnen nicht leid um den Tod eines Menschen. Karry war nur der Vertreter eines Systems, gesichtslos und entmenschlicht. Ich habe da keinen Unterschied mehr gesehen zu der Weise, wie die Nationalsozialisten die Juden betrachtet haben. Und als ich das bemerkte, war für mich Schluss. Darum habe ich auch nicht mehr mit meinen ehemaligen Freunden darüber gesprochen. Aber es dauerte doch Jahre, bis ich mich wirklich von der Szene losgesagt habe.«

»Wurde jemand für die Tat verurteilt?«, fragte Gertrud, die inzwischen Gefallen an ihrer eigenen Variante des Mindmappings gefunden und auf ihren Zettel auch noch die Worte »System« und »Mord« gekritzelt hatte.

»Nein. Die Tat ist bis heute nicht aufgeklärt, die Täterschaft der Revolutionären Zellen konnte nicht zweifelsfrei nachgewiesen werden. Der damalige Generalbundesanwalt Kurt Rebmann glaubte zwar aufgrund der Beweislage an die Täterschaft der Revolutionären Zellen. Aber die Gruppe hatte vorher und nachher nie jemanden umgebracht.«

Gertrud hatte das unbestimmte Gefühl, dass sie bislang nur die halbe Wahrheit erfahren hatte. Es gab offenbar kaum Hinweise auf eine wirkliche Täterschaft. Wenn Große dennoch glaubte, dass seine früheren Kampfgefährten mit der Sache etwas zu tun hatten, dann musste er mehr wissen, als er ihr bisher verraten wollte. Sie beschloss beharrlich zu sein: »Warum sind Sie dann so sicher, dass es tatsächlich die Roten Zellen waren?«

»Die Revolutionären Zellen«, korrigierte er. Dann schwieg er lange. So lange, dass Gertrud schon glaubte, er würde gar nichts mehr sagen. Schließlich seufzte er.

»Hören Sie, ich bewege mich auf dünnem Eis, wenn ich mit Ihnen spreche. Wenn Sie mich anschwärzen, werde ich ungeheure Schwierigkeiten bekommen. Ich möchte Ihnen nur so viel sagen: Ich hatte einen Freund – wenn man es denn so nennen kann – bei den RZ, der hatte die Marotte, von jedem Tatort irgendetwas mitgehen lassen, weil er von jeder ›Aktion‹ eine Art Souvenir aufbewahrte. Es war wohl so eine Art Thrill für ihn, dass die Polizei bei ihm jederzeit potenzielle Beweisstücke hätte finden können. Er war damals eigentlich der einzige, mit dem ich noch Kontakt hatte. Jedenfalls habe ich bei ihm zu Hause etwas gesehen, das nur vom Tatort stammen kann. Mehr werde ich Ihnen nicht sagen.«

Das war zwar auch eine unbefriedigende Antwort, aber immerhin schien sich zu bestätigen, dass Herbert Große Indizien oder Hinweise hatte, die konkreter waren als das, was der Polizei bekannt war. Gertrud wusste, dass sie solches Wissen eigentlich der Polizei hätte weitergeben müssen. Aber das journalistische Ethos des Informantenschutzes wog schwerer. Schließlich ging es ihr ja auch nicht darum, gerichtsfeste Beweise für ein lange zurückliegendes Attentat zu finden, sondern auszuloten, ob es sich lohnte, sich weiterhin in ihren eigenen Ermittlungen auf Gottfried Schäfer zu konzentrieren. Sie fand, dass es an der Zeit sei, auf die Person zu sprechen zu kommen, für die sie sich eigentlich interessierte.

»Herr Große, ich sagte eingangs, dass ich wegen Gottfried Schäfer anrufe. Vielleicht können Sie mir über ihn noch etwas sagen.«

»Gottfried Schäfer war jemand, mit dem ich zu diesem Zeitpunkt keinen Kontakt mehr hatte. Aber ich kannte ihn natürlich. Er war von uns allen der fanatischste Nazi-Hasser. Für ihn war praktisch jeder, der nicht hundertprozentig mit seinen politischen Überzeugungen übereinstimmte, ein Faschist. Gottfried war derjenige, der für die Revolutionären Zellen die Waffen beschaffte. Er war auch an dem Einbruch in die amerikanische Kaserne beteiligt, bei dem die Tatwaffe für den Karry-Mord geklaut wurde. Fragen Sie mich nicht, welche Beweise ich dafür habe. Ich weiß es, basta. Ich mochte Gottfried nicht besonders. Wir hatten nicht denselben Humor. Ich würde sogar sagen, er hatte gar keinen. Für ihn ging es immer um Leben und Tod. Klingt vielleicht verrückt. Schließlich war die Aufarbeitung der Vergangenheit ja eine todernste Sache für uns. Und die Revolution auch. Trotzdem muss ich für mich im Nachhinein sagen, dass die ganze Sache mit den Krawallen, den illegalen oder halblegalen Aktionen, eben auch ein Abenteuer war. Wir waren in die subversiven Mittel verliebt, nicht nur in den heiligen Zweck. Aber irgendwann wird man erwachsen, denkt über die Konsequenzen nach und hört auf mit dem Quatsch.«

Er schwieg wieder. Gertrud fragte sich, ob das alles sein sollte, was sie über Gottfried Schäfer erfahren würde: dass er keinen Humor hatte. Dieses Telefonat erforderte eindeutig viel mehr Geduld als das mit ihrem Freund Jürgen Landvogt. Sie beschloss, ihren Gesprächspartner etwas deutlicher wieder auf die Spur zu bringen.

»Es gibt Hinweise, dass Gottfried Schäfer etwas mit einem Mord zu tun haben könnte, der hier in Ostfriesland geschehen ist. Es wäre sehr hilfreich, wenn Sie mir eine Einschätzung geben könnten, ob ihm zuzutrauen ist, dass er jemanden töten würde, der politisch und menschlich sein Gegner ist.«

Sie hoffte, dass Große nicht auf die naheliegende Idee kam, dass es eigentlich Aufgabe der Polizei sei, solche Fragen zu stellen. Aber er dachte gar nicht daran. Er war viel zu sehr in seine Vergangenheit vertieft.

»Mein Freund – der mit den Souvenirs – ist damals einen Schritt zu weit gegangen. Dieser Schritt hat einen Menschen das Leben gekostet. Ich glaube, er ist darüber so erschrocken, dass er hinterher sofort aus der Szene ausgestiegen ist und seitdem nie wieder richtig Fuß gefasst hat. Aber Gottfried, der war anders. Für den gab es nur die eine Sache, und wer zweifelte, war ein Verräter. Er hat Sebastian damals regelrecht aus dem Haus gejagt, als der von seinen Schuldgefühlen sprach. Später ist Gottfried dann selbst umgeschwenkt und zum Christentum konvertiert. Das ist sicher besser, als Terrorist zu sein. Aber eigentlich hat er nur eine Ideologie gegen die andere ausgetauscht. Die Motivation war bei ihm immer die gleiche: Er wollte eine Weltanschauung mit einem klaren Feindbild, immer schwarz-weiß, ohne Kompromisse.«

»Trauen Sie ihm einen Mord zu?«

Wieder legte Große eine lange Sprechpause ein.

»Ich weiß nicht genau, wie sehr er sich in den letzten fünfzehn Jahren verändert hat. Damals hätte ich gesagt: auf jeden Fall, ja. Wenn's der Sache gedient hätte, wäre er über Leichen gegangen. Und heute? Je nachdem, auf welchem Trip er jetzt gerade ist: schon möglich. Ideologien waren ihm eigentlich immer wichtiger als Menschen.« Und mit einem bitteren Lachen fügte Große hinzu: »Na, einen Nazi würde er heute sicher immer noch umbringen.«

16./17. Februar 1962, Pogum am Deich

Der Schmerz ist vorbei. Er ist einer stillen, beinahe zufriedenen Melancholie gewichen, seit sie ihre Entscheidung getroffen hat. Wie jeden Abend geht sie in die Waschküche, die voll steht mit Wassereimern. Schöpft mit zittrigen Händen das Wasser mit der Kelle in ihre Waschschüssel. Ihre vor Gicht gekrümmten Finger umklammern die Schüssel, als sie sie vorsichtig in ihre Wohnküche trägt und auf den gusseisernen Ofen stellt, in dem noch einige Briketts vor sich hin glimmen. Es lohnt sich nicht, welche nachzulegen. Nicht nur, weil sie gleich zu Bett gehen wird. Es wird sich überhaupt nicht mehr lohnen.

Draußen heult der Sturm über dem Dollart. Das kleine Wattfischerhaus steht ganz nah an den Deich geschmiegt. An dieser Stelle ist die Außenböschung ein wenig steiler als im übrigen Verlauf des Deiches. Wenn sie einen Blick über die Böschung werfen würde, könnte sie sehen, wie die See sich in den Dollart stemmt. Die Luft riecht salziger als sonst. Ihre Nachbarin, die ihr jede Woche einmal die Wassereimer auffüllt, weil es in der kleinen Kate kein fließendes Wasser gibt, hat gesagt, dass eine Sturmflut kommen wird. Es ist ihr gleichgültig. Vor einer Woche war sie zum letzten Mal oben auf dem Deich. Es fiel ihr schwer hinaufzukommen. Sie ist nicht mehr gut zu Fuß. Auf dem Außendeich hat sie Maulwurfshügel gesehen. Nicht nur zwei oder drei, sondern Dutzende. Es sollten nicht so viele Maulwurfshügel auf dem Deich sein, dachte sie.

In ihrem Schlafzimmer hängen ockerfarbene Vorhänge mit roten Rosen darauf, durch die morgens das fahle Licht des Win-

tertages fällt. Jeden Morgen, jeden Abend, seit so vielen Jahren zieht sie diese Vorhänge auf und wieder zu. Auch jetzt, als sie nach alter Gewohnheit den Nachttopf mit ins Schlafzimmer nimmt, den sie nicht mehr brauchen wird. Sie legt sich ins Bett, stopft sich das Kopfkissen im Rücken zurecht und schraubt das Röhrchen auf. Erst drei Tabletten, dann einen großen Schluck Wasser, wieder drei Tabletten, wieder Wasser und so fort. Bis das Röhrchen leer ist. Sie liest noch einmal den Kalenderspruch des heutigen Tages: »Der Herr, mein Gott, wird mit dir sein: Er wird dich nicht versäumen und dich nicht verlassen.« Die Worte spenden keinen Trost mehr. Gott hat sie verlassen. In all den Nächten, in denen der Schmerz ihr die Brust zusammengekrampft hat und die Einsamkeit ihr ein Wimmern aus der Kehle presste, ist ihr klargeworden: Gott ist nicht da, nicht für mich. Als der Krieg ihr den ersten Sohn nahm, versuchte sie, es als Prüfung zu sehen. So hatte sie es gelernt. Als der Krieg ihr den Mann nahm, flehte sie Gott an, jetzt sei es genug. Als man nach den Jungen für den Volkssturm suchte, ging sie zu Tadeus de Vries und fragte ihn, ob er dafür sorgen könne, dass ihr Kind verschont würde. Sie hatte nur noch eines. Er stand da in seiner schwarzen Uniform mit den Eichenblättern auf dem Arm und dem Totenkopf auf der Mütze und lachte. Seine weißen Zähne blitzten. Er werde sehen, was er tun könne, wenn sie auch etwas für ihn täte. Es war das letzte Mal in ihrem Leben, dass sie Hoffnung fühlte.

Als sie ihren Sohn holten, und als sie ihn ihr wiederbrachten, da fühlte sie nichts mehr. Doch der Schmerz kam zurück mit Macht, rannte gegen ihren Brustkorb an wie jetzt die Wellen draußen gegen den Deich. Er grub sich in ihr Gesicht, krümmte ihre Finger und ihren Rücken. De Vries überließ ihr das Haus am Deich, das ihm gehörte. Sie hat keine Erinnerungen mitgenommen. Es gibt kein Foto ihres Mannes und ihrer Kinder. Es ist, als hätten sie nie existiert. Jetzt hat sie lange genug gelitten. Sie rutscht tiefer in die Kissen und schließt die Augen.

***

Als die Nacht zum 17. Februar anbricht, beginnt der Deich zu beben. Welle um Welle schlägt gegen die Böschung. Dort, wo das kleine Wattfischerhäuschen liegt, in dem eine alte Frau langsam vom Leben in den Tod hinübergleitet; dort, wo die Außenböschung ein wenig steiler ist als anderswo, spritzt die Gischt beim Aufprall des Wassers besonders hoch und immer höher.

Es ist schon heller Tag, als die Helfer das kleine Haus erreichen. Es gibt so viele Unglücksstellen, so viele Menschen in Not. Es ist schwierig, zu ihnen zu gelangen. Diese Nacht hat in ganz Norddeutschland 330 Todesopfer gefordert. Die meisten von ihnen weiter im Osten, in Hamburg. Aber das wissen die beiden jungen Männer in den blauen Uniformen des Technischen Hilfswerkes noch nicht, die jetzt aus ihrem Borgward-LKW springen. Die Bilanz dieser Flut ist noch nicht gezogen.

Ein Hilferuf hat sie ereilt, einer von vielen. Eine Frau hat angerufen. »Das Haus am Deich«, hat sie geschrien. »Eingestürzt!«, haben sie noch verstanden, dann war die Leitung tot. Sie waren nach Pogum gefahren, auf gut Glück, aber gewiss, dass sie die Unglücksstelle schon finden würden. Wenn sie überhaupt ankämen. Straßen sind überspült, und wo man durchkommen könnte, haben Neugierige die Wege blockiert. Weiter südlich an der Ems in Völlen ist der Deich gebrochen. Hier nicht. Hier hat der Deich gehalten. Sie haben das Haus sofort gefunden. Es hatte sich schon eine kleine Traube von Menschen davor gebildet. Sie sind fassungslos, stumm.

Die Deichkappe steht, schmal und brüchig. Aber die See hat sich über die Krone gewälzt und im stürzenden Strom die Binnenböschung ausgehöhlt. Das überströmende Wasser hat die durchnässte Deicherde mitgenommen. Gegen das winzige Wattfischerhaus hat sich die ausgeschwemmte Erde gewälzt und die Außenmauer eingedrückt.

Eine wild fuchtelnde Frau läuft auf die beiden jugendlichen THW-Helfer zu. Das muss die Nachbarin vom Telefon sein. »Frau Gerdes. sie wohnt hier. Ich weiß nicht, wo sie ist. Ihr Schlafzimmer ist hinten. Bitte, sie müssen helfen«, keucht sie.

Die beiden Jungen blicken sich an. »Lass uns mal nach achtern gehn. Vielleicht können wir da sehen, wie die Lage ist.« Aber so weit kommen sie gar nicht. Die hintere Wand des Hauses ist eingedrückt. Fast mannshoch füllen die Erdmassen den Raum, der einmal das Schlafzimmer war. Auch vom kleinen Garten zwischen Haus und Deich ist nichts mehr übrig. In das Haus hineinzugehen, wäre lebensgefährlich. Einer der beiden Helfer tritt an ein zersplittertes Fenster. »Frau Gerdes! Frau Gerdes! Hören Sie uns?! Brauchen Sie Hilfe?!« Keine Antwort. »Wir müssen das Haus sichern, bevor wir reingehen können.«

Sie finden die alte Frau tot. Begraben unter den Erdmassen, die sich in das winzige Schlafzimmer geschoben haben. Die ockerfarbenen Vorhänge haben sich wie ein Leichentuch über die Tote gelegt, als die Außenmauer über dem Bett zusammengebrochen ist. In allen Räumen ist der Boden mit Schlick bedeckt. Sie müssen die Leiche schnell bergen. Bereits am Mittag wird das nächste Hochwasser erwartet. Bis dahin müssen Helfer und Anwohner die Binnenböschung provisorisch abgesichert haben.

Die Geschichte wiederholt sich: 1164 – Julianenflut: 20.000 ertrunken; 1219 – Marcellusflut: 36.000 ertrunken; 1362 – Zweite Marcellusflut: 100.000 ertrunken. Dionysiusflut, Allerheiligenflut, Petriflut, Weihnachtsflut – die Spur des Todes zieht sich durch die Jahrhunderte. Hat man nicht schon vor dieser Zweiten Julianenflut auf den Deichschauen im Frühjahr und im Herbst ignoriert, dass der Erdwall längst nicht so hoch und breit war, wie es den amtlichen Vorgaben entsprach? Und war es nicht so, dass man schon bei der Deichverstärkung in den dreißiger Jahren aus Rücksicht auf die Interessen privater Grundeigentümer die Deiche nur höher, aber nicht breiter gemacht hat?

Erst jetzt, 1962, werden endlich die Lehren aus der Geschichte gezogen. In den folgenden Wochen beginnen die Arbeiten am Deich, die Sicherheit bringen sollen, dass sich ein solches Unglück nicht wiederholt. Auch an der Stelle in Pogum, wo das eingefallene Wattfischerhäuschen steht, rücken die Bagger an. Sie brechen das Haus ab. Es muss dem neuen, großzügigeren Deichverlauf weichen. Die Deich- und Sielacht hat diesen Deichabschnitt als gefährlichste Stelle ausgemacht. Als Schutt und Steine fortgeräumt sind und die Arbeiter sich daranmachen, dort, wo einmal der winzige Garten zwischen Haus und Deich gewesen ist, eine Gründung für die neue Binnenböschung zu schaffen, ist sie wieder da, die Vergangenheit. Sie liegt in der riesigen Schaufel eines Baggers. 206 bleiche Knochen und ein silbernes Amulett. Es sind die Knochen eines jungen Mädchens.

***

Zu dieser Zeit im Frühjahr 1962 setzt sich ein junger Mann aus Moordorf hin und schreibt Bewerbungen. Es wird Zeit, das sinkende Schiff zu verlassen. Es war eine gute Arbeit, aber in letzter Zeit ist immer weniger davon da. Der Holzbootbau hat keine Zukunft. Nicht dass er sich Sorgen macht. Man wird ihn auch anderswo brauchen können. Er ist Handwerker. Er kann mit Holz arbeiten, mit Eisen, mit Stahl. Er kann schweißen, tischlern, mit Elektrik umgehen.

Sehr geehrte Herren, schreibt er, Bezug nehmend auf Ihre Stellenanzeige vom … erlaube ich mir, Ihnen meine Referenzen zu übersenden. Ich bin pünktlich, fleißig, habe Erfahrung mit … Er kaut auf dem Füllfederhalter. In der Hoffnung auf eine wohlwollende Antwort verbleibe ich hochachtungsvoll …

Es wird ein neuer Lebensabschnitt sein. Er wird fortgehen aus Moordorf. Ein wenig Wehmut ergreift ihn. Es war eine harte Zeit am Anfang, doch dann gab es auch gute Jahre. Aber als Moordorfer bleibt man immer ein Außenseiter. Das ist keine gute Voraussetzung für ein Leben, das noch Hoffnung in sich hat.

Sollten ihn die Ostfriesen nicht wollen, dann versucht er es eben im Emsland. Bei Swartwitt suchen sie Leute, und wenn er dort nicht genommen wird, dann bei Meyer oder woanders. Sie brauchen eigentlich überall Arbeitskräfte. Und Papenburg ist ja auch eine schöne Stadt am Wasser.

***

Nachdem sie einen uninspirierten Dreispalter über ein Weeneraner Kindergartenprojekt mit selbstgebastelten Instrumenten geschrieben hatte, stützte Gertrud das Kinn in die

Hand und sah durch die vergilbten Vorhänge aus dem Fenster auf die Risiusstraße hinunter. Das Wetter hatte sich inzwischen wieder eingetrübt. Es regnete, und die Autos, die durch die Pfützen fuhren, verursachten das typische Rauschen, das gleichsam die Begleitmusik des norddeutschen Herbstes war.

Norddeutscher Herbst. Deutscher Herbst.

War Gottfried Schäfer ein ehemaliger Terrorist? Und ein aktueller Mörder? Gertrud seufzte. Es half nichts. Sie musste die Auseinandersetzung suchen. Nur kurz dachte sie daran, das Dossier und die Erkenntnisse aus ihren beiden Telefonaten an Stephan Möllenkamp weiterzugeben. Der Gedanke an seinen oberlehrerhaften Ton bei ihrem letzten Treffen – »Deine Pflicht ist es, Vermutungen und Hinweise der Polizei zu melden und nicht selbst die Dinge in die Hand zu nehmen!« – klang noch unangenehm in ihrem Ohr und erregte ihren Widerstand. Außerdem: Hatte die Polizei wirklich ein Interesse daran, sich der Erkenntnisse der Bevölkerung zu bedienen? Wann war sie als Journalistin das letzte Mal von der Polizei gründlich informiert worden? Das war doch schon einige Tage her. Bei einem Verbrechen von so großer öffentlicher Aufmerksamkeit war das an sich schon ein Skandal. Nein, dachte sie grimmig, das Ding ziehe ich alleine durch.

Gertrud suchte in ihrem zerfledderten Telefonbuch nach einer Telefonnummer von Gottfried Schäfer. Wie vermutet gab es keinen Eintrag. Sie sah auf dem Umschlag nach, in dem »Der Schlächter von Den Haag« gesteckt hatte. Aber auch auf dem Umschlag und dem Begleitschreiben gab es keine Nummer. Sie versuchte es bei der Auskunft, doch

Schäfer hatte seine Nummer sperren lassen. So ein Mist. Sie würde noch einmal nach Charlottenpolder fahren müssen. Hoffentlich erschoss er sie nicht.

Kurze Zeit später saß sie auf ihrem Hollandrad. Die Kapuze des Parkas hatte sie über den Kopf gezogen und das Band unter ihrem Kinn verknotet. Die Hände waren klamm, sie hatte ihre Handschuhe vergessen. Dafür aber trug sie ihre gelben Gummistiefel, die bei diesem nassen Wetter ein wahrer Segen waren.

Zwischendurch fluchte sie ein wenig. Verdammt, warum war ihr der Führerschein nicht im Sommer abgenommen worden? Da wäre es auf dem Fahrrad wenigstens nicht so kalt und ungemütlich gewesen. Es dauerte fast eine Stunde, bis sie das Haus von Schäfer von weitem sehen konnte. Es dämmerte inzwischen, und das Gebäude lag genauso still und verlassen da wie bei ihrem letzten Besuch vor drei Tagen. Es war offensichtlich, dass niemand daheim war. Kurz dachte Gertrud darüber nach, beim Haus auf die Rückkehr von Schäfer zu warten. Dann schalt sie sich für diesen hirnrissigen Gedanken und überlegte, ob sie einen Zettel oder Brief schreiben und in den Postkasten werfen sollte. Als sie mit ihrem Fahrrad näherkam, erblickte sie jedoch das vor dem Haus parkende Auto. Sofort war ihr klar, dass es sich um ein Observationsfahrzeug handelte. So, so, dachte Gertrud triumphierend, waren die Ordnungshüter ihrer Spur offenbar auch gefolgt. Sie schloss messerscharf, dass ihr Freund Stephan Möllenkamp den Gesuchten für dringend tatverdächtig halten musste, wenn er sich nicht mit einer Vorladung aufs Präsidium begnügte, sondern Beamte zur Bewachung des Hauses abstellte.

Während Gertrud langsam an dem Haus vorbeifuhr, überlegte sie, was jetzt zu tun sei. Sie konnte nicht an das Haus heran, weil sie sonst unweigerlich gefragt worden wäre, was sie dort zu suchen hätte. Sie wollte andererseits unbedingt Kontakt zu Schäfer aufnehmen. Sie wusste wesentlich mehr über ihn als die Kripo. Sie hatte die Spur entdeckt. Sie würde das Geständnis aus ihm herausbringen. Unschlüssig fuhr sie weiter die Straße entlang. Schließlich bog sie rechts in den Heerenweg ab. Wo sollte sie Schäfer suchen? Hier war es jedenfalls zwecklos. Sie musste umkehren.

Kurz vor den Bahngleisen fuhr Gertrud nach links auf den Fahrradweg, der den Grenzort Bunde mit dem niederländischen Nieuweschans verband. Von weitem ragte der Turm der Bunder Martinikirche in die Höhe. Gertrud durchquerte den Ort und war um kurz vor sechs wieder in Weener. Während der Fahrt hatte sie einen Entschluss gefasst. Sie würde es mit einem Zeitungsbericht versuchen. Die Waffe der Journalisten war die Feder, nicht wahr?

***

Im letzten Moment erwischte sie noch ihren Chefredakteur Reinhard Buss, den alle nur »R. Buss« nannten, was wie »Airbus« klang. Halbherzig wehrte er sich dagegen, hatte aber in Wahrheit gar nichts gegen den Spitznamen einzuwenden, weil er ihm das Gefühl gab, bei seinen Mitarbeitern beliebt zu sein. »Gibt es denn Neues im Fall De Vries«, wunderte er sich, als Gertrud ihm ankündigte, dass die selbstgebastelten Instrumente im Kindergarten Weener nur halb so lang gewürdigt werden könnten wie ursprünglich vorgesehen. Gertrud log, die Polizei habe darum gebeten, dass die Zeitungen das Thema noch einmal aufnähmen, weil die Hinweise aus der Bevölkerung bislang nur spärlich eingingen.

Buss schien dieser Einwand zu überzeugen. Er mahnte lediglich an, den Seitenspiegel nicht mehr völlig durcheinanderzubringen und verabschiedete sich zu einem »wichtigen Hintergrundgespräch«, von dem Gertrud aus einschlägiger Erfahrung wusste, dass er es zu Hause mit seiner Frau führen würde.

Sie setzte sich. Hinter ihr jagte Wessels immer noch seine Moorhühner und sie fragte sich, ob er wohl zwischendurch auch noch einen Artikel geschrieben hatte oder ob er tatsächlich seit Stunden dieses Computerspiel spielte. Dann machte sie sich an die Arbeit.

»De Vries' Mörder ein ehemaliger Terrorist?

Polizei observiert Haus eines Verdächtigen in Charlottenpolder

Mehr als eine Woche nachdem auf der Baustelle des Emssperrwerks bei Nendorp der 84-jährige Tadeus de Vries ermordet aufgefunden wurde, hat die Kriminalpolizei Leer offenbar erstmals eine heiße Spur. Beamte der Polizeiinspektion Leer observieren derzeit das Haus von Gottfried S. in Charlottenpolder. Damit scheint Bewegung in die festgefahrenen Ermittlungen im Mordfall de Vries gekommen zu sein. Der provisorische Holzsarg, in dem das Opfer vergraben worden war, war am vergangenen Freitag von Arbeitern nur einen Tag nach Wiederaufnahme der Arbeiten am Emssperrwerk entdeckt worden.

Die intensive Suche nach dem im Rheiderland bekannten Umweltaktivisten S. deutet darauf hin, dass die Ermittler offenbar ein Mordmotiv in der Auseinandersetzung um den Bau des

Emssperrwerkes vermuten. Zwar erklärte die Sprecherin der Polizeiinspektion in Leer auf Anfrage dieser Zeitung, man suche Gottfried S. ›nicht als Verdächtigen, sondern als Zeugen‹. Es ist jedoch belegt, dass sich das Mordopfer als Befürworter und der Gesuchte als Gegner des Großprojekts in der Ems als Feinde gegenüberstanden und mehrfach heftig aneinandergerieten, so etwa auf der Großdemonstration gegen das Emssperrwerk im vergangenen Februar in Papenburg.«

Gertrud hielt inne und kaute ein wenig an ihren Fingernägeln. Dann ersetzte sie »heftig« durch »gewaltsam«.

»Gottfried S., der ursprünglich aus dem hessischen Nauheim stammt und seit etwa zehn Jahren in Charlottenpolder lebt, hat sich in den letzten Jahren intensiv in der Bürgerinitiative ›Wir für die Ems‹ engagiert. Eine Zeit lang galt er als ihr planerischer Kopf, bevor er sich vor einigen Monaten ganz aus der Arbeit der Initiative zurückzog. ›Wir haben seit einiger Zeit keinen Kontakt mehr zu Gottfried S.‹, bestätigte der Vorsitzende von ›Wir für die Ems‹, Matthias Donker, auf Anfrage dieser Zeitung. Zu den Gründen für den Rückzug wollte sich Donker nicht äußern. Es gibt jedoch Hinweise darauf, dass Gerüchte über seine linksterroristische Vergangenheit die Zusammenarbeit zwischen Gottfried S. und der Bürgerinitiative belasteten und letztlich zum Rückzug führten.

Eigene Recherchen dieser Zeitung erhärten den Verdacht, dass der polizeilich Gesuchte in der Vergangenheit ebenfalls mit politischer Gewalt in Verbindung gebracht wurde. So gehörte Gottfried S. Anfang der 80er Jahre zu den führenden Köpfen der gewaltsamen Proteste gegen den Bau der Frankfurter Startbahn West. Darüber hinaus war er nach Auskunft zuverlässiger Quellen zu dieser Zeit Mitglied der linksextremistischen Terrororganisation

›Revolutionäre Zellen‹. Er wird nicht nur mit dem Einbruch in eine amerikanische Kaserne in Zusammenhang gebracht, sondern auch mit dem Sprengstoffanschlag auf Industrieanlagen, vor allem aber mit dem Mord an dem hessischen Wirtschaftsminister Heinz-Herbert Karry am 11. Mai 1981. Auch wenn eine Beteiligung der Revolutionären Zellen niemals zweifelsfrei nachgewiesen werden konnte, so gibt es doch Indizien und Zeugen, die eine Beteiligung von Gottfried S. an diesen politischen Gewalttaten nahelegen.

Es drängt sich somit der Verdacht auf, dass die Polizei hier einem Mann auf der Spur ist, der bei der Durchsetzung seiner politischen Überzeugungen vor Gewalt nicht zurückschreckt. Ist Gottfried S. mit dem Mord an Tadeus de Vries zu seinen Wurzeln zurückgekehrt?«

Mit einem energischen Hämmern auf die Fragezeichen-Taste schloss Gertrud ihren Artikel ab. Es war nun doch ein Vierspalter geworden, was dazu führte, dass der Kindergarten-Artikel inzwischen auf ein Foto mit ausführlicher Bildunterzeile zusammengeschrumpft war und sie den Seitenspiegel über den Haufen geworfen hatte. Sie musste die gesamte erste Lokalseite neu bauen. Da sie inzwischen allein in der Redaktion war, fiel das niemandem sofort auf, und morgen würde es zu spät sein. Das unbehagliche Gefühl, das sich in ihr ausbreitete, war jedoch weniger auf die zu erwartende Auseinandersetzung mit »R. Buss« zurückzuführen. Vielmehr hatte sie das Gefühl, dass sie mit diesem Beitrag eine Grenze überschritten hatte. Sie stellte Verdächtigungen auf, denen die Polizei würde nachgehen müssen. Mord verjährte nicht, da würde ihr auch die Berufung auf den journalistischen Quellenschutz nicht helfen. Was Schäfer betraf, so war das, was sie schrieb, nahe am Tatbestand der Verleumdung. Andererseits: Was blieb ihr übrig? Sie musste den Mann aus der Reserve locken. Und wenn sie es erst geschafft hatte, auf diese Weise den Mörder von Tadeus de Vries zu finden, würde keiner mehr im Nachhinein ihre Methoden in Zweifel ziehen.

Samstag, 6. November 1999

Der Wind verwirbelte seine Haare und zerrte an seiner Laufjacke. Ein Sturm hatte sich angekündigt. Es gab eine Hochwasserwarnung für die Nordseeküste. Möllenkamp hatte so etwas bisher nie interessiert. Aber jetzt wohnte er in Leerort direkt hinter dem Emsdeich, und fragte sich, was eigentlich passierte, wenn ein Sturm so viel Wasser in die Ems hineindrückte, dass der Deich nicht mehr sicher war. Aus seiner Sicht sprach viel für den Bau eines Sperrwerkes. Das konnte man in so einer Lage einfach schließen und sein Haus wäre sicher. Er keuchte. Er lief viel zu schnell. Wie meistens. Diesmal aber hatte er auch noch bewusst seinen Pulsfrequenzmesser zu Hause gelassen. Er musste sich abreagieren, ohne ständig von dem Piepsen daran erinnert zu werden, dass er jetzt im anaeroben Bereich trainierte, was die Kondition nicht verbesserte und auch seinen Fettpölsterchen nichts anhaben konnte. Er wollte sich bloß mal wieder als Mann fühlen, der wie ein einsamer Wolf gegen das Unheil der Welt anrannte. Gegen Mord und Totschlag, gegen Betrug und menschliche Verkommenheit – und ja: auch gegen weibliche Besserwisserei und Vegetarismus.

Er nahm sich jedes Mal vor gelassen zu bleiben, wenn Meikes Weiberwochenende nahte. Schließlich kamen sie nur einmal im Jahr zu Besuch. Und er mochte die ehemaligen Kommilitoninnen ja auch. Jedenfalls einzeln. Aber wenn sie zu viert auftraten, wurde ihm unbehaglich. Zu viele Witze und Lacher gingen auf seine Kosten. Und Meike machte dabei mit.

Zweifellos würden seine kleinen Eigenarten und Schwächen wie die morgendliche Lektüre auf der Toilette, seine Vorliebe für Ketchup oder sein bisher erfolgloses Trainingsprogramm wieder einmal unbarmherzig ans Licht gezerrt, begutachtet und für lächerlich befunden. Hinzu kam, dass es nicht einmal gutes Essen gab. Das heißt, gutes Essen gab es schon und dazu auch guten Wein, worauf die »Weiber« großen Wert legten. Aber ein gedämpfter Fisch oder ein Grünkernbratling waren eben doch etwas anderes als ein saftiges Steak oder Rouladen.

Wenngleich das Menü für heute Abend beeindruckend klang, als Meike es ihm aus einem Kochbuch vorgelesen hatte: Als Vorspeise hatte sie Rote-Bete-Salat mit Wasabi-Frischkäse geplant, als Hauptspeise sollte es Spinatknödel mit Trüffelsabayon geben und zum Nachtisch Zitrus-Ragout mit Kokos-Chili-Schaum. Möllenkamp wusste nicht genau, was Wasabi war, und auch das Wort Sabayon musste er noch einmal nachschlagen. Aber auch Meike bluffte mehr, als sie wusste, da war er ganz sicher. Auch wenn sie sich weltgewandt gab.

Jedenfalls, wie man es auch drehte und wendete: Er war heute Abend überflüssig. Was nicht schlimm gewesen wäre, hätte er einen Freund gehabt. Aber die drei Monate in Leer hatten noch nicht ausgereicht, einen echten Kumpel zu finden, mit dem er sich an einem Weiberabend hätte treffen können, um den Witzen, die daheim über Männer gerissen wurden, einmal richtig Paroli bieten zu können. Genau jetzt hätte er einen Freund brauchen können. Komischerweise kam ihm in dieser Situation Gertrud Boekhoff in den Sinn. Er hatte das Gefühl, dass man mit ihr auch solche Dinge besprechen konnte, obwohl sie eine Frau war. Aber er konnte sie unmöglich anrufen. Erstens kannte er sie kaum. Zweitens hatten sie sich gestritten, und das stand immer noch zwischen ihnen im Raum, auch wenn sie sich ausgesprochen hatten. Und drittens würden sie, wenn sie sich trafen, unweigerlich auf den Mordfall de Vries zu sprechen kommen, und dann würde er womöglich wieder Informationen preisgeben, die eine Außenstehende nicht haben durfte.

Nein, Gertrud Boekhoff war tabu. Aber es juckte ihn, Meike heute Abend seine Autonomie zu beweisen. Sie hatte Besuch? Nun, da wollte er nicht stören. Er würde heute Abend allein ausgehen. Und plötzlich wusste er auch schon, wohin.

***

Stephan Möllenkamp hatte »die Weiber«, die im einzelnen Andrea, Julia und Syke hießen, vom Bahnhof in Leer abgeholt. Er hatte all seinen Charme spielen lassen, damit später nicht allzu sehr über ihn gelästert würde, wenn er nicht mehr anwesend war. Die drei waren ein wenig besorgt wegen des aufziehenden Wetters und hatten um ihre Rückfahrt am nächsten Tag gefürchtet. Zu Hause angekommen, hatte sich Möllenkamp umgehend von der verblüfften Meike mit der Ansage verabschiedet, er habe noch etwas vor und würde doch ohnehin nur stören, da die »Mädels« sich sicherlich viel zu erzählen hätten. Ein wunderbares Gefühl der Autonomie hatte ihn ergriffen, als er in seinen Escort gestiegen und losgefahren war. Sie sollten bloß nicht denken, dass er darauf angewiesen war, an einem solchen Abend zu Hause den Butler zu spielen – »Möchten die Damen vielleicht noch ein wenig von diesem wunderbaren Barbera d'Alba«? –, nur weil ihm sonst nichts einfiel, was er mit seiner Zeit anfangen sollte.

Jetzt saß er an der Theke, ein alkoholfreies Bier vor sich, und beobachtete aus den Augenwinkeln, was in dem »Wohnzimmer«, wie er das »Schwarze Ross« für sich getauft hatte, vor sich ging. Die Wirtin hatte ihn sofort erkannt: »Sie waren doch letztens mit Gertrud Boekhoff hier. Wenn Sie sie sehen, dann sagen Sie ihr mein herzliches Beileid zum Todesfall in ihrer Familie. Wissen Sie denn, wer da eigentlich gestorben ist? Ich hab schon eine ganze Reihe Leute gefragt, aber keiner kann mir was sagen. Ich habe gleich gesagt, dass es bestimmt ein Infarkt war. Wenn jemand aus er Familie krank gelegen hätte, dann hätte man ja was gehört.«

Möllenkamp hatte bedauernd den Kopf geschüttelt. Er wisse auch nichts Genaues. Aber selbstverständlich werde er die Beileidswünsche übermitteln, wenn er Gertrud das nächste Mal sehe. Dann versuchte er, ganz lässig an der Theke sein Bier zu schlürfen und genauso unauffällig auszusehen, wie die drei anderen Typen links und rechts von ihm auch.

Er hatte sich nämlich nicht klargemacht, dass ein Kneipengang in Hatzum eine völlig andere Sache war als in Osnabrück, Hannover oder selbst in Leer. Dort konnte Möllenkamp unauffällig eine Kneipe betreten und sich ein Bier bestellen, ohne dass irgendwer Notiz davon nahm. Der Wirt würde ihn so lange bedienen, wie er zahlen konnte und nicht vom Stuhl kippte. Er würde nur dann mit ihm sprechen, wenn er selbst es wünschte. Er würde sich nicht über ihn wundern. Er würde sich nicht fragen, wer er wäre, weil es jeden Tag vorkam, dass Unbekannte die Gastwirtschaft betraten.

Nicht so in Hatzum. Das war ihm in dem Moment klargeworden, als er das »Schwarze Ross« betrat. Und es verschaffte ihm ein unbehagliches Gefühl, weil er sich nämlich keine Geschichte zurechtgelegt hatte. Er war hier, weil er sich in die Leute einfühlen wollte und weil er hoffte, auf diese Weise ein Gespür dafür zu bekommen, was Tadeus de Vries für ein Mensch gewesen war, wie er gelebt hatte und wie diejenigen über ihn dachten, die täglich mit ihm umgegangen waren. Aber wenn man ihn jetzt fragte, wer er war, dann würde seine Antwort die Situation komplett verändern. Die Menschen sprachen mit einem Polizeibeamten anders. Jeder hier hatte irgendeine Leiche im Keller, vielleicht mehrere. Niemand wollte, dass das soziale Gefüge durch Nachforschungen der Polizei durcheinandergeriet. Da lag, das wusste er intuitiv, ein gewaltiger Unterschied zwischen Stadt und Land.

Auf dem Lande mussten die Menschen miteinander auskommen, sie waren aufeinander angewiesen, denn es gab keine Alternativen. Wo die Auswahl begrenzt war, konnte man seinen Freundeskreis nicht ohne weiteres austauschen. Es war also ratsam, das fragile Beziehungsgefüge nicht zu zerstören. Deshalb verkehrten die Menschen mit der Polizei zwar freundlich, aber eben auch distanziert.

Sollte er aber lügen? Das ging nun gar nicht. Über die eigene Identität die Unwahrheit zu sagen, war in der Polizeiarbeit nur in ganz besonderen Fällen legitim. In seiner jetzigen Situation wäre es ganz und gar unangebracht und überdies würde der Schwindel binnen kurzer Zeit ohnehin auffliegen. Die einzige Chance bestand darin, nicht nach der Identität gefragt zu werden. Aber wie sollte das funktionieren, wenn man in einer Kneipe an der Theke saß und ungefähr so unauffällig war wie ein Marsmännchen, das auf einem rosa Einhorn hereingeritten kam und in der Nase bohrte?

Er wusste, er musste in die Offensive. Nur, wenn er selbst das Gespräch steuerte, würde er der Frage, wer er sei, wo er herkäme und was er beruflich mache, eine Weile entgehen können. Er wandte sich an den Mann, der rechts von ihm saß, ein vierschrötiger Typ mit Bart. Der blickte schon seit geraumer Zeit stumm in sein Bier und wirkte noch am wenigsten neugierig: »Ist ja eine schreckliche Sache, was da draußen auf der Baustelle passiert ist.« Dabei deutete er mit dem Daumen über seine linke Schulter, um anzuzeigen, was er mit »da draußen« meinte.

»Ja, dat is wahr«, sagte der Mann neben ihm. Dann verstummte er wieder und starrte erneut in sein Glas.

»Haben Sie den Mann gekannt, der da gefunden worden ist?«

»De kwamm faker hier«[1], kam es von rechts zurück.

»Mensch, wer bringt wohl jemanden um, der schon so alt ist. Was kann denn so ein Achtzigjähriger Schlimmes getan haben?« Möllenkamp wollte so schnell nicht locker lassen.

Der Mann neben ihm zuckte nur mit den Achseln und verzichtete diesmal ganz auf eine Antwort.

»Hajo proot' neet völ«[2], sagte der Mann zu seiner Linken,

---

1 Der kam öfter hierher.

2 Hajo spricht nicht viel.

der die vergeblichen Versuche einer Gesprächsanbahnung verfolgt hatte.

»Hab ich gemerkt«, meinte Möllenkamp.

»Wenn du weten wullt, wo de oll de Vries in Ansehn stunn, dann kann ik di dat ok seggen. Ick bün Kuno«[1], grinste der Mann zu seiner Linken, der so etwa Mitte vierzig sein mochte und eine Glatze hatte, die ihn sicher zehn Jahre älter aussehen ließ, als er war. »Dorum büst du doch hier. Wi hebben uns sowieso all wunnert, worum de Kommissar van Leer een heele Week nich komen is, um uns to fragen. Wat seggst du, Käthi?«[2]

Käthi zuckte mit den Schultern, während sie zwei frisch gezapfte Jever über den Tresen schob. Doch, da sei eine Polizistin gewesen und habe mit ihr und anderen Gästen gesprochen. Ob er nicht dabei gewesen sei?

Kuno schüttelte den Kopf.

Möllenkamp war in sich zusammengesunken. Was war er nur für ein Idiot! Hatte er wirklich geglaubt, die Stammgäste des »Schwarzen Rosses« hätten die vergangene Woche nicht genutzt, um zu ermitteln, wer das einzige neue Gesicht war, das sie vermutlich in den letzten zwölf Monaten hier gesehen hatten?

»Was können Sie mir denn über Tadeus de Vries erzählen? Vielleicht in Hochdeutsch, wenn's geht?«

---

1 Wenn du wissen willst, was man vom alten de Vries gehalten hat, dann kann ich dir das auch sagen. Ich bin Kuno.

2 Darum bist du doch hier. Wir haben uns sowieso schon gewundert, warum der Kommissar aus Leer eine ganze Woche nicht aufgetaucht ist, um uns zu befragen. Was meinst du, Käthi?

»De Vries war hier an seinem letzten Abend. Er hat genau da gesessen, wo du jetzt sitzt. Das war letzte Woche Donnerstag. Und ich saß hier, weil ich hier immer sitze. So war das.« Zufrieden lehnte Kuno sich zurück und nahm einen großen Schluck von seinem Jever. Dann steckte er sich eine Zigarette an.

Möllenkamp wartete ergeben auf die Fortsetzung der Geschichte. Dass de Vries hier gewesen war, wusste die Polizei ja längst. Aber da er selbst nun mal enttarnt war, konnte er auch einfach die Gäste befragen und musste nicht »verdeckt« ermitteln.

Der Mann mit der Glatze lehnte sich mit verschränkten Armen behaglich zurück, soweit das auf einem Barhocker möglich war und blies erst einmal einen Rauchkringel in die Luft.

»Eigentlich war alles wie sonst, oder Käthi? Er kam hierher, setzte sich dahin, wo du nun sitzt und trank sein Bier. Er war gut drauf, weil die Baustelle am Sperrwerk wieder freigegeben war. Hat über die Umweltschützer hergezogen, das tat er immer. Dann hat er mit Hajo gesprochen, ein bisschen über seine Alte geschimpft und mal wieder versucht, Käthi in den Hintern zu kneifen. Und das war's.«

Bei dieser Information traf den Glatzkopf ein vernichtender Blick der Wirtin.

»Ich weiß nicht mehr, wann er nach Hause gegangen ist. Er ist sicher so zwei, zweieinhalb Stunden hier gewesen. Was meinst du, Käthi?«

»Ich weiß nicht genau, Kuno. Vielleicht gegen elf Uhr.«

»Und wann ist er gekommen?« fragte Möllenkamp.

»So etwa um halb neun«, mutmaßte die Wirtin. »Das war meistens seine Zeit.«

»Heißt das, dass er öfter hier war?«

»Ein, zwei Mal die Woche sicher«, antwortete Käthi.

»Sonst hätte er ja auch nicht gewusst, bei wem er über seine Erfolge prahlen sollte«, schaltete sich wieder Kuno ein.

»Sind Sie auch öfter hier?«, fragte Möllenkamp nun den Glatzkopf.

»Beinahe jeden Tag«, antwortete sein Gegenüber stolz.

»Dann haben Sie Herrn de Vries gut gekannt?«

»Sicher hab ich ihn gekannt.«

»Waren Sie befreundet mit ihm?«

»De Vries hatte keine Freunde.«

»Warum nicht?«

»Er war'n Angeber und man konnte ihm nicht trauen. Er dachte immer nur an seinen Vorteil. Er suchte Leute, denen er was vormachen konnte. Was er für ein toller Kerl war und so. Aber sonst waren ihm die Menschen scheißegal.«

»Aber de Vries war doch früher auch mal im Gemeinderat und im Kreistag. Er hatte politischen Einfluss. Irgendjemand muss ihn ja gewählt haben.«

Kuno grunzte, trank aus seinem Glas und schwieg. Möllenkamps sonst so munterer Gesprächspartner wollte offensichtlich nicht mit der Sprache raus.

Jetzt ging Möllenkamp aufs Ganze: »Ist hier eigentlich bekannt, dass Tadeus de Vries ein Kriegsverbrecher war?«

Schulterzucken. »Das sind doch olle Kamellen. Wer will das denn jetzt noch wissen?« Kunos Gesprächigkeit war eindeutig verflogen.

Möllenkamp versuchte es anders: »De Vries hat einen Bruder. Wie war denn das Verhältnis zwischen den beiden?«

»Der hat sich doch gestern aufgehängt«, kam es plötzlich

von dem schweigsamen Hajo hinter ihm. »Das musste ja früher oder später so kommen.«

»Warum meinen sie das«, drehte sich Möllenkamp zu ihm um.

»Das war 'ne arme Sau. Der hat nicht viel von seinem Leben gehabt. Ist sicher besser so.«

»Glauben Sie, dass er Tadeus de Vries ermordet haben könnte?«

Kuno, Hajo und Käthi brachen fast gleichzeitig in Gelächter aus.

»Mentko? Niemals«, sagte Käthi bestimmt. »Das hätte der nicht fertiggebracht.«

»Warum nicht?«

»Der ist immer wie ein Hündchen hinter seinem Bruder hergelaufen. Auch wenn er ihn gehasst hat. Sein bisschen Verstand hat er sich weggesoffen. Zuletzt ist er gar nicht mehr rausgegangen. Der hätte keiner Mücke was antun können. Der war bloß mit seinem Bruder zusammen stark, aber als das nicht mehr war …« Sie machte eine wegwerfende Handbewegung.

»Und was ist mit Mentkos Sohn?«

Die Runde sah sich etwas ratlos an und die Herren zuckten mit den Schultern. Offenbar fand niemand diese Theorie richtig überzeugend, es gab aber auch keine gewichtigen Gründe, warum er es nicht gewesen sein könnte.

Möllenkamp versuchte, seine Befragung bei den übrigen Mitgliedern der Herrenrunde am Tresen fortzusetzen. Aber viel bekam er nicht mehr heraus. Niemandem war etwas Besonderes an de Vries' letztem Abend aufgefallen. Einen Gottfried Schäfer kannten sie nicht, und dummerweise hatte er kein Foto dabei. Möllenkamp verteilte Kärtchen mit seiner Telefonnummer, falls den Herren doch noch etwas einfallen sollte. Dann überlegte er, ob er nach Hause fahren sollte, aber ihm war nicht danach. Er wusste ja, was ihn erwartete.

Also ließ er sich von Käthi noch etwas zu trinken bringen und beschloss, sich zu entspannen. Nicht so einfach mit alkoholfreiem Bier, dachte er und starrte an die Wand rechts von ihm, vor der der Schweigsame saß. Die Wand war gepflastert mit Fotos und gerahmten Zeitungsartikeln. Einige dokumentierten die historischen Erfolge der örtlichen Fußballmannschaft. Andere zeigten Schwarz-Weiß-Bilder der verheerenden Sturmflut vom Februar 1962. Wahrscheinlich hatte sich seit jenem Datum auch in dieser Kneipe nicht viel verändert.

Möllenkamp kniff die Augen zusammen und versuchte, etwas auf dem vergilbten Zeitungspapier zu erkennen. Eine Überschrift sprang ihm ins Auge: »Leiche einer unbekannten jungen Frau entdeckt«. Darunter stand: »Polizei bittet um Mithilfe bei der Klärung der Identität«. Den Zeitungsartikel schmückten zwei Fotos: Auf dem einem sah man Feuerwehrleute, die um ein Loch auf einem völlig verwüsteten und verschlammten Gelände herumstanden. Im Hintergrund erkannte man ein halb eingefallenes Haus. Auf dem anderen Foto war ein Amulett abgebildet. Es war oval und hatte eine Gravur, die auf dem Foto nicht genau zu erkennen war. Eine Kette, an der das Amulett gehangen haben könnte, fehlte.

Jetzt war Möllenkamp neugierig geworden. Dummerweise konnte er von seinem Platz aus den Artikel nicht lesen. Also versuchte er noch einmal mit wenig Hoffnung, ein Gespräch mit seinem Tresennachbarn zur Rechten zu beginnen. »Ist jemals herausgekommen, wer das Mädchen war, das sie dort gefunden haben?«, fragte er und deutete mit dem Kinn auf den Zeitungsartikel.

Der bärtige Schrank neben ihm schüttelte den Kopf. »Das weiß keiner. Jedenfalls kein Mädchen von hier, dann hätte die jemand gekannt. Die haben sie dann beerdigt. Ich glaube, in Weener.«

»Weener? Warum denn da?«

»Weiß ich nicht.«

»Was ist denn mit dem Mädchen passiert?«

»Sie glauben, dass sie ermordet worden ist, weil sie da eingegraben war. Das kann sie ja wohl nicht selbst gemacht haben.« Er hob sein Glas.

Möllenkamp beschloss, dass es an der Zeit war, nach Hause zu fahren. Vielleicht bekam er dort noch ein Glas von dem guten Italiener ab.

***

Gertrud saß stumm vor ihrem Jever, das Willm ihr wie immer direkt über die Theke geschoben hatte. Dazu allerdings hatte er ein mitleidiges Gesicht gemacht und gemurmelt: »Geht aufs Haus.« Gertrud hatte ihn verwundert angesehen, dann mit den Schultern gezuckt und einen Schluck genommen. Sie war nicht zum Reden aufgelegt.

Sie dachte an den kleinen Tobsuchtsanfall, den »R. Buss« am Morgen beim Anblick der vollständig umgestalteten ersten Lokalseite bekommen hatte. Er hoffe, so hatte er geraunzt, dass ihre Quellen wirklich glaubwürdig seien, ansonsten sei es mit ihrer journalistischen Karriere nämlich vorbei. Er jedenfalls sei nicht bereit, sich vor eine Redakteurin zu stellen, die alle journalistischen Sorgfaltspflichten verletze und haltlose Verdächtigungen in die Welt setze.

Gertrud, die ihren Job beim »Rheiderländer Tagblatt« noch nie unter Karrieregesichtspunkten betrachtet hatte, hatte wider besseres Wissen versichert, dass alle Informationen abgesichert seien und ihr Chef sich keine Sorgen machen müsse.

Sie vermutete stark, dass es »R. Buss« weniger um den Artikel über Schäfer ging, sondern eher um den geschrumpften Beitrag über die selbstgebastelten Musikinstrumente in genau dem Kindergarten, den auch seine jüngste Tochter besuchte und wo seine Frau im Elternbeirat war. Allerdings war sie sich nach wie vor nicht sicher, ob es klug gewesen war, diesen Beitrag zu schreiben.

Mit gekrauster Stirn starrte sie in ihr Bierglas. Da legte sich eine mächtige Hand auf ihre Schulter. »Mensch Gertrud, wat hebb ik hört. Dat deit mi ja so leed för di. Wat hett he dann hat?«[1]

Als Gertrud den Kopf gehoben hatte, hatte sie geradewegs in das Gesicht von Detlef geblickt. Mit Detlef war sie schon in die Grundschule gegangen. Jetzt arbeitete er bei der Stadtverwaltung in Weener und war wie sie selbst regelmäßiger Gast im »Kneipchen«.

»Well?«[2], hatte sie gefragt.

---

1 Mensch Gertrud, was hab ich gehört. Das tut mir ja so leid für dich. Was hat er denn gehabt?

2 Wer?

»Na, dien Vader. De is doch … De hett doch … hebb ik hört«[1], hatte Detlef gestammelt.

Gertrud stöhnte. Ihre Bemerkung über den »Todesfall in der Familie« beim Bunder Klärwerk hatte nicht nur schnell die Runde gemacht, sondern war nun offenbar auch noch auf ihren Vater bezogen worden. Sie versicherte Detlef, ihrem Vater gehe es prächtig und trank das zweite von Willm spendierte Bier genussvoll aus.

Willm, der mitbekommen hatte, dass Gertruds Vater offenbar doch nichts fehlte, überwand nun seine Scheu und fragte:

»Sag mal, was du da geschrieben hast über den Knallkopp aus Hessen, der hier bei Donker seiner Truppe mitgemacht hat, ist das wahr? Wo hast du das denn her?«

»Willm, du weißt doch, dass ich dir das gar nicht sagen darf«, erklärte Gertrud mit wichtiger Miene und fügte dann noch das Wort »Quellenschutz« hinzu. Gleichzeitig musste sie daran denken, dass vermutlich bald die Polizei bei ihr auf der Matte stehen werde, um sich nach eben den Quellen zu erkundigen in der Hoffnung, einen fünfzehn Jahre alten Mordfall zu lösen. Genau vor diesem Moment hatte sie Angst, weil sie sich nicht sicher war, wie stichhaltig die Aussagen von Herbert Große und ihrem Kumpel Jürgen Landvogt tatsächlich waren. Es roch nach Ärger, Verleumdungsklage und Presserat.

Zwei Bier später jedoch war sie sich wieder sicher, dass ihr mit dieser Geschichte gar nichts passieren konnte. Jetzt war nur noch spannend, ob sie den Fuchs aus seinem Bau locken würde.

---

1 Na, dein Vater. Der ist doch … Der hatt doch … hab ich gehört.

***

Gertrud gähnte und wühlte in der Tasche ihres regennassen Parkas nach dem Haustürschlüssel. Sie wollte nur noch ins Bett. Der Wind heulte um das Haus, die Tannen schwankten bedrohlich. Ihre Haare wehten ihr ins Gesicht und behinderten die Suche. Als sie den Schlüssel endlich in den Untiefen ihres Parkas gefunden hatte, lief ihr auf einmal ein Schauer über den Rücken.

Sie erstarrte, lauschte. Kein Geräusch war auszumachen, alles wurde vom Sturm übertönt. Sie hatte plötzlich Angst. Zitternd versuchte sie, den Schlüssel in das Schloss zu stecken. Er fiel ihr aus der Hand.

Panik erfasste sie. Sie versuchte es mit Vernunft: Werd' jetzt nicht albern. Hier ist nichts.

Endlich gelang es ihr, die Haustür zu öffnen. Ein Schritt, und sie war in der Sicherheit ihrer Wohnung.

In diesem Moment wurde sie unsanft in die Diele gestoßen.

***

Als Möllenkamp nach Hause kam, hatten die »Weiber« schon Betriebstemperatur erreicht. Im Esszimmer wurde geraucht, was Meike und ihre Freundinnen nur nach einigen Gläsern Wein taten. Möllenkamp hörte die aufgeregte Stimme von Julia und schnappte den Begriff »Geschlechterkonstruktion« und die Namen Derrida und Judith Butler auf. Das schreckte ihn ein wenig davon ab, das Esszimmer zu betreten. Gleichzeitig roch es verlockend aus der Küche.

Vielleicht war noch etwas von dem Essen für ihn übrig. Er verspürte Appetit, und ihm fiel ein, dass er noch nicht zu Abend gegessen hatte. Ob er es schaffte, unbemerkt seinen Hunger zu stillen, bevor er sich der geballten Frauenschaft stellen musste? Oder war es albern, in der Küche heimlich schnell etwas hinunterzuschlingen und sich dabei womöglich noch ertappen zu lassen? Unentschlossen band er sich die Schuhe auf.

Es war Andrea, die ihm die Entscheidung abnahm, als sie ihn auf ihrem Weg zur Gästetoilette im Flur entdeckte. Sie klopfte ihm freundschaftlich auf die Schulter: »Kannst ruhig reingehen. Wir beißen nicht. Und die Verbrechen, die du begangen hast, hat Meike schon alle erzählt. Damit sind wir durch.«

Möllenkamp zwang sich zu einem Lächeln. »Habt Ihr auch schon die Strafe verhängt?«

»Wir haben beschlossen, dass du noch einmal Bewährung bekommst, wenn du Meike ein kleines Anwesen kaufst.«

Möllenkamp stöhnte. Meike verfolgte ihren Plan mit Raffinesse. Er fasste sich ein Herz und ging hinein.

»Hallo zusammen. Na, schon die Welt verbessert?«

Zwei erleichterte Gesichter wandten sich ihm zu: Meike und Syke hatten offenbar schon auf Erlösung von einer Diskussion gewartet, die auf ein Abstraktionsniveau gelangt war, dem sie mit ihrem inzwischen erreichten Alkoholpegel nicht mehr folgen konnten. Julia indes hatte davon nichts bemerkt, sondern dozierte weiter über die Vielheit der sexuellen Differenz. »Der Körper an sich ist zunächst einmal radikal instabil. Nur indem wir die ›difference‹ verdrängen, können wir die so entstandene Leere in einem performativen

Akt nachträglich sexuell besetzen. Erst dann werden wir durch einen gesellschaftlichen Verdrängungsakt zu Männern und Frauen. Vorher sind wir potenziell beides – und noch viel mehr.«

Möllenkamp wusste, dass es unklug gewesen wäre, seiner Freude über diesen Verdrängungsakt jetzt spontan Ausdruck zu verleihen. Er vermied auch eine Gesprächsüberleitung wie: »Mein Körper ist gerade auch total instabil. Habt Ihr vielleicht noch etwas zu essen übriggelassen?« Vergangene Weiberabende hatten ihn gelehrt, dass solche Bemerkungen beim Gegenüber leicht den Eindruck erweckten, er nehme die Thematik nicht ernst.

Also schwieg er und verzog sich in die Küche, wo er sich ein Glas holte und einen Teller mit Spinatknödeln belud. Den Rote-Bete-Salat ließ er lieber weg, nahm aber dafür einen großen Schlag von der Frischkäsecreme, die in einem Schälchen an der Seite stand. Im Esszimmer hatte die pragmatische Andrea inzwischen die dekonstruktivistischen Ausschweifungen ihrer Freundin wieder auf den Boden der Lebenswirklichkeit heruntergeholt.

»Also jedenfalls ist die Erfahrung sexueller Gewalt bei den Frauen, die ich betreue, eine sehr reale. Und Derrida hilft ihnen auch nicht bei der Verarbeitung dessen, was sie in den Lagern erlebt haben. In Bosnien, Sierra Leone oder dem Sudan stehen sich Männer und Frauen in relativ klaren Fronten gegenüber. Da gibt es keine radikale Vielheit sexueller Identitäten. Und wenn jemand eine solche Vielheit spürt, dann tut er gut daran, es nicht zu sagen. Die Toleranz gegenüber solchen Identitätsspielen ist dort nicht besonders groß.«

Andrea hatte nach ihrem Studium der Soziologie, Geschichte und Psychologie ein Jahr in einem Entwicklungshilfeprojekt in Ghana verbracht. Danach hatte sie einen Job in der Flüchtlingsarbeit in Bremen gefunden. Dort hatte sie viel mit kriegstraumatisierten Frauen zu tun. Julia schrieb an einer Promotion über »Die Kategorie Geschlecht in den Kulturwissenschaften« und war Assistentin einer bekannten feministischen Romanistikprofessorin an der Universität Hannover. Syke hatte schon während ihres Studiums zwei Kinder bekommen und war nach dem Abschluss zu ihrem Freund nach Schleswig-Holstein gezogen, wo beide gemeinsam einen Ökobauernhof bewirtschafteten.

Für Meike, die meist fröhlich bekannte, schon während des Studiums an der Lebensfremdheit der theoretischen Gedankenmodelle gescheitert zu sein, hatten diese Diskussionen etwas ganz und gar Nostalgisches. Einst hatten die vier Kommilitoninnen eine Arbeitsgruppe für Geschlechterforschung gegründet und damit an der Uni Hannover für einige Aufmerksamkeit gesorgt. Aber für jede von ihnen hatte dieses Projekt eine ganz eigene Bedeutung. War es für die eine ein interessantes Gedankenspiel, so hatte die andere damit einen emanzipatorischen Auftrag verbunden. Die dritte hatte sich von der Begeisterung für eine gemeinsame Sache anstecken lassen, die sich auch um ein gemeinnütziges Projekt für vernachlässigte Tiere hätte drehen können, während die vierte in der Geschlechterforschung nicht nur eine wissenschaftliche Offenbarung, sondern ein Lebensmodell gesehen und daraus die persönliche Konsequenz gezogen hatte, sich künftig zu ihrer Bisexualität zu bekennen.

So unterschiedlich sie waren und so verschieden sich ihre Wege entwickelt hatten, waren sie doch bis heute befreundet geblieben. Sie trafen sich von Zeit zu Zeit, freuten sich aufeinander, gingen sich ein bisschen auf die Nerven und waren ein wenig erleichtert, wenn sie einander wieder los waren, um sich dann ebenso sehr auf das nächste gemeinsame Treffen zu freuen.

Jetzt gerade befanden sie sich in dem Stadium, wo sie sich auf die Nerven gingen, das spürte Möllenkamp deutlich. Und so konzentrierte er sich auf sein Essen und piekte einen großen Happen Spinatknödel auf die Gabel, den er großzügig in den Frischkäse tunkte. Er musste den Mund recht weit öffnen, um die große Portion hineinzubekommen. Es dauerte genau zwei Sekunden, bis er merkte, dass er einen Fehler gemacht hatte. Mühsam versuchte Möllenkamp, die Spinatknödel unter Wahrung letzter Reste von Tischmanieren in seiner Serviette verschwinden zu lassen, konnte jedoch nicht verhindern, dass Teile des Essens schon aus Mund und Nasenlöchern über den Tisch sprühten. Was immer er im Mund hatte, war so scharf, dass es einen nicht enden wollenden Niesanfall erzeugte. Was zum Teufel war das für ein Zeug, das Meike ihm da vorgesetzt hatte?

Das Gespräch am Tisch war verstummt. Durch einen Tränenschleier sah er in vier lachende Frauengesichter und wusste instinktiv, dass er sich schon wieder zum Idioten gemacht hatte. »Mit der Wasabicreme musst du sparsam umgehen. Da ist viel Meerrettich drin«, prustete Meike.

»Danke, dass du mich rechtzeitig gewarnt hast«, schnaufte Möllenkamp. Meerrettich also. Grimmig brachte er den Teller in die Küche, ließ den Nachtisch, nachdem er ihn misstrauisch beäugt hatte, links liegen und machte sich ein Butterbrot mit Käse, Tomatenketchup und Gewürzgurken. Dieses von den Frauen gewiss als barbarisch eingestufte Mahl nahm er demonstrativ mit ins Esszimmer, um es dort genussvoll zu verzehren.

Zu seinem weiteren Verdruss achtete dort aber niemand auf ihn. Die Frauen hatten sich wieder in ihre Diskussionen verwickelt. Diesmal noch etwas hitziger als zuvor.

Julia hatte erneut das Wort ergriffen. In einer Hand balancierte sie ein Weinglas, in der anderen eine Zigarette, deren Asche sich gefährlich neigte und gleich auf den Boden fallen würde. Dies entging ihr jedoch, weil sie gerade die Frauentherapiegruppen einer radikalen Kritik unterzog: »Da reden Frauen über ihre Sexualität, ihre Traumata und ihre Verwundungen durch die Männer. Aber in Wirklichkeit reproduzieren diese Gruppen durch ihre eigenen ideologischen Prämissen nur die fixe Idee von der weiblichen Authentizität, die ein patriarchalisches Konstrukt ist. Ich jedenfalls glaube, wie Judith Butler, überhaupt nicht an eine natürliche Aufteilung der Menschen in Mann und Frau. Diese Aufteilung ist doch nur konstruiert, weil sie nützlich ist.«

Möllenkamp, der sich auf die schweigende, aber aufmerksame Beobachtung der Geschehnisse verlegt hatte, wusste, dass die Sache jetzt in gefährliches Fahrwasser geriet. Er hatte zwar nicht alles verstanden, was Julia ausgeführt hatte, aber Ausdruck und Farbe von Andreas Gesicht ließen auf ein unmittelbar bevorstehendes Gewitter schließen. Sein Blick glitt hinüber zu Meike. Er sah, dass sie verzweifelt nach einem anderen Gesprächsthema suchte, um die Situation zu entschärfen. In dem Moment, als die Asche von Julias Zigarette auf den Fliesenfußboden fiel, erklang die ruhige Stimme von Syke.

»Erinnert Ihr Euch, wie wir vor ein paar Jahren zusammen im Audimax die Dokumentation über die Massenvergewaltigungen durch die Rote Armee nach dem Zweiten Weltkrieg gesehen haben? Damals interessierte sich noch kein Schwein für das Thema. Vielleicht wegen der Political Correctness, was weiß ich. Jedenfalls haben sie neulich im Fernsehen die Doku wiederholt. Inzwischen sind auch ein paar Bücher zu dem Thema erschienen. Man kann ja jetzt auch in die russischen Archive. Stellt euch mal vor: Davon waren drei Millionen Frauen betroffen. Drei Millionen, da ist mir echt die Spucke weggeblieben. Ich habe mich gefragt, was meine Großmutter wohl erlebt hat. Die war bei Kriegsende in Berlin, und da war ja auch die Hölle los. Leider ist sie schon tot, und meiner Mutter jedenfalls hat sie nichts erzählt.«

»Vergewaltigung als Kriegswaffe ist ja üblich. Damit hat Andrea doch jeden Tag zu tun. Was heute in Afrika passiert, ist eben vor fünfzig Jahren auch in Europa verbreitet gewesen«, griff Meike den Faden dankbar auf.

»In Bosnien ist es erst vor ein paar Jahren passiert. Und wir alle haben zugesehen«, korrigierte Andrea, die sich inzwischen wieder etwas beruhigt hatte.

Julia nahm einen Zug von der Zigarette und erklärte: »Sexuelle Gewalt ist immer ein Mittel, um totale Macht zu demonstrieren. Insofern geht es weniger um Sex oder um Mann und Frau, sondern um Herrschaftsverhältnisse und Überlegenheit.«

»Nicht nur«, widersprach Syke. »Bei den russischen Soldaten ging es auch um Rache für das, was ihnen von den Deutschen angetan worden war. Sie haben ja ihre Opfer vielfach nicht nur vergewaltigt und damit gedemütigt, sondern auch oft sadistisch gequält und ermordet. Das hätte es ja für die Machtdemonstration gar nicht unbedingt gebraucht.«

»Vielleicht kommt es darauf an, unter welchem Aspekt man das Thema betrachtet«, warf Meike ein. »Das, was Julia sagt, stimmt. Was Syke sagt, stimmt auch. Es gibt in jeder Gesellschaft immer 15 Prozent, die haben sadistische Neigungen, habe ich mal gelesen. Die neigen in Situationen, in denen die normalen Gesetze und gesellschaftlichen Regeln nicht mehr gelten, zum Exzess. Die quälen und töten auch wehrlose Opfer. Das spricht aber nicht gegen die These von der Vergewaltigung als Herrschaftsinstrument. Denkt mal an das Ius primae Noctis, das Recht des mittelalterlichen Grundherrn, sich die Braut eines Untertanen in der Hochzeitsnacht als Erster zu nehmen. Damit verwies er seine Untertanen auf ihren Platz.«

»Solche Sitten und Gebräuche sind ja noch gar nicht so lange her. Zum Beispiel war es hier bei den Gutsherren doch noch vor wenigen Jahrzehnten üblich, sich an den Mägden zu vergreifen, wenn ihnen danach war. Wurde eine schwanger, dann verheiratete der Großbauer sie eben mit einem seiner Knechte und die Sache war wieder im Lot. Was die Frau wollte, danach hat doch keiner gefragt«, warf Andrea ein.

Den Gedanken, dass den Knecht auch keiner gefragt hatte, behielt Möllenkamp für sich.

»Das ist die Folge von rechtsfreien Räumen und asymmetrischen Machtverhältnissen«, ergänzte Julia, die inzwischen zum Blasen von Rauchkringeln übergegangen war.

Später im Bett dachte Möllenkamp noch eine Weile über das Gespräch nach. Er versuchte sich Tadeus de Vries vorzustellen, wie er sich an eine Magd heranmachte. Hatte die Friseurin nicht gesagt, er hätte da noch mehr Leichen im Keller? Er lauschte auf das Heulen des Sturms um das kleine Reihenhaus und hoffte, dass der Rosenbogen hinten im Garten diesen Kräften standhalten würde. Darüber schlief er ein.

September 1998, Pogum

»Moin! Na, denn kommense mal rein in die gute Stube.« Der alte Mann streckt ihm die Hand hin. »Der guten Ordnung halber: Ich bin Tadeus de Vries. Mir gehört das Haus hier – und das halbe Rheiderland dazu. Ha, ha!« Er lacht dröhnend. »So, sie arbeiten also bei Swartwitt in Papenburg. Und da wollense in Pogum wohnen? Is das nich'n bisschen weit vom Schuss?«

Er erklärt es ihm. Dass er das Wasser liebt und am Dollart wohnen will. Nach Feierabend auf die alte Erdgas-Bohrinsel, im Watt laufen, Vögel beobachten.

»Müssen sie selbst wissen. Hauptsache, sie gehören keiner Sekte an und zahlen jeden Monat pünktlich die Miete. Sonst fackel ich nicht lange. Ha, ha!«

Der Alte geht ihm auf die Nerven. Er bittet ihn, sich das Haus ansehen zu dürfen. Er habe wenig Zeit. In Wirklichkeit will er seine Zeit nicht mit dem Alten verschwenden. Eigentlich hätte er kein Haus gebraucht, aber Wohnungen sind im Rheiderland schwer zu kriegen. Ein Garten hätte auch nicht sein müssen, aber für eine Garage und zwei Schuppen hat ein Handwerker immer Verwendung.

»Ich nehm es.«

»Na, so mag ich das! Richtige Männer, die werden sich doch immer einig, was? Und Swartwitt zahlt ja auch nicht schlecht, was man so hört.« De Vries zwinkert ihm zu. »Wie lange arbeiten sie denn da schon?«

»36 Jahre.«

Der Alte stößt ein anerkennendes Pfeifen aus. »Na, das nenn ich beständig, alle Achtung! Lassense mich raten: Bestimmt hattense in Papenburg ein schönes Haus und dann ist ihnen die Frau weggelaufen, was? Kopf hoch, Frauen gibt's wie Sand am Meer. Und ein Kerl wie sie, der findet noch was Knackiges. Platz ist hier ja genug.«

Er brummt etwas als Erwiderung und unterschreibt den Mietvertrag.

De Vries lässt ihm die Schlüssel gleich da. Er solle ruhig schon was reinstellen, wenn er wolle. Das Haus stehe ja leer, seit er die verrückten Mormonen vor die Tür gesetzt habe.

Dann ist er allein. Er geht durch das stille Haus. Sieht aus dem Fenster den Deich. Das Wasser dahinter kann er nicht sehen.

Auf einmal weiß er nicht mehr, warum er hier ist. Was sucht er in dieser Gegend? Er wollte dahin, wo Marion ist. Je älter er wird, umso mehr muss er an sie denken. Er will wissen, was damals passiert ist, bevor es zu spät ist und er das Verbrechen nicht mehr sühnen kann. Denn ein Verbrechen ist damals geschehen, das weiß er genau.

Er denkt an den Polizisten, dem er das damals auch gesagt hat. Zu dem er aufschauen musste, weil der so groß und er selbst so ein kleiner Junge war. Spöttisch hat er ihn angesehen und auf einem Grashalm gekaut. »Lütje Mann, dien Süster is'n jung Wicht. Die will'n bisschen Spaß haben im Leben. Ick nehm di nu mit un du kummst na Großefehn. Da wird's dir gefallen, da sind andere Kinder und nette Schwestern, die sich um dich kümmern. Und wenn deine Schwester wiederkommt, dann holt sie dich dort ab. Ganz bestimmt.«

Dann hat der Polizist sich aufgerichtet und der Magd zugezwinkert, die hinter ihm stand. Glaubte wohl, dass er das nicht bemerken würde. Doch die Magd hat ihm ganz leicht den Arm gedrückt. Da hat er gewusst, dass wenigstens eine ihm glaubt. Aber gesagt hat sie auch nichts.

Jetzt hat er auch die Bilder wieder vor sich: den Hof, die lange Auffahrt, das Portal, den Stall und das Atmen der Kühe, den Heuboden, den Wassergraben, über dem die Trauerweiden hängen, das Klappern der Holzklumpen, das Keuchen des Treckers, die Garben auf den Feldern. Im Waisenhaus kam es darauf an, nicht zu viel an das Rheiderland und an Marion zu denken, in Moordorf fiel es ihm schon leichter, nach vorne zu schauen. So sind die Namen, Gesichter, Gespräche in seinem Kopf versunken, aber nicht verschwunden. Jetzt, da er sich Mühe gibt, sich zu erinnern, taucht vieles wieder auf.

Er nimmt sich vor, den Hof wiederzufinden. Irgendwo muss er ja anfangen. Irgendjemand wird wissen, wo Marion geblieben ist. Zur Polizei wird er bestimmt nicht gehen. Das hier ist ganz allein sein Ding. Er hätte seinen Vermieter fragen können, der kennt sich ja aus. Ach nein, besser nicht, der hätte ihm glatt erzählt, dass der Hof ihm gehört hat. »So wie das halbe Rheiderland …«

Noch einmal dreht er sich um, geht durch die Räume. Nun also wieder eine neue Behausung für ihn, den Unbehausten. Das Haus ist ihm egal, aber jetzt hat er eine Mission. Vielleicht die einzige in seinem Leben.

***

Natürlich war ihr sofort klar, wer sie in die Diele gestoßen hatte. Trotz ihrer Todesangst gelang es ihr, sich aus dem Griff des Mannes zu befreien. Als sie sich umdrehte, sah sie denselben Mann, der sie erst vor wenigen Tagen unsanft aus einem Schuppen gezerrt hatte. Er trug ein schwarzes Sweatshirt, dessen Kapuze er über den Kopf gezogen hatte, darüber eine blaue Jeansjacke. Dieser Aufzug stand ihm gut, schoss es Gertrud durch den Kopf, die sich gleichzeitig darüber wunderte, dass ihr in diesem Moment solche Gedanken kamen.

Sie war verwirrt und ängstlich. Eigentlich hatte sie genau das erreicht, was sie mit ihrem Artikel hatte erreichen wollen. Jetzt aber, hier in ihrer Wohnung, hatte sie die Situation nicht unter Kontrolle. Sie hatte sich nicht ausgemalt, was genau passieren würde, wenn sie den Fuchs tatsächlich aus seinem Bau gelockt hatte. Du hast einen Mörder vor dir, sagte eine warnende Stimme. Sei vorsichtig. Du musst ihn in ein Gespräch verwickeln. Und dann musst du sehen, dass du ihn loswirst.

»Moin, Herr Schäfer«, sagte sie mit aller Munterkeit, die sie zusammenkratzen konnte. »Sie hätten aber auch ruhig klingeln können.«

Sie horchte ihrer Stimme nach. Sie klang hohl, und das Selbstbewusstsein aufgesetzt.

Der Mann vor ihr schien es nicht zu bemerken. Er starrte sie fassungslos an: Offensichtlich ging ihm erst jetzt auf, dass es sich bei der Verfasserin des Zeitungsartikels, die er zur Rede stellen wollte, um eben die Frau handelte, die er durch die Polizei von seinem Grundstück hatte abführen lassen.

Sein Gesicht verfinsterte sich. »Wu häwwe Se des her, was Se do gschrewwe han?«[1], stieß er hervor. »Isch lass nedd zu,

1 Wo haben Sie das her, was Sie da geschrieben haben?

dasse misch verleumde. Isch will mid Inne rede.«[1] Er machte einen Schritt auf Gertrud zu.

Gertrud schrie auf. Gleichzeitig fiel ihr ein, dass die alte Frau Kramer, die auf der anderen Seite des Hauses wohnte, zu ihrer Tochter gefahren war. In ihrem Kopf überschlugen sich die Gedanken. Ihr blieben nur zwei Möglichkeiten: Deeskalation oder Flucht.

In ihrer Verzweiflung stieß sie Gottfried Schäfer ihr Knie zwischen die Beine. Der stöhnte auf, ließ sie für einen Moment los und klappte zusammen. Gertrud hechtete zur Haustür. Dabei stolperte sie über den leeren Wasserkasten, den sie schon am Morgen an die Tür gestellt hatte, um ihn zum Supermarkt zurückzubringen.

Sie prallte unsanft mit dem Kopf gegen die Tür. Einen Moment lang wurde ihr schwarz vor Augen.

Dieser Moment genügte Schäfer, um sich auf sie zu stürzen und sie zu Boden zu werfen. Wie ein gestrandeter Wal lag sie auf dem Bauch, während sich Schäfers Knie in ihren Rücken bohrte.

»Isch will mid Inne rede!«, rief er.

Da Gertrud nun doch wieder angefangen hatte zu schreien, drückte er ihr ihren Schal auf den Mund. Gertrud japste unter dem Schal. Sie hatte Wollflusen im Mund, die ihr beim Einatmen einen Hustenreiz verursachten.

Eine gefühlte Ewigkeit verharrten sie in dieser grotesken Situation, während Schäfer wieder und wieder beteuerte, er wolle nur mit ihr reden, aber sie müsse aufhören zu schreien.

---

1 Ich lasse nicht zu, dass Sie mich verleumden. Ich will mit Ihnen reden.

Irgendwann sah Gertrud ein, dass sie keine Chance hatte. Erschöpft ließ sie den Kopf sinken und nickte.

Schäfer führte sie aus der Diele in ihr Wohnzimmer und bedeutete ihr, sich auf ihr Cordsofa zu setzen. Mit dem Schal band er ihr die Arme auf dem Rücken zusammen. Dann setzte er sich ihr gegenüber in den alten Sessel und funkelte sie zornig an. »Sou, jetz kenne mer uns unnerhalde«[1], sagte er mit unverkennbar hessischem Dialekt. »Wisse Se, isch häbb mer des joh nedd sou vorgeschdellt, äwwer Sie han mer joh ka anner Wahl gelasse.«[2]

So hat er wahrscheinlich auch mit Tadeus de Vries gesprochen, dachte Gertrud, während sie Schäfer aus zusammengekniffenen Augen anstarrte. Und dann hat er ihn in die Kiste gepackt. Es lief ihr eiskalt den Rücken hinunter. Sie schüttelte sich ein bisschen.

Der schlanke Mittvierziger vor ihr beobachtete sie genau. Was ging nur in seinem Kopf vor? Wahrscheinlich würde er gleich ein Taschenmesser aus der Hosentasche ziehen, sich damit seelenruhig die Fingernägel reinigen und es ihr dann an die Kehle setzen. Wieder schauderte es sie.

»Ich will Ihnen jetzt mal eine Geschichte erzählen. Und Sie hören mir genau zu. Und dann überleg ich mir, was ich mit Ihnen tu.«

Die Vorstellung, sie könnte am Ende dasselbe Schicksal ereilen wie Tadeus de Vries, hatte sich in Gertruds Hirn festgesetzt. Obwohl sie völlig erschöpft war, waren ihre Nerven

---

1 So, jetzt können wir uns unterhalten.

2 Wissen Sie, ich habe mir das ja nicht so vorgestellt, aber Sie haben mir ja keine andere Wahl gelassen.«

zum Zerreißen gespannt. Mit jeder Faser lauschte sie den Worten Gottfried Schäfers. Früher oder später würde er ihr verraten, was er nun mit ihr vorhatte. Gleichzeitig fürchtete sie seine Lebensbeichte. Wenn er der Mörder von de Vries war, dann konnte er sie unmöglich am Leben lassen.

»Sie glauben, Sie wissen alles über mich. Sie haben ja so gründlich recherchiert, dass Sie sogar wissen, wen ich alles umgebracht habe. Bravo! Ich bin ein Serienmörder.« Er lachte kurz und bitter auf und sprach dann sehr ernsthaft weiter, wobei sein hessischer Dialekt fast nicht mehr zu hören war:

»Ich will Ihnen mal was sagen: Ich bin unter Mördern groß geworden, unter Massenmördern sogar.« Er machte eine kleine Kunstpause, um diesen Satz auf Gertrud wirken zu lassen. »Das glauben Sie nicht? Mein Großvater war Jurist. Er arbeitete im Reichsinnenministerium bei Wilhelm Frick. Und wissen Sie, was er dort gemacht hat? Er hat über Jahre die Aktion T 4 vorbereitet und organisiert. Den Begriff kennt heute kein Mensch mehr. Dabei wurden 70.000 Verrückte und Behinderte umgebracht. Aber das fing nicht gleich mit dem Umbringen an. Zuerst hat man sie zwangssterilisiert, dann hat man Frauen zur Abtreibung gezwungen. Dann hat man Menschen verboten zu heiraten, wenn irgendwas mit der ›Erbgesundheit‹ nicht stimmte. Danach hat man behinderte Kinder umgebracht und später dann die Erwachsenen. Und weil wir ja nicht bei den Hottentotten waren, sondern in einem ordentlichen, zivilisierten Staat, hat man die nicht einfach alle abgemurkst. Für jede dieser Maßnahmen gab es ein schönes Gesetz, für das man gute Juristen brauchte. Und mein Großvater war einer davon. Er hat sich nie die Hände schmutzig gemacht. Er war nicht einmal fanatischer Nazi. Er war einfach nur ein karrieregeiles Arschloch.«

Er blickte Gertrud forschend an, als wolle er die Wirkung seiner Worte auf sie prüfen. Gertrud versuchte, ein betroffenes Gesicht zu machen.

»Mein Geschichtslehrer war auch so ein Mann mit weißer Weste. Er hat zwar als SA-Rottenführer in seiner Jugend auf der Straße richtig die Sau rausgelassen und auch schon mal jemand totgetreten. Aber dabei handelte es sich ja um ›minderwertiges Pack‹. Dass er eigentlich nichts weiter als ein Totschläger war, wäre ihm wohl nicht in den Sinn gekommen. Als er uns in den sechziger Jahren unterrichtete, hatte er jedenfalls gute Beispiele aus eigener Praxis, wie man mit dem langhaarigen Gesindel draußen umgehen müsste, damit die Stadt wieder sauber würde. Fachlich hatte er ein großes Faible für die ehemals deutschen Ostgebiete. Über Ostpreußen haben wir jede Menge erfahren und wie die Russen nun dort hausten und tausend Jahre deutsche Kultur vernichteten.

Sie können mir glauben: Mit Mördern kenne ich mich aus. Und es hat mich rasend gemacht, dass in unserem Land niemand etwas davon wissen wollte, was diese ›Ehrenmänner‹, diese Richter, Unternehmensbosse, Polizeichefs, Professoren und Minister auf dem Kerbholz hatten. Als es 1968 losging an den Universitäten, als die jungen Leute endlich die richtigen Fragen stellten, da war ich Konfirmand. Aber ich hab gespürt, da ist etwas ganz Großes und Wichtiges im Gange. Auch ich wollte meinen Teil beitragen. Also bin ich damals zu meinem Großvater gegangen und habe ihn gefragt. Die Antwort waren Backpfeifen. Vor so einem Pimpf wie mir müsse er sich nicht rechtfertigen. Ich würde mich noch wundern, wenn alle die Schmarotzer, die heute auf der Straße wären, mir später auf der Tasche liegen würden. Mit denen könnte man keinen Staat machen. Die sollten doch am besten zu den Russen rübergehen, da wären sie gut aufgehoben.«

Gertrud kamen diese Worte bekannt vor. Auch ihr Vater hatte seine feste Meinung über die 68er und hielt langhaarige Studenten alle für RAF-Terroristen. Sie selbst hatte bei seinen Ausführungen meist lieber nicht so genau hingehört und sich auch nicht in politische Diskussionen mit ihrem Vater verwickeln lassen. Unterschwellig hatte sie immer befürchtet, dass sie dabei mehr über seine Gesinnung und Vergangenheit erfahren würde, als sie wissen wollte. Anders als Gottfried Schäfer war sie keine Wahrheitsfanatikerin.

Möglicherweise war sie ja gerade deshalb keine Mörderin geworden. Aber konnte dieser Mann vor ihr, der so ruhig und nachvollziehbar über die Doppelmoral der bundesrepublikanischen Gesellschaft sprach, wirklich ein Mörder sein?

Unsicher blickte sie ihr Gegenüber an. Sie fing an zu schwitzen und musste aufs Klo. Aber sie traute sich nicht zu gehen, weil sie nicht wusste, ob Schäfer das als Fluchtversuch werten würde. Die Situation war alles in allem ziemlich unkomfortabel.

Einstweilen versank der Mann vor ihr in seinen Erinnerungen. Von ihren Schweißausbrüchen schien er nichts zu bemerken.

»Das ging dann beim Bund so weiter. Ich wollte den Kriegsdienst verweigern, aber sie haben mich nicht anerkannt. Bei der Armee waren nur Schinder und Altnazis, die am liebsten jeden Tag die Bombe auf den Osten geworfen hätten. Da war mir klar, dass man das System verändern muss, weil unsere Gesellschaft sonst vor die Hunde geht. Zur Not auch mit Gewalt. Die andere Seite brauchte ja auch ständig Gewalt gegen uns. Der Mord an Benno Ohnesorg und der Anschlag auf Rudi Dutschke waren ja kein Zufall. Da musste man sich doch wehren, damit die was merken. Als ich endlich aus der Armee raus war, hab ich mich an der Uni in Frankfurt eingeschrieben. In den Siebzigern war da mächtig was los unter den Studenten. Ich habe mich in verschiedenen Gruppen umgesehen. Aber die meisten hatten sich längst nur noch in das Diskutieren und Demonstrieren verstrickt. Von denen war keine Veränderung der gesellschaftlichen Verhältnisse zu erwarten. Ich wollte aber was tun. Es sollte sich etwas ändern. Also landete ich schließlich bei den Revolutionären Zellen. Die waren radikal und kompromisslos. Ich dachte, so etwas braucht unser Land. Den RZ ging es nicht um den ganz großen Coup gegen den Bundeskanzler, den amerikanischen Präsidenten oder so – wie der RAF. Uns ging es um einen Widerstand, den jeder nachmachen konnte. Wir haben auch Anschläge gemacht, aber nie auf Menschen, nur auf Sachen.«

Das hatte Gertrud entschieden anders in Erinnerung. Sie runzelte die Stirn. Was für eine Story tischte der Typ ihr da eigentlich auf? Unwillig schüttelte sie den Kopf. Offenbar hatte Schäfer ihre Reaktion bemerkt, denn er fuhr zornig aus seinem Sessel auf.

»Klar, des glaawe Sie nedd.[1] Sie haben ja Ihr Bild vom

1 Klar, das glauben Sie nicht.

Mörder und Terroristen schon fertig im Schädel. Und wenn ich jetzt zu Ihnen herüberkomme und mich vor Sie hinstelle, dann denken Sie, Ihr letztes Stündlein hat geschlagen, nicht wahr?«

Zornig grinsend erhob er sich und baute sich vor ihr auf. Gertrud zuckte unwillkürlich zusammen. Was hatte er vor?

Er ging in ihre Küche. Sie hörte, wie er die Kühlschranktür öffnete und wieder schloss. Mit zwei Flaschen Bier in der Hand kam er zurück. Anscheinend fühlte er sich schon wie zu Hause. Ärger stieg in Gertrud auf, gegen ihren Willen aber auch Bewunderung für seine Coolness. Sie folgte ihm mit den Augen und registrierte jede seiner Bewegungen.

Er zog ein Taschenmesser aus der Hose. Gertruds Blicke wanderten zum Fenster. Die Jalousien waren nicht heruntergelassen. Theoretisch hätte jeder Passant die groteske Situation im Wohnzimmer beobachten und die Polizei holen können. Theoretisch. Denn die von Gertrud so oft verfluchten Tannen vor dem Wohnzimmer bildeten eine blickdichte Barriere zur Straße hin. Warum hatte sie die nicht längst gefällt?

Wieder kam Schäfer auf sie zu. Er stellte die Bierflasche vor sie auf den Couchtisch. Dann bückte er sich so weit herunter, bis sein Gesicht ganz nah an ihrem war.

»Haben Sie Durst?«

Gertrud nickte.

»Wenn ich Ihnen jetzt die Fessel abnehme, werden Sie dann sitzen bleiben?«

Sie nickte.

Er zögerte kurz, verließ den Raum, um die Haustür mit dem Schlüssel, der noch im Flur auf dem Boden lag, von innen abzuschließen und kam dann zu ihr zurück. Den Schlüssel steckte er ein, dann löste er den Schal um ihre Arme.

Mit zitternden Händen nahm sie einen Schluck Bier aus der Flasche und schloss die Augen.

Schäfer war inzwischen wieder auf seinen Platz zurückgekehrt und fixierte sie.

»Okay, Sie haben recht. Wir haben auch Gewalt gegen Menschen ausgeübt. Wir wollten zwar niemanden töten, aber Leute zu verletzen haben wir in Kauf genommen. Ich war damit einverstanden, weil die Männer, die wir treffen wollten, allesamt Verbrecher, Nazis und Feinde der Arbeiter waren. Gewalt war prinzipiell notwendig, weil wir die Leute wirklich aufrütteln und zum Nachdenken bringen wollten. Und was ist schon ein Knieschuss gegen den millionenfachen Mord an den Juden oder gegen die Massaker, die sich in Vietnam abspielten oder gegen das Apartheid-Regime in Südafrika, an dem unsere Banker so prächtig verdienten?«

Er schwieg und starrte eine ganze Weile in die Luft. Dabei trank er aus seiner Bierflasche.

»Ich habe gehört, dass Sie damals Waffen für Anschläge beschafft haben«, traute sich Gertrud zu fragen, um das Gespräch wieder in Gang zu bringen.

»Ich kann mir schon denken, mit wem Sie gesprochen haben. Wir hatten in der linken Bewegung damals viele, die waren eigentlich nur wegen des Krawalls dabei, weil es Spaß machte und sie das Abenteuer suchten. Die haben gar nichts wirklich ernst genommen. Ich war immer dafür, dass wir diese Jungs rausschmeißen. Die konnte man nicht brauchen, weil sie unzuverlässig waren. Es ging schließlich um eine ernste Angelegenheit. Die Typen sind die Karrieristen von heute.

Schauen Sie sich doch um, wie hervorragend die sich in das System eingefügt haben. Heute sind sie Politiker, Professoren, Unternehmer und sogar Bundesminister – genauso korrupt wie diejenigen, gegen die sie damals gekämpft haben. Die hätten vor sechzig Jahren genauso gut in das System gepasst.«

Es lag so viel Verachtung in seiner Stimme, dass Gertrud erwartete, er werde gleich ausspucken. Schon wieder saß da jemand vor ihr und redete über das »System«.

»Sind für Sie eigentlich die Bundesrepublik und das Dritte Reich mehr oder weniger das Gleiche?«, traute sie sich zu fragen, weil es sie wirklich interessierte, ob Schäfer immer noch in seiner 68er-Welt lebte.

Überrascht sah er sie an. Dann runzelte er die Brauen.

»Es ist jedenfalls mehr vom Dritten Reich in der Bundesrepublik erhalten geblieben, als die meisten wahrhaben wollten. Inzwischen sind ja die meisten Opfer und Täter schon tot. Da stören sie die Illusion, dass diese Gesellschaft sich wirklich erneuert hätte, noch weniger. Aber sehen Sie denn nicht, dass die Kleinen gegen die Großen immer noch ohnmächtig sind? Dass es Repression und Überwältigung des Volkswillens immer noch gibt? Das kann man doch hier beim Sperrwerk auch beobachten. Gegen die mächtigen Reeder, die mit der Politik im Bunde stehen, haben die kleinen Fischer doch überhaupt keine Schnitte. Um deren Existenz kümmert sich niemand, während gleichzeitig Millionen an Steuergeldern des kleinen Mannes verbuddelt werden, damit sich Bernard Meyer auch weiterhin eine goldene Nase verdienen kann.«

»Aber es geht hier doch nicht nur um Bernard Meyer. Es

geht doch auch um ein paar Tausend Menschen, die dort in der Werft arbeiten. Wieso zählen die denn nichts gegen die Fischer? Und außerdem: Oben und unten gibt es in allen Gesellschaften. Auch dort, wo es nie ein Drittes Reich gab. Machen Sie es sich nicht etwas zu einfach, wenn Sie sich das Recht nehmen, gegen jemanden Gewalt auszuüben, nur weil er anderer Meinung ist als Sie?« Sie hatte sich in Rage geredet. Jetzt auf einmal wurde ihr bewusst, dass sie Schäfer mehr oder minder direkt mit dem Mordvorwurf an Tadeus de Vries konfrontiert hatte. Ihr Atem stockte bei dem Gedanken, dass sie vielleicht einen Schritt zu weit gegangen war.

Anders als sie befürchtet hatte, blickte Schäfer sie eher resigniert an.

»Und wie einfach machen Sie es sich, indem Sie mich an einer Vergangenheit messen, die ich längst hinter mir gelassen habe? Ich habe damals Fehler gemacht. Die habe ich bereut und gebüßt. Ich habe nie jemanden getötet. An den Morden, die Sie mir in ihrem Zeitungsartikel anhängen wollen, war ich nicht beteiligt. Damals nicht und heute auch nicht. Ich bin immer noch gegen Willkür und Unterdrückung. Und ich kämpfe für die Dinge, die ich für richtig halte. Aber mit anderen Mitteln als damals. Tadeus de Vries zu ermorden war unnötig. Er wird ohnehin vor Gottes Gericht kommen. Aber die Menschen sollen nicht länger den Kopf in den Sand stecken und so tun, als habe es die Vergangenheit nicht gegeben. Es kann nicht sein, dass Verbrecher geachtete Mitglieder der Gesellschaft sind und auch heute noch das Sagen haben. Man muss das Unrecht beim Namen nennen, sonst gibt es niemals Gerechtigkeit. Nur darum ist es mir gegangen, als ich Ihnen den Bericht über de Vries geschickt habe.«

Es waren die Ruhe und der Ernst seiner Worte, die Gertrud davon überzeugten, dass der Mann vor ihr die Wahrheit sagte. Sie hatte lange geglaubt, es mit einem fanatischen Spinner zu tun zu haben. Stattdessen saß vor ihr ein Mann, der über sich selbst reflektierte. Seine Geschichte erschien ihr plausibel.

***

Zwei Stunden später, inzwischen weit nach Mitternacht, saßen Gertrud Boekhoff und Gottfried Schäfer einander immer noch gegenüber. Doch die Situation hatte sich vollkommen verändert. Gertrud dachte nicht mehr im Traum daran fortzulaufen und Hilfe zu rufen. Stattdessen redeten sie, als würden sie sich seit Jahren kennen. Nachdem Schäfer seine Geschichte zu Ende erzählt hatte, war Gertrud an der Reihe gewesen. Sie hatte sogar über ihren Vater gesprochen, obwohl sie das Thema sonst meistens verdrängte. Ihre Wangen glühten, das Bier war nicht ohne Wirkung geblieben.

Irgendwann schwiegen sie beide und sahen sich an.

»Du kannst jetzt nicht nach Hause fahren«, stellte Gertrud fest. »Die Polizei wartet dort auf Dich.«

»Aber ich hab nichts getan«, protestierte Schäfer. »Was wollen die mir beweisen?«

»Wenn du jetzt da hinfährst, dann zumindest Trunkenheit am Steuer«, war die sachliche Antwort. »Du bleibst hier. Diese Couch ist bequemer, als sie aussieht.«

So kam es, dass zum ersten Mal ein Mann bei ihr in der Wohnung schlief. Und nichts schien ihr selbstverständlicher als das. Als Gertrud sich in die Kissen ihres eigenen Bettes kuschelte, kamen ihr auf einmal Gedanken, die sie seit vielen Jahren aus ihrem Kopf verbannt hatte.

Sonntag, 7. November 1999

Der Tag hatte fürchterlich angefangen. Morgens um sieben Uhr hatte ihn Wilfried Bleeker angerufen und ihm von einem Zeitungsartikel im »Rheiderländer Tagblatt« über Gottfried Schäfer berichtet. Der Artikel war zwar schon am Vortag erschienen, aber weil niemand aus Möllenkamps Truppe im Rheiderland wohnte, war die Nachricht erst mit zeitlicher Verzögerung bei der Leeraner Polizei angekommen. Genau genommen hatte irgendeiner von Wilfrieds Zechkumpanen, mit denen er an den Wochenenden um die Häuser zog, ihm die Zeitung unter die Nase gehalten. Wilfrieds Stimme nach zu urteilen, war er kurz vor dem Zubettgehen. Sieben Uhr hielt er wohl für eine geeignete Zeit zum Anrufen. Meike, die sich ziemlich verkatert das Kissen über den Kopf gezogen hatte, nicht. Um zu verhindern, dass der Haussegen schon am Morgen in gefährliche Schieflage geriet, war Möllenkamp rasch mit dem Telefon in die Küche geschlichen.

Bleeker hatte ihm den Artikel vorgelesen. Möllenkamp musste nicht nachfragen, wer ihn geschrieben hatte. Wut war in ihm aufgestiegen, denn der Inhalt legte nahe, dass Gertrud Dinge über einen Verdächtigen wusste, die sie besser der Leeraner Kriminalpolizei mitgeteilt hätte, statt sie zuerst in ihrer Zeitung zu verbreiten.

Wo er schon einmal so früh wach war, hatte Möllenkamp sich einen Kaffee gekocht und dann rasch das Haus verlassen. Er wollte nicht in das »Weiberfrühstück« hineingeraten und schon gar nicht hatte er Lust dazu, sich am allgemeinen Aufräumen der Reste von gestern Abend zu beteiligen. Ihr Wasabi-Zeug sollten die Mädels mal schön selbst entsorgen.

Sein Ziel war Weener. Er hatte die Absicht, zu Gertrud zu fahren und mit ihr ein Hühnchen zu rupfen. Auch wenn er insgeheim bezweifelte, dass er damit eine nachhaltigere Wirkung erzielen würde als beim letzten Mal. Als Möllenkamp jedoch an ihrem Haus die Jalousien heruntergelassen fand, beschloss er, zuerst sein zweites Ziel anzusteuern: Pastor Donker.

Wenn ihm Gottfried Schäfer schon durch die Lappen gegangen war, dann würde er sich eben wieder an den Mann halten, der ihn zweifellos besser kannte, als er es bei seinem ersten Besuch hatte erkennen lassen. Es konnte nicht schaden, Matthias Donker ein wenig auf den Zahn zu fühlen.

Er fuhr also aufs Geratewohl zum Pfarrhaus. Auf sein Klingeln öffnete ihm eine kleine Frau mit einem Baby auf dem Arm.

»Entschuldigen Sie die frühe Störung. Mein Name ist Stephan Möllenkamp, Kriminalhauptkommissar von der Kripo Leer. Sind Sie Frau Donker?«

»Mein Name ist Donker-Schmidt«, antwortete die Frau bestimmt. »Sie wollen bestimmt zu meinem Mann.«

»Ja, ist er zu sprechen?«

»Ich werde ihn rufen. Er sitzt noch an der Predigt für den heutigen Gottesdienst.«

Ach herrje, natürlich! Heute war Sonntag. Da hatte er sich ja einen tollen Zeitpunkt für seinen Besuch bei einem Pastor ausgesucht. Er sollte wirklich öfter zur Kirche gehen.

Während Möllenkamp in der Diele stand, die mit Kinderzeichnungen, Brot-für-die-Welt-Plakaten und bunten Webteppichen aus Mittelamerika geschmückt war, hörte er im Obergeschoss ein leises Gemurmel. Kurz darauf erschien Matthias Donker auf der Treppe.

»Guten Morgen, Herr Kommissar, das ist aber eine Überraschung am Sonntagmorgen. Was kann ich für Sie tun?«

»Ich würde gern noch einmal mit Ihnen über ein Mitglied Ihrer Bürgerinitiative sprechen. Aber ich fürchte, ich komme ungelegen, das ist mir gerade klargeworden.«

»Offen gesagt: Nach dem Gottesdienst wäre mir ein Gespräch lieber. Aber warum kommen Sie nicht einfach in die Kirche und hinterher sprechen wir dann? Sie könnten den Altersdurchschnitt dramatisch senken und – wer weiß – vielleicht gefällt es Ihnen und Sie kommen wieder.« Er zwinkerte.

Möllenkamp lachte. »Ich bin kein großer Kirchgänger und außerdem katholisch. Aber das Angebot nehme ich an. Dann sehe ich mal, was Sie so draufhaben.«

»Puh, das setzt mich jetzt aber unter Druck. Da werde ich mich schnell noch einmal an den Schreibtisch setzen und an meiner Predigt feilen. Meine Frau macht Ihnen inzwischen bestimmt einen Kaffee.«

Die Kirche lag direkt neben dem Pfarrhaus. Ein mittelalterlicher Backsteinbau, innen protestantisch schlicht, dafür jedoch mit einer prächtigen Orgel ausgestattet. Möllenkamp hatte davon gehört, dass es in Ostfriesland einige besonders wertvolle historische Orgeln gab. Dies war offensichtlich eine davon.

Leider war der Organist dem Instrument nicht gewachsen. Oder der Gemeinde. Jedenfalls spielte er so langsam, dass der Gesang der Kirchenbesucher dem Instrument immer ein Stück voraus war. Die Schuld hierfür lag, wie Möllenkamp fand, eindeutig beim Organisten. So langsam, wie der spielte, konnte man einfach nicht singen. Darum unterließ er tunlichst jeden Versuch, in den Chor der Gemeinde einzustimmen. Die meisten Lieder kannte er sowieso nicht.

Die Predigt, auf die er sich vergeblich zu konzentrieren versuchte, drehte sich um einen Text aus dem Lukasevangelium. Darin trieb Jesus einen bösen Geist aus einem Menschen aus. Einige Beobachter argwöhnten, er habe dafür die Hilfe von Beelzebub in Anspruch genommen. Möllenkamp fragte sich, ob die Redewendung »den Teufel mit dem Beelzebub austreiben« wohl aus diesem Text stammte. Und war es im Grunde nicht genau das, was der Mörder von Tadeus de Vries getan hatte? Wer immer es gewesen war – Gottfried Schäfer, Mentko de Vries oder jemand ganz anderes – hatte wahrscheinlich gute Gründe gehabt, den alten Mann zu hassen. Aber ein Mord machte die Schuld des Opfers nicht ungeschehen, sondern fügte dem unendlichen Schuldregister der Menschheit nur einen weiteren Eintrag hinzu.

Nach dem Gottesdienst hielt sich Möllenkamp etwas zurück, bis alle Besucher – es waren nur etwa vierzig bis fünfzig – die Kirche verlassen hatten. Er traf Matthias Donker im Talar vor der Kirchentür an, nachdem er alle Gottesdienstbesucher per Handschlag verabschiedet hatte. Donker schlug ihm einen Rundgang über den alten Friedhof vor, der an die Kirche angrenzte.

Wie beim letzten Mal kam Donker von sich aus ohne Umschweife zur Sache: »Nach dem Zeitungsartikel von gestern nehme ich mal an, dass Sie hier sind, um mit mir über Gottfried Schäfer zu sprechen.«

»Warum haben Sie mir nicht beim letzten Mal schon von ihm erzählt? Sie hätten uns dadurch eine Menge Zeit erspart.«

»Sie erwarten doch hoffentlich nicht von mir, dass ich einfach Verdächtigungen gegen irgendwelche Leute ausspreche, für die ich keinen Grund sehe.«

»Nun ja, es wird ja Gründe dafür geben, dass Schäfer nicht mehr in Ihrer Bürgerinitiative aktiv ist.«

Donker seufzte und bückte sich nach einem verrutschten Kranz, der, durch den Regen bereits ausgebleicht, auf einem frischen Grab lag. »Die Sache ist nicht so einfach, wissen Sie. Ich habe mit meinen Leuten geredet, als die Gerüchte über Gottfried auftauchten. Ich habe ihnen gesagt, dass sie niemanden vorverurteilen dürfen. Solange nicht bewiesen ist, ob Gottfried Schäfer tatsächlich etwas mit Terroristen zu tun gehabt hat. Wäre es etwa recht, Schäfer auszugrenzen, wenn er tatsächlich ein linksradikaler Terrorist gewesen wäre? Verdient nicht jeder eine zweite Chance? Ist es nicht Christenpflicht, jemandem das Gute immer wieder zuzutrauen?« Der Pastor geriet ins Stocken. Vermutlich wusste er nur zu gut, dass ihm das Beharren auf der Unschuldsvermutung seine Bürgerinitiative zersprengt hätte. Die unerschütterliche Gewissheit, sich für die richtige Seite zu engagieren – viele Menschen bezeichneten das verächtlich als »Gutmenschentum« – duldete keinen Makel. Schon der Verdacht, jemand könnte das Nest beschmutzen, führte zum unbarmherzigen Ausschluss. Und Donker hatte sich nur halbherzig dagegengestemmt und sich eingeredet, es wäre nötig, um die gemeinsame Sache nicht zu gefährden. War der Einsatz für Gottes Schöpfung nicht ein zu wichtiges Anliegen, um es zu schwächen?

Möllenkamp war klar, dass er einen wunden Punkt getroffen hatte.

»Können Sie sich vorstellen, dass Schäfer einen Grund hatte, de Vries persönlich zu hassen?«

Der Pastor zögerte. »Na ja, Gottfried hat behauptet, dass Tadeus de Vries die Gerüchte über ihn in die Welt gesetzt hat, um ihn kaltzustellen. Ich weiß nicht, ob das der Wahrheit entspricht. Die Geschichten über, na ja, was er getan haben soll, die waren eben irgendwann einfach da, und so etwas verselbstständigt sich. Bei Rufmord ist es zwecklos, dem Ursprung auf die Spur kommen zu wollen.«

»Glauben Sie denn, dass de Vries gezielt eine Rufmordkampagne gestartet haben könnte?«

Donker seufzte. Ein solches Gespräch zu führen, war ihm sichtlich unangenehm. »Man soll über die Toten nicht schlecht reden.« Er blickte eine Weile nachdenklich auf die hohen Pappeln, die den Friedhof säumten. »Aber ja, ich hätte de Vries beinahe jedes Mittel zugetraut. Bei der Durchsetzung seiner Ziele war er nicht zimperlich.«

»Warum hat er sich denn ausgerechnet auf Schäfer konzentriert?«

Diesmal kam die Antwort schnell. Offenbar hatte Donker schon intensiv darüber nachgedacht. »Weil Gottfried unsere stärkste Waffe war, gleichzeitig aber auch das schwächste Glied in der Kette. In den Anfängen unserer Bürgerinitiative vor etwa drei Jahren einte uns alle die Empörung und das gemeinsame Ziel. Aber wir hatten eigentlich überhaupt keine Ahnung, wie man so einen Protest organisiert. Da tauchte auf einmal Gottfried hier auf. Er erschien uns zunächst etwas gewöhnungsbedürftig in seiner Art. Nun sind die Ostfriesen immer zuerst etwas misstrauisch und beobachten einen Fremden genau, bevor sie ihm vertrauen. Dass er Christ war, hat ihm in dieser Gegend sicher geholfen. Es war ein Vertrauensvorschuss. Aber er trug seinen christlichen Glauben auch sehr nach außen und begründete seinen Widerstand immer mit Gott. Dass Sie mich nicht missverstehen: Als Pastor sollte mich das freuen und tut es auch, und für mich bedeutet der Widerstand gegen das Sperrwerk auch, den Auftrag zur Bewahrung der Schöpfung zu erfüllen. Aber sehen Sie, ich stamme selbst aus der Gegend hier, und die Menschen hier auf dem flachen Lande, im Angesicht des Wassers, haben keinen Zug zum Schwärmerischen. Der Protestantismus ist hier sachlicher, politischer und praktisch-diakonisch. Na ja, wenn man aber mal davon absieht … Jedenfalls hat Gottfried uns die Augen geöffnet, dass es nicht reicht, Plakate zu malen und Mahnwachen abzuhalten. Er hat uns geholfen, die Kontakte zu den Umweltverbänden professionell aufzuziehen, uns Verbündete in der Politik zu suchen. Er kannte die Anwaltskanzleien, die sich auf Großprojekte wie dieses spezialisiert haben und so weiter und so fort. Er hatte einfach Kontakte und die nötige Erfahrung. Hat damals schon in Frankfurt das Hüttendorf im Wald gegen die Startbahn West aufgebaut und dort gehaust.«

»Und Sie glauben, das reichte, um so sehr den Hass von Tadeus de Vries auf sich zu ziehen, dass der eine Rufmordkampagne startete«, fragte Möllenkamp ungläubig. Er konnte sich das nicht so recht vorstellen, denn schließlich war dies ein Kampf David gegen Goliath. Wer so mächtige Verbündete für ein Projekt hatte wie den Bundeskanzler und die maßgeblichen Politiker und dann auch noch auf die Schaffung zahlloser Arbeitsplätze verweisen konnte, der brauchte sich doch vor einer kleinen Bürgerinitiative nicht zu fürchten. Die war doch aus Sicht der Befürworter nicht mehr als ein kleiner lästiger Kläffer, der sich im Hosenbein festbiss und den man entnervt abschüttelte.

»Ich habe ja nicht behauptet, dass es stimmt, was Gottfried über de Vries gesagt hat. Ich sage nur, dass es mich nicht sonderlich überraschen würde, wenn er wirklich dahintersteckte. Die meisten Menschen, die de Vries kannten, haben ihn nicht gemocht, hatten aber Angst vor ihm. Er hatte etwas Respekteinflößendes in seiner herrischen Art. Da zog man sofort den Kopf zwischen die Schultern. Aber Gottfried, den hat das gar nicht beeindruckt. Der ist diesem Mann einfach auf Augenhöhe gegenübergetreten und hat ihm die Meinung gesagt. Das hat de Vries rasend gemacht, weil er es wohl als Majestätsbeleidigung empfand.«

Möllenkamp entschloss sich, in die Offensive zu gehen. »Jetzt mal frei heraus: Halten Sie es für vorstellbar, dass Gottfried Schäfer Tadeus de Vries ermordet hat?«

Pastor Donker seufzte. »Das ist eine schreckliche Frage, am liebsten würde ich gar nicht darüber spekulieren.« Er holte tief Luft und starrte noch einmal lange auf die Bäume. »Wenn Sie mich das vor einem Jahr gefragt hätten, dann hätte ich Ihnen im Brustton der Überzeugung gesagt: nein. Aber inzwischen habe ich Gottfried schon so lange nicht mehr gesehen. Er hat sich ganz zurückgezogen. Wie man so hört, leidet er wohl etwas unter Verfolgungswahn. Ich … Wissen Sie, ich kann einfach nicht sagen, was in den letzten Monaten mit ihm passiert ist.«

Sie waren inzwischen in der hintersten Ecke des Friedhofs angelangt. Dort blieb Donker vor einem ganz kleinen Grab mit einem halb versackten Grabstein stehen. Es war nicht frisch geharkt wie die meisten anderen Gräber, sondern mit einer bodendeckenden Kriechspindel bewachsen, sodass das Unkraut nicht überhandnehmen konnte. Vor dem Grabstein befand sich eine kleine Plattform, auf der eine Vase mit einem Strauß violetter Astern stand. Die Astern mussten erst vor kurzem dorthin gebracht worden sein, denn sie waren noch nicht von den Regenschauern der letzten Tage gezeichnet. Auf dem Grabstein war kein Name eingemeißelt. Stattdessen stand dort: »Und tut nicht Unrecht den Witwen, Waisen, Fremdlingen und Armen«. Sonst stand dort nur ein Datum: 17.2.1962.

Fragend blickte Möllenkamp den Pastor an, der nachdenklich die Vase mit den Blumen ansah. »Wenn ich bloß wüsste, wer neuerdings hier die Blumen hinbringt.« Als er Möllenkamps Blick bemerkte, erklärte er: »Oh ja, dieses Grab ist ungewöhnlich. Hier liegt eine junge Frau. Sie wurde 1962 im Zuge der Aufräumarbeiten nach der großen Sturmflut in Pogum gefunden. Sie war noch sehr jung, vielleicht 15, 16 Jahre alt. Nachdem man über die Zeitungen und das Radio vergeblich versucht hat, ihre Identität zu ermitteln, wurde sie schließlich hier beigesetzt.«

Bei Möllenkamp dämmerte es. Er erinnerte sich an den Zeitungsartikel, den er im »Schwarzen Ross« an der Wand gesehen hatte. Es musste sich um das Mädchen handeln, um das es dort gegangen war. »Ich habe von ihr gelesen. Warum liegt sie eigentlich hier und nicht in Pogum?«

Matthias Donker sah ratlos aus. »Das ist eine gute Frage. Ich kann sie Ihnen auch nicht genau beantworten. Ich glaube, es gab damals Leute, die diese junge Frau nicht auf dem lutherischen Friedhof bestatten wollten, weil man ja nicht wusste, welcher Konfession sie angehöre.«

Über Möllenkamps fassungsloses Gesicht musste er lachen. »Ja, damals war das für manche noch wichtig. Auch wenn wir das heute kaum mehr glauben können. Jedenfalls hat die Gemeinde hier weniger Vorbehalte gehabt. Die Gemeindemitglieder haben sogar für diesen Grabstein gesammelt.«

»Warum ging man davon aus, dass es sich um eine Fremde handelte?«

»Weil sich kein Angehöriger aus der Region meldete. Außerdem hat die Gerichtsmedizin festgestellt, dass das Mädchen wohl schon viele Jahre dort unter der Erde lag. Man vermutete, dass sie kurz nach dem Krieg dort verscharrt worden ist. Und in dieser Zeit ging es ja auch hier in Ostfriesland drunter und drüber: heimkehrende Soldaten, freigelassene Zwangsarbeiter, Flüchtlinge und Vertriebene. Es gab Fremde genug. Manche zogen weiter, andere blieben und wurden hier sesshaft. Man vermutete also, dass es sich möglicherweise um ein Flüchtlingsmädchen aus dem Osten handelte. Aber wissen Sie, nach dem Kriege sind so viele Menschen verloren gegangen …« Seine Stimme war leise geworden und er schwieg einen Moment, bevor er sich wieder gefangen hatte. »Einige Frauen aus der Gemeinde haben sich um die Gestaltung des Grabes gekümmert und darauf geachtet, dass es nicht verkommt. Allerdings müssen wir jetzt wohl Sicherungsmaßnahmen für den Grabstein ergreifen, weil er versackt.«

Möllenkamp betrachtete das Grab. Die Geschichte rührte und beunruhigte ihn gleichermaßen. Irgendwo in seinem Hinterkopf rumorte etwas, aber er konnte dieses Etwas nicht greifen.

»Haben die Frauen aus Ihrer Gemeinde hier auch die frischen Blumen hingestellt?«

Der Pastor kratzte sich am Kopf. »Das ist das Rätsel, mit dem ich mich herumschlage. Unsere guten Geister aus der Gemeinde waren es nämlich nicht. Die habe ich schon gefragt. Seit ungefähr zwei Wochen stehen hier in unregelmäßigen Abständen immer wieder frische Blumen. Natürlich bin ich neugierig, wer sie hinstellt. Ich dachte, früher oder später wird irgendeines meiner treuen Gemeindeglieder, die täglich hier auf dem Friedhof sind, denjenigen beobachten, der das macht. Aber nie wurde jemand gesehen. Ich müsste den Friedhof schon regelrecht bewachen, um das herauszufinden. Aber ich bin ja nicht Sherlock Holmes, und es geschieht hier ja nichts Verbotenes.«

Möllenkamp verabschiedete sich. Er würde jetzt noch einmal zu Gertrud Boekhoff fahren. Vielleicht brachte ihm das konkretere Erkenntnisse als das Gespräch mit Matthias Donker.

***

Die Rollläden waren hochgezogen. Immerhin. So konnte er es wagen, bei Gertrud Boekhoff zu klingeln. Der Sturm der letzten Nacht hatte Blätter und Zweige vor ihre Haustür geweht. Eine der Tannen stand ziemlich windschief und wäre wahrscheinlich umgefallen, wenn die anderen Bäume sie nicht untergehakt hätten.

Hinter der großen Fensterscheibe des Wohnzimmers nahm er eine Bewegung wahr. Im ersten Moment kam es ihm so vor, als säßen dort zwei Personen. Als aber Gertrud ihm die Tür öffnete und er das Haus betrat, konnte er niemanden sonst entdecken.

Auch diesmal hatte sie ihn offenbar erwartet. Und auch diesmal sah sie so aus, als hätte sie die ganze Nacht durchgemacht. Allmählich fragte Möllenkamp sich, ob die Redakteurin vom »Rheiderländer Tagblatt« vielleicht ein Alkoholproblem hatte. Andererseits war das nicht seine Angelegenheit. Er war hier, um ihr wieder einmal den Kopf zu waschen, und er hatte nicht vor, sich wieder so abspeisen zu lassen wie beim letzten Mal.

»Stephan, was führt dich zu mir an diesem schönen Sonntagmorgen?« Ihr Tonfall war sarkastisch.

»Ich nehme an, das weißt du«, erwiderte er, während er wieder einmal auf der dunkelgrünen Couch Platz nahm.

»Hat es etwas mit meinem Zeitungsartikel von gestern zu tun? Ich dachte, in Leer lest ihr Banausen die maßgebliche Zeitung des Rheiderlandes nicht.«

»Darum komme ich ja auch erst heute und nicht schon gestern. Es dauert ein bisschen, bis die maßgeblichen Nachrichten ihren Weg über die Ems gefunden haben«, erwiderte Möllenkamp. »Ich wäre aber dankbar, wenn wir als Kriminalpolizei durch diesen Umstand mit unseren Ermittlungen nicht allzu sehr ins Hintertreffen gerieten. Vielleicht könntest du Informationen über mögliche Verdächtige ja direkt an uns weitergeben, bevor sie uns durch die Lappen gehen. Die Informationen *und* die Verdächtigen, meine ich.« Seine Stimme troff vor Ironie.

»Vergiss einfach, was ich da gestern geschrieben habe. Es ist sowieso nichts dran an der Sache«, sagte Gertrud leichthin.

Möllenkamp starrte sie an. Diese Frau hatte eindeutig nicht alle Tassen im Schrank. Ganz langsam wiederholte er ihre letzten Worte, damit er sicher war, dass er richtig gehört hatte: »Es ist nichts dran an der Sache?«

»Nein. Ich habe mich geirrt.«

»Das geht mir jetzt ein bisschen schnell …« Möllenkamp rang um Fassung.

Gertrud blieb ganz ruhig. »Gottfried Schäfer ist sicher nicht der Täter. Ich habe inzwischen mit ihm geredet.«

Das wurde ja immer schöner. Möllenkamp bekam Lust, Gertrud Boekhoff mit aufs Präsidium und dort so richtig in die Mangel zu nehmen.

Sehr langsam sagte er: »Du hast also mit einem unserer Mordverdächtigen gesprochen. Zufällig mit genau jenem Mordverdächtigen, nach dem wir zurzeit am meisten suchen, weil er verschwunden ist? Darf ich annehmen, dass du weißt, wo er sich gerade aufhält?«

»Nein, im Moment weiß ich es nicht. Aber ich weiß ganz genau, dass er es nicht war.«

»Und warum legst du dann in Deinem Zeitungsartikel das Gegenteil nahe? Hast du Freude an Verleumdung und übler Nachrede?«

Gertrud seufzte. »Nein, daran habe ich keinen Spaß. Und ich will auch gar nicht daran denken, was mir am Montag in der Redaktion bevorsteht. Das Gespräch mit Schäfer hat erst nach dem Erscheinen des Berichts stattgefunden. Genau genommen hat der Artikel genau das bewirkt, was er bewirken sollte: Schäfer hat sich dadurch provoziert gefühlt und mit mir Kontakt aufgenommen. Und nachdem ich mit dem Mann ausführlich gesprochen habe, bin ich inzwischen davon überzeugt, dass er nichts mit dem Mord zu tun hat.«

»Weil?«, fragte Möllenkamp, der auf die Pointe wartete.

»Nichts weil«, erwiderte Gertrud Achsel zuckend. »Er war's einfach nicht.«

Das durfte doch einfach nicht wahr sein!

»Also Gertrud, ich weiß ja beim besten Willen nicht, ob das die übliche Art ist, in der du deine Geschichten recherchierst. Aber das hier ist mir ein bisschen zu dünn. Was verschweigst du mir?«

»Nichts. Das musst du mir glauben. Es ist nur so ein Bauchgefühl. Ich war überzeugt, dass er de Vries umgebracht hat. Er hat ihn so gehasst. Hat monatelang über ihn recherchiert und uns dann das Ergebnis seiner Nachforschungen persönlich in der Redaktion vorbeigebracht und gefordert, wir müssten doch jetzt endlich einmal seine Vergangenheit offenlegen und die bürgerliche Fassade dieses ›Ehrenmannes‹ einreißen. Gleichzeitig arbeitete de Vries gegen Schäfer. Mit seiner Rufmordkampagne hat er dafür gesorgt, dass Schäfer in der Bürgerinitiative keine Rolle mehr spielen konnte. Aber im Gespräch habe ich einen ganz anderen Mann kennengelernt. Die Fehler seiner Vergangenheit leugnet er gar nicht. Was er tatsächlich getan hat, gibt er zu. Er ist selbstkritisch und reflektiert. Gleichzeitig ist er überzeugter Christ. Der bringt niemanden um. Er hält die Bestrafung von de Vries' Verbrechen für eine Aufgabe, die Gott zu erledigen hat. Er wollte lediglich erreichen, dass das Denkmal von seinem Sockel gestürzt wird und de Vries seinen ökonomischen und politischen Einfluss in der Region verliert, indem die Menschen erfahren, welche ungeheuerlichen Verbrechen der Alte begangen hat.«

Möllenkamp bebte innerlich vor Wut. »Du setzt also haltlose Gerüchte über einen Mann in die Welt. Du beschuldigst ihn, jetzt – und auch schon in der Vergangenheit – Morde begangen zu haben. Und das alles ohne einen Beweis? Und dann sprichst du mit ihm und kommst zu dem Schluss, dass er es doch nicht war. Und auch dafür hast du keinerlei Belege. Das ist doch nicht zu fassen! Oder ist an den Behauptungen, die du in deinem Artikel aufgestellt hast, doch etwas dran? Ist dir klar, dass die Kripo in diesem alten Fall die Ermittlungen wieder aufnehmen muss, wenn deine Quellen dir Hinweise gegeben haben, die der Polizei bislang noch nicht vorlagen? Du hast da ein ganz großes Fass aufgemacht. Das kannst du nicht einfach wieder so zumachen.«

Gertrud sah jetzt ehrlich geknickt aus. »Ich weiß ja. Morgen werde ich eine Berichtigung meines Artikels veröffentlichen, in der ich Schäfer entlaste. Und dann kann ich nur beten, dass R. Buss mir verzeiht.«

Möllenkamp zog die Augenbrauen hoch: »Airbus?«

Gertrud grinste schief: »Der Chefredakteur heißt Reinhard Buss.«

Möllenkamp überlegte. »Mir geht das mit der Entlastung zu schnell. Für uns ist Schäfer nach wie vor ein Verdächtiger.

Es gibt ja auch keine stichhaltigen Gründe, ihn von der Liste zu streichen, wenn man mal von deinem Bauchgefühl absieht.« Das Wort Bauchgefühl sprach er mit besonderer Betonung.

»Nun, ich kann ja Schäfer weiterhin als wichtigen Zeugen bezeichnen, den die Polizei dringend sprechen muss. Das trifft es ja wohl auch am ehesten, oder?«

***

Mit den Namen von Gertruds hessischen Zeugen in der Tasche verließ Möllenkamp das Haus. Sie würden die Kollegen in Hessen informieren und den Verdächtigungen im Zeitungsbericht auf jeden Fall nachgehen müssen. Möllenkamp war verwirrt. Er wusste nicht, was er von der ganzen Sache halten sollte. Er bemerkte, dass seine Frustration zurückkehrte, weil er in diesem Fall einfach nicht vorankam. Ein Verdächtiger nahm sich das Leben, ein anderer verschwand, und das Gefühl auf der richtigen Fährte zu sein, wollte sich einfach nicht einstellen.

Um sich zu beruhigen, nahm er den Weg am Emsdeich entlang, den ihm Meike vor kurzem bei einem Ausflug mit dem Fahrrad gezeigt hatte. Weil er sich nicht verfahren wollte, bog er erst bei Buschfeld nach rechts ab und fuhr im Schatten des Deiches Richtung Ferstenborgum und Kirchborgum. Er mochte es, auf diesen Nebenstrecken die Region zu erkunden. Er hatte beschlossen, sich auf diese Gegend einzulassen, in die er seiner Frau zuliebe gezogen war. Während er den Kopf nach links wendete und auf die sich bis zum Horizont erstreckenden fetten Wiesen blickte, dachte er, dass die darauf hingetupften, in endloser Geduld wiederkäuenden Kühe genau hierhin passten. Obwohl der Wind die Wolken über den Himmel jagte, strahlte diese Landschaft einen ewigen Frieden aus. Und trotz der aktuellen Hochwasserwarnungen und der Wasserlachen, die überall auf den Weiden standen, schien es Möllenkamp doch unvorstellbar, dass Ems und Dollart so viele Male dieses Land überflutet hatten. Dass dort, wo er jetzt fuhr, der Deich gebrochen war, weil der Sturm das Wasser mit so großer Gewalt in die Emsmündung gedrückt hatte, dass die von Menschen mühsam errichteten Barrieren einfach fortgespült worden waren. Er versuchte, sich das Wimmern der Opfer und das Schreien des Viehs vorzustellen. Er konnte es nicht.

Dann kam ihm der Gedanke, wie es wäre, wenn er ein Haus hier am Deich hätte. Jeden Morgen, wenn er aus der Haustür träte, würde er vor sich die Kühe sehen und hinter sich den Deich. Das Wasser der Ems würde er hinter dem Deich wissen, aber er könnte es nicht sehen. Vielleicht hielte er ein paar Schafe auf dem Deich. Ihre Wolle würde er zum Spinnen bringen, und Meike würde ihm warme Socken daraus stricken. Die altertümliche Romantik dieser Szene brachte ihn zum Lachen. Er nahm sich vor, Meike lieber nichts davon zu erzählen. Sie würde sicher versuchen, ihm das Stricken beizubringen, damit er die Sache selbst erledigte.

Zu Hause war niemand. Meike brachte wohl ihre Freundinnen zum Zug. Vielleicht waren die Mädels auch noch auf einen Cappuccino nach Leer gefahren. Egal, Hauptsache es war ruhig. Er musste jetzt nachdenken.

Mit einem Kaffee verzog er sich aufs Sofa. Van Morrison

half ihm beim Nachdenken. Während er langsam an dem heißen Getränk nippte, zwang er sich noch einmal, sein Bauchgefühl wie ein Orakel anzurufen.

Während Möllenkamp versuchte, sich auf Gottfried Schäfer, Mentko de Vries und dessen Sohn Martin zu konzentrieren, schweiften seine Gedanken immer wieder ab zu dem Grab und der tragischen Geschichte von der jungen Frau, die nach dem großen Hochwasser gefunden worden war. Was mochte sie erlebt haben? Wer hatte sie hinter diesem zerstörten Haus am Deich begraben? Das Haus und Grundstück mussten doch jemandem gehört haben. Warum hatte er nicht danach gefragt?

Er zwang seine Gedanken zurück zum Fall. Zu gern ließ er sich davon ablenken, weil er in eine Sackgasse geraten war.

Welchen Spuren waren sie noch nicht nachgegangen? Ihm fiel das Bankkonto mit den Überweisungen an de Boer wieder ein. Außerdem hatte er noch keinen Bericht der Kriminaltechnik, ob das Holz und der Teer aus Schäfers Schuppen mit dem Sarg übereinstimmten. Warum nicht? Möllenkamp erhob sich ächzend und holte sich einen Zettel und einen Stift, um sich Notizen zu machen. Dann kaute er auf dem Bleistift herum und überlegte.

Da war noch der Anruf von Eva de Vries, dass er sich mal mit dieser alten Magd unterhalten sollte. Marie Tempel, so hieß sie. Er notierte sich auch diesen Namen. Und dann mussten sie sich noch einmal Mentko de Vries vornehmen. Vielmehr seinen Sohn. Hatten sie die Alibis schon überprüft? Die waren zwar nicht der Rede wert gewesen – nach eigenen Angaben waren sie zu Hause gewesen und hatten getrunken –, dennoch mochte irgendjemand sie vielleicht bestätigen können. Auch ein erneuter Besuch bei de Vries' Mitstreitern von »Pro Sperrwerk« konnte aufschlussreich sein. Bloß sollte er nicht noch einmal Anja dorthin schicken.

Nach und nach vervollständigte er seine Notizen und Aufgaben. Er flüchtete sich in die Routine, weil er anders nicht weiterkam. Außerdem graute ihm vor dem nächsten Tag. Er hatte die Drohung Hinterkötters noch im Ohr. Es würde eine Pressekonferenz geben, auf der er die Ermittlungsfortschritte der wartenden Journalistenmeute präsentieren sollte. Aber welche Ermittlungsfortschritte hatten sie denn gemacht?

Das Telefon klingelte. Möllenkamp wusste, dass es seine Mutter war. Wie immer hatte er ein schlechtes Gewissen, als er abnahm. Er rief fast nie von sich aus an. Er vergaß es einfach. Und wenn sie dann anrief, hatte sie immer diesen vorwurfsvollen Unterton in der Stimme. Fragte, wann er denn mal wieder mit Meike zu Besuch käme. Weihnachten stünde ja vor der Tür und sie hätten sich so lange nicht gesehen. Sein Vater war ein knurriger Typ und wurde immer schweigsamer. Umso mehr sehnte sich Evelin Möllenkamp nach Lebenszeichen ihrer Kinder.

Er nahm ab. »Hallo Mutter.«

Ein kurzes Schweigen am anderen Ende der Leitung, dann hörte er ein helles Lachen: »Du solltest sie wirklich mal anrufen, wenn dich das Gewissen schon so sehr plagt. Ich bin's, Meike. Die Züge haben alle Verspätung. Wir sitzen hier noch vor dicken Tortenstücken am Hafen, und ich wollte eigentlich nur mal gucken, ob du wieder zu Hause bist. In einer Stunde bin ich zurück. Und wirklich: Ruf deine Mama an. Direktprinzip!«

Das Direktprinzip gehörte zu Meikes Lieblingsprinzipien. Es besagte, dass unangenehme Dinge, die er normalerweise vor sich herzuschieben pflegte, umgehend ausgeführt werden mussten. Vor allem, wenn die Umstände so günstig waren wie jetzt, wo er schon vor dem Telefon saß.

Entschlossen tippte er die Nummer ein. Er war auf einmal überzeugt, dass er für diesen Anruf bei seiner Mutter mit einem kleinen Wunder im Fall de Vries belohnt werden würde. Es musste doch so etwas wie ausgleichende Gerechtigkeit auf der Welt geben!

Anfang Oktober 1999

Er hat sich Urlaub genommen. Seit gut einem Jahr ist er jetzt im Rheiderland und seinem Ziel noch keinen Schritt nähergekommen. Er weiß immer noch nicht, was mit Marion passiert ist. Vor fast einem Jahr haben sie die Bauarbeiten am Emssperrwerk gestoppt, kaum dass sie überhaupt begonnen hatten. Swartwitt hat ihn dann auf Montage geschickt. Ein paar Monate war er in Berlin, auf der Baustelle am Potsdamer Platz. Unwillkürlich schüttelt er den Kopf. Ganz Osteuropa hat da gearbeitet, fast alle schwarz. Die Unternehmer beauftragen Subunternehmer und die heuern wieder Subunternehmer an und keiner will wissen, wer da arbeitet und zu welchem Lohn. Kein Wunder, dass ein guter Mann wie er heute kaum noch eine Anstellung findet, wenn die Polacken es auch für 3 Mark die Stunde machen. Eine sehr alte Wut steigt in ihm hoch. »Znika brudny niemiecky!« Verschwindet, dreckige Deutsche. Als hätten sie etwas dafür gekonnt, dass sie dreckig und verlaust waren. »Hitler kaputt!« schrien die Russen und lachten. Was hatten er und Marion mit Hitler zu tun?

Und jetzt kommen sie ihnen auch noch hinterher, die Vertreiber. Und er soll mit ihnen zusammenarbeiten. Als wäre nichts geschehen!

Er braucht jetzt ein Bier. Ein Kollege aus Jemgum hat ihn eingeladen, heute Abend ins »Schwarze Ross«. Erst wollte er nicht, er ist kein geselliger Mensch. Und ein Kneipengänger schon gar nicht. Aber dann hat er doch zugesagt. Er ist ins Rheiderland gezogen, um das Verbrechen an Marion aufzudecken. Er wird niemals irgendetwas erfahren, wenn er nicht unter die Leute geht.

***

In der Kneipe ist es stickig. Er hasst diese verräucherte Luft. Beim Reinkommen starrt er auf eine Wand aus breiten Rücken, die den Blick auf die Theke versperrt. Ja, denkt er, ein breites Kreuz, das habt ihr Rheiderländer Bauern alle. Man kann nicht sagen, dass diese Stiernacken unter ihren Cordhüten sehr gesprächig wären. Aber weil der Raum so klein ist, ist es trotzdem laut. Er will schon wieder umdrehen, da hat ihn Otto bereits gesehen. Also geht er hin, spielt seine Rolle und trinkt zwei, drei Bier. Das macht es erträglicher. Am Ende wird der Abend sogar ganz vergnüglich und er verspürt keine Sehnsucht nach seinem kalten, großen Haus. Noch ein Absacker an der Theke, als Otto geht. Der Platz an der Wand ist gerade frei geworden. Er probiert es aus, wie es ist, neben den Breitrücken zu sitzen. Fällt er auf? Sagt jemand zu ihm: Du? Du gehörst doch hier nicht hin! Scher dich fort!

Aber nichts passiert. Natürlich nicht. Er entspannt sich vor seinem Jever.

Jemand lässt sich neben ihm nieder. Eine Prinz-Heinrich-Mütze zwischen all den Cordhüten. Dann erkennt er ihn: Das ist der alte de Vries, sein Vermieter. Er zuckt zusammen, als sich die Hand auf seine Schulter legt: »Na, na, junger Mann. Nicht so schreckhaft. Ha, ha. Lange nicht gesehen. Wie läuft's bei Swartwitt?«

Ergeben lässt er sich auf das Gespräch ein. Trinkt noch ein Jever und dann noch eins.

De Vries kippt mehrere Bier, ohne dass man ihm etwas davon anmerken könnte. Er ist der Silberrücken, und das hier ist sein Revier. Die anderen Paviane sind unmerklich auf Abstand gegangen, obwohl sie doch alle gleich dicht nebeneinander sitzen auf ihren Hockern.

Jetzt beginnt der Kampf um die Weibchen: »Hast du eigentlich 'ne Frau?«

Wer hat de Vries erlaubt, ihn zu duzen? Er nimmt es hin.

»Du bist doch nicht einer vom anderen Ufer, oder?«

Er schüttelt den Kopf. »Ich hab's nicht so mit den Frauen.«

»Ich sag immer, Frauen sind wie die Blume auf'm Bier. Man muss sie nehmen, so lange sie frisch sind. Wenn man zu lange wartet, wird's schal.« Er lacht über seinen Witz. »Und du bleibst ja auch nicht dein Leben lang bei einem Bier. Ha, ha. Käthi, mach mir noch eins.«

Käthi knallt ihm ein Jever auf den Tresen.

Er raunt: »Käthi war mal ein richtig scharfes Luder. Denkt man heute gar nicht mehr. Konnte gar nicht genug von mir kriegen.«

Unvermittelt: »Waar büst du egentlik her?«

»In Ostpreußen geboren.«

»Büst'n Flüchtling.«

Er nickt.

»Flüchtlinge hatten wir hier viele nach dem Krieg. Auch bei mir auf dem Hof. Haben fleißig gearbeitet. Fleißiger als die Polen und Franzosen jedenfalls, die wir vorher hatten. Aber dann haben die ja alle Entschädigung gekriegt und sich aus dem Staub gemacht, schöne Häuser gebaut und so was. Lastenaugleich, ha. Wenn das alles gestimmt hätte mit den großen Gütern im Osten, dann hätte Deutschland vor dem Krieg bis zum Ural gereicht. Aber nix für ungut.«

Der Alte winkt gönnerhaft ab und trinkt sein Bier.

Er würde ihm am liebsten ins Gesicht schlagen. Stattdessen sagt er gereizt: »Wir hatten nicht viel. Vorher nicht und hinterher schon gar nicht mehr.«

De Vries scheint seinen Zorn nicht zu bemerken. Er schaut sinnend in sein Bier: »Ja, ja die schönen Ostpreußinnen …« Er grinst. »Da hatte ich auch mal eine, ein süßes Mädchen. Nach all den Russen war sie froh, mal wieder einen echten Arier im Arm zu haben.«

Sein Hals wird trocken. »Was ist aus ihr geworden?«, bringt er hervor.

»Weiß nicht. Eines Tages war sie einfach weg. Wollte wohl ihr Leben nicht im langweiligen Rheiderland verbringen.«

»Wie alt war sie?«

»Alt genug.« Der Alte lacht wieder sein dreckiges Lachen.

»Kam sie allein?« Er versucht, sich seine Erregung nicht anmerken zu lassen.

Doch de Vries sieht ihn mit schmalen Augen an. »Du musst nicht so viel fragen. Das mögen wir hier nicht. Merk dir das.«

Er sieht auf seine Uhr. »Ich muss nach Haus. Und denk an das, was ich dir gesagt hab.«

Noch ein warnender Blick, weg ist der Alte.

Er sitzt da, wie erstarrt, und kann sich nicht rühren. Bis Käthi vor ihm steht mit einem Jever in der Hand.

»Wo ist Tadeus denn geblieben?«

Er sieht sie an wie ein Gespenst.

»Wullt du dat Beer?«

Er nimmt es. Ganz langsam kommt er wieder zu sich. Er bemerkt, dass Käthi ihn beobachtet. Also trinkt er einen Schluck und lässt seinen Blick durch den Raum gleiten. An der Wand neben ihm mit den vielen Zeitungsausschnitten bleibt er hängen.

Die große Sturmflut von 1962. Er sieht das Foto mit dem Amulett sofort. Marions Amulett. Liest den Artikel und weiß, dass er am Ziel ist.

»Dat Wicht? Weiß keiner, wer das ist. Habense in Pogum gefunden und in Weener begraben. Die Stelle kann man nicht mehr sehen, da steht jetzt das Haus, das deinem Freund de Vries gehört. Na, das dunkelrote an der Deichstraße, kurz vor der Kurve. – Hallo, is wat mit di?«

Montag, 8. November 1999

Als Stephan Möllenkamp den Besprechungsraum betrat, waren zwar schon alle da, aber sie blickten ihn mit trüben Augen an. Anja Hinrichs Gesicht zeigte Resignation über den stagnierenden Fall, während Johann Abram immer noch unter den Folgen seiner Zahnbehandlungen zu leiden schien. Wilfried Bleekers bleichen Zügen waren die Nachwirkungen eines exzessiven Wochenendes anzusehen. Das einzige wache Gesicht gehörte Edda Sieverts, die vermutlich auch schon seit 6:30 Uhr an ihrem Arbeitsplatz war, damit sie, nach Abzug einer halbstündigen Mittagspause, um 15 Uhr die Polizeiinspektion verlassen konnte, um sich wichtigeren Dingen wie etwa der renditeträchtigen Anlage ihrer Ersparnisse oder dem Verkauf von Tupperwaren auf Hauspartys in der Nachbarschaft zu widmen.

Nach Inspiration suchte Möllenkamp in diesen Gesichtern vergeblich. Und die Tatsache, dass Thomas Hinterkötter noch nicht erschienen war, trug nicht dazu bei, seine Laune zu heben. Er hatte die Drohung vom Freitag sehr wohl noch in Erinnerung und fürchtete die anstehende Pressekonferenz. Die Bilanz von eineinhalb Wochen Ermittlungsarbeit war wirklich nicht beeindruckend.

Gottfried Schäfer war immer noch verschwunden. Es war also momentan egal, ob Gertrud Boekhoffs Bauchgefühl richtig war oder nicht. Die regionalen Zeitungen hatten die Berichterstattung des »Rheiderländer Tagblatts« vom Samstag aufgegriffen und konzentrierten sich auf den flüchtigen ehemaligen Linksterroristen als Tatverdächtigen. Das überdeckte die Frage nach möglichen Versäumnissen der Polizei derzeit noch ein wenig. Aber es war nur eine Frage der Zeit, bis man die Ermittler mit kritischen Fragen konfrontieren würde.

Möllenkamp berichtete von dem Inhalt des Dossiers über de Vries. Zwar ließ der Aufwand, den Gottfried Schäfer betrieben hatte, um alle diese Fakten zusammenzutragen, auf eine intensive Beschäftigung des Verdächtigen mit dem Opfer schließen. Ein Beweis war es jedoch noch nicht. Holz und Teer aus Schäfers Schuppen konnten zwar nach Ansicht der Kollegen aus der Kriminaltechnik als Baumaterial für den Sarg verwendet worden sein, doch handelte es sich um Massenprodukte, die in Baumärkten der Umgebung häufig verkauft wurden und nicht eindeutig zuzuordnen waren.

Möllenkamp erwähnte seinen ergebnislosen Besuch bei Pastor Donker, gab die Kontakte von Gertrud Boekhoffs hessischen Gesprächspartnern an Anja weiter und kündigte an, dass er sich um Marie Tempel, die ehemalige Magd auf dem Gutshof von de Vries, kümmern werde. Nach den Erfahrungen der letzten Woche beschloss er, Johann Abram noch einmal allein auf die Sperrwerksbefürworter anzusetzen. Anja bemerkte, dass sie ausgebootet wurde und warf ihm einen giftigen Blick zu.

Edda Sieverts berichtete, dass die drei Überweisungen von dem Hamburger Bankkonto tatsächlich an Jakobus de Boer gegangen waren. Möllenkamp bat Bleeker, zu dem Nachbarn von Tadeus de Vries zu fahren und ihm noch einmal auf den Zahn zu fühlen. Diese Spur zu den Nachbarn war die einzige, die ihm noch nicht ausgereizt erschien. Allerdings war Erika, die Nachbarstochter, schon seit drei Jahren tot. Ein aktueller Anlass für den Mord zum jetzigen Zeitpunkt war bisher nicht ersichtlich.

Wenig überrascht war Möllenkamp, als Edda Sieverts stolz die Ergebnisse ihrer Recherche bei der Telekom vortrug. Die Angaben von Gottfried Schäfer, in der Tatnacht im Internet gesurft zu haben, waren vom Provider bestätigt worden.

»So ein ›Alibi‹ können wir doch in die Tonne treten«, bemerkte Johann Abram.

Möllenkamp nickte. An seinem Gefühl, dass Schäfer selbst vor seinem Computer gesessen hatte, änderte das allerdings nichts. Wen hätte dieser Eigenbrötler auch in sein Haus lassen sollen, um ihm ein solch unbrauchbares Alibi zu verschaffen? Die zahlreichen Hinweise aus der Bevölkerung waren weitgehend abgearbeitet – ohne Ergebnis. Dafür hatten sie jetzt einen Eindruck von den Meinungen der Ostfriesen zu Themen wie dem Emssperrwerk, Umweltfragen, Arbeitsplätzen und Linksterrorismus bekommen. Nichts, was ihnen wirklich weiterhalf.

Kriminalhauptkommissar Möllenkamp war deprimiert. So hatte er heute gerade nicht vor seiner Truppe stehen wollen – mit buchstäblich leeren Händen. Wie gewohnt hatte er alle Ergebnisse und Aufgaben auf seiner Pinnwand festgehalten. Nun blickte er sich in der Runde um. Keiner sagte etwas, Spannung lag in der Luft. »Es beunruhigt mich, dass unser Chef bislang noch nicht aufgetaucht ist«, brach Johann Abram das Schweigen. Genau das war es. Unterschwellig warteten alle auf Kriminalrat Hinterkötter und auf das angedrohte Donnerwetter.

Gerade wollte Möllenkamp die Sitzung schließen und alle

an ihre Arbeit schicken, da flog die Tür auf. Herein kam aber nicht der erwartete Hinterkötter. Das heißt, der kam schon, jedoch folgte er Landrat Saathoff, der wie von der Tarantel gestochen in den Besprechungsraum raste.

Mit zuckersüßer Stimme, die nicht zu seinem Gesichtsausdruck passen wollte, flötete Enno Saathoff: »Ich wollte mir nur einmal selbst ein Bild von den Fortschritten unserer fleißigen Kriminalbeamten im Mordfall de Vries machen. Nach eineinhalb Wochen Ermittlungsarbeit stehen Sie doch sicher kurz vor dem Durchbruch, nicht wahr?«

»Guten Morgen, Herr Landrat«, versuchte Möllenkamp, die Eskalation im Keim zu ersticken. »Wenn Sie sich ein Bild vom Stand der Ermittlungen machen wollen, schlage ich vor, dass ich Ihnen gleich in meinem Büro …«

Wie ein Gecko reckte Enno Saathoff den Kopf ruckartig in Möllenkamps Richtung. »Ich glaube, das wird nicht nötig sein, Herr Kommissar«, zischte er. »Oder haben Sie irgendetwas vorzuweisen, was mich interessieren könnte?«

Plötzlich wurden seine Augen schmal. Er fixierte die Tafel hinter Möllenkamp und hielt nun darauf zu.

Die Explosion war unvermeidlich: »Anstatt dass Sie endlich diesen verrückten Ökoterroristen fassen, verschwenden Sie Ihre Zeit immer noch darauf, redliche Bürger zu behelligen, die hier für die Zukunft der Region kämpfen!«, brüllte er und zeigte auf das Metaplankärtchen, auf dem Johann Abram zur Befragung der »Pro Sperrwerk«-Mitglieder eingeteilt war. »Wie vernagelt sind Sie eigentlich? Muss ich davon ausgehen, dass hier in der Mordkommission heimliche Sympathien mit den Terroristen bestehen? Ermitteln Sie aus persönlichen Gründen absichtlich so einseitig?«

Er trat jetzt ganz dicht an Möllenkamp heran. Obwohl Saathoff ihm nur ungefähr bis zur Nasenspitze reichte, hatte er etwas sehr Bedrohliches.

»Sehen Sie, Herr Möllenkamp, ich war von Anfang an nicht dafür, dass Sie hierher kommen. Man hätte jemanden hier aus der Region nehmen sollen, der weiß, wie die Leute ticken! Und das Eine schwöre ich Ihnen: Wenn ich zu dem Eindruck gelange, dass Sie hier aus politischen Gründen nicht gründlich ermitteln, dann sorge ich dafür, dass Sie künftig Streife gehen ... Und Ihre Mannschaft gleich mit!« Den letzten Satz hatte er so laut gebrüllt, dass Möllenkamp von einem Schwall kleiner Speicheltröpfchen getroffen wurde.

Irgendwo hinten in der Ecke kicherte jemand. Saathoff fuhr herum – und feuerte.

Bleeker hatte den Schlüsselbund kommen sehen und sich rechtzeitig geduckt. Während alle anderen wie erstarrt dasaßen, erhob er sich und klaubte seelenruhig den Schlüssel aus der Ecke hinter ihm. Sorgfältig betrachtete er den Bund, bevor er ihn dem Landrat zurückgab. »Herr Landrat, bitte sehr, den haben Sie verloren. Fahren Sie neuerdings wieder VW?«, bemerkte er, indem er den Schlüsselbund am Autoschlüssel hochhielt. »Das ist gut für unsere Region.«

Enno Saathoff starrte ihn an, und wenn Blicke hätten töten können, dann wäre Bleeker auf der Stelle umgefallen. Das Gesicht des Landrates hatte sich inzwischen von Rot zu Purpur verfärbt, und einen Moment fürchtete Möllenkamp, er würde gleich hier im Besprechungsraum einen Herzanfall bekommen. Er zog schon den Kopf ein, denn nach einer solchen Respektlosigkeit schienen weitere Tätlichkeiten unvermeidlich.

Gerade überlegte er, wie er reagieren sollte, wenn der Landrat tatsächlich auf Bleeker losgehen würde. Da aber registrierte er verblüfft, dass Saathoff noch ein paarmal nach Luft schnappte, sich umdrehte und den Raum verließ. Er zischte noch etwas, das wie »Wird ein Nachspiel haben!« klang.

Hinterkötter, der während des ganzen Auftritts wie erstarrt in der Ecke gestanden hatte, folgte Saathoff umgehend. Auf dem Flur waren noch die Worte »Die Pressekonferenz wird für heute abgesagt« zu verstehen. Dann war der Spuk vorbei. Im Besprechungszimmer wurde es mucksmäuschenstill.

Der Erste, der seine Worte wiederfand war Johann Abram: »Sag mal, Wilfried, was war das für eine Anspielung mit dem ›neuerdings VW‹?«

Bleeker grinste und entblößte nikotingelbe Zähne, zwischen denen ein Kaugummi kreiste: »Ihr kriegt aber auch nichts mit! Unser Landrat ist am Samstag nach einer Parteiveranstaltung ein bisschen, hmm, sagen wir: verunglückt.«

Er machte eine Kunstpause, um sich an den fragenden Blicken zu erfreuen.

»Nun, Ihr kennt den neuen Kreisel in Nüttermoor? Ein Projekt, für das sich der Landrat höchstpersönlich eingesetzt hat. Lange wurde daran gebaut. Seit Ende vergangener Woche ist der Kreisel nun nutzbar wie geplant. Im Kopf unseres Landrates war jedoch offenbar noch die Baustellenumfahrung einprogrammiert. Er ist mit seinem privaten BMW in einen Haufen Baustellenabsperrungen gefahren, die dort noch standen, und schließlich im Graben gelandet. Sein Wagen musste erst einmal in die Werkstatt, und ich bin gespannt, wie unsere Kollegen im Streifendienst mit den Ergebnissen des Blutalkoholtests umgehen werden.«

»Seinen Führerschein hat man ihm ja offenbar nicht abgenommen«, meinte Anja stirnrunzelnd.

»Landrat Saathoff kümmert sich nicht um einen Fetzen Papier, wenn es darum geht, seinen Landkreis zu retten. Vorschriften sind etwas für das Fußvolk«, belehrte sie Bleeker.

»Vielleicht hatte er ja deswegen heute so schlechte Laune«, meldete sich aus der Ecke Edda Sieverts. Ihre Stimme war überraschend zaghaft. Der Auftritt von Saathoff schien sie völlig aus dem Konzept gebracht zu haben.

»Heute?«, echote Anja Hinrichs. »Hat irgendwer ihn jemals mit guter Laune erlebt?«

In das Kichern der versammelten Ermittler mischte sich Erleichterung darüber, dass der Spuk so schnell vorbeigegangen war.

Mit ungewohntem Sarkasmus bemerkte Johann Abram: »Vielleicht liegt darin das Geheimnis seiner ewigen Wiederwahl: Andere Politiker sind immer dann freundlich, wenn sie von den Leuten eine gute Presse oder ihre Stimme bei der Wahl erwarten. Da hebt sich Landrat Saathoff positiv ab: Der ist nie freundlich zu irgendjemandem.«

»Ja, vielleicht mögen ihn die Leute, weil sie sich von ihm nicht verarscht fühlen«, spann Wilfried Bleeker den Faden weiter. »Er tut nicht nur so, als wäre er ein Kotzbrocken, er ist wirklich einer.«

Möllenkamp fühlte, dass es Zeit war, die Morgenlage zu beenden. Betrachtungen über den Charakter des Landrates brachten sie im Fall nicht weiter. Sie hatten immer noch genug zu tun und er wollte die Ermittlungen jetzt so rasch wie möglich vorantreiben, bevor irgendjemand wieder auf die Idee kam, eine Pressekonferenz einzuberufen.

Beim Verlassen des Raumes stieß Möllenkamp beinahe mit Bleeker zusammen, der nachdenklich vor sich hinstarrte.

»Alles in Ordnung, Wilfried?«

»Weiß nicht«, Bleeker kaute unschlüssig auf seinem Kaugummi. »Der Schlüssel hat mich auf irgendetwas gebracht. Ich weiß nur nicht, auf was.«

Als Möllenkamp ihn fragend ansah, führte er aus: »Autos und ihre Fahrer passen meistens zusammen. Oft kann man vom Fahrer auf das Auto schließen, das er fährt. Wenn Fahrer und Wagen nicht zusammenpassen, dann stimmt was nicht. Und letztens, da hat was nicht gestimmt ...« Er zündete sich eine Zigarette an. Möllenkamp konnte sich den Sinn dieser Ausführungen beim besten Willen nicht erschließen, wollte Bleeker jedoch nicht unterbrechen. Man wusste ja nie.

Doch statt eines Geistesblitzes hatte der Kollege nur ein gemurmeltes »Ach, vergiss es einfach« für ihn und verschwand in seinem Büro.

***

Das kleine Siedlungshaus in der Schulstraße wirkte einfach und ärmlich. In den fünfziger Jahren, als es gebaut worden war, hatte es wohl für seine Bewohner einen großen Fortschritt bedeutet. Hatten doch die Knechte und Mägde auf den Höfen der reichen Polderbauern in Kammern auf dem Hof oder in den winzigen, feuchten Landarbeiterhäuschen wohnen müssen, die so niedrig waren, dass man schon beim Vorübergehen unwillkürlich den Kopf einzog. Wer vor vierzig Jahren so ein Siedlungshaus beziehen konnte, der hatte

Glück gehabt. Die Standards und Ansprüche hatten sich jedoch seitdem verändert.

Marie Tempel war eine großgewachsene Frau mit einem grauen Knoten im Nacken. Auch wenn sie schon auf die achtzig zugehen musste, hielt sie sich sehr gerade. Nach einem knappen »Guten Tag« stand sie abwartend in der Tür, bis Möllenkamp, der unangemeldet erschienen war, sein Anliegen vorgetragen hatte.

»So, Eva hat sie geschickt«, sagte sie mit tiefer, kräftiger Stimme. »Dann kommen Sie mal rein. Ich weiß zwar nicht, ob ich Ihnen bei der Aufklärung des Mordes weiterhelfen kann. Aber zu meinem früheren Arbeitgeber kann ich Ihnen eine Menge erzählen. Vielleicht hilft es Ihnen ja weiter.«

Kurze Zeit später saß er auf einem typischen ostfriesischen Küchensofa, vor sich eine Tasse Tee, der so schwarz war, dass er den Löffel auf dem Boden der Tasse nicht erkennen konnte. Marie Tempel kochte den Tee so, wie es Generationen von Ostfriesen vor ihr schon getan hatten: Auf einem alten Stangenherd, der mit Torf beheizt wurde, stand den ganzen Tag über bei kleiner Flamme ein Teekessel. Darin köchelte Wasser und erfüllte den Raum mit einem steten leisen Summen. Kamen Gäste, wurde der Tee in einer Porzellankanne aufgegossen und die Kanne in der Öffnung des Teekessels platziert, um den Tee dort seine drei bis vier Minuten ziehen zu lassen.

Möllenkamp hasste diesen stark-süßen Tee, aber er hatte sich daran gewöhnt, ihn besser nicht abzulehnen, wenn er Wert auf ein gutes Gesprächsklima legte.

»Ich habe immer damit gerechnet, dass es mal jemand tut. Aber jetzt eigentlich nicht mehr. Was sollte das noch? Er war ja schon alt«, begann Marie Tempel unvermittelt das Gespräch.

»Sie nehmen also an, dass das Motiv für den Mord an Tadeus de Vries in der Vergangenheit liegt und nicht in der Gegenwart?«, fragte Möllenkamp.

»Ja sicher, wo denn sonst?«

»Zum Beispiel in seinem politischen Engagement für das Sperrwerk?«

»Ach was. Deshalb bringt man keinen um«, wischte die alte Frau den Einwand vom Tisch. »Tadeus de Vries hat so viel Leid unter die Menschen gebracht, das schwerer wiegt als dieser Streit um das Sperrwerk. Es wäre geradezu lächerlich, wenn ihn ausgerechnet das sein Leben gekostet hätte.«

»Was dann?«

»Er hatte viele Menschenleben auf dem Gewissen. Suchen Sie sich eines aus.«

»Meinen Sie damit die Angehörigen derjenigen, für deren Tod er während des Krieges als SS-Offizier verantwortlich war?«

»Vielleicht. Vielleicht sind es auch die Menschen, die er schikaniert hat, als er noch der Großbauer mit einer Menge Knechte und Mägde war. Vielleicht ist es ein Knecht, den er zum Krüppel geschlagen hat. Vielleicht sind es die Verwandten und Bekannten, die er mit Geschäften ruiniert hat. Vielleicht sind es die Frauen, die er bedrängt und vergewaltigt hat.«

»Was glauben Sie persönlich?«

»Ich glaube, irgendjemand hat nach sehr langer Zeit etwas herausgefunden, das weit zurückliegt.«

Stephan Möllenkamp schaute die alte Frau lange prüfend an,

um zu sehen, ob in ihrem Gesicht etwas darauf hindeutete, dass sie mehr wusste, als sie verriet. Er konnte aber nichts erkennen.

»Glauben Sie, dass jemand von der Familie ihm das angetan haben könnte?«

Marie Tempel schüttelte den Kopf. »Die Kinder sind vor ihrem Vater geflohen und haben mit dem Leben hier abgeschlossen. Und die Großbäuerin hat sich nie gegen ihn gewehrt. Das traue ich ihr nicht zu.«

»Frau Tempel, sagt Ihnen der Name de Boer etwas?«, versuchte es Möllenkamp blindlings.

»Natürlich. Das ist der Nachbarhof der de Vries. Die Familie hat drei Söhne und eine Tochter. Es geht das Gerücht, dass der Großbauer das Mädchen geschwängert haben soll, als sie noch ein halbes Kind war. Die Eltern haben dann eine Abtreibung arrangiert und von de Vries eine hübsche Summe für ihr Stillschweigen bekommen. Die Tochter hat das alles nicht verkraftet und ist wohl drogenabhängig geworden. Sie ist vor ein paar Jahren gestorben.«

Also doch. Die Geschichte schien zu stimmen. Die Tochter, die Überweisungen von dem Hamburger Konto und der Name de Boer.

»Diese Familie hätte doch ein Motiv gehabt, de Vries zu töten«, überlegte er laut.

Marie Tempel schnaubte verächtlich: »Die sind doch aus dem gleichen Holz geschnitzt. Sie haben de Vries erpresst, und er hat gezahlt. Damit hatten alle, was sie wollten: de Boer das Geld, de Vries seine Ruhe. Nein, die hätten nur ein Motiv gehabt, wenn de Vries nicht gezahlt hätte.«

»Wie konnte so jemand so lange ungestraft davonkommen?

Irgendwann hätte de Vries doch mal an jemanden geraten müssen, der sich wehrt.«

»Der Großbauer hat sich immer Opfer ausgesucht, die sich nicht wehren konnten. Menschen, für die niemand eintrat. Er kannte die Abgründe in den Herzen der anderen. Knechte und Mägde haben keine Verteidiger, Juden haben keine Verteidiger, Flüchtlinge haben keine Verteidiger, eine Bauerstochter von einem überschuldeten Hof hat keine Verteidiger. De Vries war nie leichtsinnig bei der Wahl seiner Opfer. Er wusste immer, was er tat.«

Möllenkamp dachte nach, während er in seinem kalt gewordenen Tee herumrührte.

»Sie haben vorhin gesagt, Sie glauben, jemand hätte nach langer Zeit etwas herausgefunden. Was meinen Sie damit? Über de Vries ist ja vieles bekannt, aber offensichtlich hat sich niemand dafür interessiert.«

»Manche Dinge sind wie verschüttet und kommen erst nach langer Zeit wieder an die Oberfläche. Das ist wie mit dem Wasser hier an der Küste. Ganze Städte sind darin versunken, aber manchmal deckt die abziehende Flut auch lange Verborgenes wieder auf. Sie haben doch bestimmt schon von der Mädchenleiche gehört, die nach der großen Sturmflutnacht 1962 in Pogum gefunden wurde.«

»Glauben Sie, dass diese Geschichte etwas mit dem Mord zu tun hat? Aber sie liegt doch schon fast vierzig Jahre zurück!«

»Das weiß ich nicht. Aber ich habe mich gefragt, ob es ein Zufall ist, dass beide Leichen so nah am Deich vergraben wurden.«

»Ich habe gehört, das Opfer könnte eventuell nicht von

hier sein. Ein Flüchtlingsmädchen, das kurz nach dem Krieg hier gestrandet ist und das niemand kannte.« Noch während er das sagte, dachte er: Es wäre das perfekte Opfer für de Vries gewesen. Aber warum sollte sie jetzt, nach all der Zeit jemand rächen wollen?

»Wir hatten Flüchtlinge auf dem Hof«, kam Marie Tempel seiner Frage zuvor. »Viele. Es war ein ständiges Kommen und Gehen in den ersten Jahren nach dem Krieg.«

»Hätte denn jemand auf die Beschreibung gepasst?«

Marie Tempel sah ihn an, und Möllenkamp wusste, dass es die Spur war, auf die sie ihn hatte bringen wollen. Ihm wurde warm.

»Ich erinnere mich an eine Ostpreußin, die mit ihrem kleinen Bruder kam. Ein schönes Mädchen mit hellblondem Haar. Mir war klar, dass der Großbauer sie nicht in Ruhe lassen würde. Das tat er mit keiner. Die meisten ergriffen früher oder später die Flucht und verschwanden wieder. Auch dieses Mädchen war eines Tages im Sommer spurlos verschwunden. Aber ohne den kleinen Bruder mitzunehmen. Der war noch ein Kind. Welche junge Frau lässt ihren kleinen Bruder zurück, nachdem sie sich mit ihm monatelang von Ostpreußen bis an die Nordsee durchgeschlagen hat? Der Junge war völlig verstört. Wir haben ihn noch ein paar Tage bei uns verstecken können, aber dann hat der Großbauer ihn fortgeschafft. Einen unnützen Esser, der nicht arbeitet, kann er nicht brauchen, hat er gesagt.«

»Wo ist der Junge hingekommen?«

»In irgendein Heim, ein Waisenhaus vermute ich. Ich weiß es nicht genau. Es hätte sich auch niemand getraut, danach zu fragen.«

Was musste das für eine Atmosphäre auf diesem großen Gutshof gewesen sein, dachte Möllenkamp schaudernd. Ein Klima des Verdachts, der schrecklichen Vermutungen, des ängstlichen Schweigens. Eine Frage musste er stellen: »Wenn Sie den Verdacht auf ein Verbrechen hatten – damals oder später, als die Leiche des jungen Mädchens auftauchte: Warum sind Sie dann nicht zur Polizei gegangen?«

Marie Tempel sah ihn an und antwortete ruhig: »Ich gehörte auch zu denen, die im Zweifel keine Verteidigung zu erwarten hatten.«

Möllenkamp überlegte. Irgendwie klang ihm das alles zu entrückt, zu fern in der Vergangenheit. Trotzdem war die Geschichte nicht ganz unplausibel. Er würde sie als Theorie neben die anderen Möglichkeiten stellen und überprüfen. Dennoch: Der lange Zeitraum. 1946. 1962. Und jetzt ein Mord. Wenn das stimmte, dann müssten sie den Bruder finden, der seine Schwester mehr als 50 Jahre nach ihrem gewaltsamen Tod rächte. Wo war der in der Zwischenzeit gewesen? Wie war er auf die Spur des Verbrechens gekommen? Wo sollte die Polizei ihn finden? Warum vergrub er de Vries ausgerechnet auf dem Sperrwerksgelände?

Er seufzte und erhob sich. »Vielen Dank Frau Tempel. Sie haben uns möglicherweise sehr geholfen. Auf jeden Fall werden wir Ihrer Vermutung nachgehen und sehen, was an der Geschichte dran sein könnte.«

Als er schon in der Tür stand, fiel ihm spontan noch eine Frage ein: »Wem gehörte eigentlich das Haus und das Grundstück, auf dem die Leiche der jungen Frau seinerzeit gefunden wurde? Wissen Sie das zufällig?«

Die Antwort überraschte ihn nicht: »Tadeus de Vries.«

***

Sein Heimweg war lang geworden. Möllenkamp hatte beschlossen, über Pogum zu fahren und die Stelle zu suchen, wo die Mädchenleiche gefunden worden war. In der Dorfbäckerei hatte er erfahren, dass es das Haus nicht mehr gab. Logisch, warum sollte man ein altes, ohnehin halb verfallenes Wattfischerhaus, das bei einer Sturmflut zerstört worden war, wieder aufbauen? Die Bäckereiverkäuferin, ein pummeliges Mädchen, wusste allerdings, wo das Haus gestanden hatte und beschrieb ihm den Weg. Als Möllenkamp sich der besagten Stelle näherte, erblickte er ein Einfamilienhaus aus rotem Backstein aus den siebziger Jahren, daneben die obligatorische Flachdach-Garage. Der Deich befand sich nicht mehr direkt dahinter, wie noch vor vierzig Jahren, sondern ein Stück weiter weg. Möllenkamp erinnerte sich, gelesen zu haben, dass der gesamte Deich- und Straßenverlauf nach der verheerenden Flut 1962 geändert worden war. Bestimmt hatte de Vries auch daraus wieder irgendeinen Profit geschlagen. Warum aber hatte er hier wieder ein Einfamilienhaus errichten lassen? Geld ließ sich damit nicht viel machen. Er musste andere Gründe gehabt haben.

Der Garten wirkte verwildert, aber nicht völlig verwahrlost. Ein paar letzte lila Astern trotzten im Schutz der Garage dem Herbstnebel. In den Fenstern hingen keine Gardinen, und es gab auch keine Pflanzen auf den Fensterbänken. Das Haus war laut Auskunft der Bäckereiverkäuferin vermietet, aber an wen, das hatte sie nicht zu sagen gewusst. Sie stamme aus Jemgum, hatte sie zu ihrer Entschuldigung angefügt.

Wer immer in dem Haus wohnte, legte keinen Wert auf

die üblichen Gestaltungselemente, mit denen die Rheiderländer ihren Besitz arrondierten: akkurat geschnittene Hecken, präzise gefältelte Gardinen, millimeterkurz getrimmte Rasen, auf denen kein Blättchen Laub geduldet wurde. Gegen die fortgeschrittene Dämmerung schien im Obergeschoss ein fahles Deckenlicht. Es war jedoch von der Straße aus nicht zu erkennen, wer sich da oben aufhalten mochte. Auf dem Briefkastenschild entzifferte Möllenkamp den Namen Klatt.

Eine Weile noch stand er vor dem Haus, zuckte dann aber mit den Schultern und stieg wieder in seinen Wagen. Was wollte er hier auch finden? Das Haus stand nicht mehr. Das Grundstück und damit auch die Fundstelle der Mädchenleiche waren längst hinter dem neuen Deich verschwunden. Jetzt stand hier ein anderes Haus mit neuen Bewohnern. Und die hatten sicher nichts mit de Vries' Tod zu tun. Es sei denn, dass sie ihn wegen Mietwucher um die Ecke gebracht hätten. Möllenkamp lächelte grimmig. Vielleicht sah er schon Gespenster.

***

Der Mann auf der Straße hat ihn nicht gesehen. Zwar hat er eine ganze Weile auf sein Haus gestarrt, aber immer nur auf das Fenster im Obergeschoss. Dass im Erdgeschoss hinter der dunklen Fensterscheibe jemand steht und ihn beobachtet, hat er offenbar nicht bemerkt. So hatte er Gelegenheit, den Besucher im kalten Licht der Straßenlaterne vor seinem Haus genau zu betrachten. Er weiß, dass es der Kommissar ist. Er verfolgt die Berichterstattung in der Zeitung. Unruhe macht sich in ihm breit.

Die Dinge sind nicht nach Plan gelaufen. Er wollte den Mörder seiner Schwester für seine Tat büßen lassen. Er sollte genauso jämmerlich wie sie in einem feuchten Grab vor dem Deich enden. Mit dem Unterschied allerdings, dass er nie wieder hätte auftauchen sollen. Der Bau des großen Sperrwerks war ihm wie ein Wink des Himmels erschienen. Aber dann war es anders gekommen, wegen dieser verdammten Vertiefung der Fundamente. Trotzdem war er sicher, dass ihm niemand auf die Spur kommen würde. Wer weiß schon, was er mit de Vries zu schaffen hat? Wer könnte das Motiv erraten?

Aber jetzt steht dieser Kommissar vor seiner Tür. Warum? War die Polizei jemals da, wenn er sie gebraucht hätte? Warum jetzt? Er unterdrückt den Impuls, einfach seine Sachen zu packen und zu verschwinden. Er war zu lange auf der Flucht. Eigentlich ist er nie wirklich angekommen. Er hat keine neue Heimat gefunden, obwohl er damals noch so jung war. Marion war sein Anker. Seit sie verschwand, konnte er sich nirgendwo mehr festmachen. Wie Treibgut ist er in seinem Leben herumgeschwommen, hin- und hergeworfen von Erinnerungen. Jetzt aber, da er weiß, was ihr zugestoßen ist und Rache genommen hat, fühlt er so etwas wie Zuhause. Er ist ganz nahe bei ihr, dort, wo sie Jahrzehnte unter der Erde lag.

Er versucht, sich an seine Eltern zu erinnern. Geblieben von seinem Vater ist ihm noch das Bild der Uniform, aber dort, wo das Gesicht sein sollte, bleibt ein heller Fleck. Von seiner Mutter hat er nur noch Schreie im Ohr. Als die Russen kamen, war er mit Marion draußen im Schnee. Sie waren viel draußen in diesem Winter, aber sie durften nicht vom Haus weggehen. Mutter hatte Angst um sie. Sie hat nicht genau gesagt, wovor sie Angst hatte. Aber es hatte etwas mit dem dunklen Grollen zu tun, das die Begleitmusik dieses Winters war. Nie hat er mehr Schneemänner gebaut als damals. Und eines Tages kamen diese Wagen. Marion hat ihn in das Iglu gezogen, das sie am Tag zuvor gebaut hatten. Sie befahl ihm still zu sein und sie haben beide den Atem angehalten. Zuerst hörte er, wie Großvater rief »Verlassen Sie mein Haus!«, danach einen Schuss. Dann begann Mutter zu schreien. Sie hat lange geschrien, dann hat er nichts mehr von ihr gehört. Nur noch Männerstimmen. In dem Iglu war es kalt. Er musste pinkeln, aber Marion hielt ihn fest. Also hat er sich in die Hose gemacht. Davon wurde ihm noch kälter. Als er seine Arme und Beine nicht mehr fühlen konnte, überkam ihn große Müdigkeit. Aber Marion hat ihn gekniffen und ihm Geschichten erzählt. Irgendwann wurde es still.

Er weiß nicht mehr, wie viel später die Männer weggefahren sind. Er weiß nur noch, dass Marion ihm verboten hat, das Haus zu betreten. Sie ging hinein, um ein paar Sachen zu holen. Als sie zurückkam, war sie sehr blass und ihre Augen rot. Er fragte sie, was passiert sei. Sie sagte: »Wir müssen jetzt auf uns selber aufpassen«, und zog ihn am Arm mit sich. Als er wissen wollte, wohin sie denn gehen würden, meinte Marion nur: »Nach Westen«. Aber wo war Westen? Und warum gingen sie fort? Er verstand nicht, aber er bekam auf seine Fragen keine Antworten.

Schon im nächsten Dorf stellten sie fest, dass alle anderen auch nach Westen wollten. Der Rest ihrer langen Reise ist ihm zu einem schwarzen Klumpen zusammengeschrumpft. Wie ein Stein liegt er seitdem auf seiner Seele. Er hat versucht, ihn immer kleiner schrumpfen zu lassen, ihn über die Jahre verschwinden zu lassen. Aber es ist ihm nicht ganz gelungen. Und als er erfahren hat, was Marion zugestoßen ist, wurde der schwarze

Klumpen auf einmal wieder ganz groß. Sie hat ihn ganz ausgefüllt, diese schwarze Leere. Als er den alten Mann in seinen Sarg gelegt hat, war es ihm für einen Moment, als würde er die Schwärze selbst in einen Sarg legen. Als habe er sie endlich gebändigt, sie ganz klein gemacht. Aber sie ist immer noch da.

Nur einmal waren die Schatten der Vergangenheit für kurze Zeit ganz verschwunden. Das war, als er Hannah traf. Er war jung und sie wunderschön. Er hat sie geliebt, nur diesen einen Moment, diesen einzigen Abend, den sie zusammen hatten. Er traf sie zu einer Zeit, als Jungs eine Tolle trugen und Mädchen einen Petticoat. Es erschien ihm tollkühn, als er sie fragte, ob sie mit ihm ausgehen wollte. Aber diese Kühnheit ist das Privileg der Jugend. Er, der Junge aus Moordorf, lud sie, die Lehrerstochter aus Victorbur, zum Tanz in den Mai ein. Und Hannah sagte ja. Er konnte sein Glück kaum fassen.

Der erste Mai war ein kühler Tag, aber seine Wangen glühten und seine Hände waren feucht. Sie hatten etwas getrunken und das Tanzlokal verlassen, um an der frischen Luft spazieren zu gehen. Er wusste, dass er sie jetzt küssen musste, er wollte es auch. Aber er hatte so viel Furcht. Noch nie war er einem Mädchen so nahegekommen. Er nahm sich ein Herz und griff nach ihrer Hand. Als er sie aus den Augenwinkeln beobachtete, hielt sie den Kopf gesenkt, sodass er ihr Gesicht nicht sehen konnte. Das machte ihn verlegen, und so gingen sie schweigend nebeneinander her. Die Zeit verstrich und mit ihr die Chance, die er hätte nutzen müssen. Irgendwann sagte sie, sie werde jetzt nach Hause gehen. Er bot ihr an sie zu begleiten, doch sie lehnte ab. Hätte er sich aufdrängen sollen? Hätte sie noch einmal gefragt werden wollen? Er wusste es nicht, und weil er es nicht wusste, blieb er stehen als der Dummkopf, der er war.

Hannah kam nie zu Hause an. Man fand sie am nächsten Tag. Sie trieb mit dem Gesicht nach unten in einem Sieltief. Er erinnert sich an die Verhöre bei der Polizei, an die misstrauischen Blicke seiner Fußballkollegen, auch als der eifersüchtige Nachbarssohn längst gestanden hatte. Nie wieder hat er eine Frau angesprochen aus Angst, dass sie seine Zuneigung nicht überleben würde.

Irgendwann hat er begonnen, die Dienste der Brasilianerinnen und Thailänderinnen jenseits der holländischen Grenze in Anspruch zu nehmen. Dort bekommt er für sein Geld ein freundliches Wort, eine liebevolle Geste. In letzter Zeit ist es meist das einzige, was er will.

Seit einiger Zeit gibt es Sanya. Sie sind kein Paar, wie könnte das auch sein? Aber sie hört ihm zu. Sanya hat er erzählt, dass de Vries der Mörder seiner Schwester ist. Sie musste nicht viel sagen, er hat auch so gewusst, dass sie den Alten verabscheut. Er wollte lieber nicht wissen, warum. Er kann es sich denken. Auch Sanya hat eine Geschichte mit Tadeus de Vries. Vermutlich hat jedes Mädchen im »Club Jacqueline« seine eigene Geschichte mit Tadeus de Vries. Er war überrascht, als sie ihm sagte, dass er auf ihre Hilfe zählen könne, wenn er etwas unternehmen wolle. Wie hat sie seine Pläne erraten?

Jetzt braucht er ihre Hilfe. Er wird gleich zu ihr fahren. Wieder auf der Flucht, wo er doch gerade angekommen war.

***

»Wo kommst du denn jetzt her? Ich wollte dich schon zur Fahndung ausschreiben.« Meike klang ehrlich verärgert. »Ich warte seit einer Stunde mit dem Essen auf Dich. Heute wollten wir uns einen gemütlichen Abend machen und unseren Sommerurlaub planen.«

Ach Herrje! Das hatte er natürlich ganz vergessen. Eine wirklich gute Ausrede fiel ihm auch nicht ein. Er versuchte es mit der Wahrheit: »Ich bin noch in Pogum vorbeigefahren und habe das Haus gesucht, hinter dem man die Mädchenleiche gefunden hat. Und stell dir vor, es gehört Tadeus de Vries.«

»De Vries, de Vries, ich kann diesen Namen allmählich nicht mehr hören!« rief Meike. »Nur im Fernsehen sind Kriminalbeamte rund um die Uhr im Einsatz. Darum laufen ihnen ja auch die Frauen weg und sie lernen ihre Kinder erst kennen, wenn die mit 20 vor ihrer Tür stehen! Leg Deine De-Vries-Platte morgen früh wieder auf. Für heute Abend ist Schluss. Sonst buche ich für uns die Gruppenreise ›Gartenträume und weiße Felsen‹ nach Cornwall und du wirst nicht mehr gefragt.«

Meike fuhr ziemlich starke Geschütze auf: Gruppenreisen waren für Möllenkamp ein Albtraum. Ohne dass er jemals an einer solchen Reise teilgenommen hätte, dachte er an besserwisserische pensionierte Studienräte, energische Reiseführerinnen mit Schirm und ein übervolles Besichtigungsprogramm. Abgesehen von solchen Schreckensszenarien hätte es ihm gar nichts ausgemacht, wenn Meike einfach den Urlaub für sie beide gebucht und ihn vor vollendete Tatsachen gestellt hätte. Sie jedoch legte Wert auf ein demokratisches Verfahren. Ausdrücklich forderte sie ihn Jahr für Jahr auf, seine Wünsche zu äußern. Am Ende machten sie sowieso immer Urlaub nach Meikes Plänen, zu Meikes Zielen – und zu ihren Terminen selbstredend.

Möllenkamp bemühte sich. Er bemühte sich wirklich. Er setzte sich an den Küchentisch, aß Lasagne, die auch lauwarm noch ausgezeichnet schmeckte. Er nippte an seinem Chianti und ließ sich die Vorzüge von Madeira schildern, offenbar Meikes Favorit für ihren nächsten Sommerurlaub. Sie hatte bereits Stapel von Reiseliteratur aus der Stadtbücherei angeschleppt und sich anscheinend auch schon durch den einen oder anderen Bildband gearbeitet, denn gezielt breitete sie vor ihm die Sehenswürdigkeiten der Insel aus. Er sah Sonne, Meer, üppig grüne Berghänge und malerische Orte. Meikes Erläuterungen plätscherten wie ein Bächlein an seinem Ohr vorbei, aber sie erreichten ihn nicht. In seinem Kopf war ein Knoten. Seine Gedanken umkreisten ihn, betrachteten ihn prüfend von allen Seiten, waren aber nicht in der Lage, ihn zu entwirren. In diesem Knoten steckte die Lösung. Er wusste es. Er war ihr ganz dicht auf der Spur. Darum war es für ihn unmöglich, sich jetzt mit Madeira zu beschäftigen. Er musste zuerst den Knoten zerschlagen.

»… Ich habe mich gefragt, ob es ein Zufall ist, dass beide Leichen so direkt hinter dem Deich vergraben wurden … Ich erinnere mich an eine Ostpreußin, die mit ihrem kleinen Bruder kam … Ich glaube, irgendjemand hat nach sehr langer Zeit etwas herausgefunden, das weit zurückliegt …«

Der Schlüssel zu seinem Fall lag in dem Gespräch mit Marie Tempel. War es der Bruder? Wieso nach all den Jahren? Wieso auf der Baustelle des Sperrwerks?

Eine aufgerollte Zeitung traf ihn unsanft am Kopf. Meike war es leid geworden, gegen eine Wand anzureden. »Okay, wir machen einen Deal: Du darfst mir erzählen, was dich umtreibt und ich organisiere wie immer unseren Urlaub.

Aber dafür sehen wir uns am Wochenende diesen Resthof an. Ich habe den Makler schon kontaktiert.«

Sie wedelte mit der Zeitung, die in den letzten Tagen so auffällig unauffällig vom Couchtisch auf den Küchentisch und wieder zurückgewandert war, sodass sie ihm wie zufällig immer wieder in die Augen fiel.

Jetzt hatte sie ihn. Er wusste es. Meike verlor nie ein Ziel aus den Augen. Möllenkamp tat, als würde er sich seinem Schicksal ergeben. Doch in ihm war Hoffnung, dass der Hof eine solche Bruchbude war, dass sogar seine zu allem entschlossene Frau von dem Projekt Abstand nehmen würde.

Er berichtete von dem, was ihn eigentlich beschäftigte: von seinem Termin bei der alten Magd und seinem Ausflug nach Pogum. Als er mit seinem Bericht fertig war, hatten beide rote Wangen. Das lag nicht nur am Chianti, sondern auch daran, dass sie wussten, wie nahe sie der Lösung waren.

»Es hat mit dem Mädchen zu tun«, stellte Meike fest. »Hast du nicht etwas über die frischen Blumen auf dem Grab gesagt?«

Ja richtig. Der Besuch in Weener bei Pastor Donker. Die frischen Blumen auf dem Grab des unbekannten Mädchens. Sollte er eine Wache dort postieren, um dem Mörder auf die Schliche zu kommen?

»Du könntest den Friedhof observieren lassen. Es ist nur eine Möglichkeit, aber vielleicht geht er euch auf diese Weise ins Netz.« Möllenkamp musste lächeln. Meike und er tickten im Gleichklang.

»Tja, das ist fast der einzige Anknüpfungspunkt. Aber ob ich die Observation genehmigt bekomme? Bei so einem vagen Verdacht? Möglicherweise müssen wir zwei uns bei den

Nacht- und Wochenendwachdiensten abwechseln.« Es sollte ein Scherz sein, aber Meike nahm es ganz ernst.

»Ich mache mit. Zur Not kann ich die Klassenarbeiten auch im Auto korrigieren.«

Mit Bleeker und Abram, die bestimmt mitmachen würden, könnten sie eine Rundum-Beobachtung auch ohne offizielle Observationsgenehmigung hinbekommen. Vielleicht würde die morgige Besprechung noch weitere Ideen bringen, auf die er bisher nicht selbst gekommen war.

Bevor Möllenkamp einschlief, dachte er noch kurz an das Versprechen, das er Meike fürs Wochenende gegeben hatte. Er sah etwas Großes auf sich zurollen. Hätte er sich der Hausbesichtigung besser widersetzt? Nein, er würde das Thema einfach austanzen. Apropos Tanzen: Morgen musste er unbedingt wieder Laufen gehen. Dann fielen ihm die Augen zu.

***

Gertrud Boekhoff pflegte ein strenges journalistisches Berufsethos. Kritisch betrachtete sie ihre Kollegen, die sich zu sehr in die örtliche Gesellschaft einbinden ließen und damit ihre Unabhängigkeit riskierten. Wer wollte schon Ärger mit einem Bürgermeister riskieren, der mit der Schwippschwägerin verheiratet war? Oder dem Besitzer des örtlichen Autohauses ans Bein pinkeln, der einem die Jahreswagen immer mit einem Spezialrabatt überließ? Das hemmte die kritische Berichterstattung. Glossen- und Kommentarspalten wurden mit Nebensächlichkeiten wie kaputten Straßenlaternen oder lustigen Erlebnissen mit den Kindern gefüllt. Das kam beim

Leser immer gut an. Wozu sollte man es sich mit den wichtigen Leuten vor Ort verderben?

Gertrud verstand ihren Job anders. Sie war immer stolz darauf gewesen, als Journalistin sauber zu arbeiten. Sie würde vielleicht nie den Pulitzer-Preis gewinnen, aber sie hatte ihr Handwerk gelernt. Sie überprüfte jedes Gerücht, holte immer eine Gegenmeinung ein, enthielt sich vorschneller Urteile, aber wenn sie sich sicher war, dann hatte sie den Mut zur eigenen Meinung. Damit hatte sie sich bei R. Buss Anerkennung und eine schwer zu erschütternde Stellung erworben.

Nun jedoch hatte sie eine Grenze überschritten: Sie hatte ihren Job und die Zeitung missbraucht, um ein anderes Ziel zu erreichen. Einen Mörder zu fangen, mochte zwar ein ehrenwertes Vorhaben sein, war aber Aufgabe der Polizei. Die Zeitung konnte hier allenfalls Hilfe leisten, wenn die Polizei sie darum bat – etwa, indem sie Täterbeschreibungen veröffentlichte oder Tatdetails, die den Täter aus der Reserve locken sollten. Gertrud aber hatte eindeutig ohne einen solchen Auftrag gehandelt. Sie hatte zunächst in einem Zeitungsartikel im »Tagblatt« einen Mann schwer belastet und damit zum Hauptverdächtigen gemacht. Dann hatte sie wiederum in einem zweiten Artikel den Hauptverdächtigen entlastet, dafür aber keine Beweise vorgelegt, sodass die Polizei weiterhin ihre Ermittlungsarbeit auf ihn konzentrieren würde.

Gertrud aber war das ganz egal. Sie hatte Schmetterlinge im Bauch, zum ersten Mal in ihrem Leben.

In der Mittagsausgabe war eine Richtigstellung von ihr erschienen. Sie hatte eingeräumt, dass die Zeitung die Informationsquellen über das zulässige Maß hinaus interpretiert hatte, dass die Polizei keineswegs davon ausgehe, dass S. der Täter sei, sondern ihn lediglich als wichtigen Zeugen suche und dass der Internetprovider S.' Aussage, er habe am fraglichen Abend im Internet gesurft, bestätigt habe. Woher sie das wusste? Sie hatte eben ihre Quellen.

Hätte sie früher jemand aufgefordert, eine solche Richtigstellung zu schreiben, hätte sie geantwortet, eher würde ihr die Hand abfallen. Nun aber hatte es ihr nicht das Geringste ausgemacht. Das Donnerwetter von R. Buss hingegen war schon eine andere Sache. Nicht, weil er laut geworden war und wütend – er war immer laut und häufig wütend. Doch diesmal war er noch lauter und noch wütender gewesen. Er schrie etwas vom Presserat, mit dem er nie etwas zu tun gehabt habe, weil das »Rheiderländer Tagblatt« immer für fairen Journalismus gestanden habe. Jetzt aber werde man öffentlich gerügt werden und stehe in einer Ecke mit der Springer-Presse. Es werde Abbestellungen geben, die allein auf ihr, Gertruds, Konto gingen. Eine Katastrophe für eine so kleine Zeitung! Aber der erste Arbeitsplatz, den er streichen werde, wenn es soweit wäre, würde der ihre sein, darauf könne sie Gift nehmen. Er wollte keine Erklärungen, er wollte einfach nur seiner Enttäuschung über das Totalversagen seiner besten Redakteurin Luft verschaffen: »Büst du schierweg mall worden?! Wat makst du hier noch? Maak to, dat du drut kummst. Ik will di hier neet mehr sehn.«[1]

---

1 Bist du ganz und gar verrückt geworden? Was machst du hier noch? Mach, dass du rauskommst. Ich will dich hier nicht mehr sehen.

Gertrud war davongeschlichen. Sie war nicht böse darum, dass er ihr keine Gelegenheit gegeben hatte, sich zu rechtfertigen. Sie hätte ihm wohl kaum die Wahrheit sagen können: dass bei ihr zu Hause ein Mordverdächtiger versteckt war, der sie überfallen, gefesselt und geknebelt – und in den sie sich dennoch verliebt hatte. Und dass dieser Verdächtige auf gar keinen Fall der Mörder sein konnte, was sie nicht beweisen konnte, aber ganz sicher spürte.

Immerhin gab ihr die vorläufige Suspendierung die Gelegenheit, weit wichtigere Aufgaben in Angriff zu nehmen, nämlich ein geeignetes Versteck für Gottfried zu finden und dem eigentlichen Täter auf die Schliche zu kommen.

Sie hatte einige Vorbereitungen getroffen und damit den Nachmittag verbracht. Als sie nach Hause gekommen war, hatte es aus ihrer Wohnung verlockend gerochen. Irgendwie hatte Gottfried es geschafft, aus den Konserven, die er aus Gertruds Schränken gegraben hatte, eine fantastische Mahlzeit zu zaubern. Die Thunfischsauce zu den Spaghetti, der Salat aus Mais und roten Bohnen, die rote Grütze mit Vanillesauce erschienen Gertrud als das Köstlichste, das sie je gegessen hatte. Sie hatte keine Ahnung, wo er die Flasche Wein aufgetrieben hatte.

»Wir müssen vorsichtig sein, dass du nicht erwischt wirst«, warnte sie ihn, als sie einander bei heruntergelassenen Rollläden im Schein einer Kerze gegenübersaßen. »In dieser Wohnung ist so gut wie nie gekocht worden. Die Nachbarn könnten misstrauisch werden.«

»Isch kennd als noch sache, dass isch dei verschollener Kuseng bin, der uff Besuch is«[1], hatte Gottfried vorgeschlagen – dabei das achte Gebot ausnahmsweise außer Acht lassend.

Gertrud hatte schallend gelacht: »Wir sind hier im Rheiderland. Wenn ich einen verschollenen Cousin hätte, dann wüssten meine Nachbarn das, bevor ich es selber weiß.« Sie war ernst geworden: »Wir müssen dich verstecken. Hier kannst du nicht bleiben. Du wirst früher oder später doch entdeckt.«

Verständnislos hatte er sie angesehen und sich dann geweigert. »Ich hab inzwischen nachgedacht. Zeit hatte ich ja genug: Ich werd mich nicht verstecken. Ich hab nix getan. Wenn die Justiz mich einsperren will, dann soll sie das eben tun.«

Gertrud sah in sein aufgebrachtes Gesicht, aber alles, was sie wahrnahm, war das außerordentliche Blau seiner Augen. Keine Rosamunde-Pilcher-Szene hätte ihr je romantischer erscheinen können, als hier in ihrer Resopalküche mit diesem grauhaarigen Aktivisten zu sitzen, der in breitestem Hessisch über sich und die Welt räsonierte. Sie war nicht gläubig und hatte auch nichts gegen das »System«. Aber das zählte momentan alles nicht. Sie wäre sofort bereit gewesen, mit Gottfried Flugblätter zu verteilen, ein Haus zu besetzen oder in den Untergrund zu gehen. Und vielleicht hatte sie gerade darum den Untergrund am Nachmittag sorgfältig für ihn sondiert, weil sie sich bereits ein bisschen so fühlte wie eine entfernte Verwandte von Bonnie und Clyde.

---

1 Ich könnte sagen, dass ich dein verschollener Cousin bin, der auf Besuch ist.

Gottfried allerdings dachte erkennbar nicht im Entferntesten daran, abzutauchen. Er wollte einfach bleiben, wo er war. Nichts zog ihn in sein verlassenes Haus auf dem Polder, in dem er sich vor der Welt verkrochen hatte – allein mit Gott und einer Vergangenheit, auf die er nicht stolz war. Leise hörte Gertrud ihn beten: »Danke Herr, dass du mich hierhin geführt hast. So hat doch noch alles zu dem guten Ende gefunden, das du immer für mich vorgesehen hattest.«

Mochte Gottfried auch mit sich im Reinen sein. Damit war ihnen beiden nicht geholfen. Er blieb verdächtig, und draußen lief ein Mörder frei herum. Verflixt, sie musste ganz neu ansetzen. Seufzend stützte Gertrud ihren Kopf in die Hände.

Als sie spürte, wie eine Hand ihr über das Haar strich, lief ihr ein Schauer über den Rücken, gefolgt von einer Gänsehaut, die ihren ganzen Körper erzittern ließ. In ihrem ganzen Leben hatte ihr noch nie ein Mann derart über den Kopf gestrichen. Unerwartet sanft fragte Gottfried sie: »Du denkst, wer es gewesen sein könnte, wenn ich es nicht war?«

Sie nickte.

Nun legte auch Gottfried den Kopf in die Hände und massierte mit den Fingerkuppen seine Schläfen. Eine Weile saßen sie einander in fast der gleichen Haltung gegenüber und grübelten. Aber ein zündender Gedanke wollte ihnen einfach nicht kommen.

»Weißt du, was ich manchmal mach, wenn ich mit einem Gedanken einfach nicht weiterkomme? Ich fang dort an, wo alles angefangen hat und rekapituliere Schritt für Schritt. Wo hat der Fall de Vries für dich angefangen?«

»An der Baustelle des Emssperrwerkes«, murmelte Gertrud.
»Dann fahren wir da jetzt hin«, sagte Gottfried entschlossen.

Die Frage, was das denn bringen solle, schluckte Gertrud herunter. Etwas Besseres fiel ihr nicht ein, also konnten sie es genauso gut versuchen. »Okay, fahren wir.«

Dienstag, 9. November 1999

Es war ein Tag, an dem Stephan Möllenkamp am liebsten schon die Reset-Taste gedrückt hätte, bevor er überhaupt die Polizeiinspektion betreten hatte. Er war früh aufgestanden und laufen gegangen. Aber das Triumphgefühl, den inneren Schweinehund besiegt zu haben, wollte sich einfach nicht einstellen. Stattdessen hatte ihm der Novemberwind unentwegt den Regen ins Gesicht getrieben und damit die Laune vermiest. Um sich aufzumuntern, hatte er beschlossen, den Deich hinauf- und hinabzusprinten und sich einzubilden, er wäre Rocky Balboa, der die Stufen des Philadelphia Museum of Art immer aufs Neue bezwang. Leider bezwang ein Kaninchenloch am Fuß des Deiches seinen Knöchel, sodass er erst gegen neun Uhr – humpelnd und mit einem strammen Verband um den geschwollenen Fuß – den Besprechungsraum zur Morgenlage betrat.

Er fühlte sich unvorbereitet. Es war ihm im Auto nicht gelungen, seine Gedanken zu sortieren. Er hasste es, Besprechungen zu leiten, wenn er keinen Plan hatte. Und selbst für die Routinearbeit mit den Moderationskärtchen brauchte er ein Mindestmaß an Konzentration. Als er die Tür zum Besprechungsraum öffnete, begriff er, dass ihm jemand den Fall aus der Hand genommen hatte. Vor der Pinnwand stand Kriminalrat Hinterkötter mit einem breiten Grinsen im Gesicht.

»Wir haben ihn«, donnerte er triumphierend.

Alle Augen waren auf ihn gerichtet, niemand achtete auf Möllenkamp.

»Gottfried Schäfer ist uns heute Nacht ins Netz gegangen. Nachdem ich die Suche nach dem Täter zur Chefsache gemacht habe, ist endlich die Lösung dieses Mordfalls gelungen.«

Auf einmal redeten alle durcheinander: »Wo haben Sie ihn denn gefunden?« »Hat er schon gestanden?«

Der stellvertretende Leiter der Polizeiinspektion Leer genoss sichtlich seinen Erfolg: »Wo er gefunden wurde? Na, raten Sie mal. Was lernen Sie denn im Anfängerunterricht für angehende Mordermittler? Richtig: Der Täter kehrt immer wieder an den Ort seiner Tat zurück.«

»Sie haben ihn auf der Baustelle des Emssperrwerkes gefunden?«, fragte Abram erstaunt.

»Eben dort. Bin gestern am späten Abend noch persönlich dort vorbeigefahren. Was ein richtiger Kriminalist ist, der hat eben einen Riecher für den Moment, auf den es ankommt.« Er machte eine Kunstpause, die den Anwesenden zu verstehen geben sollte, dass sie diesen Riecher eben nicht hatten. »Habe einen roten Polo dort gesehen und dann eine Streife gerufen. Habe es für meine Pflicht gehalten, nicht selbst den Helden zu spielen. Der Mann ist gemeingefährlich. Hätte bewaffnet sein können.«

Möllenkamp schreckte bei der Erwähnung eines »roten Polo« hoch. »War er allein?«

»Eine Frau war bei ihm. Wobei ›Frau‹ eine etwas euphemistische Bezeichnung ist, wenn Sie verstehen, was ich meine.« Dröhnendes Lachen kam aus Hinterkötters Kehle.

»Haben Sie die auch festgenommen?«

»Das können Sie glauben. Schon allein wegen Widerstands gegen die Staatsgewalt und wegen Beamtenbeleidigung. Die war ja wie von Sinnen. Wir mussten CS-Gas einsetzen, um diese Person in ihrer Raserei zu stoppen.«

Möllenkamp dachte nach. Also war Gertrud Boekhoff mit Schäfer zusammen gewesen. Damit stand eindeutig fest, dass sie am Sonntag gelogen hatte, als sie behauptet hatte, nicht zu wissen, wo er sich aufhielt. Hatte er sich in ihr so getäuscht? Waren die beiden ein Gangsterpärchen, das aus politischem Fanatismus und persönlichem Hass gemordet hatte?

Möllenkamp schüttelte den Kopf. Er konnte es sich nicht vorstellen. Und Schäfer hatte offenbar auch noch kein Geständnis abgelegt. Er sah sich im Raum um und blickte in die Gesichter seiner Kollegen, die irgendwie erleichtert erschienen, dass Hinterkötter sie von diesem Fall erlöst hatte. Nicht einmal Bleeker hatte eine sarkastische Bemerkung parat. Er stutzte. Wo war eigentlich Bleeker?

***

Kriminalrat Thomas Hinterkötter strich sich lächelnd über seine Krawatte, während er den Flur entlangschritt. Er hatte das Modell mit den Glücksschweinen, Schornsteinfegern und Kleeblättern, das ihm sein Sohn zum Geburtstag geschenkt hatte, extra für die Pressekonferenz ausgetauscht. Wie gut, dass er noch eine Ersatzkrawatte im Auto gehabt hatte, die für diesen Termin perfekt geeignet war. Sein Fahndungserfolg hatte nämlich nichts mit Glück zu tun, sondern mit Können, Überzeugung und Beharrlichkeit. Eigenschaften, die die einfachen und zweifelnden Gemüter im Fachkommissariat 1 nicht vorweisen konnten, am allerwenigsten ihr Leiter.

Dieser politisch verdorbenen Generation verkappter Öko-Aktivisten passte es einfach nicht, wenn einer der ihren ein Verbrechen beging. Es ging nicht nur um die Demonstrationen, Störungen der öffentlichen Ordnung und Sicherheit, Landfriedensbruch und was sonst alles inzwischen anscheinend selbstverständlich war. Hier ging es um Mord, aber den trauten sie einem Gutmenschen wie diesem Schäfer nicht zu. Er jedoch wusste es besser.

Hinterkötter irritierte es kein bisschen, dass Schäfer die Tat vehement bestritt. Er würde ihn heute als mutmaßlichen Täter der Presse präsentieren. Das Geständnis würde unweigerlich folgen, das war alles nur eine Frage der Zeit. Der Lebenslauf dieses Berufsrandalierers ließ keinen anderen Schluss zu, als dass er der Mörder von de Vries sein musste. Auch der Artikel im »Rheiderländer Tagblatt« hatte genügend Hinweise auf eine gewaltbereite Persönlichkeit geliefert. Merkwürdig nur, wie es diesem Schäfer gelungen war, die Verfasserin quasi über Nacht »umzudrehen«. Hinterkötter wusste nicht recht, was er mit Gertrud Boekhoff anfangen sollte, die mit tränenden Augen in ihrer Arrestzelle saß. Dass sie mit dem Mord nichts zu tun hatte, lag auf der Hand. Sie und Schäfer hatten sich erst vor kurzem kennengelernt. Egal, er würde sie irgendwann im Laufe des Tages laufen lassen müssen. Aber das hatte noch Zeit.

Den Triumphmarsch aus seiner Lieblingsoper »Aida« pfeifend, betrat Hinterkötter das Sekretariat des 1. Fachkommissariats. »Frau Sieverts«, bellte er, sodass die Sekretärin, die eben ihren Aloe-Vera-Mix in einen neuen Tupperware-Shaker füllte, vor Schreck die Flasche fallen ließ. »Berufen Sie für heute

Mittag eine Pressekonferenz ein. Wir haben den Täter gefasst. Und ziehen Sie sich was Ordentliches an. Sie begleiten mich«, raunzte er mit einem kopfschüttelnden Blick auf ihre mit Aloe Vera bekleckerte Bluse.

Hinterkötter zog die Augenbrauen zusammen und verschwand in seinem Büro. Er musste sich für die Pressekonferenz sammeln und die Vernehmung von Gottfried Schäfer vorbereiten.

***

Als Möllenkamp nach kurzem Klopfen den Kopf durch die Tür des Sekretariats steckte, erblickte er Edda Sieverts, die hektisch eine milchige Flüssigkeit von ihrem Schreibtisch und ihrer Bluse zu wischen versuchte.

»Oh, kleines Missgeschick passiert?«, bemerkte er. »Na, das geht sicher wieder raus. Edda, hast du eine Ahnung, wo Wilfried Bleeker steckt?«

»Hmm?«, schreckte sie auf. »Musste zum Arzt. Nichts Schlimmes, hat er gesagt.« Und mit den Worten »Ich muss mal kurz weg« drängte sie sich an ihm vorbei durch die Tür.

Möllenkamp sah ihr irritiert nach. Da öffnete sich hinter ihm eine Tür und Hinterkötter streckte seinen Kopf heraus. Er war bester Laune.

»Na, Möllenkamp«, dröhnte er. »Dann haben wir's ja endlich! Manches muss der Chef selbst in die Hand nehmen. Ha, ha!« Er hieb Möllenkamp auf die Schulter. »Gehen Sie nach Hause. Die letzten Tage waren anstrengend. Ruhen Sie sich aus. Die Pressekonferenz mache ich allein.«

Mit diesen Worten verließ er pfeifend das Büro und ließ einen noch fassungsloseren Möllenkamp zurück. Angesichts von Hinterkötters blauer Krawatte, auf der ein muskelbewehrter Poseidon mit seinem Dreizack ein Seeungeheuer niederrang, bekam er den Mund einfach nicht mehr zu.

***

Eine Stunde später hatte sich Thomas Hinterkötters Laune erheblich eingetrübt.

»Hat der Tatverdächtige denn schon ein Geständnis abgelegt?«

»Denken Sie, dass der Staatsanwalt die Indizien für ausreichend hält, um ein Verfahren zu eröffnen?«

»Halten Sie das Motiv für den Mord für tragfähig?«

»Dem Vernehmen nach sollen in der Vergangenheit dem Tatverdächtigen politisch motivierte Gewalttaten zu Unrecht zugeschrieben worden sein. Bewiesen wurde damals nichts. Was können Sie dazu sagen?«

»Wie lange werden Sie die verhaftete Journalistin noch festhalten? Wird gegen sie auch ermittelt?«

Hinterkötter lockerte den Knoten seiner blauen Krawatte. Die Vertreter der Journaille traten ihm überraschend kritisch entgegen. Nicht zu fassen! Tagelang nervte die Presse mit Anfragen und spekulierte über einen möglicherweise »nie zu lösenden« Mordfall. Und kaum präsentierte man ihnen den Täter, waren sie auch wieder nicht zufrieden und zogen Motiv und Beweise in Zweifel. Kein Wunder! Auch die Journalisten waren ja politisch eindeutig dem linken Lager zuzuordnen.

Auch denen passte dieser Mörder einfach nicht ins Konzept. SS-Mann grausam von linkem Öko-Aktivisten ermordet. Das konnte einfach nicht sein.

Hatte denn hier niemand mehr eine aufrechte staatsbürgerliche Haltung?!

»Über Taten, die fast zwanzig Jahre zurückliegen, kann und will ich hier nicht spekulieren ... Es sind schon Leute aus weit geringeren Gründen umgebracht worden ... Selbstverständlich obliegt es dem Staatsanwalt, zu beurteilen, ob er die Beweislage für ausreichend hält, um ein Verfahren zu eröffnen ... Wir sind jedenfalls stolz darauf, dass eine saubere und beharrliche Ermittlungsarbeit unserer Polizei dazu geführt hat, dass dieser abscheuliche Mord in kurzer Zeit aufgeklärt werden konnte ... Vielleicht sind Sie so freundlich, einfach mal unserer Erfahrung zu vertrauen!«

Den letzten Satz schleuderte er einer Journalistin der Nordwest-Zeitung entgegen, die gefragt hatte, ob der öffentliche Druck eventuell zu einer vorschnellen Verhaftung Gottfried Schäfers geführt habe.

Beim Hinausgehen bemerkte Hinterkötter ein C&A-Preisschild, das hinten aus Edda Sieverts' weißer Bluse heraushing. 15 DM. Sie musste es in der Hektik zu entfernen vergessen haben. Er seufzte. Die Verkündung seines grandiosen Fahndungserfolges hatte er sich heroischer vorgestellt. Dafür würde er jetzt Gottfried Schäfer umso härter rannehmen. Je eher der Täter gestand, desto früher würde er doch noch zu seiner Genugtuung kommen.

***

Möllenkamp versuchte den Tag zu retten, indem er sich, passend zu dem Lauf am Morgen, ein besonders ausgewogenes, ballaststoff- und vitaminreiches Mittagessen zubereitete. Mit einer kleinen Gemüsesuppe, einem Tomaten-Gurkensalat und etwas Schwarzbrot mit Käse (ohne Ketchup) wollte er sich zumindest physisch in Form halten, weil es um seine mentale Verfassung nicht zum Besten stand. Er fühlte sich ausgebootet, weil Thomas Hinterkötter beschlossen hatte, die Pressekonferenz selbst abzuhalten. Er brauche ihn nicht, hatte er ihm zu verstehen gegeben. Er solle ruhig nach Hause gehen, eine Pause machen und sich später den noch anliegenden Routinefällen widmen.

Das Zuschnappen der Haustür weckte ihn aus seinen trüben Gedanken. Meike kam fröhlich zur Tür herein, und zusammen mit ihr gelangte ein unwiderstehlicher Duft nach Brathähnchen in das Haus und erfüllte sofort alle Räume.

»Vor dem Supermarkt stand so ein Imbisswagen. Ich dachte, ich mache dir mal eine Freude«, rief sie und schmatzte ihm einen Kuss auf die Wange. Er liebte Brathähnchen, und Meike wusste das. Ihr Versuch, ihn auf diese Weise aufzuheitern, deprimierte ihn jedoch noch mehr. Außerdem machte es auch noch seine Bemühungen um eine gesunde Ernährung zunichte.

Er seufzte. Als es vorn am Fenster klopfte, zuckte er zusammen. »Lass mich nur machen«, sagte Meike rasch und ging zur Tür, um kaum eine Minute später zurückzukehren.

»Wie bist du ihn so schnell losgeworden«, fragte Möllenkamp, ohne von seinem Hähnchen aufzusehen.

»Ich habe ihm erzählt, dass du einen ganz ansteckenden Hautpilz hast.«

»Na toll. Wenn demnächst alle in der Nachbarschaft die Straßenseite wechseln, sobald ich komme, dann weiß ich wenigstens, woran das liegt.«

»Wäre es dir lieber gewesen, er hätte deine Hähnchenschenkel abgenagt?«

Vielleicht sollten sie doch umziehen: neuer Job, neues Haus, neues Leben. Er wäre auf einen Schlag alle Probleme los.

»Was ist eigentlich mit unserer Observation«, fragte Meike in unternehmungslustigem Ton, während sie sich die Finger ableckte.

Möllenkamp winkte ab. »Vergiss es. Der Fall ist gelöst.«

»Der Fall ist gelöst?«, erkundigte sich Meike verwundert. »Wer war's denn? Und wann hast du ihn gefangen?«

»Nicht ich, sondern Hinterkötter.«

»Hinterkötter? Seit wann macht der denn operative Polizeiarbeit?«

»Seit er der Meinung ist, dass wir auf dem linken Auge blind sind.«

Meike kombinierte sofort: »Das heißt, er hat diesen Öko-Spinner verhaftet.«

»Ja.«

»Hat der denn schon gestanden?«

»Nein, aber das hindert einen Kriminalrat Hinterkötter nicht daran, schon einmal vorsorglich eine Pressekonferenz zu geben und den Fall für gelöst zu erklären.«

Meike war verwirrt. »Darf er das?«

»Das kommt darauf an. Wenn er tatsächlich ein Geständnis aus Schäfer herausquetscht, dann wird keiner mehr danach fragen, ob Hinterkötter seine Persönlichkeitsrechte verletzt hat.«

Meike schwieg, einen Hähnchenknochen in der linken Hand, den sie nachdenklich hin und her drehte.

»Glaubst du, dass er es war?«

»Nein.« Möllenkamp war selbst überrascht, wie schnell und sicher ihm die Antwort über die Lippen gekommen war.

»Ja, worauf warten wir denn dann? Hier geht es um deinen Ruf als Ermittler und um die Zukunft eines Unschuldigen!«

»Meike, wir sind nicht Miss Marple und ihr Bibliothekar. Ich bin Kriminalbeamter und du Lehrerin. Wir müssen uns an die Regeln halten.«

»Ach, und dein Chef hält sich an die Regeln?«

»Nein, aber darum muss ich es ihm ja nicht nachtun.«

»Du willst also riskieren, dass ein Unschuldiger ins Gefängnis geht, weil er womöglich unter Druck ein Geständnis ablegt für eine Tat, die er nicht begangen hat? Und das, während der eigentliche Täter weiter frei herumläuft? Herrje, wir tun doch nichts Illegales! Wir fahren doch einfach auf den Straßen des Rheiderlandes herum und schauen uns aus bloßem Interesse einen kleinen alten Friedhof an.«

Möllenkamp schwieg. Was konnte er dem entgegensetzen? Es lag in seiner Verantwortung, diesen verrückten Schäfer zu retten, der es in seiner Sturheit sicher nicht selbst tun würde. Aber wo anfangen?

»Das ist doch unser Ausgangspunkt, nicht wahr?«, sagte Meike, »dieses tote Mädchen aus dem Osten? Es liegt in Weener auf dem Friedhof. Also, lass uns dorthin fahren.«

***

»N – D – R – 2«. Der vertraute Singsang einer weiblichen Stimme aus dem Autoradio kündigte die Nachrichten an. Wilfried Bleeker war ganz in Gedanken versunken. Er hatte eine Spur und es kribbelte überall in ihm. Deswegen hatte er auch nicht an der Morgenlage teilnehmen können. Na ja, eigentlich hätte er schon teilnehmen können, ja müssen. Er hatte sich bei Edda Sieverts mit einem Arzttermin entschuldigt und ein bisschen länger geschlafen, weil es gestern Abend in der Kneipe spät geworden war.

Heute Morgen hatte er erst noch einige Recherchen angestellt. Jetzt aber war er auf der Fährte. Hastig steckte er sich eine Zigarette an und blies den Rauch aus.

Bleeker versuchte, die verstreuten Informationen zu einer Indizienkette zu ordnen. Der Mann hatte in der Befragung einiges gesagt, was ihm damals nicht weiter aufgefallen war. Doch jetzt fügten sich die Mosaikteile langsam zu einem Bild: »Heute zählen nur noch die Riesen-Dampfer von Meyer. Ist alles Politik. Ist sowieso alles Politik. Erst fängt man an, dann geht es nicht mehr weiter. Wegen der Politik. Wir wollten schon vor einem Jahr die Zuwegung fertig haben, dann war Baustopp. Dann sagen sie den Arbeitern, dass sie nach Hause gehen sollen. Kurzarbeit oder Montage. Jetzt ging es endlich weiter. Wollten wir die Zufahrtsstraße fertigmachen. Dann dieser Tote. Jetzt geht wieder nix. Es ist zum Verrücktwerden.« Er war richtig wütend gewesen, hatte über den Regen geschimpft, über den Toten, der genau an der Stelle lag, an der sie schon am Vortag die wasserdichte Kleischicht hätten aufbringen sollen, hätte nicht die Grube wegen eines idiotischen Ingenieurfehlers noch einmal vertieft werden müssen.

»Wenn ich in ein paar Jahren in Rente geh, dann bau ich mir'n Boot und fahr nur noch raus. Kopf freikriegen. Ich hab das mal gelernt, wissen Sie. Bevor ich auf diese Scheiß-Baustelle gekommen bin, hab ich Boote gebaut. Noch richtig aus Holz. Aber das braucht heute keiner mehr.« Warum hatte er nicht geschaltet? Anja hatte doch in einer der ersten Lagebesprechungen, der Sarg sei kalfatert worden. So etwas beherrschten doch nur Spezialisten.

Erst der Autoschlüssel hatte ihn stutzig gemacht, wenn auch viel zu spät: »Ich fahr seit zwanzig Jahren nur noch VW Passat. Hab mir angeguckt, wie die in Emden vom Band laufen. Alles, was im Ausland zusammengekloppt wird, ist doch nur Schrott.« Warum hing dann am Schlüsselbund von diesem Herbert Klatt ein Mercedesstern?

Er versuchte, seine Aufregung zu bändigen. Vielleicht war alles ein harmloser Zufall. Und welches Motiv sollte dieser brave Polier der Baufirma Swartwitt denn für einen solchen Mord haben? Was hatte er mit Tadeus de Vries zu tun? Möglicherweise würde sich sein aufkeimender Verdacht schon bald in Luft auflösen.

Seinen Gedanken nachhängend hatte Bleeker vergessen, die Asche seiner brennenden Zigarette abzustreifen. Nun fiel ihm die glühende Asche erst auf den Arm und dann auf seine schwarze Stoffhose, wo sie ein kleines Loch hinterließ. Fluchend klopfte er sich die Asche ab. Dann traf ihn ein Tropfen. Auch das noch! Längst hatte er das schwarze Stoffdach seines Fiat Barchetta reparieren lassen wollen. Stattdessen hatte es für den Riss auf der Fahrerseite bisher nur zu einem Streifen Panzerband gereicht, der sich jetzt gelöst hatte. Er würde nach seinem Besuch in Pogum umgehend eine Autowerkstatt aufsuchen. Heute war der Tag, an dem er die Dinge am Schopfe packen würde. Alle.

Im Hintergrund plätscherte die Stimme aus dem Radio, doch Bleeker nahm die Halb-Drei-Uhr-Nachrichten kaum wahr: »An einem Gymnasium im sächsischen Meißen ist es heute Morgen zu einem Amoklauf gekommen. Mit einem Messer hat ein Schüler seine Klassenlehrerin ermordet. Als Motiv gab der 15-Jährige ›Hass‹ an ... Der Deutsche Bundestag hat heute in einem Festakt des Falls der Mauer vor 10 Jahren gedacht. Neben Bundeskanzler Gerhard Schröder und Altkanzler Dr. Helmut Kohl sprachen auch der ehemalige Präsident der Sowjetunion Michail Gorbatschow sowie der ehemalige Präsident der Vereinigten Staaten von Amerika George Bush zu den Abgeordneten ... Der Mörder des 84-Jährigen aus dem ostfriesischen Bunderhee, der am Freitag vorvergangener Woche auf der Baustelle des Emssperrwerks tot aufgefunden wurde, ist offenbar gefasst. Wie der stellvertretende Leiter der Polizeiinspektion Leer, Thomas Hinterkötter, in einer Pressekonferenz heute Mittag erklärte, wurde in der Nacht von Montag auf Dienstag ein Mann festgenommen, der als dringend tatverdächtig gilt. Gottfried S., nach dem bereits seit Tagen gesucht wird, stammt aus dem Umfeld der Gegner des Ems-Sperrwerks. Eine politisch motivierte Tat gilt als wahrscheinlich ...«

Moment mal! Hinterkötter hatte einen Tatverdächtigen gefasst? Bleeker stellte das Radio lauter.

In seinem Kopf arbeitete es. Was sollte er tun? Zurückfahren? War der Fall erledigt? Und was war mit seinem Verdacht?

Er machte eine neue Zigarettenpackung auf und stopfte

das Papier in die Hosentaschen. Gedankenverloren zündete sich eine neue Zigarette an und grübelte. Gottfried S. als Täter? Er glaubte nicht daran. Und selbst wenn: Er würde jetzt nicht umkehren, er war ja fast da. Nein, diese Mission würde er zu Ende bringen.

Aber wie sollte er vorgehen? Sollte er den Verdächtigen direkt mit seinem Verdacht konfrontieren? Zu gefährlich. Sollte er Verstärkung holen? Die würde er kaum kriegen, jetzt, wo der Fall als gelöst galt. Was, wenn ihn sein Gefühl trog und er sich lächerlich machte? Er musste Beweise sammeln. Irgendetwas würde sich beim Haus doch finden lassen. Er rechnete damit, sich ungestört umsehen zu können. Sein Verdächtiger war gewiss bei der Arbeit.

Der Scheibenwischer quietschte und machte Schlieren auf der Windschutzscheibe. Es tropfte von oben auf seine Schulter. Der schwarze Wagen sah zwar ungeheuer schnittig aus, aber Bleeker musste zugeben, dass er für ostfriesisches Matschwetter einfach nicht geeignet war. So manche Erkältung hatte er sich schon zugezogen, weil er bei den ersten Sonnenstrahlen im März trotzig das Verdeck herunterklappte, um sich einen Hauch Italien zu gönnen. Der Hauch entpuppte sich jedoch meist als steife Brise aus Westen und suchte direkt den Weg in seine Bronchien, wo er sich mit dem regelmäßig einkehrenden Zigarettenqualm zu einem prächtigen Husten vereinigte, der erst nach etlichen Wochen wieder verschwand.

Bleeker hustete und drückte seine Zigarette aus, als er an dem einsamen, rot verklinkerten Haus vorbeifuhr. Er überlegte, wo er seinen Wagen abstellen sollte. Obwohl er sich allein wähnte, wollte er doch in der Nachbarschaft kein Aufsehen erregen. Die Leute auf dem Dorf waren sehr aufmerksam. Er fuhr auf die Hauptstraße zurück und parkte vor der Bäckerei. Mit hochgeschlagenem Jackettkragen machte er sich auf den Weg durch den Regen zum Haus zurück. Anders als sein Kollege Abram hatte er weder Gummistiefel noch Regenjacke oder gar einen Schirm im Gepäck. An den meisten Tagen machte er sich über solche Akribie lustig. Heute nicht.

Trotzig strahlten die Herbstblumen gegen den Regen an, ein violetter Farbtupfer im Herbstgrau. Bleeker steckte die Fäuste in die Hosentaschen und sah sich unauffällig nach allen Seiten um und schritt dann zur Eingangstür. Wenn der Bewohner zu Hause war, dann wollte er sich von ihm nicht wie ein Einbrecher ertappen lassen. Er klingelte, aber alles blieb still. Er umrundete das Gebäude und sah von hinten durch die Fenster. Das Haus war spärlich möbliert und sehr aufgeräumt. In der Küche hatte er schon gesessen, am Tisch, auf einem von nur zwei Stühlen. Auch an das Wohnzimmer, in dem es nur einen Couchtisch, einen Sessel und einen Fernseher gab, erinnerte er sich. In ein Fenster konnte er nicht hineinsehen, weil die Scheiben mit blickdichter Folie beklebt war – vermutlich das Badezimmer. Er bog um die Ecke und sah durch ein Fenster in einen Raum, der ein Arbeitszimmer zu sein schien. Es gab einen alten Computer und einen Aktenschrank. Er versuchte, die Aufschriften auf den Ordnern durch das Fenster zu entziffern. Vergeblich.

Bleeker drehte sich um und sah auf den rückwärtigen Garten. Der grenzte an die neue Deichstraße, die nach der Sturmflut 1962 mit dem neuen Deich angelegt worden war. Es gab ein Tor nach hinten raus. Der Garten bestand mehr oder weniger aus Acker, der ziemlich verunkrautet war. Unter einem

Rotdorn stand eine auf den Deich ausgerichtete Bank, daneben ein großer Verschlag aus Holz. Nichts Auffälliges.

Die Garage neben dem Haus grenzte hinten an einen geräumig wirkenden Schuppen. Da drin kann man ziemlich viel verstecken, ging es Bleeker durch den Kopf. Überrascht stellte er fest, dass die Tür zum Schuppen unverschlossen war. Und gut geölt, denn sie ließ sich fast geräuschlos öffnen.

Im Schuppen umgab ihn Halbdunkel. Nur wenig Helligkeit drang durch zwei kleine Fenster. Er wagte nicht, das Licht anzumachen. Stattdessen kniff er die Augen zusammen, um besser sehen zu können. In der Dunkelheit konnte er kaum erkennen, was sich im Schuppen befand. Er tastete nach seinem Feuerzeug. Hemdtasche: Fehlanzeige. Hosentaschen: Fehlanzeige. Innentasche seines Sakkos: auch nichts. Ihm fiel auf, dass er seine Pistole und sein Handy vergessen hatte. Er wollte schon umkehren, um im Auto nachzusehen, da erinnerte er sich, dass in seiner Brieftasche noch ein kleines Werbebriefchen mit Streichhölzern aus einer Kneipe stecken musste. Richtig, da war es.

Er riss mit klammen Fingern ein Streichholz an.

Soweit er erkennen konnte, gab es in diesem Schuppen nichts Verdächtiges. Er erblickte ein Regal, darin Dosen mit Rostschutzfarbe, Autopolitur, eine kleine Werkbank, einen Rasenmäher und einige Gartengeräte – nichts, was es in Hunderten anderen Rheiderländer Schuppen nicht auch gegeben hätte.

Bleeker wandte sich zur Tür, die in die Garage führte. Er drückte die Klinke herunter und fuhr augenblicklich zusammen. Die metallene Tür gab ein ohrenbetäubendes Quietschen von sich. Er hielt inne und lauschte, ob ihn jemand gehört hatte. Nichts.

Er wartete eine Weile ab. Als sich immer noch nichts rührte, trat er ein. Auch hier waren die Lichtverhältnisse nicht besser als im Schuppen. Was er gesucht hatte, als er herfuhr, war dennoch deutlich zu erkennen: Vor ihm stand eine große, silberne Mercedes-Limousine. Er ging um den Wagen herum: Alles war blitzsauber, die Spezialfelgen glänzten. Im Innenraum erkannte er braune Ledersitze und polierte Holzarmaturen.

Wilfried Bleeker pfiff leise durch die Zähne. E-Klasse, mindestens 200 PS. Ein tolles Auto. Das war der Wagen zu dem Schlüssel, der ihn so irritiert hatte. Was mochte der wohl gekostet haben? Er bückte sich und riss ein weiteres Streichholz an, um das Nummernschild erkennen zu können: LER – DV – 15. Der Wagen von Tadeus de Vries.

Bleeker ließ das Streichholz sinken. Triumphgefühl breitete sich in ihm aus. Er hatte den Fall gelöst, der Rest war Routine. Er würde jetzt zum Auto zurückgehen, die Kollegen rufen und eine Fahndung nach Herbert Klatt herausgeben. Doch zuerst wollte er noch …

Er hörte ein Geräusch. Erstarrte. Eine halbe Ewigkeit stand er reglos da, wagte kaum zu atmen.

Wieder ein Geräusch. Da war jemand! Bleeker duckte sich hinter den Kotflügel des Wagens. Im Schuppen wurde Licht angeschaltet. Der Schein fiel durch die geöffnete Tür ins Halbdunkel der Garage. Als die Tür zur Garage quietschend geöffnet wurde, warf er sich hinter dem Auto flach auf den Boden. Unter dem Wagen hindurch sah er klobige schwarze Schnürschuhe, die langsam an der Längsseite des Mercedes entlanggingen.

Gleich ist's aus, dachte er.

***

Der Friedhof war verwaist. Der Regen des Vormittags hatte aufgehört, dafür war ein böiger Wind aufgekommen. Stephan und Meike Möllenkamp standen vor dem Grab des unbekannten Flüchtlingsmädchens und warteten auf eine Inspiration – die nicht kam.

»Das ist doch alles Quatsch«, sagte Möllenkamp schließlich.

Meike schwieg. Die Astern schwanken hin und her und wirkten in dem kalten Wind trübsinnig und wie gerupft.

»Lass uns nach Hause fahren und nochmal nachdenken«, schlug Möllenkamp vor, der sich auf einmal von Antriebslosigkeit überwältigt fühlte.

»Nachdenken kannst du auch im Auto«, gab Meike zurück.

»Meike, ich bitte dich! Ich werde hier jetzt keine Observation machen. Es ist helllichter Tag. Da kommt kein Schwein, um frische Blumen zu bringen. Wenn überhaupt, dann geschieht etwas, wenn es dunkel ist.«

»Okay, dann fahren wir jetzt nach Pogum und schauen uns das Haus, hinter dem das Mädchen gefunden wurde, näher an.«

»Jetzt willst du wieder quer durch das Rheiderland in eine ganz andere Richtung fahren? Möllenkamp war genervt. »Was soll das Herumgekurve bringen? Wir hatten hier keine Erkenntnis und werden dort auch keine haben.«

Meike wusste nicht, warum sie so sicher war, dass sie etwas finden würden. Aber wenn der Mörder einen Bezug zu dem Flüchtlingsmädchen hatte; wenn er sich die Mühe machte, ihr regelmäßig frische Blumen auf den Friedhof zu bringen; wenn er sogar jemanden ihretwegen umbrachte, dann wäre es einfach undenkbar, wenn er nicht auch den Ort aufsuchen würde, an dem man sie gefunden hatte. Sie war sich sogar ganz sicher, dass er dort gewesen sein musste. Er würde ebenso wie sie und Stephan an die Orte gehen, an denen er sie spüren konnte.

Was war sie gewesen: seine Schwester, Freundin, Geliebte? Auf einmal war der Gedanke in ihrem Kopf: »Was ist, wenn er dort wohnt«, sagte sie – mehr zu sich als zu ihrem Mann.

»Wer?«, Möllenkamp schreckte aus seinen Gedanken auf. Dann dämmerte es ihm. »Du meinst, der Täter wohnt genau in dem Haus, das auf dem Grundstück steht, wo seine ermordete Schwester gefunden wurde?«

Schwester? Ja, das klang plausibel. »Ja, warum denn nicht«, sagte sie. »Er will ihr offensichtlich nahe sein, sonst wäre er ja auch nicht so oft mit frischen Blumen hier am Grab.«

Möllenkamp schwieg. Es arbeitete in ihm. Dann hätte Tadeus de Vries, der Mörder, sein Haus unwissentlich an seinen Henker vermietet. Eine Schlange an seiner Brust genährt, wie man so schön sagte.

»Klatt.«

»Wie?«

»Der Name an der Tür lautete Klatt.« Möllenkamp kramte sein Handy aus der Tasche. Edda Sieverts war nicht zu erreichen. Wahrscheinlich hatte Hinterkötter sie den ganzen Tag in Beschlag genommen, damit sie ihn während der Vernehmung stets mit frischem Kaffee versorgen konnte. Er wählte Anjas Nummer. Sie nahm ab.

»Anja, kannst du einen Namen für mich recherchieren:

Klatt in Pogum. Nein, Vornamen habe ich nicht. Aber so viele wird's davon nicht geben. Die Straße heißt ›Am Deich‹. Schau mal, ob wir etwas über den haben. Ruf mich gleich an, wenn du was findest. Auf dem Handy.«

Er schwieg eine Weile, hörte zu. »Ich weiß es noch nicht«, sagte er dann und: »Das habe ich mir gedacht.«

Sie fuhren los. Als sei es das Selbstverständlichste von der Welt, mal eben nach Pogum zu fahren, um einen Mörder zu fangen, der ihnen gerade einfach eingefallen war. Das Telefon klingelte. Möllenkamp klemmte sich den Hörer zwischen Kinn und Schulter und hörte zu, was Anja ihm berichtete.

»Bingo«, sagte er, als er das Telefon ausgeschaltet hatte.

Meike zappelte vor Aufregung. »Erzähl schon. Was ist? Hat sie was gefunden?«

»Herbert Klatt steht auf unserer Zeugenliste. Er ist einer der Bauarbeiter, die die Leiche auf der Sperrwerksbaustelle gefunden haben. Wilfried Bleeker war für seine Vernehmung zuständig.«

Meike wartete auf eine Fortsetzung. »Ja, und?«, fragte sie aufgeregt.

»Nichts und. Bleeker ist nichts aufgefallen.«

Meike sperrte den Mund auf.

»Auch wenn du's nicht glaubst: Den Leuten steht nicht auf die Stirn geschrieben: Hallo! Ich bin ein Mörder. Nehmt mich fest.« Aber er dachte: Verdammt, irgendjemand hätte es merken müssen! Warum war Wilfried nichts aufgefallen?

Meike schien beleidigt, weil Möllenkamp mit ihr geredet hatte wie mit einem Kind. »Ihr habt ihn doch schon vernommen. Hatte er ein Alibi? Warum seid Ihr nicht auf ihn gekommen?«

»Wir haben ihn ja nur als Zeugen befragt, weil er de Vries zusammen mit den anderen Arbeitern entdeckt hat. Wenn jemand keinen erkennbaren Bezug zum Opfer hatte und kein Motiv, dann fragen wir ihn nicht nach seinem Alibi. Er ist ja erst mal nicht verdächtig. Ich kann nur vermuten, dass seine Angaben plausibel waren und dass Wilfried deshalb keinen Verdacht schöpfen konnte. Er ist ein guter Polizist.« Er hasste es, sich rechtfertigen zu müssen.

»Wie alt ist er?«, fragte Meike.

»Um die sechzig.«

Es war ihr förmlich anzusehen, wie sie rechnete. »Dann war er bei Kriegsende fünf oder sechs Jahre alt.«

Und dann hätte das Mädchen tatsächlich seine ältere Schwester sein können. Das konnte hinkommen. Ihm wurde heiß.

Es dauerte lange, bis sie in Pogum waren. Friedlich und still lag das Dörfchen da. Die Wolkendecke war inzwischen aufgerissen und die Sonne tauchte das Land in klare, harte Konturen, denen durch die heranjagenden Wolken am Horizont unentwegt ein verschwommenes Ende drohte.

***

Eintönig und still lag das schmucklose Klinkerhaus vor ihnen. Die wenigen gelben Blätter einer Birke leuchteten auf der Auffahrt zur Garage, deren dunkelbraunes Tor geschlossen war. Sie bildeten zusammen mit den lila Astern einen reizvollen Kontrast zu den dunkelroten Klinkersteinen des Gebäudes.

Meike und Stephan Möllenkamp stiegen aus und betrachteten das Anwesen lange, so als erwarteten sie, es würde gleich beginnen zu sprechen und ihnen verraten, ob sie hier am richtigen Ort waren, um den Mörder von Tadeus de Vries zu finden. Oder war es nur die Furcht, sich dem Haus zu nähern? Meike wagte kaum zu atmen. Die Gewissheit kroch förmlich in sie hinein. Eine Stimme in ihr versuchte, ihr etwas zu sagen, und sie hatte Angst, dass sie die Stimme zum Schweigen bringen würde, wenn sie zu laut die Luft einsog. Es war wie nach einem schweren Traum in der Nacht. Wenn sie die Augen aufmachte und die Geräusche des Tages an sich heranließ, dann bekam sie den Traum nicht mehr zu fassen. Er entwich wie ein Geist, und ihre Hände griffen ins Leere.

»Die Astern.« Sie räusperte sich. »Die Astern, da!« Meike griff nach Möllenkamps Arm. »Das sind dieselben Blumen wie auf dem Friedhof in Weener. Wir sind richtig hier!« Ihre Stimme überschlug sich fast.

Möllenkamp wusste, dass sie Recht hatte. Sie standen vor dem Haus des Mörders. Die Puzzleteile begannen sich zusammenzufügen. Auch wenn noch einige fehlten, war er sich inzwischen sicher, dass der Tod von Tadeus de Vries die Rache für etwas war, das dem Mädchen, das auf dem Weeneraner Friedhof begraben lag, zugestoßen sein musste.

»Was machen wir jetzt«, flüsterte Meike.

»Ich werde hingehen«, sagte Möllenkamp. »Du bleibst besser hier.«

Meike rang mit sich, sah aber ein, dass sie ihrem Mann eher eine Last als eine Hilfe sein würde, wenn Klatt tatsächlich gefährlich war.

Möllenkamp legte die Hand an seine Dienstwaffe. Eine Geste,

die eher seine Frau beruhigen sollte, als ihn selbst. Er hatte keine Furcht, und wenn, dann hätte die Waffe sie ihm auch nicht nehmen könnten. Das wusste er aus Erfahrung.

Er straffte sich und ging über den mit Waschbetonplatten gepflasterten Weg zur Haustür. Die Klingel machte »Ding Dong«. Drinnen hallte es nach. Durch die geriffelte Scheibe der Haustür konnte er keine Bewegung erkennen. Von der Straßenseite her war auch nirgendwo ein Lichtschein zu sehen gewesen. Er klingelte noch einmal pro forma, machte dann aber Meike ein Zeichen und ging um das Haus herum.

Meike trat von einem Fuß auf den anderen. Sie schaute die Straße hinauf. Zuerst in die eine Richtung, dann in die andere. Kein Mensch zu sehen, kein Auto. Es war total einsam hier. Sie fröstelte ein wenig. Es war unangenehm hier herumzustehen. Mit einem Mal fragte sie sich, was sie eigentlich hier tat. Es war doch nicht ihr Job, Verbrecher zu jagen.

In der eben zum Vorschein kommenden Sonne sah sie etwas aufblitzen. Sie kniff die Augen zusammen. Es sah aus wie Silberpapier und störte das Gesamtbild. Sie zögerte, sah sich um. Es widerstrebte ihr, einfach in einen fremden Vorgarten zu laufen und dort etwas aufzuheben. Aber alles um sie herum war einsam und tot. Sie hob das Papier auf. Es war ein Stückchen Silberpapier aus einer Zigarettenpackung, bedruckt mit dem Namen der Zigarettenmarke. »Ernte 23« las sie. Das rauchte doch heute keiner mehr.

Keiner außer Wilfried Bleeker!

Das Papier war frisch, noch nicht von der Nässe des Rasens durchfeuchtet. Er musste erst vor kurzem hier gewesen sein. Vielleicht hatte er Klatt bereits festgenommen und war längst auf dem Weg in die Polizeiinspektion Leer. Den anderen Gedanken mochte sie nicht denken. Wo blieb eigentlich Stephan? Sie hielt die Stille nicht mehr aus. Eilig lief sie um die Hausecke herum, hinter der Stephan verschwunden war.

Er stand hinter dem Haus und schaute – eine Hand über den Augen und die Nase an der Schreibe – angestrengt durch das Küchenfenster. Er sah aus wie Herr Müller, wenn er bei ihnen zu Hause spionierte.

»Pst! Pst«, zischte sie in seine Richtung.

Möllenkamp zuckte zusammen. »Was machst du hier?«, raunte er ihr zu.

»Sieh mal, was ich gefunden habe: Bleeker war hier.«

Möllenkamp nahm das Papier aus ihrer Hand und betrachtete es: »Ja, das war er wohl«, sagte er und dann: »Wilfried ist ein guter Polizist.« Er wusste selbst nicht, ob er das sagte, weil es ihn nicht überraschte, dass Wilfried auf dieselbe Spur gekommen war wie er selbst. Oder ob er sich Mut zusprechen wollte, um sich zu überzeugen, dass Wilfried nicht in eine Falle geraten war.

Eine Weile sagte keiner etwas. Schließlich beschloss Möllenkamp, durch einen Anruf in Leer zu klären, ob Wilfried dort mit einer Festnahme aufgetaucht war. Er stellte fest, dass er sein Handy wieder mal im Wagen hatte liegen lassen. Auf dem Weg zur Straße probierte er noch kurz die Tür zum Schuppen und das Garagentor, fand jedoch beide verschlossen vor. Ein kurzer Blick durch das Schuppenfenster ergab nichts Verdächtiges. Möllenkamp kam zu dem Schluss, dass hier niemand war.

***

Wilfried Bleeker war in der Polizeiinspektion nicht aufgetaucht. Ein Festgenommener sei auch nicht abgeliefert worden, ließ Anja Hinrichs Möllenkamp wissen. Obwohl man ihn gut hätte gebrauchen können, nachdem man die Journalistin doch wieder habe laufen lassen müssen, fügte sie mit einer Stimme hinzu, die geradezu vor Sarkasmus troff. Der Chef sei überaus schlecht gelaunt, zumal die Pressekonferenz »suboptimal« gelaufen sei. Derzeit vernehme er den Verdächtigen, aber wenn der nicht bald gestehe, könne sie für nichts mehr garantieren.

Möllenkamp sah Meike an, die mitgehört hatte. Sie nickte ihm zu. Es war wohl besser, diese Aktion abzubrechen und in der Polizeiinspektion für etwas Ordnung zu sorgen.

Noch einmal warf Möllenkamp mit gerunzelter Stirn einen Blick auf das Haus und zögerte kurz.

Dann stieg er in den Wagen.

***

Die Verkäuferin in der kleinen Dorfbäckerei von Pogum war im Stress: Es war so viel zu tun, und sie war nicht die Schnellste. Bald schon musste sie damit beginnen, das nicht verkaufte Brot in Tüten einzupacken, damit es am kommenden Tag zum halben Preis angeboten werden konnte. Einige Konditoreisachen waren schon ausverkauft, sodass sie die Reste zusammenschieben und die Preisschilder der bereits vergriffenen Waren entfernen musste. Hoffentlich kamen nicht mehr so viele Kunden, die noch Kaffee wollten. Dann konnte sie die Kaffeemaschine schon um 17 Uhr sauber machen und um 18 Uhr pünktlich zusperren.

Sie warf einen kurzen Blick nach draußen: Ihr neuer Freund wollte sie abholen, und der wartete nicht gern. Aber von Harm war nichts zu sehen. Stattdessen stand da immer noch dieser schwarze Fiat, mit dessen Cabrioabdeckung irgendwas nicht in Ordnung war.

Sie freute sich auf den Abend mit Harm, gleichzeitig fürchtete sie ihn. Eigentlich war ihr nicht klar, was er von ihr wollte. Er war breitschultrig und fuhr einen blauen Corrado mit Heckspoiler und Recaro-Sitzen. Er lernte Maurer bei Baumann, und alle ihre Freundinnen waren neidisch.

Harm trank zu viel und fuhr zu schnell. Aber das verdrängte Lina, die an ihren Traumprinzen glauben wollte. Mit ihrem Ex hatte sie schlechte Erfahrungen gemacht. Er hatte hinter ihrem Rücken mit seinen Kumpels eine Wette laufen gehabt, wie lange er wohl brauchen würde, um sie ins Bett zu kriegen. Als es dann so weit gewesen war, hatte er sich im Freundeskreis ausführlich über ihr Übergewicht ausgelassen.

Lina stellte sich nicht die Frage, warum sie mit Harm zusammen sein wollte. Sie interessierte sich weder für Autos noch für Fußball oder Wetttrinken, und auch nicht für Kinofilme mit Titeln wie »Die Mumie« oder »Star Wars«. Sie stellte sich die Frage deshalb nicht, weil alle Jungs so waren und weil es das unhinterfragte Schicksal aller Mädchen war, bei Vereinsfesten, Feuerwehrjubiläen und dem Bunder Pfingstmarkt so lange nüchtern zu bleiben, bis sie ihre komatös betrunkenen Begleiter mitten in der Nacht in deren getunten Kisten nach Hause fahren durften.

»Hallo Sweetie«, erklang gegen 16:30 Uhr, zusammen mit der scheppernden Klingel der wuchtig aufgestoßenen Glastür,

Harms Stimme. Lina argwöhnte, dass er sie mit diesem lächerlichen Kosenamen titulierte, weil er sie versehentlich schon mal mit dem Namen seiner Ex-Freundin Katja angesprochen hatte. Sie sah ihren neuen Freund an: »Harm, ik heb noch neit frei.«[1] Er trug seinen Blouson bis oben hin geschlossen und der schwarze Stoff glänzte nass. »Regen't dat?«[2]

»Das glaub man, Sweetie. Ich hab Zeit und dachte, dass du 'n bisschen Gesellschaft brauchen könntest.« Es war ihr eigentlich nicht recht, dass er in der Bäckerei herumhing, während sie arbeiten musste. Er wollte immer Kaffee, aber nichts dafür bezahlen. »Aufs Haus«, wie er das nannte. Sie war froh, dass sie diese Lehrstelle überhaupt gefunden hatte. Das war im Rheiderland gar nicht einfach für ein Mädchen mit mittelmäßigem Hauptschulabschluss. Deshalb bezahlte sie den Kaffee, den Harm trank, heimlich aus eigener Tasche.

»Ich hab die Maschine schon sauber gemacht«, log sie.

Aber Harm interessierte etwas ganz anderes: »Hast du den Wagen vor der Tür gesehen? Wem gehört der denn?«

Lina zuckte die Achseln. »Weiß ich nicht. Der steht da schon seit anderthalb Stunden. Hier is' keiner reingekommen, dem der Wagen gehören tut.«

»Der Kerl wird sich freuen, wenn er zurück kommt«, meinte Harm voller Schadenfreude. »Das Dach ist undicht und nun regnet es rein. Aber was willst du von einem Fiat erwarten. Fehler In Allen Teilen«, sagte er hämisch. »Und der Wagen ist so klein, da kannst du noch nicht mal auf dem Rücksitz deine Freundin flachlegen.« Er zwinkerte ihr zu.

---

1 Harm, ich habe noch nicht frei.

2 Regnet es?

Bei dem Gedanken an den Rücksitz von Harms Corrado, der kaum größer war, verging Lina alles. Sie zog es vor, das Thema zu wechseln: »Vielleicht sollten wir die Polizei anrufen, damit die den Halter von dem Wagen verständigen kann.«

Harm winkte mit großer Geste ab. »Wer sich so einen Wagen kauft, ist selber schuld. Lass den Affen doch merken, dass er mit 'nem VW besser fahren tut. Ich setz mich hier ans Fenster, du machst mir 'nen schönen Kaffee und wir warten mal, was er für ein Gesicht macht, wenn er zurückkommt.«

Drei Kaffee später entschied Lina, dass es ihr nun reichte. Mit jeder abfälligen Bemerkung, die Harm über italienische Autobauer machte, wuchs ihre Sympathie für den unbekannten Besitzer des schwarzen Sportwagens. Es war jetzt 17:15 Uhr, und die Dämmerung brach herein. Bei dem Auto war seit mehr als zwei Stunden niemand aufgetaucht. Irgendetwas stimmte hier nicht.

Sie suchte im Telefonbuch nach der Nummer der Polizei, wusste nicht recht, welche sie wählen sollte und entschied sich dann schließlich für die 110.

Nachdem sie mit dem Polizeibeamten in der Notrufzentrale gesprochen hatte, der versprach, den Halter des beschädigten Fahrzeugs zu kontaktieren, drehte sie sich zu dem entgeisterten Harm um und forderte ihn auf zu verschwinden.

***

Thomas Hinterkötter hustete. Der Chef des Zentralen Kriminaldienstes stand frierend im Hinterhof der Polizeiinspektion Leer und rauchte hastig. Er hatte sich von einem Beamten von der Sitte eine Zigarette geben lassen, weil er vor drei Jahren mit dem Rauchen aufgehört hatte. Aber jetzt hatte er eine gebraucht. Dieser Kerl machte ihn fertig!

Er fuhr sich durch die Haare, die ohnehin schon nach allen Seiten vom Kopf abstanden. Den Poseidon auf seiner Krawatte zierte ein großer Kaffeefleck dort, wo ein geschickt drapierter Lendenschurz das beeindruckende Gemächt notdürftig verhüllte.

Der Schmierenkomödiant hatte nichts gestanden, obwohl Hinterkötter seine ausgefeiltesten Vernehmungstechniken angewandt hatte. Nach zwei Stunden hatte er entnervt dem neben ihm sitzenden Beamten das Signal für eine Pause gegeben. Lieber hätte er die Vernehmung allein durchgeführt, aber er wollte sich nicht die Blöße geben, gegen die Vorschriften zu verstoßen. Der Typ, den er vor sich hatte, war mit allen Wassern gewaschen. Kurz hatte er darüber nachgedacht, Möllenkamp anzurufen und ihm den Verrückten aufs Auge zu drücken. Er verwarf diese Idee jedoch schnell wieder. Der Herr Kriminalhauptkommissar würde den Wahnsinnigen womöglich aus lauter Bequemlichkeit laufen lassen, wenn der weiter leugnete! Nein, hier musste ein echter Profi ans Werk.

Thomas Hinterkötter fletschte die Zähne. Der würde ihn kennenlernen. Sie würden schon sehen, wer wen am Ende zermürbte.

Er zog die Schulterblätter noch einmal nach hinten und unten, reckte sich, und dann ging er wieder hinein und begann von vorn.

»Wie weit vorn?«, fragte Schäfer.

»Ganz vorn.«

»Am Anfang erschuf Gott Himmel und Erde …«

»Sparen Sie sich das Predigen. Sie hätten sich besser an das achte Gebot gehalten: Du sollst nicht töten. Wir haben genug gegen Sie in der Hand: Sie haben kein Alibi, Sie haben ein Motiv, Sie hatten die Möglichkeit zum Mord und Sie sind in der Vergangenheit schon ein Gewalttäter gewesen. Und den Mord an Minister Karry, den hole ich auch noch aus Ihnen heraus, zum Teufel. Es wird Zeit, dass jemand dafür sorgt, dass Sie von der Bildfläche verschwinden.«

»Das fünfte.«

»Wie?«, fragte Hinterkötter irritiert.

»Du sollst nicht töten, ist das fünfte Gebot. Das achte ist: Du sollst nicht falsch Zeugnis reden wider deinen Nächsten. Ich finde, darüber sollten Sie auch mal nachdenken.«

»Ich sitze nicht hier, um mit Ihnen einen theologischen Disput zu führen«, schnaubte Hinterkötter, der es nicht leiden konnte, wenn man ihn korrigierte. »Sie werden mich noch kennenlernen, Sie verdammter Klugscheißer.«

»Ihr Gefluche verletzt meine religiösen Gefühle.«

Hinterkötter versuchte, nicht aus der Haut zu fahren. Es wirkte selbst vor einem Depp der mittleren Beamtenlaufbahn unsouverän, wenn er den Verdächtigen beleidigte. Ungünstig würde es auch, wenn Schäfer auf die Idee käme, einen Anwalt zu verlangen. Überhaupt erstaunlich, dass er das bisher noch nicht getan hatte.

»Jetzt noch einmal: Was haben Sie in der Nacht vom 26. auf den 27. Oktober gemacht?«

»Ich hab mich per Email mit anderen Umweltaktivisten ausgetauscht und mir einige andere Projekte im Internet angesehen, das lässt sich auch nachprüfen. Aber das hab ich Ihnen doch schon alles erzählt, und Ihrem Kollegen auch.«

»Ich bin der *Vorgesetzte* von Herrn Kriminalhauptkommissar Möllenkamp.«

»So sehen Sie auch aus.«

»Was soll das heißen?!«

»Wie jemand, dem dabei einer abgeht, dass er der Chef von wem andern is'.«

Hinterkötter beugte sich vor: »Jetzt hören Sie mir mal zu: Von einem, der es im Leben zu nicht mehr gebracht hat als zu Hausbesetzungen, Landfriedensbruch, Entführung und Mord muss ich mich nicht beleidigen lassen. Was ist, wenn ich Ihnen sage, dass wir in Ihrem Schuppen Holz gefunden haben?«

Schäfer blieb ungerührt: »Was ist, wenn ich Ihnen sage, dass der ganze Schuppen aus Holz ist?«

»Ihnen wird das Lachen noch vergehen. Das Holz ist dasselbe, mit dem der Sarg von Tadeus de Vries gebaut wurde«, versuchte der Kriminalrat zu bluffen.

»Krass. Da hat noch jemand bei ›Holz und Bau‹ in Weener eingekauft?«

Schäfer machte sich eindeutig über ihn lustig. »Was hatten Sie beim Emssperrwerk zu suchen? Zurück zum Tatort? Das Gelände war polizeilich abgesperrt.«

Schäfer schwieg.

»Na also«, Hinterkötter interpretierte Schäfers Schweigen als Verunsicherung. Er lehnte sich zufrieden zurück und verschränkte die Arme vor der Brust. »Wollen Sie es jetzt nicht langsam mal mit der Wahrheit versuchen?«

»Frau Boekhoff hat nix damit zu tun. Das war meine Idee.«

Hinterkötter wurde heiß und kalt vor lauter Hochgefühl. Endlich hatte er diesen Schäfer geknackt.

»Dann fangen wir mal an: Wie lange hatten Sie es denn schon geplant?«

»Na ja, vielleicht eine halbe Stunde.«

»Hmm, das ist zwar kurz, aber dennoch Vorsatz. Warum haben Sie sich denn für die Baustelle des Emssperrwerks entschieden?«

»Ei, weil doch dort alles angefangen hat. Ich dachte, ich könnt es hier auch lösen.«

»Ist es auf der Baustelle einmal zu einer Konfrontation mit dem Opfer gekommen?«

Schäfer dachte nach. Da hatte es einmal eine Demonstration vor der Baustelle gegeben, auf der er und de Vries ziemlich aneinandergeraten waren.

»Äh, ja. Auch schon mal.«

»Wie ist Ihnen die Idee zur Vorgehensweise gekommen?«

»Am Küchentisch. Ich hab nachgedacht, wie alles angefangen hat und hab auf eine Eingebung gehofft, wenn ich zur Baustelle fahr.«

»Eingebung? Na, so kann man es auch nennen.« Thomas Hinterkötter strich sich selbstgefällig über seine Krawatte.

»Sie haben da was.«

Hinterkötter stutzte: »Was hab ich?«

»Da, auf Ihrer Krawatte. Einen Fleck.«

»Na, Sie haben vielleicht Nerven. Ich hätte andere Sorgen, wenn ich einen Mord begangen hätte.«

»Ich habe aber keinen Mord begangen.«

Der Leiter der Polizeiinspektion Leer war fassungslos: »Sie haben doch gerade den Mord an Tadeus de Vries gestanden.«

Schäfer blieb ungerührt. »Da müssen Sie sich verhört habe.«

Hinterkötter verließ fluchtartig den Raum, bevor er sich vergaß. Er schaffte es gerade noch, dem Beamten, der neben der Tür saß, zuzuraunen: »Schließen Sie ihn wieder ein. Wir machen später weiter.«

Dann ging er zum Kiosk und kaufte sich eine Schachtel Zigaretten.

***

Gertrud Boekhoff war ratlos und beklommen zumute. Sie saß in ihrer Wohnung auf dem Sofa und kaute nervös auf den Fingernägeln. Sie wusste zwar, dass die Polizei auf dem Holzweg war, aber was nutzte das, wenn sie Gottfried in der Mangel hatten? Messerscharf analysierte sie die Lage: Der stellvertretende Chef der Polizeiinspektion hatte sich an der Idee festgebissen, dass Gottfried Schäfer der Mörder sei. Und der Landrat wollte vor allem einen schnellen Erfolg sehen, damit sein Lieblingsprojekt, das Emssperrwerk, aus den negativen Schlagzeilen kam.

Gertrud wog ihre Möglichkeiten ab: Sie konnte über die stümperhafte Arbeit der Polizei schreiben und aufdecken, dass Gottfried Schäfer ein Bauernopfer war, noch dazu eines, das Hinterkötter und Saathoff politisch prima ins Konzept passte. Das würde die Polizei zumindest in Begründungszwang bringen.

Nein, konnte sie nicht. R. Buss würde sie hochkant aus der Redaktion werfen, wenn sie sich dort blicken ließ. Sie war noch immer suspendiert, und ein weiterer Artikel unter ihrem Namen über den de Vries-Mord würde im »Rheiderländer Tagblatt« ganz sicher nicht erscheinen.

Sie könnte natürlich Stephan Möllenkamp, anrufen. Sie

hatte ihn heute noch nicht gesehen. Aber was wollte sie ihm Neues erzählen? Dass sie Gottfried für unschuldig hielt, wusste er bereits. Möllenkamp hatte bisher mit seinen Ermittlungen keinen Erfolg gehabt und war vielleicht ausgebootet worden, sonst hätte wohl nicht dieser Herr Hinterkötter die Vernehmung geführt.

Es blieb ihr eigentlich nur noch die Möglichkeit, den Mörder von Tadeus de Vries selbst zu finden.

Ihre innere Stimme meldete sich sogleich in hämischem Ton: Nichts leichter als das! Was die Polizei in zehn Tagen nicht geschafft hat, macht Gertrud Boekhoff mit links.

Was soll ich denn sonst tun?, fragte sie zurück.

Dein Lappen ist weg, erinnerte die Stimme.

Jetzt mal nicht so kleinlich, dachte Getrud, und schnappte sich den Schlüssel, obwohl sie keine Ahnung hatte, wo sie anfangen sollte. Beim Emssperrwerk? Dort waren sie gewesen, als dieser Hinterkötter aufgetaucht war. Sie hatten nichts gefunden, was sie weiterbrachte.

Und doch schlug sie, beinahe ohne es zu wollen, genau diese Richtung ein. Sie fuhr auf die Bundesstraße Richtung Leer, bog kurz vor der Jann-Berghaus-Brücke nach Bingum ab, fuhr an der Autobahnauffahrt vorbei. Nur kurz dachte sie daran, einfach auf die Autobahn einzuschwenken, nach Groningen und weiter, weiter, einfach weg.

Sie tat es nicht. Wie von selbst fuhr ihr Wagen weiter nach Jemgum, Midlum, Critzum. Kaum ein Auto kam ihr entgegen, obwohl es erst früher Abend war. Sie passierte das Ortsschild von Hatzum. Von Ferne leuchtete ihr in der beginnenden Dämmerung das grüne Jever-Schild vom »Schwarzen Ross« entgegen.

Gertrud bremste ab. Sie fuhr auf den Parkplatz, betrat die Gastwirtschaft und setzte sich an den Tresen. Zu dieser Zeit war noch kein Gast in der Kneipe. Käthi war damit beschäftigt, die Salz- und Pfefferstreuer sauber zu wischen und auf den Tischen zu verteilen.

Sie sah kurz auf: »Moin Gertrud. Ich komm gleich.«

Gertrud sah zu den Zeitungsausschnitten, die an der Wand hingen: Sturmflut, Sturmflut und noch einmal Sturmflut, totes Flüchtlingsmädchen, das Amulett, das kaputte Haus.

Käthi schlängelte sich hinter den Tresen. Während sie Gertrud ein Jever zapfte, sagte sie: »Da hast du das alte Zeug jahrelang an der Wand hängen und keiner guckt danach. Und mit einem Mal wollen sie alle wissen, wer das Mädchen ist und wo das Haus steht und so weiter.«

»Und?«, fragte Gertrud.

»Was und?«

»Na, wer ist das Mädchen und wo steht das Haus und wer will das wissen?«

Käthi unterbrach ihre Aktivitäten, stellte sich gerade hin und sagte mit stirnrunzelndem Blick auf die Wand: »Das Mädchen weiß ich nicht. Sie meinen, das war ein Flüchtling. Das Haus hat in Pogum gestanden und hat de Vries gehört. Aber nun steht da ein anderes Haus.«

»Das auch de Vries gehört hat.«

»Jau. Aber was habt Ihr mit dem Haus und dem Mädchen?«

»Ich hab da nix mit«, sagte Gertrud, »aber wer hat denn noch danach gefragt?«

»Der Kommissar wollte das auch wissen. Und dann war

da noch, ein paar Tage, bevor de Vries verschwunden ist, ein Kerl, der bei Swartwitt arbeiten tut. Ja, Mensch, wenn ich darüber nachdenken tu. Das könnte was damit zu tun haben.« Käthi blickte versonnen.

»Und was hat der Kommissar gemeint?«

»Das weiß ich nicht. Ich hab ihm das nicht erzählt.«

»Was? Warum nicht?«

»Weil die Polizei uns bloß gefragt hat, ob uns was aufgefallen ist, als de Vries das letzte Mal hier war. Und da war nix.«

Gertrud war fassungslos. Das konnte ja wohl nicht wahr sein! Sie schaute Käthi streng an: »Du erzählst mir jetzt ganz genau, was vorgefallen ist mit dem Mann von Swartwitt und de Vries. Und lass dir nicht jedes Wort aus der Nase ziehen.« Und zur Bekräftigung schickte sie noch ein herzhaftes »Düvel, Blixen!« hinterher.

Käthi wirkte, entgegen ihrer sonstigen Art, etwas kleinlaut. Eine gute Woche vor de Vries' Verschwinden sei einer der Arbeiter von Swartwitt im »Schwarzen Ross« gewesen. Ein unauffälliger Mann um die 60 Jahre. Sie hatte ihn noch nie zuvor in ihrer Wirtschaft bedient. Einer ihrer Stammgäste hatte ihn mitgebracht und als Kollegen vorgestellt. Als der Stammgast gegangen war, hatte er sich an den Tresen gesetzt. Dann war de Vries gekommen und hatte sich neben ihm niedergelassen. Die beiden hatten sich offenbar gekannt, so wie sie miteinander sprachen. Nachdem sie sich eine ganze Weile friedlich unterhalten hatten, war de Vries plötzlich gegangen. Käthi hatte nicht mitbekommen, worum es bei den beiden gegangen war, aber sie hatte es komisch gefunden, dass de Vries sein eben bestelltes Bier vergessen hatte. Das war nicht seine Art. Der Neue hatte dann noch eine Weile dagesessen und die Zeitungsausschnitte studiert. Besonders der Artikel über die Mädchenleiche schien seine Aufmerksamkeit zu erregen. Er hatte sie jedenfalls nach dem rätselhaften Leichenfund ausgefragt. Als sie ihm erzählt hatte, wo das Haus gestanden habe, sei er ganz blass geworden. Als er ihr dann sagte, wo er wohnte, habe sie das allerdings verstanden. Sie wisse noch, dass sie dachte: Zufälle gibt's. Aber mit dem Mord an de Vries habe sie das Ganze nicht in Verbindung gebracht. Nun aber …

Gertrud hatte das Gefühl, als schlösse sich auf einmal ein Kreis. Sie wusste nicht genau, wie die Geschichte zusammenhing, aber hier lag der Schlüssel zu dem Mord an Tadeus de Vries. Käthi konnte ihr zwar nicht sagen, wie der Fremde hieß, aber sie wusste, wo das besagte Haus stand.

Draußen versuchte Gertrud, Stephan Möllenkamp anzurufen. Aber sie erreichte nur die Mailbox, auf der sie eine verworrene Nachricht hinterließ. Dann stieg sie ins Auto und fuhr nach Pogum.

***

Der Polizeibeamte, der den Anruf einer Lina Wiarda aus Pogum entgegengenommen hatte, musste keine Halteranfrage machen. Der schwarze Fiat Barchetta mit dem Kennzeichen LER-WB-60 war in der Polizeiinspektion Leer allgemein bekannt. »Da wird der Bleeker sich wohl das feine schwarze Stoffhöschen nass machen, wenn er wieder in sein italienisches U-Boot steigt«, rief der Beamte seinem Kollegen neben ihm zu, bevor er die Handynummer von Bleeker heraussuchte. Da niemand ranging, rief er im Fachkommissariat 1 an, um dort eine Nachricht für Wilfried Bleeker zu hinterlassen.

Im Fachkommissariat nahm die Unruhe erheblich zu. Abram rief Möllenkamp an, der gerade aus seinem Wagen vor der Polizeiinspektion stieg. Kaum hatte er aufgelegt, meldete sein Handy ihm einen verpassten Anruf und eine Mailboxnachricht von Gertrud Boekhoff.

»Hallo Stephan, Gertrud hier. Ich bin auf dem Weg nach Pogum. Pass auf, da ist so ein Haus, das hat de Vries gehört. Da haben sie ein Mädchen gefunden nach der Sturmflut. Also, nicht in dem Haus. Da war vorher ein anderes Haus, ist ja auch egal … Jedenfalls wohnt da jetzt ein Arbeiter von Swartwitt. Die sind doch auch auf der Baustelle vom Emssperrwerk zugange. Der hat was mit dem Mädchen zu tun. Und vielleicht mit dem Tod von de Vries. Ach so, das Haus steht in der Straße »Am Deich«. Melde mich nachher nochmal. Gottfried war es nicht!«

Möllenkamp rannte so schnell nach oben, dass Meike ihm kaum folgen konnte. Gleichzeitig versuchte er, Gertrud zurückzurufen. Er traute ihr zu, dass sie tatsächlich allein zu Klatt fuhr. Nicht auszudenken, wenn sie einem Mordverdächtigen in die Hände fiel! Verdammt, sie ging nicht ran.

Er hastete in den Besprechungsraum, wo sich die Kollegen in Windeseile zusammenfanden. Da Edda Sieverts bereits aus dem Irrenhaus der Polizeiinspektion in ihren Feierabend geflohen war, sollte Anja sich darum kümmern, dass Herbert Klatt und Wilfried Bleeker umgehend zur Fahndung ausgeschrieben wurden. Anja sollte auch die Kollegen im benachbarten Winschoten noch einmal anrufen, damit sie die Grenzregion zwischen Nieuweschans und Bourtange im Auge behielten.

In aller Kürze setzte Johann Abram Möllenkamp über die Ereignisse des Nachmittags ins Bild. Seufzend berichtete er von der Pressekonferenz, die keine gute Berichterstattung am nächsten Tag erwarten ließ. Über die Ergebnisse der Vernehmung Schäfers durch Thomas Hinterkötter konnte er nichts sagen, aber der stellvertretende Leiter der Polizeiinspektion Leer war beim Rauchen im Hof beobachtet worden. Das war kein gutes Zeichen.

Möllenkamp erteilte ihm den Auftrag, so rasch wie möglich einen Durchsuchungsbeschluss für das Haus von Herbert Klatt zu besorgen. Abram machte sich sofort auf den Weg zum Staatsanwalt.

Zur Verständigung mit Meike reichte ihm ein kurzes Nicken. Schweigend eilten sie zum Auto und fuhren zum zweiten Mal am heutigen Tag nach Pogum. Während Möllenkamp erneut versuchte, das Handy von Gertrud Boekhoff zu erreichen, saß Meike am Steuer und fuhr gegen die Zeit.

Es war schon fast dunkel. Möllenkamp versuchte sich vorzustellen, was Gertrud tun würde. Natürlich würde sie hinfahren und sehen, was sie herausfinden konnte. Dafür kannte er sie inzwischen gut genug. Ob sie in Gefahr war? Wer wusste das schon? Vorhin hatte das Haus verlassen gewirkt, aber Klatt konnte sich auch einfach nur versteckt haben.

»Machst du dir Vorwürfe, weil du vorhin nach Leer gefahren bist, anstatt vor Ort weiter nach Wilfried zu suchen?«, fragte Meike.

Möllenkamp zuckte mit den Schultern und sagte nichts.

Es war eine der vielen Entscheidungen, die man als Polizist treffen musste und die sich später als falsch herausstellen konnten. Man musste froh sein, wenn die falschen Entscheidungen niemanden in Gefahr brachten. Ob er ein solches Glück diesmal haben würde?

Warum nur ging Gertrud nicht ans Telefon? Und was war mit Bleeker passiert?

***

Heute wäre der Geburtstag ihrer Tochter gewesen. Sie wäre 35 Jahre alt geworden. Eine gestandene Frau, mit beiden Beinen fest auf der Erde. Glücklich verheiratet, Mutter von zwei reizenden Kindern, einem Mädchen und einem Jungen, für die sie ihren Beruf als Sachbearbeiterin im Bunder Rathaus ein paar Jahre unterbrochen hatte. Sie hätte sich ehrenamtlich in der Kirchengemeinde engagiert und wäre häufig mal auf einen Nachmittagstee bei ihrer Mutter vorbeikommen, um zu erzählen, was es Neues bei den Kindern gab. Hannelore de Boer wischte sich eine Träne aus dem Augenwinkel und umklammerte fest das Lenkrad ihres roten A-Klasse-Mercedes. Sie wäre sehr stolz auf ihre Tochter gewesen, das Nesthäkchen, ihr einziges Mädchen, das ihnen damals nach drei Jungs noch geschenkt worden war. Wäre, hätte, könnte …

Doch so war es nicht.

Ein Unfall hatte ihr die Tochter schon im Jugendalter geraubt. Lange bevor sie heiraten, Kinder bekommen und das glückliche Leben führen konnte, das ihre Mutter sich für sie erträumt hatte. Hannelore trug die Trauer darüber immer in ihrer Brust. Manchmal war der Schmerz kleiner, manchmal war er größer. Immer am 9. November, dem Geburtstag von Erika, war er schier unerträglich. Wer keine Kinder hatte, konnte sich die Traurigkeit einer Mutter nicht vorstellen, die eines ihrer Kinder verlor. Kinder waren doch dazu da, ihre Eltern zu überleben, das Band der Generationen weiterzuknüpfen, den Faden nicht abreißen zu lassen. Sie sollten die Erinnerung und Tradition der Familie in sich tragen und sie weitergeben an die eigenen Kinder und Kindeskinder.

Sie hatte mit dem Gedanken gespielt, ihrer Tochter in den Tod zu folgen. Nicht nur einmal. Nur ihre Söhne hatten sie damals davon abgehalten. Und sie war sich auch heute noch nicht sicher, ob ihre Entscheidung richtig gewesen war.

Sie konnte mit ihrem Mann nicht über Erika sprechen. Er hatte die Erinnerung an sie weggedrängt, irgendwo in sich verschlossen. Er bildete sich inzwischen vielleicht wirklich ein, er habe nur drei Söhne. Damit sie sich nicht mit ihrem Mann stritt, fuhr Hannelore an jedem 9. November zu ihrer Freundin Alma nach Charlottenpolder. Sie saßen beieinander, aßen Kuchen, tranken Tee, redeten über dies und das – wenig über Erika, aber es machte die Last leichter. Erst auf dem Rückweg nach Bunderhammrich kam der Schmerz zurück.

Sie wischte sich noch eine Träne von der Wange. Sie blinzelte durch den nassen Schleier, der sich über ihre Augen gelegt hatte. Verschwommen sah sie die Lichter eines Fahrzeugs in der fortgeschrittenen Dämmerung des Spätnachmittags auf sich zukommen. Sie kniff die Augen zusammen, um den Wagen besser zu erkennen.

Dieses Fahrzeug kannte sie doch. Es gehörte Tadeus de Vries …

De Vries!

In Hannelores Kopf riss der Vorhang, der ihre Erinnerungen gewöhnlich in Schach hielt.

Tadeus de Vries! Eine Welle von Hass und Entsetzen überspülte sie.

Der Mann, der ihre Tochter auf dem Gewissen hatte!

Durch die Fetzen des Vorhangs sah Hannelore in die Vergangenheit. Sah das fröhliche Kind rittlings auf einer Kuh sitzen. Sah die kokette Dreizehnjährige im kurzen Rock, wie ein Fohlen übte sie die ersten Schritte in die Erwachsenenwelt. Sah das verwundete junge Mädchen, leer geweint auf der Kellertreppe hockend. Sah die Augen ihrer Tochter, als sie verstand, dass ihre Eltern sie verkauft hatten. Sie hatte nicht geweint, nicht getobt, sie hatte sie nur angesehen. Ungläubig. Tadeus de Vries hatte ihr Schlimmes angetan, doch erst dieser Verrat hatte ihr den Todesstoß versetzt. Unwiederbringlich zerstört das Urvertrauen in die Welt. Sie sah ihre Tochter mit der Nadel im Arm, lange vor der Zeit gealtert, nach Jahren auf der Straße. Sah den schlichten Sarg. Die Leber hatte den Alkohol und die Hepatitis-Viren nicht verkraftet. Eine Lungenentzündung hatte dem geschwächten Organismus vor drei Jahren den Rest gegeben.

Erika war schwanger geworden nach der Vergewaltigung. Hannelore und ihr Mann hatten entschieden, dieses Kind abtreiben zu lassen. Ein Kind der Gewalt sollte Erika die Zukunft verbauen? Nein, das durfte nicht sein.

Als ihr Mann Hannelore vom Angebot des Nachbarn berichtete, gegen eine größere Summe von einer Anzeige abzusehen, da war sie schon mit einem Messer in der Hand auf dem Weg zur Tür. Aber ihr Mann hielt sie zurück, setzte ihr die finanzielle Situation des Hofes auseinander, rief ihr die Zukunft ihrer Söhne vor Augen. Erika würde darüber hinwegkommen. Sie war noch jung.

Und sie, sie hatte sich darauf eingelassen! Hatte sich dafür bezahlen lassen, dass sie schwieg! Dass sie nicht in die Welt hinausschrie, was für ein Mensch dieser Tadeus de Vries war. Dass sie ihr Mädchen auslieferte, sie entwertete zu einem Gegenstand, den man für 30.000 DM kaufen und nach Lust und Laune benutzen konnte. Als Erika weglief, hatte die Sehnsucht sie zerfressen. Als sie den ersten Entzug machte, hatte sie gehofft, es würde doch noch alles gut werden können. Aber wie hätte das gelingen sollen, wenn die Quelle alles Bösen direkt neben einem nistete? Sie hatte sie in der Psychiatrie besucht, in der Klinik. Sie war ihren Mutterpflichten nachgekommen. Ihr Mann war gar nicht hingefahren. Er hatte die Erinnerung an Erika gelöscht. Seine Tochter war für ihn schon zu Lebzeiten gestorben.

Und jetzt war sie wirklich tot.

Hannelores Kopf sank kraftlos auf das Lenkrad, ihre Arme fielen herab. Sie wollte nicht mehr gegen ihre Schuld ankämpfen. Es war vorbei.

Auf der nach den Seiten leicht abschüssigen Straße driftete der rote Wagen führerlos nach links. Nicht schnell, aber schnell genug, um hart in den Graben zu kippen. Hannelores Kopf schlug gegen die Seitenscheibe, bevor sich der Airbag öffnete.

***

Nur Minuten, nachdem ein silberner Mercedes von der Auffahrt des dunkelroten Klinkerhauses gerollt war, bog Gertrud von der anderen Seite in die Deichstraße ein. Als sie scharf vor dem Haus bremste, erwischte sie eine große Pfütze und spritzte einen Fußgänger nass, den sie in der Dämmerung übersehen hatte. Wütend drohte der ihr mit der Faust. Aber auf solche Kleinigkeiten konnte sie jetzt nicht achten.

Auf dem Weg hatte sie überlegt, was sie dem Mann sagen sollte, wenn er ihr die Tür aufmachte. Die Erfahrung ihres nächtlichen Besuchs bei Gottfried Schäfer hatte ihre Lust auf heimliche Alleingänge erheblich gedämpft. Deshalb würde sie auf jeden Fall zuerst klingeln, um keinen Verdacht aufkommen zu lassen. Sie konnte vorschützen, einen Artikel über das Emssperrwerk schreiben und darin auch die Perspektive der Bauarbeiter einbringen zu wollen. Als Notlüge mochte das reichen.

Ihr Handy, das sie oben auf das Armaturenbrett gelegt hatte, war schon beim rasanten Verlassen des Parkplatzes neben dem »Schwarzen Ross« heruntergefallen und unter dem Beifahrersitz verschwunden. Gertrud hatte es klingeln hören, aber sie wollte keine Zeit verlieren.

Ihre Überlegungen zum Gesprächseinstieg waren umsonst gewesen: Das Haus war dunkel und verlassen. Weniger forsch als beim letzten Mal setzte Gertrud ihren Fuß auf ein fremdes Grundstück, umrundete das Haus, spähte in den Schuppen, in die Garage. Sie konnte nichts Auffälliges entdecken. Die Garage war leer. Sie blickte sich um: Hinten auf dem Grundstück sah sie einen Holzverschlag. Nun gut, sie würde hineinschauen, und, wenn sie dort nichts fand, schnellstmöglich verschwinden. Es war inzwischen schon fast dunkel, und ihr war mulmig zumute. Der Holzverschlag erwies sich als unverschlossen. Aus den Untiefen ihres Parkas kramte Gertrud ihre Taschenlampe und leuchtete hinein. Drinnen stand ein Auto, ein Passat Variant. Grau vermutlich, sofern man das überhaupt sagen konnte, denn der Wagen war über und über mit getrocknetem Schlamm bedeckt. Kennzeichen waren keine dran. Gertrud zuckte die Schultern und wandte sich zum Gehen. Gerade wollte sie die Tür des Schuppens schließen, als ihr dämmerte, dass sie ein seltsames Detail nur unzureichend gewürdigt hatte: Sie drehte sich um, riss die Tür erneut auf und leuchtete mit der Taschenlampe nach unten: LER – DV – 15. Die Autokennzeichen von Tadeus de Vries lagen halb unter dem Wagen verborgen! Es war eindeutig: Sie hatte den Mörder gefunden.

***

In der Dorfbäckerei war noch Licht. Gertrud betrat den Laden und bestellte bei der pummeligen jungen Verkäuferin mit dem verlaufenen Augen-Make-up einen Kaffee. Sie zog ihr Handy aus der Tasche und rief Möllenkamp an, der sofort ranging.

»Gertrud! Wo steckst du? Mach keine Dummheiten! Wir wissen Bescheid und sind auf dem Weg nach Pogum. Aber wenn ich dich beim Haus erwische, dann reiß ich dir den Kopf ab, verstanden?«

Gertrud roch an ihrem Kaffee und dachte darüber nach, ob sie Lust hatte, nach dieser Begrüßung ihr Wissen mit dem Kommissar zu teilen. Aber es juckte sie, ihre Überlegenheit auszuspielen.

»Der Vogel ist ausgeflogen. Dafür steht hinten im Verschlag ein Passat, darunter liegen die Kennzeichen von Tadeus de Vries.«

Einen Moment lang war es still am anderen Ende der Leitung.

»Ein Passat?«, kam es dann.

Gertrud genoss es.

»Ein Passat«, bestätigte sie. »Die Garage vorn beim Haus ist leer. Ich schätze, der Mörder hat seine eigenen Kennzeichen an de Vries Wagen geschraubt und ist damit los, weil er es eilig hatte und ihm auf die Schnelle keine bessere Tarnung einfiel.«

Sie hörte, wie Möllenkamp die Information an jemanden im Auto weitergab: »Verflucht, wir haben viel Zeit verloren, weil wir nach dem falschen Fahrzeug gefahndet haben. Wir müssen die Info sofort nach Leer durchgeben …«

Dann war Möllenkamp wieder bei ihr: »Gertrud, vielen Dank. Wenn das hier vorbei ist, dann geb ich dir einen aus. Aber jetzt fahr bitte nach Hause. Du kannst nichts mehr tun.«

»Was ist mit Gottfried?«

»Wenn wir alles so vorfinden, wie du es beschrieben hast, dann ist er heute Abend noch draußen. Gertrud, bitte fahr nach Hause.« Die Stimme von Möllenkamp klang flehend.

Gertrud legte auf. Etwas ratlos stand sie nun in der Bäckerei herum. Was sollte sie unternehmen? Sie bestellte noch einen Kaffee bei der Verkäuferin, die heftig zu schluchzen begann, als sie die bereits gereinigte Maschine erneut in Gang setzte, wunderte sich ein bisschen und beschloss, als sie in ihrer Hosentasche den Haustürschlüssel fühlte, den ihr

Gottfried Schäfer gegeben hatte, nach Charlottenpolder zu fahren und dort zu warten.

In ihrem roten Polo fühlte sie sich ruhiger. Die kleine Fahrgastzelle um sie herum gab ihr Sicherheit. In einer Art Trance, die der Aufregung der letzten Tage und ihrer Erschöpfung geschuldet war, fuhr sie über Kanalpolder Richtung Charlottenpolder. Sie war so in ihre Gedanken vertieft, dass sie beinahe auf einen Abschleppwagen auffuhr, der eben im Licht eines Strahlers einen roten Mercedes aus dem Graben zog. Einen Mercedes, den Gertrud gut zu kennen glaubte.

Sie bremste abrupt, kurbelte die Scheibe herunter und rief dem schlaksigen jungen Mann zu: »Heinzi, wat is passeert? Dat is doch de Wagen van Hannelore de Boer.«[1]

»Moin Gertrud«, kam es zurück. »Ja, de hebben se in't Krankenhuus na Leer brocht. Aber se was nich bi Verstand, als Walter Kolthoff hör funnen hett.«[2] Er zuckte die Schultern und Gertrud setzte ihren Weg fort.

Was für ein Tag! Sie würde morgen mal nachhorchen, was mit Hannelore geschehen war, die ihre Tante dritten Grades war, weil ihre Großmutter und Hannelores Mutter Cousinen zweiten Grades gewesen waren, die sich aber nahe standen wie Geschwister, weil ihre Mütter von derselben Frau aufgezogen worden waren, die nämlich der Vater von Gertruds Oma geehelicht hatte, nachdem dessen Frau der Schwindsucht zum Opfer gefallen war … Oder so ähnlich.

---

1 Heinzi, was ist passiert? Das ist doch der Wagen von Hannelore de Boer.

2 Ja, die haben sie ins Krankenhaus nach Leer gebracht. Aber sie war nicht bei Bewusstsein, als Walter Kolthoff sie gefunden hat.

Gertrud gähnte. Sie beschloss, überhaupt alles Weitere auf morgen zu verschieben und sich in Gottfrieds Haus einfach nur noch auf ein Sofa fallen zu lassen und zu schlafen, zu schlafen, zu …

Jäh schreckte sie auf, als ein Streifenwagen mit eingeschaltetem Blaulicht an ihr vorbeirauschte. Beinahe wäre sie, dem Beispiel von Hannelore de Boer folgend, in den Straßengraben geschlingert.

***

Weniger vorsichtig als noch am Mittag inspizierten Stephan und Meike Möllenkamp nun auch die Nebengebäude des Hauses, die sie am Nachmittag in ihrer Eile ausgelassen hatten. Gleich würde hier die Hölle los sein, wenn die Kollegen von der Spurensicherung kamen, um Klatts Haus auf den Kopf zu stellen. Umso wichtiger erschien es Möllenkamp, dass er vor ihnen da war und sich selbst ein Bild machte.

Die Neonröhre in der leeren Garage verbreitete ein flackerndes Licht, das jeden Moment auszugehen drohte. Meike bückte sich und hob ein Streichholzheftchen hoch, das neben der Tür lag. »Abendlokal Pyramide« stand darauf, daneben ein Logo, das ein Haus mit zwei dreieckigen Dächern zeigte. Einige abgebrannte Streichhölzer lagen an dieser Stelle herum.

Möllenkamp griff nach einer Holzlatte, die neben dem Streichholzheftchen auf dem Boden gelegen hatte. Etwas Dunkles klebte an einem Ende. Er kniff die Augen zusammen: »Blut«, sagte er dann.

Meike schluckte. »Denkst du, dass das Wilfrieds Blut ist?«

»Sehr wahrscheinlich.«

Sie rang erkennbar mit sich. »Das bedeutet«, sie räusperte sich, »das heißt, dass er entweder schwer verletzt oder tot ist?«

Wenn das hier wirklich von Wilfried stammt, dann hat er mit der Holzlatte so heftig was über den Schädel gekriegt, dass wir zumindest das Schlimmste annehmen müssen, dachte Möllenkamp. Er ist jetzt seit mindestens drei Stunden verschwunden. Gott weiß, was Klatt mit ihm angestellt hat.

Schweigsam setzten sie ihren Rundgang fort. Sie hatten keine Ahnung, wo Bleeker stecken mochte und wie es ihm ging. Möllenkamp ahnte, dass sie den Kollegen hier nicht finden würden. Aber er hoffte, wenigstens irgendeinen Hinweis zu finden.

»Was ist, wenn er Bleeker auch auf die Baustelle gebracht hat?«, schlug Meike vor.

»Zu riskant. Über Tag wird dort doch gearbeitet«, wandte Möllenkamp ein.

Im Holzverschlag hinten im Garten stand, wie von Gertrud beschrieben, der graue, stark verschlammte Passat Variant. Er war unverschlossen. Im Gegensatz zu seinem äußeren Zustand war der Wagen im Inneren sauber und aufgeräumt. Hinweise darauf, dass de Vries mit diesem Auto transportiert worden war, ließen sich auf den ersten Blick nicht erkennen. Aber Möllenkamp zweifelte nicht daran, dass die feinen Mikroskope in der Kriminaltechnik diesen Beweis erbringen würden.

Er öffnete das Handschuhfach. Darin fand er eine Bedienungsanleitung für den Wagen und eine Taschenlampe, außerdem einen kleinen Zettel, auf dem handschriftlich der

Name »Sanya« und eine Telefonnummer notiert waren, die mit einer 0031 begann.

»Holland«, sagte Möllenkamp.

»Sanya klingt aber nicht nach einem holländischen Meisje«, bemerkte Meike.

»Das haben wir gleich.« Möllenkamp zog sein Handy aus der Tasche und wählte die Nummer auf dem Zettel. Er meldete sich mit seinem Namen und fragte auf Deutsch, ob er unter dieser Nummer eine Sanya erreichen könne. Als die Frau am anderen Ende der Leitung dies bestätigte, ließ er sich die Anschrift geben, bedankte sich und legte auf.

»Der Club Jacqueline«, bemerkte er, als er sein Handy wieder in die Tasche gesteckt hatte. »Ein Puff. Hab ich mir fast gedacht.«

Inzwischen war die Spurensicherung eingetroffen. Während die Kollegen sich in Haus und Garage an die Arbeit machten, informierte Möllenkamp Abram über das, was sie inzwischen herausgefunden hatten. »Wir brauchen Hunde. Auch wenn ich noch nicht im Haus war: Ich bin ganz sicher, Bleeker ist nicht hier. Er muss ihn mitgenommen haben.«

Während Abram in Leer anrief, machten sich Möllenkamp und Meike auf den Weg zur Bäckerei. Der schwarze Fiat stand traurig davor. Der Wagen war nicht abgeschlossen. Möllenkamp stellte fest, dass Wilfrieds Dienstwaffe im Handschuhfach lag. Wie leichtsinnig!

Dennoch war er ein wenig erleichtert. »Damit ist zumindest ausgeschlossen, dass Wilfried mit seiner eigenen Dienstwaffe erschossen worden ist.«

»Na toll! Das ist ja ein richtiger Trost«, war Meikes sarkastische Reaktion.

Möllenkamp richtete sich auf. Er blickte sich um, sog die kühle, feuchte Luft ein. Sah die dunklen Fenster der Bäckerei, die inzwischen geschlossen war. Sah die nasse Straße hinauf und hinunter. Sah die vom trüben Licht der Straßenlaternen beschienenen Häuser, die fast alle dunkel waren, weil sich die Bewohner nach Einbruch der Dämmerung hinter ihren elektrischen Rollläden verschanzten und dem Passanten, der sich dann noch auf die Straßen wagte, die letzten Reste von Licht und Wärme und menschlicher Nähe vorenthielten.

Er blickte auf Meike, die ihn erwartungsvoll ansah. Am liebsten hätte er ihr gesagt, was er vorhin zu Gertrud gesagt hatte: Lass uns nach Hause gehen. Wir können nichts tun. Die Fahndung läuft. Sie werden Klatt finden. Und sie werden auch Bleeker finden.

Aber das würde Meike niemals akzeptieren. Und glaubte er das wirklich? Wann würden sie Bleeker finden? In welchem Zustand?

Es gab keine Alternative dazu, es selbst noch einmal zu versuchen. Das Problem war, sich in den Kopf des Flüchtigen hineinzuversetzen. Was konnte er getan haben? Wohin konnte er gegangen sein? Bleeker war der einzige von ihnen, der je mit ihm gesprochen hatte. Er selbst hatte sich keine Vorstellung von dem Mann machen können, in dessen Haus er so wenig Persönliches gesehen hatte.

Meike erriet seine Gedanken: »Wir müssen versuchen, uns ein Bild von diesem Klatt zu machen, damit wir wissen, wo wir mit der Suche ansetzen müssen.«

»Meike, mit so etwas beschäftigen sich hoch spezialisierte Profiler. Wahrscheinlich müssen wir so jemanden anfordern.«

Möllenkamp wusste schon, als er es sagte, dass es zu Meikes Vorschlag keine Alternative gab.

Die Reaktion war erwartbar: »Ach, siehst du hier einen? Wann, denkst du, steht er uns zur Verfügung? Morgen? Oder vielleicht erst übermorgen? Wie lange ist Bleeker dann verschwunden, wenn er nicht durch ein Wunder von selbst wieder auftaucht?«

»Ja, ja, du hast ja recht«, lenkte Möllenkamp müde ein. »Lass uns zum Haus zurückgehen und mit Abram reden. Dann sind wir wenigstens schon drei, die sich den Kopf zerbrechen können.«

***

Sie fanden Abram vor dem Haus, wie er mit besorgter Miene den dunklen Abendhimmel studierte, aus dem es jetzt wieder dickere Tropfen regnete.

»Wenn das hier so weitergeht, dann können wir die Hunde, wenn sie da sind, gleich wieder nach Hause schicken. Bei Dauerregen verliert sich jede Spur in Nullkommanichts.«

Abram hatte inzwischen die Nachbarn befragt, die links von Klatts Haus wohnten. Dem Ehepaar Winterboer war ein stetes Kommen und Gehen am heutigen Tag durchaus aufgefallen, zumal Herbert Klatt sonst keinen Besuch erhielt. Zuerst sei da am frühen Nachmittag dieser schmierige Typ mit dem gegelten Haar gewesen, der um das Haus herumgeschlichen sei. Sie hätten schon überlegt, ob sie die Polizei informieren sollten, weil sie ihn für einen Einbrecher hielten. Dann aber hätten sie gesehen, dass Klatt aus der Haustüre getreten sei. Danach sei dieses Paar gekommen und habe auch das Haus umkreist. Die seien aber nach kurzer Zeit wieder weggefahren.

Irgendwann nach 17 Uhr habe ihr Nachbar die Garage geöffnet und sei mit dem Auto weggefahren. Jedenfalls hatten sie das gehört. Sehen konnten sie es nicht, weil im NDR-Fernsehen gerade das Nachmittagsmagazin lief, das sie täglich guckten. Gegen 17:20 hatte sich Herr Winterboer Jacke und Schuhe angezogen, um mit dem Dackel noch einen abendlichen Rundgang zu machen. Dabei sei dann diese »verrückte Frau« an ihm vorbeigefahren und habe ihn und den Hund von oben bis unten nassgespritzt. Er habe erst den Hund abtrocknen müssen, der einen Nierenschaden habe, bevor er sich wieder auf den Weg machen konnte. Der rote Polo sei noch dagewesen, aber die Frau habe er nicht gesehen. Und bei seiner Rückkehr sei ja der Teufel losgewesen.

Abram hatte versucht herauszufinden, was die Winterboers über ihren Nachbarn wussten. Aber das war wenig genug.

Das einzige, was ihnen die Befragung an Erkenntnissen gebracht hatte, war der letzte Beweis, dass Bleeker tatsächlich beim Haus gewesen und nicht nur am Deich spazieren gegangen war. Und dass ein Auto aus der Garage gefahren worden war und es sich dabei nicht um den Passat von Herbert Klatt handelte.

»So kommen wir auch nicht weiter«, seufzte Möllenkamp. »Wir haben einen Einzelgänger, der kaum Kontakt zu den Nachbarn hat, unauffällig und zurückgezogen lebt. Er begeht einen Mord aus Rache für etwas, das Tadeus de Vries jemandem angetan hat, der ihm sehr nahestand; vermutlich seiner Schwester.«

»Bei allem, was wir über Tadeus de Vries wissen, stelle ich jetzt einfach mal folgende These auf: De Vries hat Klatts Schwester vergewaltigt und ermordet und dann hier hinter dem Deich vergraben. Das Grundstück war ja seins, er hatte ungehinderten Zugang dazu«, ergänzte Meike. »Das Ganze ist kurz nach dem Krieg passiert. Klatt war damals ein Kind, erst fünf oder sechs Jahre alt. Er wusste nicht, was mit seiner Schwester passiert ist. Er kam in ein Waisenhaus und hat erst vor kurzem erfahren, was er bereits ahnte: nämlich, dass seine Schwester tatsächlich umgebracht wurde und dass der Täter Tadeus de Vries war. Das hat ihn zur Rache getrieben.«

Das klang als Arbeitshypothese ziemlich plausibel und passte zu dem, was sie wussten. Nur, wie war Klatt darauf gekommen, dass das Mädchen hinter dem Deich seine Schwester war? Und wie hatte er herausgefunden, dass de Vries sie auf dem Gewissen hatte?

Die Hundestaffel traf ein. Hier im Haus würde die Routinearbeit ihren Lauf nehmen. Wenn es hier etwas zu finden gab, würden die Beamten und die Hunde es finden. Sie hatten hier nichts mehr zu tun. Möllenkamp zog sein Handy aus der Tasche, um Gertrud Boekhoff anzurufen. Das Display zeigte 18:49 Uhr an. Wilfried Bleeker war jetzt seit fast vier Stunden vermisst.

***

Als Gertrud Gottfried Schäfers Haus erreichte, rieb sie sich mit Daumen und Zeigefinger die Nasenwurzel unter der schmerzenden Stirn. Sie zögerte. Noch nie hatte sie das Haus betreten und sie schreckte vor dem zurück, was sie dort erwartete. Ihr wurde bewusst, dass sie den Mann, den sie seit knapp drei Tagen für die Liebe ihres Lebens hielt, nicht sehr gut kannte. Sie musste sich eingestehen, dass es ihr unangenehm war, in seinen persönlichsten Bereich einzudringen. Was, wenn dort peinliche Entdeckungen auf sie warteten? Irgendetwas aus seinem Leben, von dem sie nichts wissen wollte? Wenn sich herausstellte, dass er ein heilloser Messie war? Oder doch ein Fanatiker? Lieber hätte sie Gottfried dabei gehabt. Vielleicht hätte er verschämt schnell noch etwas vor ihren Augen weggeräumt oder mit dem Fuß hinter eine Tür geschoben.

Seufzend stemmte sich Gertrud aus ihrem Polo. Unentschlossen wog sie den Schlüssel in ihrer Hand. Sie konnte zuerst einmal das Grundstück inspizieren. Das kannte sie zwar schon, aber es half, die Zeit bis zum Aufschließen der Haustür in die Länge zu ziehen. Sie kramte im Handschuhfach und fand ihre Taschenlampe. Langsam schlenderte sie um das Haus herum, betrachtete Garage und Schuppen und das herumliegende Zeug auf der Terrasse. Was bewahrte er hier nur alles auf? Sollte sie die Türen öffnen, um nachzusehen? Ach, das hatte Zeit. Ihre Schritte wurden noch langsamer, als sie das Haus umrundet hatte. Wenn sie jetzt nicht die Haustür aufschloss, um hineinzugehen, dann musste sie die Konsequenzen ziehen und nach Weener in ihre eigene Wohnung fahren. Gertrud seufzte noch einmal. Sie schaute zum Himmel. Nachdem die letzten Reste des Tageslichts verschwunden waren, war es stockfinster geworden. Es regnete. Irgendwo platschte etwas in das Wymeerer Sieltief. Schwäne vielleicht.

Ihre Schritte steuerten auf die Haustür zu, nahmen die drei Stufen. Die Knöchel ihrer Finger, die den Haustürschlüssel umklammert hielten, waren vor Anspannung ganz weiß. Sie bückte sich, um den Schlüssel ins Schloss zu schieben.

Da hörte sie erneut ein Geräusch. Verwundert richtete sie sich auf. Was war das? Es klang, als habe jemand eine Autotür leise zugedrückt. Aber hier war ja nichts. Gottfrieds Haus lag allein in einer Kurve, die von Bunderneuland nach Charlottenpolder führte. Die nächsten Häuser waren mindestens einen Kilometer entfernt. Der Fahrradweg Bunde-Nieuweschans führte hier über das Wymeerer Sieltief auf die niederländische Seite. Genau bei Gottfrieds Haus kreuzte er in der Kurve die Straße, um hinter einem Wartehäuschen und einigem Gestrüpp zu verschwinden und auf die »Naberbrügg« genannte Holzbrücke über das Sieltief zuzulaufen. War dort etwas gewesen?

Trotz der Dunkelheit leuchtete das Gestell der kleinen Zugbrücke weiß in den Nachthimmel. Gertrud war unheimlich zumute. Sie horchte noch einmal, vermeinte ein dumpfes Klopfen zu hören. Hin- und hergerissen zwischen dem Impuls fortzulaufen, der Neugier, dem Ursprung des Geräusches auf die Schliche zu kommen und dem Entschluss, ohne weiteres Zögern Gottfrieds Haus zu betreten, stand sie – schwankend fast – auf den Stufen vor dem Haus. Ihre Neugier siegte. Sie ging die Treppe hinunter und hatte schon die Straße erreicht, als sie ein Wolkenbruch erfasste. Das Klatschen der Regentropfen auf der Straße übertönte alle weiteren Laute, die sonst noch vom Wasser, aus dem Gebüsch oder von wo auch immer hätten kommen können.

Schluss mit der Verbrecherjagd und eingebildeten Geräuschen. Sie war bloß zu feige, Gottfrieds Haus zu betreten!

Gertrud floh vor dem Regen ins Haus. Etwa zwanzig Minuten später saß sie mit einer Tasse voll heißem Kamillentee auf dem speckigen Ledersofa in Gottfrieds Wohnzimmer und ließ den Blick über Regalwände voller Bücher schweifen. Alle ihre Ängste hatten sich in der gemütlichen Atmosphäre in Luft aufgelöst. Sie gähnte. Wie lange mochte es dauern, bis sie Gottfried laufen lassen würden? Sie blinzelte. Sie konnte ja inzwischen ein Nickerchen auf dem Sofa machen. Bevor sie die Augen schloss, sah sie auf ihre Armbanduhr. Es war 18:49 Uhr.

***

Es ruckelt kaum, als sich der kleine Regionalzug, der nur aus zwei Wagen besteht, in Bewegung setzt. Er hat eine Tasche dabei, in der er das Nötigste zusammengepackt hat: ein paar Kleider, ein Foto von Marion. Das Geld natürlich, das er all die Jahre, in denen er gearbeitet hat, ansparen konnte, weil er keine Familie, keine Kinder, kein Haus und keine teuren Hobbies hat. Es ist es immer mehr geworden, nicht weil er es anhäufen wollte, sondern weil er kaum Gelegenheiten hatte, es auszugeben. In der Innentasche seiner Jacke tastet er nach dem Zettel, den Sanya ihm gegeben hat. Zwei Adressen stehen darauf.

»Warum gehst du nicht mit?«, hat er sie an dem Abend gefragt und gehofft, dass sie nein sagt.

Sie hat ihn angesehen und gelächelt. »Herbert, du weißt, es geht nicht.«

Ein Stein ist ihm vom Herzen gefallen. Sie hat es ihm angesehen und ihr Lächeln ist eine Spur wehmütig geworden. Er ist ihr sehr dankbar.

Zuerst war sie ein exotischer, junger Körper für ihn. Aber nur kurz. In seinem Alter ist das nicht mehr wichtig. Irgendwann hat ihr Gesicht ihn mehr interessiert, die flachen Konturen, umrahmt von schwarzen Haaren, die mandelförmigen, dunklen Augen, fast ohne Lider, von denen er glaubt, sie schließen sich nie. Schließlich hat er sie dafür bezahlt, dass sie ihm von ihrer Familie, von ihrer Tochter, von ihrer Sehnsucht erzählt. Von den vier Wochen, die sie jedes Jahr über Weihnachten zu Hause verbringt. Von dem Geld, das sie der Familie schickt, und dass sie eines Tages zurückgehen wird nach Thailand. Wenn das Geld reicht für ein Studium ihres Mädchens.

Er hat im Atlas nachgesehen, wo das ist: Die Andamanensee an Thailands Westküste, die Provinz Phang Nga, den Khao Lak. Sanyas Heimatort, das Fischerdorf Ban Nam Khem, hat er natürlich nicht gefunden. Er hat gelesen von den Traumstränden, den Urlaubsparadiesen, dem klaren Wasser, der Sonne. Natürlich weiß er auch von den Mädchen in Pattaya, jung, anschmiegsam, zärtlich. Er weiß von den Krankheiten, den Drogen, perversen Freiern, der Armut. Das alles hat ihm Sanya nicht erzählt. Aber es gibt doch einen Grund, dass sie hier ist und nicht dort, im Paradies.

Auch er hat ihr erzählt von seinem Leben. Sie haben einiges gemeinsam: Beide sind sie Entwurzelte. Beide werden ihre Heimat nicht wiederfinden, selbst wenn sie dorthin zurückgehen. Er weiß es. Sie weiß es noch nicht. Er hat Ostpreußen nicht einmal besucht, als die Grenzen wieder geöffnet waren. Was soll er dort finden? Heimat, das ist für ihn ein Ort, an dem er noch nie war.

Er hat es Sanya nicht gesagt, dass auch sie ihre Heimat für immer verloren hat. Vielleicht findet er sie für sie wieder, wenn er jetzt nach Thailand geht. Nein, das ist Unsinn.

Er hat ihr auch von Tadeus de Vries erzählt. Erst vor zwei Wochen, nachdem er herausgefunden hatte, dass er nicht nur auf dem Stück Erde lebt, auf dem seine Schwester ihr Grab gefunden hat, sondern auch, dass sein Vermieter zugleich Marions Mörder ist. Zuerst hatte er einfach hinfahren und ihn erschießen wollen. Sanya hatte ihn gefragt, warum er für »diesen Menschen« ins Gefängnis gehen will? An ihrem Blick und Tonfall war ihm klargeworden, dass auch sie de Vries gekannt hatte.

Er hat sie eingeweiht. Sie ist jetzt seine Komplizin.

»Komm zu mir, wenn du Hilfe brauchst«, hat sie gesagt.

Er ist darauf zurückgekommen. Gestern, nachdem er den Kommissar vor seinem Haus stehen gesehen und gewusst hatte, dass sich die Schlinge um ihn zuzieht.

Um 19:37 Uhr kommt der Regionalzug in Groningen an. Er hat ein paar Minuten Zeit, kauft sich ein Sandwich und ein Bier. Dann steigt er in den Zug nach Amsterdam.

Um 21:53 Uhr verlässt er den Zug in Amsterdam Centraal und nimmt ein Taxi ins Rotlichtviertel De Wallen. Es ist 22:15 Uhr, als er die erste Adresse auf Sanyas Zettel erreicht.

***

Er öffnete die Augen. Um ihn herum war es stockfinster. Sein Kopf schmerzte und er hustete. Seine Zunge klebte am Gaumen, er fühlte den gleichen sauren Geschmack im Mund wie an manchem Morgen, wenn er zu viel getrunken hatte. Wenn Klatt ihn nicht herausholte und erschoss, dann würde er entweder verdursten oder ersticken.

Klatt.

Er versuchte sich zu erinnern. Er war schon einmal aufgewacht, als der Wagen zum Stehen kam. Sein Peiniger war ausgestiegen. Er hatte gefürchtet und gleichzeitig gehofft, dass er den Kofferraum öffnen würde. Aber er tat es nicht. Er hatte gehört, wie die Autotür zugedrückt worden war.

Und dann nichts.

Nur der Regen, der auf das Blech prasselte.

Nach einer Weile hatte er versucht, durch Geräusche auf sich aufmerksam zu machen. Er rief. Er hatte versucht, die Füße gegen den Kofferraumdeckel zu schlagen, weil er an den Händen gefesselt war.

Irgendwann musste er vor Erschöpfung weggedämmert sein.

Er wusste nicht, wo er war. Er hatte auch keine Ahnung, wie lange sie gefahren waren. Er war ohnmächtig gewesen. Stand der Wagen in Hörweite bewohnter Häuser? Wohl kaum. War Klatt in der Nähe?

Sollte er versuchen, auf sich aufmerksam zu machen? Was würde Klatt dann tun? Ihn umbringen?

Angestrengt horchte Bleeker in die Dunkelheit.

Er hörte nichts. Das heißt, »nichts« stimmte nicht. Er hörte das Geschrei von Vögeln. Möwen vermutlich oder Gänse.

Dann hörte er das Geräusch von Enten und dass irgendwo etwas ins Wasser fiel.

Wo war er?

In der Nähe von Wasser, das war schon mal klar. Aber Wasser gab es in der Region reichlich.

Wieder lauschte er. Irgendwo in der Ferne hörte er ein gleichmäßiges Rauschen wie von einer Autobahn.

Wasser und Autobahn.

Herrgott, das konnte überall und nirgends sein!

Verzweifelt trat er gegen den Kofferraumdeckel. Egal, ob Klatt ihn hören und töten würde. Wenn er es nicht tat, dann starb er sowieso.

Er bekam wieder Atemnot. Ihm fiel ein, dass Tadeus de Vries wahrscheinlich genauso wie er in diesem Kofferraum gelegen hatte. Wie lange wohl?

Bleeker schrie jetzt um Hilfe, doch allein die Bewegung seines Kopfes schien ihm den Schädel wegzusprengen. Wenn er sich richtig erinnerte, dann hatte ihm Klatt eine Holzlatte seitlich über den Kopf gezogen, kaum dass Bleekers Blick auf dessen Schuhe gefallen war.

Wahrscheinlich konnte er froh sein, dass er den Schlag überhaupt überlebt hatte.

Froh sein?

Er starrte in die Dunkelheit. Rote Punkte tanzten vor seinen Augen. Seine Handgelenke schmerzten. Er zerrte an den Stricken, schon merkte er, dass sich die Haut an den dünnen Stellen über den Gelenkknochen abgeschürft hatte.

Seine Lungen schrien nach frischer Luft und Nikotin. Seine Kehle lechzte nach Wasser.

Konnte es sein, dass Klatt ihn einfach irgendwo abgestellt hatte? Dass er nicht zurückkommen würde?

Er versuchte zu rekonstruieren, wie lange er schon in diesem Kofferraum lag. Aber er hatte keinerlei Anhaltspunkte, die Zeit zu messen. Es war stockfinster, er war ohnmächtig gewesen, ohne dass er wusste, wie lange. Es gab kaum Geräusche um ihn herum, außer Vögeln, Wasser und Autobahn.

Lag das daran, dass es Nacht war oder war er irgendwo, wo es wenig Verkehr gab? Er wusste es nicht.

Er fragte sich, wie es sein würde zu sterben. Gab es etwas, das er bereute? Hieß es nicht immer, dass man unmittelbar vor seinem Tod in Sekundenbruchteilen sein ganzes Leben an sich vorbeiziehen sah? Er war solchen Gedanken meist mit dem Zynismus begegnet, den er als seine persönliche Attitüde gepflegt hatte.

Doch jetzt überkam ihn Panik. Er wollte so nicht sterben. Er wollte überhaupt noch nicht sterben. Er dachte an den Streit mit seiner Schwester, den er nicht beigelegt hatte. Er dachte an seine Mutter, die er seit Wochen nicht angerufen hatte. Er dachte daran, dass er vor dem Tod noch das Rauchen aufgeben wollte. Dann dachte er an seine Barchetta, die er so liebte.

Und dann begann er zu weinen.

***

Stephan Möllenkamp fuhr mit mehr Schwung, als nötig gewesen wäre, auf den Parkplatz neben dem »Club Jacqueline«. Er war nervös. Es war kein gutes Gefühl, einer vagen Spur zu folgen, nur weil er nicht wusste, was er sonst tun sollte. Der »Club Jacqueline« war unweit der Autobahnabfahrt Oudeschans gelegen. Hinter einem verwitterten Holzlamellenzaun, dessen einzelne Elemente schon etwas versackt waren, duckte sich ein schäbiges, gelb gestrichenes Häuschen. Durch die Vorhänge der Fenster im Obergeschoss brannte rotes Licht und an der Giebelseite flackerte eine Leuchtreklame mit zwei roten Herzen. Die gesamte Fläche um das Haus herum war gepflastert. Als einziges Grün schirmte eine hohe Thujahecke das Grundstück nach rechts zum Nachbarhaus ab.

Neben dem Haus parkten vier Autos, zwei davon mit deutschen Kennzeichen. Ein silberner Mercedes war nicht dabei.

»Wäre ja auch zu schön gewesen«, knurrte Möllenkamp, als sie aus dem Auto stiegen.

»Auch wenn er nicht hier ist: Wir sollten trotzdem mal reingehen und mit Sanya sprechen«, meinte Abram, der ebenso mutlos klang, wie Möllenkamp sich fühlte.

***

Meike Möllenkamp hatte nie zuvor ein Bordell betreten. Sie kannte die »Clubs« nur von außen. Freistehende Häuser, meist an Ausfallstraßen, die nicht durch ansprechendes Äußeres um Laufkundschaft buhlen mussten. Die Freier wussten, wo sie hinwollten. Was zählte, war ein diskreter Parkplatz, nicht ein Rosenbogen über der Haustür.

Trotzdem hatte Meike zumindest im Innern des Hauses mehr Glamour erwartet. Irgendetwas mit rotem Samt, Kerzen, die sich in geschliffenen Spiegeln verhundertfachten, Separees mit Vorhängen und rassigen Frauen mit rauchigen Stimmen.

Stattdessen betrat sie einen muffigen Raum mit grauen Teppichen, einer rustikalen Theke und einer von Plastikvorhängen eingerahmten Tanzfläche mit einer Stange in der Mitte. An der schob sich eine üppige Brünette auf und ab, als würde es sie schrecklich am Rücken jucken. Zwei Männer saßen auf Barhockern, ein Bierglas vor sich und schauten der Darbietung mit unbewegter Miene zu. Meike musste sich auf die Lippen beißen, um ein Grinsen zu unterdrücken.

Die wasserstoffblonde Mittvierzigerin hinter der Theke begrüßte sie auf Hochdeutsch und fragte, ob sie etwas trinken wollten. Möllenkamp zeigte ihr seinen Ausweis und fragte dann nach Sanya. Ach ja, er habe doch vorhin angerufen. Nun, Sanya habe gerade Kundschaft, aber sobald sie frei sei, könnten sie sie befragen. Ob es denn so lange etwas zu trinken sein dürfte?

In der Sitzgruppe, mit einer Cola in der Hand, fühlte Meike sich unbehaglich. Alle drei schwiegen. Aus den Augenwinkeln konnten sie erkennen, dass sich Stephan und Johann redlich Mühe gaben, nicht zur Bühne zu schauen. Die Männer auf den Barhockern wiederum versuchten, nicht zu ihr zu sehen. Meike musste daran denken, dass Wilfried sich in dieser Umgebung vermutlich kein bisschen unwohl gefühlt hätte und dass es vielleicht sogar ein Spaß gewesen wäre, mit ihm hier zu sein.

Sie schaute auf ihre Armbanduhr. Es war jetzt 19:37 Uhr. Wilfried war seit viereinhalb Stunden vermisst.

In diesem Moment klingelte Stephans Handy. Rasch zog er es aus der Tasche und hielt es an sein Ohr. »Wo hat sie den Wagen gesehen? … Wann? … Das ist ja schon zwei Stunden her! Warum …? Ach so, ja. Verstehe. Hat sie das Kennzeichen erkannt? … Was soll ich dann damit anfangen?! Ja, wahrscheinlich wollte er in die Niederlande. Kann sein, dass es das Fahrzeug war, aber die Fahndung nach dem Mercedes mit den Kennzeichen von Klatt ist ja auch schon seit zwei Stunden raus. Wie kann er noch damit über die Grenze gekommen sein, wenn er doch erst nach fünf Uhr das Haus verlassen hat? … Was? Nein, das sagen die Nachbarn. … Ja, ohne Gewähr. Nicht gesehen, nur gehört … Wir müssen mit den Hunden alle Grenzübergänge absuchen. Vielleicht hat er den Wagen abgestellt und ist irgendwo zu Fuß rüber … Ich? … Äh, ich bin mit Abram in Holland bei einer Bekannten von Klatt. Vielleicht kriegen wir was raus.«

Während Stephan das Gespräch beendete, trat eine zarte, schwarzhaarige Frau wie aus dem Nichts an ihren Tisch. »Guten Tag. Ich bin Sanya. Sie wollten mich sprechen?«

»Können wir uns irgendwo ungestört unterhalten«, fragte Abram.

Während Meike die Vorstellung beschäftigte, was diese Frau noch vor zehn Minuten mit ihrem Freier gemacht haben mochte, folgte sie den Dreien in eine nüchtern eingerichtete Kaffeeküche.

In Krimis pflegen Prostituierte immer über ihre Kundschaft zu schweigen. In der Halbwelt ist keine Information geradeheraus und ohne Gegenleistung zu erhalten. Auch in dieser Hinsicht musste Meike ihre Vorstellungen aus Film und Fernsehen korrigieren: Sanya sprach in erstaunlich gutem Deutsch freimütig über Herbert Klatt. Ein ganz normaler, netter Kunde sei er gewesen, der regelmäßig zweimal im Monat kam. Man habe ein bisschen geplaudert und sei dann zärtlich geworden. Meistens jedenfalls. Manchmal habe man auch nur geplaudert. Worüber? Nun, über dies und das, nichts Besonderes. Er habe immer gern etwas über ihre Heimat hören wollen. Klatt habe berichtet, wie es bei der Arbeit voranginge. Über seine Schwester? Nein, über eine Schwester habe sie nichts gewusst. Über Tadeus de Vries? Nein, der sei kein Thema gewesen. Sicher, sie habe von dem Mord gehört. Wann er das letzte Mal dagewesen sei? Gestern. Nein, ihr sei nichts Ungewöhnliches aufgefallen. Dann hob sie entschuldigend die Schultern, als sei es ihr äußerst unangenehm, dass sie nicht helfen konnte. Meike fiel auf, dass Sanya nicht ein einziges Mal gefragt hatte, warum sie Klatt denn suchten.

***

Sie waren schon im Hinausgehen, als Möllenkamp – einer plötzlichen Eingebung folgend – sich noch einmal zu ihr umdrehte: »Sagen Sie, hat Tadeus de Vries hier eigentlich auch verkehrt?«

Schon als er es sagte, fiel ihm seine unglückliche Wortwahl auf. Darüber hätte er beinahe übersehen, wie sich kaum merklich die mandelförmigen schwarzen Augen verengten und eine winzige Pause entstand, bevor Sanya sagte: »Ja, der war auch manchmal hier.«

»Sie hat ihn auch gehasst«, stellte Möllenkamp im Auto fest.

»Wen? Klatt?«, fragte Abram.

»Nein. De Vries.«

»Sie weiß mehr, als sie uns verraten hat«, murmelte Meike.

Ob sie seine Komplizin war? Möllenkamp konnte es sich nicht recht vorstellen. Aber sie sollten Sanya im Auge behalten.

***

Möllenkamp schlief schlecht in dieser Nacht. Er musste an Wilfried Bleeker denken. Er sah das überlegene Grinsen, die nikotingelben Finger, die schwarzen Anzüge. Ein Kind, das sich die Attitüde des Hasardeurs zugelegt hatte. Möllenkamp gab viel auf Bleekers Cleverness, er lachte über seinen schwarzen Humor, bewunderte die Sicherheit, mit der er sich in Milieus bewegte, zu denen Polizeibeamte normalerweise keinen Zugang bekamen. Aber wer war sein Kollege wirklich? Was bewegte ihn? Was waren seine Träume?

Menschen, die wenig von sich preisgeben, gewinnen oft über ihre Freunde Kontur. Sie umrahmen die Leerstelle in der Mitte, geben ihr ein Profil. Aber Möllenkamp kannte Bleekers Freunde nicht. Er wusste nicht einmal, ob er welche hatte. Bleeker war ein Einzelgänger, den er sich wohl in Gesellschaft, nicht aber in vertrauter Gemeinschaft vorstellen konnte.

Möllenkamp stand auf. Ruhelos wanderte er im nächtlichen Haus umher. Er schaute aus dem Fenster, sah draußen auf der anderen Straßenseite Häuser, die genauso aussahen wie das, in dem er wohnte. Die Straße glänzte. Vereinzelte Regentropfen hielten die Pfützen in ständiger Unruhe. Möllenkamp betrachtete die Vorgärten, die mit Hecken aus Berberitzen, Thuja oder Weißdorn umgeben waren. Alle zu Beginn des Herbstes akkurat geschnitten. Hier war die Welt noch in Ordnung.

Aber da draußen hinter dem Emsdeich, da war sie aus den Fugen. Möllenkamp blickte nach links, dorthin, wo die Ems lag, die er von seinem Fenster aus nicht sehen konnte. Lag Bleeker irgendwo dort, in einem »nassen Grab«, wie man so sagte? Er war jetzt seit zwölf Stunden vermisst, und es gab nur zwei Möglichkeiten: Entweder er war tot oder es ging ihm schlecht. Die Hunde waren lange unterwegs gewesen. Aber es hatte zu stark geregnet, als dass sie etwas hätten finden können. Regen und Wind hatten nahezu alle Spuren verwischt. Sie würden weitermachen, wenn das Wetter sich besserte. Doch die Chancen waren gering geworden, auf diese Weise etwas zu finden. Darum zermarterte sich Möllenkamp das Hirn, wohin Klatt gefahren sein konnte, wo er Bleeker gelassen hatte.

***

Er leckte sich über die ausgetrockneten Lippen. Er fror. Die Motorwärme des Wagens war längst verflogen, inzwischen war das Fahrzeug vollständig ausgekühlt. Draußen mochten es ein paar Grad über Null sein, und er trug nicht einmal eine Jacke oder einen Pullover. Seine gefesselten Hände und Füße waren eiskalt und gefühllos.

Das Denken fiel ihm zunehmend schwer. Immer wieder quälten ihn Visionen. War er wach oder träumte er? Er hätte es nicht sagen können. Er lag schon so lange in diesem Kofferraum, dass Phantasie und Realität ineinander verschwammen. Warum auch nicht? Waren sie vielleicht viel dichter beieinander, als er das in seinem normalen Leben zulassen wollte? So sorgfältig hielt er sonst die Traumgebilde der Nacht und die Gedanken des Tages auseinander. Seine nächtlichen Streifzüge durch die Kneipen und Diskotheken des Landkreises waren nichts als eine Flucht vor seinen Träumen, die ihm Angst machten. Was er tags dachte, hatte er halbwegs unter Kontrolle, beklemmende Gedanken konnte man verscheuchen. Aber nachts war man ihnen ausgeliefert, musste alles zu Ende denken, zu Ende erleben. Und woher kam das alles? In seinen Träumen wusste Bleeker so viel mehr, als er im wachen Zustand jemals erfahren hatte. Aus welcher Quelle speiste sich das Gehirn denn noch? Gab es einen verborgenen Zustrom in den Kopf, der sich nicht über Augen, Ohren, Nase, Zunge und Haut seinen Weg suchte?

Er sah einen Raum. Es war eine Werkstatt. In der Mitte standen zwei Holzböcke, darauf Bretter. Eine Werkbank, Regale. Da waren Hände, die mit ruhiger Sorgfalt Werg zupften, die es mit der Handfläche über dem Knie zu einem Faden rollten, diesen Faden in die Ritzen eines Holzsarges legten und dann mit einem Eisen und Hammer in die Nähte schlugen. Die Hände hielten den Trichter und gossen Teer in die Nähte. Während ihrer gesamten Ermittlungen hatten sie sich gefragt, warum der ganze Aufwand nötig gewesen war. Einen Sarg zu zimmern und ihn einzugraben hätte doch gereicht. Erstickt wäre das Opfer sowieso. Spätestens wenn die Kleischicht, dann der Schotter und der Asphalt oben draufgeschüttet worden wären, hätte es kein Leben mehr unten in der Grube gegeben. Was für eine unsinnige Mühe!

Aber jetzt, hier in diesem eiskalten Kofferraum, in einem seltsam schwebenden Zustand zwischen Verdursten und Erfrieren erschien es ihm so einfach und klar: Der Mörder hatte es getan, weil er es konnte! Er hatte den Sarg kalfatert, weil er sich mit diesem Handwerk bestens auskannte. Er hatte mit aller Sorgfalt jede Sekunde der Vorbereitung seines Verbrechens ausgekostet. Dass dies kein Mord im Affekt war, hatten die Ermittler von Anfang an gewusst. Aber es war viel mehr! Hier hatte jemand das Verbrechen vorweggenommen, hatte lange Zeit, vielleicht Jahre oder Jahrzehnte darüber nachgedacht, wie er es machen würde. Es war zu einem Lebensinhalt geworden, zu einer Obsession. Und dann hatte ihm das Schicksal sein Opfer in die Hände gespielt.

Diese Erkenntnis erregte ihn. Er zappelte, schnappte nach Luft. Aber es gab kaum noch Sauerstoff in diesem Kofferraum. Er keuchte, röchelte. Wieder tanzten roten Punkte vor seinen Augen. Aus roten Punkten wurden rote Kreise, rote Sterne, rote Leuchtreklamen die wild das Wort »Tod« vor seinen Augen flimmern ließen. An. Aus. An. Aus. An. Aus.

***

Sie konnte es nicht fassen: Neben ihr lag warm und lebendig ein Mann! Sie sah ihn nicht in der Dunkelheit, aber sie konnte ihn spüren. Von Zeit zu Zeit berührte sie ihn mit den Fingerspitzen, ganz sacht, um ihn nicht zu wecken. Dann kribbelte es vor Glück in ihrer Brust, irgendwo im Bereich des Zwerchfells.

Er war erschöpft gewesen, als er nach Hause kam. Sie hatte ihm eine Dose Ravioli aufgemacht und einen Tee gekocht. Dann hatten sie geredet. Sie waren beide ganz irre vor Erschöpfung gewesen, und sie hatten gescherzt und gelacht. Über den verrückten Hinterkötter, der zunehmend verzweifelt war und ihn schließlich brüllend hinausgeworfen hatte. Über R. Buss, der bestimmt würde zu Kreuze kriechen müssen, weil Gertrud am Ende doch Recht behalten hatte. Über die verzweifelte Bäckereiverkäuferin, die weinte, nur weil sie eine Kaffeemaschine noch einmal sauber machen musste. Dann hatten sie irgendwann nicht mehr gekonnt und waren ins Bett gegangen. Zusammen. Einfach so. Als wäre es schon immer so gewesen.

Und nun lag sie hier mitten in der Nacht, musste dringend aufs Klo und traute sich nicht, weil sie Angst hatte, Gottfried zu wecken und den ganzen Zauber zu zerstören.

Irgendwann hielt sie es doch nicht mehr aus. Sie wuchtete sich aus dem Bett und schlich zum Badezimmer. Während sie im Dunkeln auf der Toilette saß, musste sie an den Beamten denken, der noch immer vermisst wurde. Sie hatte es erst aus den Nachrichten im Radio erfahren, die sie kurz angestellt hatte, während sie in der Küche mit der Zubereitung des späten Abendessens beschäftigt war. Wilfried Bleeker. Sie wusste, wer er war. Hatte ihn zwei-, dreimal im »Kneipchen« gesehen. Doch die Information hatte – ohne ihr weiteres Zutun – sofort wieder ihren Kopf verlassen. Bleeker passte nicht in die Atmosphäre des Abends, die so etwas Erlösendes gehabt hatte: Gottfried war frei, sein Haus hatte allen Schrecken verloren, den Mörder hatte Gertrud höchstselbst identifiziert und der Polizei einen entscheidenden Hinweis gegeben. Jetzt mussten sie ihn bloß noch fangen, aber das war nur eine Frage der Zeit.

Aber Bleeker. Was mochte mit ihm geschehen sein? Seufzend kroch Gertrud wieder ins Bett zurück. Sie ahnte, dass es mit dem Nachtschlaf jetzt nichts mehr werden würde.

Mittwoch, 10. November 1999

»Moin.«

»Moin.«

»Moin.«

»Moin.«

Als Möllenkamp den traurigen Haufen sah, der ihn im Besprechungsraum stumm aus trüben Augen anschaute, musste er fast schmunzeln, obwohl ihm eher nach Weinen zumute war. Wo sonst fröhliches oder – je nach Anjas Tagesform – giftiges Geschnatter herrschte, war heute nichts als Schweigen.

Kein Wunder: Sie hatten den Fall gelöst und trotzdem nichts erreicht. Bleeker fehlte mit seinen zynischen Kommentaren. Niemand mochte sich vorstellen, was Klatt mit ihm gemacht hatte. Hinterkötter hatte sich krankgemeldet, sodass Möllenkamp heute selbst die Presse informieren musste.

Was auch kein Vergnügen war.

Zuerst einmal informierte er jedoch seine Kollegen über alles, was gestern passiert war. »Okay Leute«, raffte er sich auf, »Interpol sucht nach Herbert Klatt. Es ist nicht davon auszugehen, dass er sich noch hier in der Region aufhält. Wenn doch, dann haben wir ihn bald. Wenn nicht, dauert es vielleicht ein bisschen länger: Aber wir kriegen ihn!«

Er versuchte, selbst an seine aufmunternden Worte zu glauben.

»Herrgott Stephan, das interessiert doch jetzt kein Schwein. Wir wollen wissen, was mit Bleeker ist«, giftete Anja.

»Das weiß er doch auch nicht«, giftete Johann Abram zurück, der in dieser Lage seine vorbildliche Contenance zu verlieren drohte.

»Dann sollten wir aufhören zu schwafeln und ihn suchen!«

»Wo würdest du denn anfangen?«

Edda Sieverts hatte den Kopf zwischen die Schultern gezogen.

»Leute, Leute, jetzt kommt mal wieder runter«, versuchte Möllenkamp zu beschwichtigen. »Wenn wir uns hier gegenseitig an die Gurgel gehen, dann hilft das Bleeker auch nicht. Wir haben da draußen eine Fahndung laufen. Auch die Hunde werden heute wieder unterwegs sein. Wir aber müssen mit unserem Werkzeug arbeiten.«

»Und das heißt?«, fragte Anja lauernd.

»Das heißt Möglichkeiten sammeln, nach Wahrscheinlichkeit gewichten, das Unwahrscheinliche ausschließen, dem Wahrscheinlichen nachgehen.«

»Bravo!«, sagte Anja.

»Möchtest du lieber nach Hause gehen und in dein Kissen weinen? Das hilft Bleeker bestimmt«, bemerkte Abram ungewohnt sarkastisch.

Möllenkamp versuchte es weiter mit Sachlichkeit. »Möglichkeit eins: Klatt hat Bleeker mitgenommen. Dann …«

»Warum sprichst du nicht über die wahrscheinlichste Möglichkeit: Klatt hat Bleeker getötet. Dann können wir uns dieses ganze Theater hier sparen.«

Möllenkamp wusste, dass Anja genauso verzweifelt war

wie er selbst. Sie verwandelte ihre Verzweiflung in Aggression und richtete sie gegen andere.

Edda Sieverts wusste das nicht und fing an zu schluchzen.

»Anja, was willst du eigentlich«, fuhr Abram sie an. »Wenn du nur diese Möglichkeit in Betracht ziehst, dann können wir die Arbeit ja gleich einstellen. Ich hätte da noch ein paar Berichte zu schreiben. Dann geh ich früh nach Hause und mach mir 'nen schönen Tag. Ist es das, was du vorschlagen willst? Dann geh doch!« Den letzten Satz brüllte er ihr entgegen.

Anja schnaubte vor Wut und blies sich gerade zu einer Erwiderung auf, als Möllenkamp seine flache Hand auf den Tisch donnern ließ. Alle starrten ihn an.

Als wäre nichts gewesen, fuhr er fort: »Möglichkeit zwei: Klatt hat Bleeker freigelassen. Möglichkeit drei: Klatt hat Bleeker irgendwo versteckt, ist selbst aber weiter geflüchtet. Auch Möglichkeit vier – danke, Anja, für den Hinweis – müssen wir natürlich aufnehmen: Klatt könnte Bleeker auch getötet haben.«

In aller äußeren Seelenruhe schrieb Möllenkamp seine Kärtchen voll und heftete sie an die Pinnwand, während er innerlich vor Zorn und Erregung bebte.

»Was folgt aus diesen Möglichkeiten, und wie wahrscheinlich sind sie?«

Das allgemeine Schweigen wurde durch Edda Sieverts leises Schluchzen untermalt. Alle wussten, dass Klatt sich seiner Geisel irgendwann entledigen musste, wenn er sie nicht als Pfand für ein Fluchtfahrzeug und 1 Mio. DM Startkapital für ein neues Leben brauchte. Das schien er aber nicht in Betracht zu ziehen. Er war auf der Flucht und niemand hatte irgendwelche Forderungen von ihm erhalten.

Anja hatte sich wieder im Griff: »Wenn Klatt Bleeker freilässt, dann wird er sich melden – oder er wird gefunden. Wenn er Bleeker mitgenommen hat, dann wird er sich mit ihm irgendwo verstecken. Ziemlich unwahrscheinlich, dass er mit einer Geisel ziellos durch Deutschland oder Europa reist. Wir müssen also sein Leben durchleuchten, seinen Radius kennen, seine Freunde oder Bekannten. Vielleicht gibt es einen Ort, der sich aufdrängt.«

Abram, der sich wieder gefangen hatte, ergänzte: »Wenn er ihn irgendwo zurückgelassen hat, dann gibt es zwei Möglichkeiten: Entweder er hat ihn irgendwo versteckt und ist mit dem Auto zunächst weitergefahren. Oder er hat ihn mitsamt dem Auto versteckt und hat das Fluchtfahrzeug gewechselt. Dafür spricht, dass uns das Auto immer noch nicht ins Netz gegangen ist. Ich halte die zweite Möglichkeit für wahrscheinlicher. Die erste hätte ihn mehr Zeit gekostet und er kann sich ja denken, dass er das Fluchtfahrzeug sowieso bald austauschen muss. Ich bin jedenfalls sicher, dass Klatt nicht mehr in dem Mercedes von de Vries unterwegs ist.«

Auch Edda meldete sich jetzt und bot an zu überprüfen, ob jemand seit gestern ein Fahrzeug in der Grenzregion zwischen Deutschland und den Niederlanden als gestohlen gemeldet hatte.

Möllenkamp gab Anja den Auftrag, alles über Klatt zusammenzutragen, was sie finden konnte. Abram sollte derweil sämtliche leerstehenden Gebäude zwischen Pogum und Charlottenpolder checken.

Möllenkamp selbst dachte sich, es könne nicht schaden, wenn er Sanya noch einen Besuch abstattete. Diese Frau wusste mehr, als sie ihnen verraten hatte. Und es musste einen Grund geben, weshalb Klatt am Tag vor seinem Verschwinden ausgerechnet zu ihr gefahren war.

Sie vereinbarten, einander umgehend zu informieren, sobald sich etwas Neues ergab. Um 18 Uhr wollten sie sich noch einmal treffen und das weitere Vorgehen besprechen. Möllenkamp mochte gar nicht daran denken, was wäre, wenn sich im Laufe des Tages nichts Neues ergeben sollte. Wilfried war jetzt seit 19 Stunden vermisst. Wenn er sich irgendwo draußen in der Kälte aufhielt, dann wurde es allerhöchste Zeit, dass sie ihn fanden.

***

Ein Gong ertönt. Es folgt eine weibliche Stimme, die zuerst auf Niederländisch, dann auf Englisch verkündet, dass nun das Boarding für Flug KL876 nach Bangkok beginnt. Die Stimme bittet die Passagiere, ihre Reisedokumente bereitzuhalten. Er versteht kein Niederländisch und nur ein paar Brocken Englisch, aber er sitzt ohnehin schon seit geraumer Zeit auf seinem Stuhl am Gate und betrachtet die Menschen um ihn herum: Thailänder, vielleicht auch Chinesen, ganze Familien, die nach Hause zu ihren Verwandten fliegen wollen. Niederländer und Deutsche, die paarweise oder mit ihren Kindern in den Traumurlaub starten. Sonne, Strand, sanftes Meeresplätschern, Cocktails. Die schönste Zeit des Jahres.

Viele Männer, die allein reisen. Die neben Sonne, Strand und Wasser noch etwas anderes suchen. Das ist gut. Er fällt nicht auf.

Er schaut noch einmal auf sein Ticket: Der Flug nach Bangkok wird fast elf Stunden dauern. Etwa um 10 Uhr Ortszeit wird er dort ankommen. Zweieinhalb Stunden später wird er umsteigen und um halb eins weiterfliegen nach Phuket. Und von dort sind es laut Sanya noch einmal eineinhalb Stunden mit dem Taxi. Wenn alles gut geht, dann ist er morgen um diese Zeit in seinem neuen Leben angekommen. Den Rückflug in drei Wochen, den er gebucht hat, um ohne Visum einreisen zu können, wird er nicht antreten. Wenn alles gut geht.

Er steht auf, reiht sich in die Schlange ein. Die Asiatin an der Bordkartenkontrolle lächelt ihn freundlich an: »Have a nice flight, Mr. Schmidt.«

Der Kontaktmann von Sanya hat ganze Arbeit geleistet. Als er das Flugzeug betritt, ist es 17:01 Uhr.

Um 17:20 Uhr hebt die Maschine in Richtung Bangkok ab.

***

Nichts. Es gab einfach nichts mehr, was sie noch tun konnten. Sie hatten alles geprüft, alle losen Enden aufgehoben, jeden Strang verfolgt. Sie hatten versucht, dem Menschen Herbert Klatt auf die Spur zu kommen. Sie hatten alle Eckdaten zusammengetragen: Geburtsdatum und –ort, familiäre Verhältnisse, berufliche Stationen, Kollegen. Doch sein Leben war so aufgeräumt, wie es sein Haus gewesen war. Ein Dach über dem Kopf, und doch unbehaust. Ein Mann ohne Eigenschaften.

Nein, dachte Möllenkamp, das war nicht ganz richtig. Er hatte eine Vergangenheit, und in ihr lag das Motiv für seine Tat. Es musste mächtig gewesen sein, denn es hat den stillen Herbert Klatt, der offenbar niemals jemandem aufgefallen war, dazu gebracht, einen Menschen zu ermorden. Oder sogar zwei?

Sie hatten niemanden gefunden, der mehr über ihn wusste, als das, was man für die Arbeit auf einer Baustelle brauchte. Außer Sanya. Und die war seit gestern Nacht verschwunden. Noch eine Fahndung mehr. Möllenkamp war sicher, dass sie sie nicht finden würden. Er hörte ihre Stimme in seinem Ohr: »Er interessierte sich immer sehr für Geschichten über Thailand.«

Keine gestohlenen Wagen, keine Hinweise auf ein Versteck. Kein Bleeker in irgendeiner Scheune des Rheiderlandes. Keine Spur, die irgendein Hund hatte verfolgen können.

Die ermittelnden Beamten des Fachkommissariats 1 saßen auf ihren Stühlen und schwiegen. Jeder hatte gehofft, dass wenigstens ein Kollege irgendetwas herausgefunden hatte, wo sie schon selbst mit leeren Händen wiedergekommen waren. Das Streiten hatten sie eingestellt.

Und die Zeit lief gegen sie.

***

»Martinus Luther war ein Christ, ein glaubensstarker Mann. Weil heute sein Geburtstag is', zünd ich mein Lichtlein an!« Die Stimme, die ihren jugendlichen Besitzer gewöhnlich mit unkontrollierbaren Kicksern in Verlegenheit brachte, war durch stundenlanges Grölen und jede Menge kleiner »Feiglinge« zu einem furchterregenden Organ geworden. »He Olaf, hast du noch eine Süßigkeit in deinem Beutel?«

Heiko ging es eigentlich schon nicht mehr so gut, aber was ein echter Kerl war, der musste da durch. War es den beiden Vierzehnjährigen am späten Nachmittag noch gelungen, im Windschatten der Kinderhorden, die mit ihren Laternen in

Bunde von Haus zu Haus zogen, die eine oder andere Schlickerei einzusammeln, so waren sie nun auf dem Heimweg und wollten ihre flüssige Wegzehrung nicht wieder mit nach Hause bringen. Das Laternenbasteln hatten sie sich gespart, Taschenlampen mussten es auch tun. Sie hatten noch ein gutes Stück Weg bis nach Landschaftspolder vor sich. Das mit dem Trampen hatte nicht so geklappt, wie sie es sich erhofft hatten.

»Feigling is' alle, aber Bier is' noch da.«

»Wart' eben, ich muss erst noch Feiglinge wegbringen«, erwiderte Heiko, stellte sich an den Straßenrand und pinkelte in ein Brombeergebüsch. Und weil er seinen ganzen Verdauungstrakt auf den nächsten halben Liter Bier vorbereiten wollte, erbrach er sich auch gleich an Ort und Stelle.

»So, nun kann's weitergehen. Her mit dem Stoff.«

Olaf warf ihm eine Bierdose zu, die sein Freund mit erstaunlicher Geschicklichkeit auffing.

»Sollen wir hinten in dem Wartehäuschen bei der Bahn mal eine Pause machen«, fragte Olaf. Auch ihm hatte das Gemisch aus Marsriegeln, Gummibärchen und alkoholhaltigen Getränken zugesetzt, und er hoffte, seinen Magen mit einer Zigarette wieder beschwichtigen zu können. Außerdem hatte es wieder angefangen zu nieseln. Vielleicht war es in dem hölzernen Unterstand wärmer als hier draußen auf der Straße.

Die beiden Jungs folgten dem Radweg, der zwischen Straße und Bahnschienen verlief, bis die Straße eine Rechtskurve machte, während die Zuggleise über das Wymeerer Sieltief auf die niederländische Seite hinüberführten. Genau hier stand ein hölzernes Wartehäuschen für Radwanderer, in die der grenzüberschreitende touristische Zweckverband Ems-Dollart-Region große Hoffnungen setzte.

In dieser Jahreszeit aber und bei dieser Witterung waren nur hartgesottene Einheimische auf dem Radweg unterwegs, und um diese Uhrzeit selbst die nicht mehr.

»Wann musst du zu Hause sein?«, fragte Heiko, als sie im Wartehäuschen saßen und rauchten. Olaf spuckte auf den Boden. Das war cool und ekelte die Mädchen. Gleichzeitig war er sicher, dass es sie anmachte.

»Ich schlaf heute bei dir«, entgegnete Olaf grinsend.

»Bist du verrückt? Das geht nicht. Ich darf unter der Woche niemanden mitbringen.«

»Doch nicht wirklich! Nur meinen Eltern hab ich's erzählt. Damit sie nicht warten.«

»Hä? Versteh ich nicht. Und was erzählst du deinen Eltern, wenn du doch nach Hause kommst?«

»Dass wir uns gestritten haben. Was weiß ich …?«

Heiko war anzusehen, dass ihn diese Strategie nicht überzeugte. Doch ein heftiges Magengrimmen hinderte ihn daran, die taktischen Schwächen der Argumentation zu analysieren. »Ich glaub, ich muss kacken«, brachte er heraus.

»Hier?«

»Bis nach Hause schaff ich's nicht.«

Heiko verschwand hinter dem Wartehäuschen. Mit seiner Taschenlampe leuchtete er das Gebüsch ab, um einen Platz zu finden, an dem er von der Straße aus garantiert nicht zu sehen sein würde, wenn doch mal ein Auto vorüber käme. Misstrauisch beäugte er das Haus mit dem wehenden Transparent, in dem dieser Öko-Spinner wohnte. Hinter den Fenstern war Licht. »Schützt Gottes Schöpfung gegen die Profitgier. Kein

Sperrwerk in der Ems!« Olaf und er machten sich jedes Mal darüber lustig, wenn sie hier vorbeikamen. Aber auch von einem Spinner wollte er nicht beim Scheißen beobachtet werden. Also ging er tiefer ins Gebüsch.

Als er eine Stelle gefunden hatte, die ihm geeignet erschien, klemmte er sich die Taschenlampe zwischen die Zähne und zog sich die Hose herunter. Mann, war ihm übel! Er erleichterte sich, erst dann fiel ihm auf, dass er kein Papiertaschentuch hatte. Noch in der Hockstellung kramte er mühsam in den Taschen nach einem Tempo. Dabei verlor er auf dem zum Sieltief hin abschüssigen Gelände das Gleichgewicht. Die Taschenlampe fiel ihm aus dem Mund. Verdammt!

Er zog sich die Hose wieder hoch und kroch dann seiner Taschenlampe hinterher, die er ganz unten am Ufer des Wassers scheinen sah.

»Eh Heiko! Was machst Du da so lange? Wir müssen weiter!«

»Immer locker bleiben, hab's doch gleich.« Keuchend kletterte Heiko nach unten, bis er zu seiner Erleichterung die Taschenlampe auf dem schlammigen Grund mit ausgestrecktem Arm ergreifen konnte. Als er die Böschung hochleuchtete, um einen passablen Rückweg zu erkunden, bemerkte er weiter oben eine seltsame Reflexion. Er kniff die Augen zusammen. Noch einmal blitzte etwas auf. Wie von einer Autofelge. Er krabbelte die Böschung hoch. Tatsächlich: eine Felge. Da oben stand ein Wagen im Gebüsch!

»He Olaf, das musst du dir angucken! Hier hat jemand seine Karre entsorgt. Gar nicht so übel, das Teil.«

»Hä?«

Gemeinsam nahmen die beiden Jungs den silbernen Mercedes in Augenschein, umrundeten ihn, traten gegen die Reifen.

»So eine Karre will doch keiner loswerden. Die ist doch fast neu.«

»Vielleicht ist jemand damit liegengeblieben.«

»Und dann schiebt er die so weit ins Gebüsch, dass kein Abschleppwagen sie jemals findet?« Olaf zeigte ihm einen Vogel.

»Na, vielleicht damit keiner den Wagen in der Zwischenzeit klaut«, suchte Heiko lahm nach einer Erklärung.

»Mann, Alter, bei dir piept's wohl. Wenn der Wagen kaputt is', kann auch keiner damit wegfahren.«

Sie schwiegen eine ganze Weile.

Olaf kam eine Idee. »Wenn der Wagen nich' kaputt is', könnten wir ihn knacken und damit nach Hause fahren.«

»Bist du bescheuert? Das ist doch Diebstahl!« Nach einem Blick auf seinen nassen Fuß fragte Heiko: »Kannst du denn so einen Wagen starten?«

»Klar«, behauptete Olaf. »Ist kinderleicht.«

Olaf probierte die Tür. Der Wagen war unverschlossen!

»Cool Alter.« Heiko war voll Bewunderung.

Allerdings gelang es Olaf nicht, den Wagen zu starten. Zwar hatte er die Plastikverkleidung unter dem Lenkrad bald gelöst, aber die elektronische Wegfahrsperre stellte sich als unüberwindlich heraus.

»Dreckskarre«, schimpfte er und schlug wütend gegen das Lenkrad. Dann öffnete er das Handschuhfach, leuchtete mit seiner Taschenlampe hinein, fand aber nichts Bemerkenswertes darin und knallte es wieder zu. Um erst gar keine Kritik aufkommen zu lassen, fuhr er seinen Sangesbruder an: »Mann Heiko, hast du dir beim Kacken gegen das Hosenbein gemacht.«

»Wie kommst du darauf, du Arsch?!« Heiko war beleidigt, schaute aber trotzdem an seinem Hosenbein herunter.

»Hier stinkt's doch wie Hulle. Riechst du das nicht?« Was eigentlich als Ablenkungsmanöver gedacht war, erwies sich bei intensiverem Herumschnüffeln als die Wahrheit: In dem Wagen roch es streng nach Urin. Olaf stieg aus und öffnete die Hintertüren. Er beugte sich tief in den Wagenfond, während er hörte, wie Heiko nach hinten ging und die Kofferraumklappe öffnete. Das nächste, was Olaf hörte, war ein ersticktes »Scheiße«, begleitet von einem würgenden Geräusch. In aufkommender Panik riss Olaf seinen Kopf hoch, wobei er sich heftig an der Türöffnung stieß. Er rannte zum Kofferraum.

»Scheiße.«

Sprachlos standen die beiden Jugendlichen vor dem Kofferraum. Olaf rieb sich mit einer Hand den Hinterkopf, in der anderen hielt er die Taschenlampe. Heiko hatte sich inzwischen wieder aufgerichtet und wischte sich den Mund am Jackenärmel ab.

»Ist er tot«, flüsterte er schließlich.

»Glaub schon«, flüsterte Olaf, als hätte er Angst den Mann zu wecken, der in gekrümmter Haltung im Kofferraum des Wagens lag.

»Was machen wir jetzt«, krächzte Heiko.

»Abhauen.«

Üblicherweise folgte Heiko den Vorschlägen seines forschen Freundes. Aber jetzt regte sich Widerspruch in ihm.

»Wir können den doch hier nich' liegenlassen. Was is', wenn er noch lebt?«

»Quatsch«, meinte Olaf. Dann legte er den Kopf schief und sah sich den Mann noch einmal genauer an. Auch in ihm regte sich Übelkeit, aber die Neugier war stärker. Der Typ war ziemlich schmächtig, sein Gesicht sah ungesund aus, irgendwie grau, und die Lippen waren bläulich verfärbt. Jemand hatte ihm die Hände auf den Rücken gefesselt, und er regte sich nicht. Aber ob er wirklich tot war?

Wenn Heiko Recht hatte, dann wären sie beide schuld, wenn er am Ende wirklich krepierte. Olaf dachte kurz nach, kehrte dann zum Fahrersitz zurück und befestigte die Plastikverkleidung wieder unter dem Lenkrad. Anschließend warf er die Plastiktüten mit den Süßigkeiten und den Alkoholvorräten ins Sieltief.

Heiko beobachtete ihn. »Und jetzt?«

»Jetzt gehen wir zu dem Haus da rüber und rufen die Polizei.«

Die nächsten Tage

Als Gertrud Boekhoff am Tag danach die Redaktion des »Rheiderländer Tagblatt« betrat, wurde sie von Chefredakteur Reinhard Buss geradezu euphorisch willkommen geheißen. Sie hatte sich über das von ihm ausgesprochene Hausverbot hinweggesetzt, weil sie überzeugt war, dass ihre wichtige Rolle bei der Aufklärung des Mordfalls Tadeus de Vries ihre journalistischen Verfehlungen wettmachen würde. Als »Airbus« – was er noch nie zuvor gewagt hatte – nun sogar seine mächtigen Arme um sie legte, wusste sie, dass sie Recht gehabt hatte.

Es wartete allerdings viel Arbeit auf sie. Buss hatte sie aufgefordert, einen dramatischen Augenzeugenbericht über das Auffinden des vermissten Wilfried Bleeker zu verfassen. Die Reportage, die am Freitag im »Blattje« erscheinen würde, hatte in etwa diesen Inhalt: Zwei Jugendliche aus Landschaftspolder, der 14-jährige Heiko R. und sein Freund Olaf P., waren in Charlottenpolder unweit der so genannten Naberbrüg über das Wymeerer Sieltief auf ein im Gebüsch verstecktes Fahrzeug aufmerksam geworden. Verwundert über den ungewöhnlichen Abstellort hatten sie die Türen des Wagens probiert und im Kofferraum den stark unterkühlten und dehydrierten Wilfried B. gefunden, der als Kommissar der Polizeiinspektion Leer im Mordfall Tadeus de Vries (wir berichteten) ermittelte. Wilfried B. war seit der Flucht des mutmaßlichen Mörders des 84-Jährigen am Dienstagnachmittag vermisst worden. Zufällig hielt sich die Verfasserin der Reportage, eine langjährige Mitarbeiterin des »Rheiderländer Tagblatts«, gerade in der Nähe des Fahrzeugfundortes auf. Sie griff beherzt ein und informierte vom nächstgelegenen Haus aus Polizei und Rettungskräfte. Gemeinsam mit dem Hausherrn Gottfried S. trug sie den Verletzten ins Haus, um ein weiteres Auskühlen seines Körpers zu verhindern. Nach Auskunft der behandelnden Ärzte des Kreiskrankenhauses Leer war der Gesundheitszustand von Wilfried B. zwar noch kritisch, aber inzwischen stabil. Der mutmaßliche Mörder von Tadeus de Vries war weiterhin flüchtig, von ihm fehlte jede Spur.

Gertrud überflog noch einmal ihren Bericht.

Sie hatte so viel Dramatik hineingepackt, wie möglich. Und sie war so nahe an der Wahrheit geblieben, wie es eben ging.

Ein ganz bisschen anders war der gestrige Abend nämlich durchaus verlaufen.

Es hatte an der Haustür geklingelt. Gertrud und Gottfried hatten die Störung zunächst zu ignorieren versucht in der Hoffnung, dass es sich nur um angetrunkene Jugendliche handelte. Erst als es Sturm klingelte und gegen das Holz gehämmert wurde, hatte Gertrud die Tür geöffnet. Zwei Jungs – nass, schmutzig und übelriechend – hatten ihr stammelnd erklärt, da draußen liege eine Leiche im Auto und sie müssten dringend die Polizei anrufen. Gertruds angeborenes Misstrauen hatte sie zunächst auf die andere Straßenseite zum Fundort getrieben, um sich mit eigenen Augen von der Geschichte zu überzeugen. Der Rest der Geschichte war dann tatsächlich so verlaufen, wie in ihrer Reportage. Sie hatte darauf verzichtet, aus Heiko R. und Olaf P. Helden zu machen. Das würden andere schon besorgen.

Zu ihrem großen Bedauern war in der gesamten Berichterstattung ihre eigene Rolle bei der Aufklärung des Mordfalls ziemlich untergegangen. Da Gertrud allerdings keine Lust verspürte, sich für ihre Ermittlungen am Rande des Erlaubten womöglich noch rechtfertigen zu müssen, hatte sie es dabei belassen. Zumal sich im Nachhinein ja auch herausgestellt hatte, dass die Polizei unabhängig von ihr ebenfalls Herbert Klatt als Täter identifiziert hatte. Blieb eigentlich nur, dass der Mordfall sie zu Gottfried Schäfer geführt hatte. Was ja auch nicht wenig war.

***

Für Möllenkamp hatte der Fall einen schalen Beigeschmack behalten. Seine Erleichterung über Bleekers Rettung war so groß gewesen, dass er ihm sogar versprochen hatte, die Sache mit seiner Dienstwaffe … nun ja, nicht an die große Glocke zu hängen. Eine Dienstwaffe im Auto zu vergessen, war keine Kleinigkeit und durfte niemals passieren. Möllenkamp war sich allerdings sicher, dass es Bleeker niemals wieder passieren würde.

In der Bilanz dieses Mordfalles war dies bedauerlicherweise der einzige positive Aspekt. Ansonsten ließen sich die Ereignisse mit Brecht auf die Formel bringen: »Wir stehen selbst enttäuscht und seh'n betroffen, den Vorhang zu und alle Fragen offen.«

Er hatte dieses Zitat am Freitag in der Morgenlage benutzt, nachdem er es in einem besonders katastrophalen Aufsatz gelesen hatte, den einer von Meikes Zehntklässlern über den »guten Mensch von Sezuan« verbrochen hatte. Sie hatte ihm den Aufsatz hingehalten, als sei dieses Massaker am Werk des großen Bertolt Brecht seine persönliche Schuld. Auf sein Team hatte dieser Nachweis seiner Belesenheit wenig Eindruck gemacht. Alle warteten darauf, dass Herbert Klatt gefasst wurde und dass er dann – vielleicht – zum Motiv seiner Tat aussagen würde. Bis dahin blieb der Fall offen.

Möllenkamp hatte inzwischen Zweifel, dass Klatt noch auftauchen würde. Es war ihm offensichtlich gelungen, seine Reise unerkannt in den Niederlanden fortzusetzen. Vielleicht per Anhalter, vielleicht hatte er es aber auch geschafft, sich den Kontrollen im Zug zu entziehen. In irgendeiner Großstadt hatte er sich eine falsche Identität zugelegt, und das war's. Da es sich bei Klatt nicht um einen Gewohnheitsverbrecher handelte, der früher oder später mit einer anderen Straftat auffällig werden würde, konnten sie eine lückenlose Aufklärung des Falles vermutlich abhaken.

»Er interessierte sich immer sehr für Geschichten über Thailand«, hatte ihm Sanya erzählt. Möllenkamp hatte so seinen Verdacht.

Grimmig saß er in seinem Büro und ordnete Papiere. Er musste noch einen Bericht schreiben. Einen Abschlussbericht? Er hasste Fälle, die unabgeschlossen blieben. Er hob den braunen Umschlag hoch, in dem sich Gottfried Schäfers Recherche über die Untaten des SS-Hauptsturmführers de Vries befand. Er schaute noch einmal hinein. Ach ja, da waren auch die Kontoauszüge. Und dann fiel ihm dieses rätselhafte Foto wieder in die Hände. Drei junge Männer in SS-Uniformen. Tadeus de Vries in der Mitte, sein Bruder Mentko links von ihm. Aber wer war der dritte? Jünger als die anderen beiden stand er mit verwundertem Gesicht in seiner Uniform, als sei dies ein Kostümfest. Die Tochter von Tadeus de Vries hatte ihn nicht erkannt. Kam hier noch jemand ins Spiel, der etwas mit dem Mordfall zu tun haben könnte?

Unentschlossen nahm Möllenkamp das Foto an sich, wog es in der Hand, steckte es in die Tasche. Sollte er Gertrud noch einmal danach fragen? Die kannte doch jeden Hans und Franz im Rheiderland. Doch dann stieß er auf. Der Fall lag ihm ohnehin schon im Magen wie die Speckendicken seiner Schwiegermutter. Er musste ihn erst verdauen, bevor er ihn wieder anfasste. Er zog das Foto wieder aus der Tasche und legte es in seine Schreibtischschublade. Den Rest der Papiere schob er in die Fallmappe und klappte den Deckel zu.

Möllenkamp blickte auf seine Armbanduhr. In einer halben Stunde musste er in Esklum sein. Meike hatte ihm den Ort mit den Worten schmackhaft gemacht, das sei momentan der angesagteste Vorort von Leer, wo etliche Ärzte und auch zwei ihrer Kollegen sich Resthöfe gekauft hätten, um ihre Kinder im Grünen aufzuziehen, und gleichzeitig die Vorzüge einer Stadt vor der Tür zu genießen. Er hingegen sah weniger das grüne Idyll und die Silhouette von Leer auf der anderen Emsseite, als vielmehr einen Haufen Renovierungsarbeit und noch regelmäßigere Kontakte mit der Schwiegermutter, weil es bis Ihrhove nur ein Katzensprung war. Zaghaft hatte er darauf hingewiesen, dass es mit dem Hauskauf doch noch früh genug sei, wenn sich bei ihnen tatsächlich Nachwuchs ankündigte und dass man bis dahin das Leben in der »Stadt« – innerlich fiel es ihm schwer, diesen Begriff auf Leer überhaupt anzuwenden – doch noch ein wenig genießen könne. Meike hingegen hatte ihm Fotos eines sonnendurchfluteten Grundstücks gezeigt, hinter hohen Bäumen und Büschen halb versteckt ein älteres, durchaus repräsentatives Gemäuer aus rotem Backstein. Die Besichtigung zusammen mit dem Makler sei doch kostenlos und unverbindlich. Man könne sich das Ganze doch wenigstens mal ansehen.

In dem sicheren Gefühl, gerade einen unumkehrbaren Schritt auf eine schiefe Ebene zu machen, zog Möllenkamp seinen Mantel an und verließ das Büro.

Epilog

26. Dezember 2004, Ban Nam Khem, Thailand

Er schließt die Augen. Hört nur zu. Hört das Wasser, wie es heranrauscht. Ebbe und Flut. Gehen und Wiederkommen. Zwei Meter hoch, zwei Meter runter. Jeden Tag zwei Mal. Er hört auf das Geschrei der Möwen am Strand. Sie sitzen auf den Booten, auch auf seinem Boot, das am Strand liegt. Am Strand, der mal 5 Meter breit ist und mal 50 Meter. Je nach dem Stand der Gezeiten.

Am Abend sind die Geräusche andere. Das Geschrei der Möwen verstummt, dafür hört man Töne vom Land: die Konzerte der Zikaden, das Geschrei der Affen, das regelmäßige Quaken der Frösche. Hinter dem Strand beginnt der Dschungel.

Er denkt an Ostfriesland. Dort lauert die Gefahr im Wasser. Der raue Wind ruft mit jeder Böe: »Nimm dich in Acht! Wir können auch anders.« Das Meer ist blau, oft grau, es verschließt sich dem Blick. Man sieht nicht, wie tief es ist. Nicht, was darin ist. Die Nordsee war sein Freund, als er noch nicht wusste, wie weit seine Untiefen reichen. Jetzt weiß er es. Der Schlick des Dollart ist dunkel, der Sand feucht. Im Hinterland der Deiche aber drohen keine Gefahren, jedenfalls nicht von der Natur. Schafe und Kühe sind nicht hinterhältig. Nur der Mensch ist es.

Er öffnet die Augen, blickt auf die Küstenlinie der Andamanen-See. Das Meer ein Turmalin, klar und türkisfarben, Sandstrände aus Puder. Die Kokospalmen zeichnen lange Bilderbuchschatten in den Sand. Dreht er sich um, ragen vor ihm Bergzüge auf, bewachsen mit Dickicht. Übelkeit erregendes Grün. Unübersichtlich, unaufgeräumt, undurchdringlich. Jetzt erträgt er keine Untiefen mehr. Er bleibt immer dort, wo er weit sehen kann. Ins Dickicht geht er nicht.

Es ist schon warm morgens um acht Uhr. Leise rollen kleine Wellen mit weißen Kronen an den Strand, ein Fischerboot mit Baldachin zieht vorbei. Wie jeden Tag wird er sein Boot losmachen und hinausfahren. Manchmal fängt er Schwertfische, Königsmakrelen, Barrakudas. Manchmal fängt er nichts, sieht nur aufs Meer und atmet das Licht ein. Er ist im Paradies. Aber er ist nicht Adam. Der Glückliche hatte kein Gedächtnis.

Ein leises Grollen nur, ein paar Luftbläschen auf den Wellen. Er bemerkt sie, aber sie irritieren ihn nicht.

Woher soll er wissen, dass sich in diesem Moment zweieinhalbtausend Kilometer südlich zwei Erdplatten übereinander schieben, langsam, bis die Spannung unerträglich wird? Einen erdgeschichtlichen Wimpernschlag lang hat es sie in ihrem rot glühenden Bett gehalten, jetzt aber treibt die ungeheure Kraft die Sumatra-Platte in die Höhe. Sie bäumt sich auf, viele Meter. Die Hitze dampft, zischt, gurgelt. Das Wasser flieht vor dieser kochenden Wand in alle Richtungen. Es drängelt, schafft sich Platz nach oben und nach unten, formt Berge und Täler. Nur fort von diesem Untier in der Tiefe.

Wissenschaftler auf Hawaii starren auf ihre Bildschirme, sehen die Wasser kommen, greifen zum Telefon. Doch da ist niemand, der den Hörer abnimmt.

Menschen am Strand sehen staunend, wie das Meer verschwindet, als habe jemand den Stöpsel einer Riesenbadewanne gezogen.

Das leise Grollen wird zum Brausen. Dann kommen die Fluten donnernd zurück. Zuerst nehmen sie sich Sumatras Nordküste und die Nikobaren. Zwanzig Meter hohe Wellen rasen kilometerweit ins Landesinnere und machen 30.000 Menschen nieder. Ein stummer Krieg, von dem nur die Männer und Frauen auf Hawaii etwas ahnen, denn alle Leitungen sind tot.

Dann überfällt das Wasser Thailand und Malaysia, ohne Kriegserklärung, ohne Diplomatie, vernichtet die Küsten von Sri Lanka, Myanmar und Bangladesch, erreicht Indien, die Malediven, schließlich Somalia. Gefangene werden nicht gemacht. 230.000 Menschenopfer sind nötig, um die zerstörerische Wut des Indischen Ozeans zu stillen. Dann gibt er das verwüstete Land wieder frei.

Auf das Tosen folgt die Stille, auf das Schreien das Schweigen. Das ist so, wenn die Welt untergeht. Wer überlebt, muss viel Lärm machen, muss die Trümmer geräuschvoll sortieren, muss laut mit den Lebenden sprechen, um die Toten zu übertönen.

Sie werden die Dörfer wieder aufbauen, die Städte, die Hotels, die Straßen, die Schienen. Schon in wenigen Jahren wird man nichts mehr sehen. Sie haben auch Berlin wieder aufgebaut und Emden und Königsberg. Nicht anhalten, nur immer weiter. Nicht schweigen, immer reden. Nur nicht innehalten, damit sie nicht wieder aus ihren Gräbern steigen, den nassen, den sandigen, den steinernen.

Sie werden ihn finden unter den anderen Körpern, denen

von Menschen und Tieren, unter dem Holz, dem Metall, dem Plastik, unter dem Öl, dem Blut, den Exkrementen. Sie werden auch sein Boot finden oder das, was davon übrig ist. Das Boot, das sein letzter fester Grund war, und seinen Körper, losgerissen, abgetrieben, wie 1945. Davongespült von Wellen, die alles mitnehmen, was keine Wurzeln hat.

***

Am 26. Dezember 2004 löste ein gewaltiges Erdbeben im Indischen Ozean eine der größten Naturkatastrophen der Menschheitsgeschichte aus. Das durch den Erdstoß in Wallung gebrachte Wasser kostete mindestens 230.000 Menschen das Leben. In Thailand waren unter den rund 5400 Todesopfern allein zweieinhalbtausend Ausländer, darunter 539 Deutsche. 13 werden bis heute vermisst.

Fachleute aus aller Welt, Kriminalbeamte, Zahn- und Rechtsmediziner, legten über Monate nach der Katastrophe umfassende Akten der namenlosen Toten an. Sie arbeiteten in der Hoffnung, die nicht identifizierten Opfer eines Tages vielleicht doch noch identifizieren zu können. Im Jahr 2006 bestatteten die Helfer die 388 Toten im südthailändischen Bang Maruan in Metallsärgen und Betongräbern, versehen mit Mikrochips und einer Identifikationsnummer auf dem Grabstein. Ihre Akten vermodern heute in einem Haus am Rand des Friedhofs der Namenlosen. Die Aussichten, den nicht identifizierten Opfern ihre Identität zurückgeben zu können, werden immer geringer. Auch Karl-Heinz Schmidt alias Herbert Klatt erhielt seinen Namen nicht zurück.